Mangold: Gegen den Wind

*Zum Buch*

England, 1769

Jedes Mitglied der Londoner Upperclass weiß:
Von Ms Marigold Claytons äußerlicher Anmut sollte man sich nicht täuschen lassen! Hinter der Fassade der sittsamen Kaufmannstochter lauern ein hitziges Temperament und eine scharfe Zunge. Als Marigold in der Oper auch noch in eine kompromittierende Situation gerät, ist der Skandal perfekt – und ihr Vater verzweifelt. Er schickt sie in die Kolonie Québec, wo sein Bruder Absalom als Pelzhändler für die berüchtigte Hudson's Bay Company arbeitet. In Montreal soll dieser einen Bräutigam für seine Nichte finden.
Widerwillig bricht Marigold zu einer abenteuerlichen Reise auf und entdeckt dabei dunkle Geheimnisse, gefährliche Machenschaften und bisher unbekannte Gefühle ...

*Zur Autorin*

Camilla Warno entdeckte während ihres Studiums der Germanistik, Geschichte und Kunstgeschichte ihre Leidenschaft für das kreative Schreiben.
Bisher erschienen von ihr folgende Romane:
„Kendra: Der Ruf des Nordens" (2019)
„Die Rose von Westminster" (2020)
„Blissfully Kissed" (2022)

Inhaltswarnung zu diesem Roman auf Seite 380.

**Wichtiger Hinweis zur Lektüre**

Historische Romane bewegen sich oft in einem Spannungsverhältnis: Einerseits wird eine möglichst authentische Darstellung vergangener Epochen angestrebt, andererseits blicken wir als Autor:innen und Leser:innen der heutigen Zeit kritisch auf damalige Normen und Werte, vor allem im Umgang mit Minderheiten. Zugunsten der Authentizität, die ein historischer Roman verlangt, aber auch, um auf ebendiese Missstände aufmerksam zu machen, habe ich mich dazu entschieden, im nachfolgenden Text vereinzelt Begriffe zu verwenden, die heutzutage inakzeptabel sind, weil sie bestimmte Menschengruppen diffamieren. Da dieser Roman z. T. im Nordamerika des 18. Jahrhunderts spielt, betrifft dies vor allem Angehörige der First Nations.

Als Autorin des 21. Jahrhunderts möchte ich mich explizit von verletzenden Bezeichnungen distanzieren und auf die Problematik des historischen Sprachgebrauchs hinweisen.

## PROLOG

Sie kamen in einer der dunkelsten Nächte des Winters.

Es war jene Zeit des Jahres, in der man nie wusste, ob der Abend gerade erst angebrochen oder der nächste Morgen nur einen Wimpernschlag entfernt war.

Der Wind pfiff durch die Balken der Dächer und ließ Schneeflocken vor den Fenstern tanzen. Unsichtbare Wolken verwehrten den Blick auf Mond und Sterne, als gäbe es dort draußen lediglich die allumfassende Schwärze, die selbst die grellweiße Decke über der Landschaft verschluckt hatte.

Doch die Düsternis hatte sie nicht schützen können.

Fackeln, wie von Geisterhand getragen, erhellten die Winternacht und strömten unaufhaltsam in den Hof des Gasthauses.

Joanna spähte aus dem Fenster und presste die Hand auf den Mund ihres Kindes, das sie sich vor die Brust gebunden hatte, bis nur noch ein Wimmern zu hören war.

Sie hatte stets gewusst, dass dieser Moment kommen würde. Dennoch überwältigte sie mit einem Mal die Angst und sie fürchtete, ihrem Schicksal nicht so gefasst gegenübertreten zu können, wie sie es sich in ihrer Vorstellung ausgemalt hatte. In letzter Zeit hatte sie fast jede Nacht von ihrem Ende geträumt, hatte jedes Szenario im Geiste durchgespielt. Sie wollte stark bleiben bis zum Schluss, wollte *ihm* nicht die Genugtuung geben, eine abgezehrte, verzweifelte Frau vorzufinden, die auf Knien um Gnade bettelte.

*Er* kannte keine Gnade, das wusste sie nur zu gut.

Sie straffte ihre Schultern und wickelte den kleinen, warmen Leib ihres Sohnes aus dem Tragetuch. Hastig überreichte sie ihrer treuen Magd das Kind, ohne es noch einmal anzusehen – aus Angst, ein Blick aus dessen sanften, ebenholzfarbenen Augen könnte ihren Entschluss ins Wanken bringen.

»Geh«, wisperte sie, leise, aber eindringlich.

Die Magd nickte schniefend. »Gott schütze dich, Joanna.« Dann verließ sie die Kammer. Mit etwas Glück würde es ihr gelingen, das Kind unbemerkt aus dem Gasthaus zu schmuggeln und es in Sicherheit zu bringen.

An diesen Gedanken klammerte sich Joanna, als sie zurück ans Fenster trat und die Silhouette jenes Mannes ausmachte, der sie seit Monaten verfolgte. Es war eine Jagd über viele Meilen gewesen, durch verschneite Täler, geschäftige Häfen und verlassene Dörfer.

Nun hatte er sie gefunden.

Die Erkenntnis löste eine eigenartige Ruhe in ihr aus.

*Unser Kind wird leben*, schoss es ihr durch den Kopf. *Und ich werde endlich Frieden finden.*

»Auf bald, Liebster!«, flüsterte sie, ehe Schritte auf der Treppe polterten und die Tür hinter ihr aufschwang.

Sie war bereit.

# 1

London, Mayfair, 1769

Marigold senkte das Kinn und starrte auf ihre Schuhspitzen, die unter dem Saum ihres cremefarbenen Kleides hervorblitzten. Nach außen hin mochte die Geste reumütig anmuten, was angesichts der wutverzerrten Miene ihres Vaters nicht schaden konnte. Insgeheim fragte sie sich jedoch, wann sie die neuen Absatzschuhe, die man ihr eigens für den heutigen Opernbesuch hatte anfertigen lassen, endlich abstreifen durfte. Es waren hübsche Exemplare aus Genueser Seidendamast, mit je einer Schleife über den glänzenden Schnallen – allerdings waren sie grässlich unbequem. Während der drei Akte der *Artaserse*-Aufführung war sie unentwegt damit beschäftigt gewesen, ihre Zehen in den engen Schuhen zu bewegen, um das Gefühl der Taubheit in ihren Füßen zu vertreiben.

Die Rückfahrt aus Covent Garden hatte in Kombination mit der Februarkälte nicht dazu beigetragen, ihre Durchblutung wieder in Gang zu bringen. Verstohlen musterte sie den bordeauxfarbenen Teppich unter ihren Schuhsohlen. Musste Vater seine Standpauke denn unbedingt hier im Foyer abhalten? Hätte er nicht warten können, bis sie den kaminbeheizten Salon erreicht hatten?

»... unschicklich ... eine Schande ... wird Konsequenzen haben!« Theodor Claytons schneidende Stimme erfüllte die gesamte Empfangshalle, doch Marigolds Ohren waren genauso taub wie ihre Füße. Nach all den Jahren, in denen man täglich Kritik an ihrem Benehmen geäußert hatte, prallten seine Vorwürfe an ihr ab wie der Londoner Nieselregen an den Fensterscheiben des Familienanwesens.

»Sieh deinen Vater gefälligst an, wenn er mit dir spricht!«

Marigold riss den Kopf hoch. Es waren nicht die Worte selbst, die sie schockierten, sondern die Tatsache, dass ihre Schwester sie ausgesprochen hatte. So als wäre sie ihre Mutter! Frances hatte sich direkt neben Theodor und Delia Clayton aufgebaut, die Hände in die Seiten gestemmt, die herzförmigen Lippen aufeinandergepresst. Die drei starrten sie an, als wäre sie der Leibhaftige persönlich. Und das alles wegen eines albernen Kusses!

»Es war doch nur –«, setzte sie an, wurde aber sogleich von Frances unterbrochen.

»Wag es nicht, davon zu sprechen!«, rief ihre Schwester, nur um es im nächsten Moment selbst zu tun. »Du hast Richard Talbot *geküsst*, Marigold! Meinen *Verlobten*! In der *Oper*! Mein Gott, du –« Sie hustete und hob die Rechte an den Ausschnitt ihrer lindgrünen Robe.

*Deinen Beinahe-Verlobten*, verbesserte Marigold sie in Gedanken.

»Sieh nur, was du angerichtet hast!«, zischte Delia und schob ihre älteste Tochter sanft zur Treppe. »Komm, mein Liebling! Morgen sieht die Welt schon wieder ganz anders aus!«

Marigold konnte sich gerade noch davon abhalten, die Augen zu verdrehen. *Frances und ihre Anfälle*. Ihre Schwester litt tatsächlich an einer leichten Form von Asthma, doch in letzter Zeit traten ihre Symptome zufällig immer genau dann auf, wenn sie auf das Mitgefühl ihrer Eltern angewiesen war.

Dabei müsste sie wissen, dass sie diesbezüglich keiner Schauspielerei bedurfte. In den Augen von Theodor und Delia war Frances ein Engel, während Marigold ... nun, sie machte diesem Hause jedenfalls keine Ehre, wenn es nach der Meinung ihrer Eltern ging.

Sie schluckte und ließ ihren Blick durch den menschenleeren Raum schweifen. Da ihr Vater vorhin das Gesinde hinausgeschickt hatte, suchte sie vergeblich nach einer mitleidigen Miene oder einem aufmunternden Lächeln. Selbst ihre verstorbenen Großeltern, deren Porträt die holzvertäfelte Wand zu ihrer Linken schmückte, schienen heute vorwurfsvoll zurück zu starren.

Theodor trat auf sie zu und packte sie bei den Schultern.

»Ist dir überhaupt klar, was du getan hast?« Seine Stimme war gefährlich leise, und seine wässrig-grauen Augen hatten lange nicht mehr so zornig gefunkelt wie heute. »Du hast einen Skandal ausgelöst, dessen Folgen für die Familie noch gar nicht absehbar sind! Hast du nur einen einzigen Moment an deine Schwester gedacht, als du mit Talbot in diese Loge verschwunden bist und ... und dich benommen hast wie ... wie ein liederliches Weibsstück?«

Bei den letzten Worten war er ins Stocken geraten und auch Marigolds Ohren färbten sich rot angesichts dieses heiklen Themas, welches sie für gewöhnlich nicht mit ihrem Vater zu diskutieren wünschte.

»Nein, ich ... ich habe eigentlich gar nichts gedacht. Es ging alles so schnell und –« Da sich seine Gesichtsfarbe langsam aber sicher dem Bordeauxton des Teppichs anglich, unterbrach Marigold ihr Gefasel und sagte mit fester Stimme: »Es tut mir leid, Vater.«

Theodor kniff die Augen zusammen, ließ die Hände fallen und schüttelte den Kopf. »Ich wünschte, ich könnte dir glauben.«

Seine ruhig gesprochenen Worte lösten etwas in Marigold aus, das seine Schimpftiraden nicht vermocht hatten. Scham- und Schuldgefühle buhlten um ihr Herz und ließen sie verstummen.

Mr Clayton stieß den Atem aus und fuhr sich über die Stirn, wodurch ihm die gepuderte Perücke beinahe vom kahlen Schädel rutschte. An einem anderen Tag hätte Marigold über den Anblick gelacht.

»Geh auf deine Kammer«, sagte er mit einem Seufzen.

Dieses Mal entgegnete Marigold nichts. Sie sah ein, dass es sinnlos war, sich zu verteidigen oder gar anzumerken, dass der Kuss von Richard ausgegangen war. Dass es Richard gewesen war, der sie in der Pause plötzlich hinter einen Vorhang gezogen und sie mit seinen hungrigen Lippen überrascht hatte! Es würde ohnehin nichts ändern.

Sie nickte und schlich die Treppe hinauf, die zu den Privatgemächern des Anwesens führte. Stufe um Stufe kämpfte sie sich nach oben, stützte sich auf das breite Mahagonigeländer und ärgerte sich über das verräterische Brennen in ihren Augen, das nicht von ihren schmerzenden Füßen herrührte.

Schon bevor sie die Beletage erreicht hatte, vernahm sie das Wehklagen ihrer Schwester aus deren Zimmer, begleitet von Mutters tröstendem Gemurmel. Mit hängenden Schultern durchschritt Marigold den von ein paar Wandkerzen beleuchteten Flur. Auch wenn Frances und sie sich nicht besonders gut verstanden, so wünschte sie ihrer Schwester doch nichts Schlechtes. Gerade klang sie, als hätte man ihr das Herz herausgerissen.

Marigold schauderte und eilte in ihr Gemach, wo sie sich gegen die Tür sinken ließ und die Augen schloss. Wie hatte das zwischen Richard und ihr nur passieren können?

Der Abend hatte wie ein gewöhnlicher Opernbesuch begonnen: Bei einem Glas Champagner hatte man Höflichkeiten ausgetauscht und Interesse an der bevorstehenden Darbietung geheuchelt. Töchter in heiratsfähigem Alter waren für den Anlass herausgeputzt und wie zufällig in das Blickfeld der begehrtesten Junggesellen der Londoner Society geschoben worden.

Richard Talbot, Marquess und zukünftiger Duke of Combshire, befand sich ebenfalls im Visier jener ehrgeizigen Eltern. Er konnte nicht nur einen beeindruckenden Stammbaum und ein beträchtliches Vermögen vorweisen, nein, er besaß außerdem Charme und war mit seinen gleichmäßigen Gesichtszügen und dem makellosen Lächeln durchaus attraktiv zu nennen. Die Erinnerung an seine weichen Lippen und seine forschenden Hände auf ihrem Rücken blitzten in Marigold auf. Gleichzeitig trat ihr Schweiß auf Stirn und Nacken. Sie hätte nie gedacht, dass Richard Talbot, der doch allerorts als Inbegriff eines Gentlemans galt, zu solch einem Ausdruck primitiver Leidenschaft fähig war. Sicher, sie hatte in der Vergangenheit den ein oder anderen intensiven Blick des Adelssprösslings in ihre Richtung bemerkt, etwa bei dem Tanz auf dem Ball der Percys, aber dennoch ...

Marigold stöhnte und schlug die Hände vors Gesicht. *Frances!* Sie mochte sich nicht ausmalen, was dieser Fauxpas für das Ansehen ihrer Schwester bedeutete. *Und für ihr Herz ...* Frances schwärmte schon so viele Jahre für Richard. Jetzt, wo die Verlobung endlich zum Greifen nah gewesen war, hatte sie auf solch schreckliche Weise erfahren müssen, dass Talbot offensichtlich nicht der strahlende Ritter war, für den sie ihn gehalten hatte.

Sie ließ die Hände fallen und ballte sie zu Fäusten. Wie hatte Richard ihrer Schwester das nur antun können? Obwohl ihre Familie vom Gegenteil überzeugt war, wusste sie, dass es allein seine Schuld war, dass es zu dieser kompromittierenden Situation gekommen war. *Er* hatte sie in den Schatten des samtenen Vorhangs gezerrt und seinen Mund auf ihren gepresst, ohne sich um das Risiko einer Entdeckung zu scheren! Zugegebenermaßen hatte Marigold sich nicht gegen den Kuss gewehrt. Dafür war sie viel zu überrascht gewesen. Doch selbst ohne diesen Moment des Schocks hätte sie es nicht gewagt, sich von Richard loszureißen oder gar einen Hilferuf von sich zu geben – aus Angst, man würde falsche Rückschlüsse ziehen.

Nun, gesehen hatte man sie beide trotzdem.

Marigold fluchte, zerrte die Absatzschuhe von ihren Füßen und warf sie so schwungvoll an die gegenüberliegende Wand, dass sie einen Riss in der hellblauen Stofftapete hinterließen.

Der Schrei aus der Kehle von Mrs Douglas, die bei der Suche nach ihrem Fächer in die Loge getreten und gegen Richards Rücken geprallt war, hallte immer noch in ihren Ohren. Der Lärm hatte weitere Theaterbesucher angelockt. Richard hatte nicht einmal Gelegenheit gehabt, Abstand zwischen sich und die Schwester seiner Beinahe-Verlobten zu bringen, so schnell war der Vorhang zur Seite gerissen worden, um der neugierigen Menge einen Blick auf das Spektakel zu bieten. Ein Spektakel, das der Society weitaus länger im Gedächtnis bleiben würde als die mittelmäßige Interpretation von *Artaserse*. Marigold schüttelte sich, als könnte sie die Erinnerung an die Blicke damit loswerden.

Sie stieß sich von der Tür ab, nahm auf dem Schemel vor ihrem Frisiertisch Platz und musterte sich seufzend im Spiegel. Was würde aus der erhofften Verlobung werden? Aus Frances? Aus ihr?

Leider konnte ihr die junge Frau mit den dunklen, hoch aufgetürmten Locken, die sie aus geröteten Augen anblickte, keine Antwort geben. Mutlos begann Marigold, die Haarnadeln aus ihrer Frisur zu klauben, bis sie einsehen musste, dass dies ohne die geschickten Hände ihrer Magd ein hoffnungsloses Unterfangen war.

Sie betätigte die Klingel neben dem Kamin, die mit dem Dienstbotentrakt des Hauses verbunden war, und kurz darauf kam Hannah herein.

»Guten Abend, Miss.« Die betagte Dienerin knickste, trat hinter Marigold und löste Strähne für Strähne aus der Frisur.

Marigold hatte den Eindruck, dass Hannah heute nicht ganz so behutsam vorging wie gewöhnlich, denn an ihren Haarwurzeln spürte sie immer wieder ein Ziepen.

Die Magd räusperte sich. »Haben Sie den Ausflug nach Covent Garden genossen, Miss?« Ihr Tonfall ließ keinen Zweifel daran, dass sie von dem Vorfall Wind bekommen hatte. Nach Mrs Douglas' Schrei im Theater und Frances' Gekreische im Foyer war zu erwarten, dass morgen ganz London über den Kuss zwischen der jüngeren Clayton-Tochter und dem zukünftigen Duke of Combshire Bescheid wusste.

»Ja, das habe ich, vielen Dank«, erwiderte Marigold gereizt. Musste sie sich nun auch noch vom Gesinde Vorwürfe anhören? Sie hob das Kinn und beobachtete Hannahs Miene im Spiegel. Nach außen hin gab die Zofe vor, völlig in ihre Arbeit vertieft zu sein, doch Marigold, die sie schon von Kindesbeinen an kannte, konnte sie nicht täuschen. Die Missbilligung stand ihr mitten in das faltige Gesicht geschrieben.

Marigold senkte die Lider. Gewiss war Hannah für sie weit mehr als nur ein Teil des Gesindes. Sie war eine Vertraute, der sie schon als kleines Mädchen das Herz ausgeschüttet hatte, eine Freundin, die sie immer wieder getröstet hatte, wenn Theodors Schelte oder die Bestrafungen der Gouvernante besonders streng ausgefallen waren. Daher ging Hannahs offensichtliche Enttäuschung Marigold näher als die Zurechtweisungen ihrer Mutter.

Kurz war sie versucht, das Schweigen zu brechen und sich wie früher den Frust von der Seele zu reden. Vielleicht würde Hannah Verständnis aufbringen, wenn sie die Geschehnisse des Abends aus ihrer Perspektive schilderte. Der Gedanke war verlockend, allerdings musste sich Marigold eingestehen, dass sie eben nicht mehr jenes kleine Mädchen von damals war, das sich mit tränennassen Wangen an den Rock der Dienstbotin klammern konnte.

Nachdem Hannah ihr dabei geholfen hatte, die vielteilige Abendgarderobe gegen ihr Nachthemd zu tauschen, und Marigold unter die schwere Bettdecke geschlüpft war, fasste sie einen Plan. Morgen würde sie ihren Vater um eine Aussprache bitten. Wenn sie Glück hatte, war seine größte Wut bis dahin verraucht. Sie würde sachlich erklären, wie es zu dem Vorfall mit Richard Talbot gekommen war, und ihm begreiflich machen, dass er ihr dieses eine Mal nicht die Schuld geben durfte. Sie würde Frances in ihrem Zorn auf Richard beistehen. Sie würde endlich Verantwortung zeigen. Mit diesem Vorsatz schlief sie ein.

Am nächsten Morgen schienen die Gemüter der Familie Clayton ein wenig besänftigt. Die empörten Mienen hatten sich über Nacht in vorwurfsvolle Blicke verwandelt und statt Gezeter herrschte eisiges Schweigen an der Tafel.

Nicht, dass es am Frühstückstisch normalerweise besonders lebhaft zuging. Theodor widmete sich allmorgendlich dem Studium der Handelsblätter, während sich Delia und Frances in die Lektüre des *Public Advertisers* vertieften. Marigold verspeiste ihre Portion Toast mit Butter und Marmelade meist in aller Eile, um Frances' Geplapper über die anstehenden gesellschaftlichen Anlässe zu entgehen. Sie verstand nicht, was ihre Schwester an den zahlreichen Festen, Theaterbesuchen und Stickzirkeln fand. Natürlich war auch sie bei ihrem Debüt im letzten Jahr voller Neugier auf die vermeintlich aufregende neue Welt gewesen. Doch ebenso groß wie ihre Vorfreude war ihre Ernüchterung gewesen, als sie schon während ihrer ersten Saison hatte feststellen müssen, dass die Gespräche auf derlei Veranstaltungen ihren Geist weit weniger anregten, als es ein paar Stunden in der häuslichen Bibliothek vermochten. Die Etikette schränkte die Auswahl der Gesprächsthemen dermaßen ein, dass jede Konversation verlief wie die vorherige. Permanent musste man aufpassen, nichts Falsches zu sagen. Aufgrund ihres Temperaments gelang dies Marigold nicht immer, was ihr bereits den ein oder anderen Stoß zwischen die Rippen eingebracht hatte. Allerdings hatte sie noch nie einen derartigen Skandal wie den gestrigen heraufbeschworen ...

Verstohlen sah sie zu ihrer Mutter, die mit verkniffener Miene in ihrer Eierspeise stocherte, dann schweifte ihr Blick zu Theodor. Das Wissen, dass ihr heute ein äußerst unangenehmes Gespräch mit ihm bevorstand, lag ihr schwer im Magen, und bis auf ihre heiße Schokolade bekam sie nichts hinunter. Sie sah jedoch ein, dass sie das Vorhaben nicht weiter aufschieben durfte, und räusperte sich.

»Vater, ich erbitte Sie um eine Unterredung nach dem Frühmahl.«

Theodor sah auf, nahm einen Schluck aus seiner Kaffeetasse und tupfte sich die Mundwinkel mit einer spitzengesäumten Serviette ab.

»Nun ...«, sagte er endlich und Marigold spitzte die Ohren.
Im gleichen Moment ertönte ein Klopfen. Johnson, der Butler, trat durch die geflügelte Tür des Speisezimmers und schritt in jenem schwungvollen, aber lautlosen Gang, der ihm eigen war, an die Seite des Familienoberhaupts. In einer seiner behandschuhten Hände hielt er ein zierliches Silbertablett.

»Ein Brief für Sie, Sir«, sprach er und stellte das Tablett am Kopf der Tafel ab. Mit einer Verbeugung zog er sich zurück.

Alle Augen im Zimmer lagen auf dem unscheinbaren, cremefarbenen Umschlag, den Johnson überbracht hatte. In den Gesichtern der anderen las Marigold die gleiche Frage, die sie selbst quälte: Hatte der Brief etwas mit dem gestrigen Abend zu tun? Frances, die inzwischen kreidebleich geworden war, hob den Blick und starrte zum Fenster. Wahrscheinlich wäre sie am liebsten aufgesprungen, in der Hoffnung, den Briefboten zu erspähen und auf diese Weise Rückschlüsse auf den Absender ziehen zu können. Doch ihre gute Erziehung siegte.

Theodor öffnete den Umschlag wortlos und mit undurchdringlicher Miene. Allein die heftig pulsierende Ader auf seiner Stirn verriet seine Anspannung. Marigold beobachtete mit angehaltenem Atem, wie seine hellen Augen von Zeile zu Zeile sprangen und sein Kiefer dabei mit jeder Sekunde mehr verkrampfte.

Kurz darauf sauste seine Faust auf die Tischplatte hinab. »Verflucht! Dieser Hundesohn!« Er warf den Papierbogen von sich, als hätte er sich daran verbrannt, und kam ruckartig auf die Beine.

»Theodor, was ist los?«, rief seine Gattin schrill.

»Mr Talbot hat mich über die Auflösung seiner geplanten Verlobung mit Frances informiert.«

Die Clayton-Frauen zuckten zusammen und aus Frances' Mund drang ein erstickter Laut.

»Durch die Geschehnisse des letzten Abends«, fuhr Marigolds Vater fort, während er den Brief erneut überflog, »zweifelt Mr Talbot offensichtlich an der Tugendhaftigkeit meiner Töchter.«

Marigold wurde schlecht. Was wollte Richard mit seinen Worten andeuten? Etwa, dass sie ihn verführt hatte?

»*Sicher haben Sie Verständnis dafür*«, zitierte Theodor, »*dass eine Verbindung zwischen unseren Familien unter diesen Umständen nicht mehr möglich ist.*«

»W ... was erlaubt er sich?«, stotterte Marigold und runzelte die Stirn.

»Das fragst ausgerechnet *du*?!« Ihre Schwester brach in Tränen aus und stürmte in gekrümmter Haltung davon.

»Das kann er nicht tun!«, protestierte Marigold. »Das hat Frances nicht verdient!«

»Doch, das kann er«, knurrte Theodor. »Er kann es, weil du es so weit hast kommen lassen. Geh auf dein Zimmer, Marigold!«

»Aber Vater! Meinen Sie nicht, dass Mr Talbot überstürzt gehandelt –«

»Genug! Wirst du wohl ein einziges Mal keine Widerworte geben? Denkst du nicht, dass du schon genug Schaden angerichtet hast?«

Marigold klappte den Mund zu, erhob sich und schwankte zur Tür.

Ihr war, als durchlebte sie einen schrecklichen Albtraum. Natürlich hatte sie damit gerechnet, dass es Ärger geben würde. Aber nicht, dass dieser eine, lächerliche Kuss solch drastische Konsequenzen haben würde!

Mit einer Handvoll Zeilen hatte Richard Frances' Welt zum Einstürzen gebracht – und damit auch die ihrer Eltern. Theodor Clayton, einer der wohlhabendsten Kaufmänner Londons, hatte in dieser Verlobung die lang ersehnte Chance gesehen, seine Ahnenlinie in aristokratische Ränge zu erheben.

Marigold schnaubte, während sie die Treppe hinauf marschierte. Dieser Wüstling Talbot hatte es nicht einmal für notwendig erachtet, sich persönlich zu erklären! Ein Schuft, ja, das war er! Schließlich hatte *er* sie in diese dunkle Opernloge gezogen. Und jetzt wagte er es ernsthaft, Zweifel an der Tugend der

Clayton-Töchter auszusprechen? Das passte hinten und vorne nicht zusammen!

Marigold stapfte in ihr Zimmer und ließ sich auf die Kante ihres Himmelbetts sinken. Sie hörte Frances nebenan weinen und fragte sich erneut, ob sie irgendetwas hätte tun können, das dieses Unglück verhindert hätte. *Unsinn!*, sagte sie sich sogleich. Allein Talbot hatte diese Misere zu verantworten. Das änderte allerdings nichts an der Tatsache, dass sie sich furchtbar fühlte, angesichts des Gejammers, das durch die Wand zu ihr drang.

Sie stand auf und strich ihren Rock glatt. Kurz darauf klopfte sie an Frances' Tür und trat ein.

Ihre Schwester gab ein elendes Bild ab. Sie kauerte am Fußende ihres Bettes, die Knie an die Brust gezogen, das rotblonde Haar zerzaust.

»Was willst du?«, fragte sie mit belegter Stimme und sah weg.

Marigold ging nicht auf die Frage ein. Stattdessen schloss sie zu Frances auf und legte ihr vorsichtig eine Hand auf die Schulter.

»Es tut mir so leid, glaub mir.«

Frances zog die Nase hoch und blickte auf. »Wie *konntest* du nur, Marigold? Hättest du dir nicht irgendeinen anderen Mann für deine Spielchen aussuchen können? Irgendjemanden, bei dem es sich nicht um meinen zukünftigen Gemahl handelt? Oder war das alles Teil deines grausamen Plans? Gott, wie sehr musst du deine eigene Schwester hassen, dass du ihr Derartiges antust?!«

»Nein, nein, so war das nicht! Und ich hasse dich keineswegs, Frances!«, rief Marigold erschüttert. »Ich wollte diesen Kuss nicht! Ich weiß doch, wie sehr du Richard liebst. Niemals würde ich deinem Glück im Wege stehen!«

Bei den letzten Worten zog Frances die Stirn kraus. Mit einem Ruck kam sie auf die Füße und baute sich dicht vor Marigold auf.

»Gar nichts weißt du! Und jetzt verschwinde aus meinem Zimmer!«

»Gut, ich werde gehen. Aber lass mich dir vorher wenigstens

noch erklären, dass es Richard war, der diesen Kuss proveziert hat. Er ist ein Schuft, Frances! Wahrscheinlich solltest du froh sein, dass du es noch vor eurer Hochzeit herausgefunden hast.«

Frances holte aus und verpasste ihr eine schallende Ohrfeige. »Lügnerin!« Ihre Stimme klang spitz und heiser zugleich. »Hinaus!«

Erschrocken tastete Marigold nach ihrer brennenden Wange und taumelte rückwärts in Richtung Tür.

Erst auf dem Korridor erlangte sie ihre Fassung zurück und erlaubte es sich, den Kopf zu schütteln.

*Ich bin keine Lügnerin*, sagte sie sich, wieder und wieder. *Frances ist gerade nicht Herrin ihrer Sinne.*

# 2

Zwei Wochen nach dem Vorfall gab Marigold auf, weitere Entschuldigungen auszusprechen oder sich um tröstende Worte zu bemühen – Frances wollte sie ja doch nicht hören. Ihre Schwester verkroch sich in ihrem Zimmer und weigerte sich, das Haus zu verlassen. Die offizielle Erklärung lautete, dass sie mit der Influenza daniederlag. Auch heute bei der Soiree des Viscounts of Trentham war Delia Clayton unentwegt damit beschäftigt, die Geschichte um ihre arme, kranke Tochter zu verbreiten.

Marigold vergewisserte sich, dass ihre Eltern ihr den Rücken zugewandt hatten, und griff beherzt nach einem Glas Punsch, das Trenthams Hausdiener ihr darbot. In nur einem Zug kippte sie die rotgoldene Flüssigkeit hinunter. Das Gebräu brannte in ihrer Brust und hinterließ einen süßlichen Nachgeschmack in ihrem Mund.

Für gewöhnlich war sie dem Alkohol nicht besonders zugeneigt. Jedenfalls nicht mehr seit dem Fauxpas auf Lady Grahams Ball, auf dem sie Mr Spencer mit schwerer Zunge versucht hatte zu erklären, dass ihm sein altmodischer Justeaucorps, ein Herrenrock mit voluminösen Schößen, aufgrund seiner enormen Leibesfülle nicht eben schmeichelte.

Bei der Erinnerung an ihr beschämendes Verhalten während der letzten Saison biss sich Marigold auf die Lippe. Manchmal fürchtete sie, dass sie tatsächlich ein *verlorener Fall* war, wie ihre Mutter es gern ausdrückte. Sie besaß längst den Ruf eines undamenhaften Tollkopfes und hinter vorgehaltener Hand wurde getuschelt, dass man sich von Ms Marigold Claytons äußerlicher Anmut nicht täuschen lassen durfte.

Marigold stellte ihr Punschglas ab und ließ den Blick über

Trenthams Gäste wandern. Die meisten von ihnen hatten sich auf einem der Sitzmöbel im orientalischen Stil niedergelassen, die mit dunkelviolettem, golddurchwirktem Damast bezogen waren, und unterhielten sich angeregt.

Im Grunde machte sie sich nicht viel aus dem Geschwätz der Leute. Einen Nachteil hatte ihre Außenseiterrolle allerdings: Sie fühlte sich zunehmend einsam.

Als Frances und sie noch Kinder gewesen waren, war ihre Schwester gleichzeitig ihre beste Freundin gewesen, doch in den letzten Jahren hatten sie sich immer mehr entfremdet. Frances arbeitete stetig daran, jene Frau zu werden, die sich ihre Eltern als Tochter wünschten – und Richards Eltern als Schwiegertochter. Ihre kleine Schwester wurde zu einem Risiko, das ihre hochgesteckten Pläne, einen Aristokraten zu ehelichen, gefährdete. Manchmal fragte sich Marigold, ob sie ihrer Familie peinlich oder gar lästig war. Vielleicht war es der Punsch, der sie sentimental machte, denn plötzlich verschwamm ihre Sicht und Tränen rollten über ihre Wangen.

*Auch das noch!*, jammerte sie still und zog ihren Fächer hervor, um ihr Gesicht vor der Festgesellschaft zu verbergen. Als sie ein paar Mal geblinzelt und sich halbwegs gefangen hatte, stellte sie fest, dass dies gar nicht notwendig war. Niemand schenkte ihr Aufmerksamkeit. Offensichtlich war sie durch den Vorfall in der Oper endgültig in Ungnade gefallen, und man hatte beschlossen, sie mit Nichtachtung zu strafen.

Ganz im Gegensatz zum *ehrenwerten* Richard. Marigold hatte ihn seit *jenem* Abend kein einziges Mal gesehen. Fast vermutete sie, dass er ihr und ihrer Familie absichtlich aus dem Weg ging. Nun, was konnte man von einem Mann erwarten, der eine Frau mit einem knappen Schreiben fallen ließ?

Marigold schnaubte und steckte ihren Fächer weg. Was sie am meisten ärgerte, war die Tatsache, dass Richards Strategie aufgegangen war. Irgendwie hatte er es geschafft, sich in diesem Debakel als Opfer darzustellen. Selbst der *Gazetteer* hatte letzte Woche in einer Kurznotiz den armen Lord Combshire bemitleidet, der am eigenen Leib hatte feststellen müssen, dass es mit der Sittlichkeit der jungen Damen heutzutage nicht weit her war. Ohne Frage, Richard Talbot hatte die gesamte Londoner Upperclass auf seiner Seite – da konnte Delia Clayton noch so sehr versuchen, Sympathien für ihre Töchter zu schüren.

Marigold konnte kaum mitansehen, wie ihre Mutter verzweifelt Komplimente verteilte, in der Hoffnung, die Gunst der anderen Gäste zurückzuerlangen. Glaubte sie wirklich, sie könnte ihre Familie durch Schmeicheleien von dem Skandal reinwaschen?

Theodor indes verweigerte sich der Taktik seiner Gattin und quälte sich mit verkniffener Miene durch den Konzertabend. Anhand der Gesprächsfetzen, die immer wieder zu ihr durchdrangen, erkannte sie, dass er das Thema rund um die geplatzte Verlobung mied und sich lediglich über Geschäftliches austauschte.

Unsicher sah Marigold sich in Trenthams Salon um, in dem es allmählich stickig wurde. Überall standen die Menschen in kleinen Gruppen zusammen. Man trank, scherzte und lachte, ohne das kunstvolle Spiel des Pianisten, der seine Menuette auf dem Hammerflügel zum Besten gab, zu würdigen.

Gerade, als sie sich ein zweites Glas Punsch genehmigen wollte, erspähte Marigold ein bekanntes Gesicht. Es war Charlotte Lyly, die Tochter eines Geschäftspartners ihres Vaters, mit der sie sich früher gelegentlich zum Kartenspiel verabredet hatte. Marigold ärgerte sich über die Hoffnung in ihrem Herzen, die der Blickkontakt mit Charlotte heraufbeschworen hatte – die klägliche Hoffnung, dass sich ihre Bekanntschaft vielleicht zu einem Gespräch mit ihr herablassen würde. Denn das machte die Enttäuschung, als Charlotte mit einem verlegenen Lächeln den Blick abwandte, nur noch größer.

Marigold ließ sich auf einen der Diwane nahe dem Kamin sinken, faltete die Hände in ihrem Schoß und gab vor, dem

Klavierspiel zu lauschen. Insgeheim fragte sie sich, wie lange sie hier in Lord Trenthams Stadtvilla wohl noch ausharren musste. Am liebsten wäre sie sofort nach Hause gefahren, um ihre ausladende Garderobe abzustreifen und sich einem der Bücher aus Vaters Bibliothek oder einer ihrer unfertigen Zeichnungen zu widmen.

Die Langeweile machte sie träge und vermutlich wäre sie früher oder später auf dem Polster eingenickt, hätte sie nicht irgendwann den überraschten Ruf ihres Vaters vernommen. Sie reckte den Hals, um zu sehen, was den Aufruhr verursacht hatte.

Ein Mann in reich besticktem Habit hatte den Raum betreten. Die zum Zopf frisierte Perücke und ein schwarzer Dreispitz, der unter seinem Arm klemmte, rundeten seine mondäne Erscheinung ab. Marigold runzelte die Stirn und ließ ihren Blick über das Antlitz des Gastes wandern, welcher die charakteristischen Gesichtszüge der Claytons aufwies: eine schmale Nase, ein kräftiges Kinn und Augen, die einen Hauch zu eng zusammenstanden. Wenn sie nicht alles täuschte, handelte es sich bei dem Mann um ihren Onkel Absalom.

Verblüfft kam sie auf die Füße. Sie hatte nicht gewusst, dass der ältere Bruder ihres Vaters wieder im Lande war. Absalom Clayton agierte wie Theodor als Handelsbeauftragter der Hudson's Bay Company und verbrachte die meiste Zeit seines Lebens entweder auf hoher See oder in den britischen Kolonien. Er kam nur alle paar Jahre nach London und jedes Mal hatte er Aufregendes über seine Erlebnisse auf der anderen Seite des Atlantiks zu berichten. Seitdem die Provinz Québec nach der Eroberung Neufrankreichs vor knapp einem Jahrzehnt an die Briten gefallen war, hatten sich viele Händler der Hudson's Bay Company in der aufstrebenden Hafenstadt Montreal niedergelassen.

Marigold schloss zu ihm auf und machte einen Knicks. »Guten Abend, Onkel! Ich wurde gar nicht über Ihren Besuch unterrichtet!«

»Marigold?«, murmelte Absalom mit geweiteten Augen. »Was für eine bezaubernde junge Dame aus dir geworden ist!« Sein Kompliment wirkte echt und entlockte Marigold ein Lächeln, das sich auf ihren Lippen fremd anfühlte.

»Das Schiff deines Onkels ist früher eingelaufen als geplant«, klärte Theodor seine Tochter auf.

Absalom zuckte mit den Schultern. »Nun, die Überquerung des Atlantiks gehört nicht zu den Dingen, die sich in aller Akribie planen lassen.«

Marigold schmunzelte und die Umstehenden lehnten sich erwartungsvoll nach vorn, als würden sie spannende Seefahrergeschichten wittern. Absalom sonnte sich in der Aufmerksamkeit und beantwortete die Fragen der Festgesellschaft mit großer Genugtuung. Allein Lord Trentham schien etwas unglücklich, dass der überraschende Gast zur Hauptattraktion seiner Soiree geworden war, und wurde im Laufe des Abends immer wortkarger.

Absalom hatte den Clayton-Wohnsitz am späten Nachmittag erreicht, als alle bis auf Frances bereits das Haus verlassen hatten. Bei der Dienerschaft hatte er sich nach dem Verbleib der Familie erkundigt und kurzerhand beschlossen, sich dem abendlichen Amüsement anzuschließen.

Marigold war froh über das plötzliche Auftauchen ihres Onkels. Er war ein meisterhafter Erzähler, der seine Anekdoten mit allerlei Details spickte. Von schrecklichen Seestürmen und verheerenden Seuchen an Bord war die Rede. Das ferne Kanada schien kein viel behaglicherer Ort als der raue Atlantik zu sein. Absalom berichtete mit glühenden Augen von den dort lebenden Wilden, die ihren Feinden nach dem Töten die Kopfhaut abzogen oder sie gar verspeisten. Marigold wurde bei der Vorstellung übel und die erblassten Gesichter unter den anderen Zuhörern bewiesen, dass sie damit nicht allein war.

Schließlich schimpfte Lord Trentham, dass dies nun wirklich kein Thema sei, mit dem man seine Gäste behelligen sollte, und sandte dem älteren Mr Clayton über den Raum hinweg einen warnenden Blick zu.

Daraufhin beschränkte sich Absalom auf die Beschreibung des unwirtlichen Nordens auf dem neuen Kontinent. Was Marigold über ganzjährig schneebedeckte Landschaften und eine Tierwelt mit Rentieren, Bären und Bibern zu hören bekam, faszinierte sie. Diese fremde Welt klang so anders als das geschäftige London, das sie bisher lediglich für die Sommerfrische in Bath verlassen hatte.

Über die abenteuerlichen Berichte ihres Onkels rückten Marigolds Sorgen in den Hintergrund und ihr wurde zum ersten Mal an diesem Abend etwas leichter ums Herz. Ihre Freude wuchs, als Absalom auf dem Nachhauseweg verkündete, er wolle mindestens einen Monat in London verweilen. Sein Besuch würde eine willkommene Ablenkung von der Eintönigkeit und der schlechten Stimmung bieten, die derzeit in der Clayton-Villa Einzug hielten.

# 3

Als Hannah ihr am Tag nach der Soiree mitteilte, ihr Vater wünsche sie zu sprechen, wurde Marigold augenblicklich von einem mulmigen Gefühl erfasst. Irrsinnigerweise hatte sie gehofft, dass Theodor vergessen hatte, sie für ihren folgenschweren Kuss mit Richard zu bestrafen.

Mit weichen Knien und flauem Magen suchte sie am Nachmittag seine Schreibstube im Erdgeschoss auf. Zaghaft hob sie die Hand und klopfte an die mit Schnitzereien verzierte Tür aus Eichenholz.

Nachdem ein »Herein!« erklungen war, betrat sie das Kontor ihres Vaters, in dem wie immer tadellose Ordnung herrschte. Jedes Druckwerk, jedes Blatt Papier lag am richtigen Platz und in der Luft hing der Duft nach Kerzenwachs und Holzpolitur. Theodor Clayton, der über seinen wuchtigen Schreibtisch gebeugt war, vervollständigte das vertraute Bild.

Marigold wartete darauf, dass ihr Vater das Wort ergriff, da bemerkte sie eine weitere Person in der Stube. Onkel Absalom stand am Fenster, die Hände hinter dem Rücken verschränkt, während er auf die Seymour Street hinunter spähte. Unsicher blickte Marigold zu Theodor, der nun endlich von dem Dokument auf seinem Schreibpult aufsah.

»Wie du dir sicher denken kannst, bereitet mir der Skandal um dich und Lord Combshire noch immer Kopfschmerzen.« Ihr Vater blinzelte einige Male. »Absalom und ich haben lange überlegt, wie es mit dir weitergehen soll.«

Irritiert musterte Marigold Theodors Bruder, der nach wie vor dem Fenster zugewandt war. Seit wann besaß ihr Onkel ein Mitspracherecht, was ihre Zukunft betraf?

»Wir beide sind zu dem Schluss gekommen, dass es vernünftig wäre, wenn du London verließest.«

»Ich soll London ... verlassen?«, brachte sie stockend hervor. »Wollen Sie mich etwa *verstoßen*, Vater?« Alles Blut wich aus ihrem Kopf.

»Natürlich nicht! Angesichts des Skandals wäre es jedoch das Beste für dich, wenn du dieser Stadt für einige Zeit den Rücken kehrst.«

»Das Beste für *mich*?!«, platzte Marigold heraus. »Oder doch eher für das Ansehen der Familie?«

»Mäßige deinen Ton, Kind!«, donnerte ihr Vater, woraufhin ihr das Blut zurück in die Wangen schoss. Was erwartete er von ihr? Dass sie brav knickste und sich für seinen Weitblick bedankte? Ihr Magen verwandelte sich binnen eines Atemzugs in einen schmerzhaften Knoten. Vater wollte sie loswerden, das war offensichtlich – egal, wie er es ausdrückte.

»D ... Das geht nicht!«, keuchte sie. »Sie können mich jetzt nicht wegschicken! Ich bin mitten in meiner zweiten Saison und Mutter hält seit Monaten nach einem passenden Bräutigam für mich Ausschau!« In ihrer Verzweiflung klammerte sich Marigold an jeden Strohhalm. Gewiss war sie nicht erpicht darauf, einen dieser Londoner Wichtigtuer zu heiraten, die sich für Gottes Abbild auf Erden hielten. Trotzdem war diese Option besser, als aufs Land verbannt zu werden und ein Dasein als ewige Jungfer zu fristen.

Theodor stieß den Atem aus. Er wirkte nicht mehr wütend, sondern ungeduldig und bedauernd. Während er an den Knöpfen seiner bestickten Weste nestelte, wich er ihrem Blick aus.

Sein Bruder, der bisher schweigend zugehört hatte, drehte sich in einer geschmeidigen Bewegung um. »So ungern ich es auch ausspreche, Marigold: Ich fürchte, deine Chancen auf eine Vermählung mit einem der hiesigen Gentlemen sind in den letzten Wochen erheblich gesunken.« Er machte ein paar Schritte auf sie zu. »Aber in der Provinz Québec gibt es viele wohlhabende Kaufleute und Beamte, die sich nach einer hübschen, englischen Rose an ihrer Seite sehnen. Es wäre ein Leichtes, dort einen guten Ehemann für dich zu finden. Ich könnte deinem Vater auf der Stelle eine Reihe von Namen nennen, die –«

Theodor unterbrach ihn mit einer Handbewegung. »Das ist nicht nötig, Absalom. Ich vertraue dir völlig und bin mir sicher, dass du meiner Tochter einen geeigneten Gatten suchen wirst.«

Während sich die Clayton-Brüder gegenseitig auf die Schultern klopften, stieg Panik in Marigold auf. Ihr Herzschlag dröhnte in ihren Ohren und sie fürchtete, gleich ohnmächtig auf den Dielen zusammenzubrechen. Man wollte sie also in die Kolonien verschiffen wie einen Sack Mehl und sie als *englische Rose* verkaufen! Eine Rose, die in London Makel bekommen hatte. Eine Rose, die man in der Ferne aussetzte, um sie dort mit einer robusteren Pflanze zu kreuzen – vermutlich mit irgendeinem schrecklich reichen und schrecklich alten Geschäftspartner ihres Onkels.

Weit mehr als der Plan der beiden verletzte sie jedoch die augenfällige Erleichterung ihres Vaters, da er sie, den *hoffnungslosen Fall*, losgeworden war und von nun an Absalom ihre Zukunft in den Händen hielt.

Verstört sah Marigold zwischen den Männern hin und her. Wer von ihnen war auf diese Idee gekommen? Hatte ihr Onkel, für den sie gestern noch so große Sympathien gehegt hatte, ihrem Vater diesen Floh ins Ohr gesetzt? Oder hatte Theodor das Auftauchen seines Bruders als Wink des Schicksals begriffen, als willkommene Gelegenheit, sich seiner eigenwilligen Tochter zu entledigen?

Obwohl Tränen des Zorns in ihren Augen brannten und sie den heftigen Drang verspürte, auf irgendetwas einzuschlagen, wusste Marigold, dass alles verloren wäre, wenn sie sich jetzt nicht zusammenriss. Sie durfte ihre letzte Chance, ihren Vater umzustimmen, nicht verspielen.

»Ist Kanada denn auch wirklich der richtige Ort für eine junge

Dame, Onkel?«, fragte sie, um eine feste Stimme bemüht. »Ihre Berichte gestern Abend hinterließen den Eindruck, dass es sich um ein äußerst unzivilisiertes und unwirtliches Land handelt.«

Absalom lachte leise. »Zugegebenermaßen neige ich manchmal zu der ein oder anderen Übertreibung. Du wirst beeindruckt sein, wenn du die Straßen von Montreal erblickst, das sich in den letzten Jahren unter englischer Führung zu einer ansehnlichen Stadt entwickelt hat.« Stolz sprach aus seinen Worten, so als wäre es sein Verdienst, dass die ehemals französischen Siedlungen Montreal und Québec infolge des Siebenjährigen Krieges an die britische Krone gefallen waren.

Marigold ballte die Hände zu Fäusten. Es war ihr einerlei, ob Montreal fünf oder sechs passable Gasthäuser besaß oder über ein Theater verfügte. Niemals würde es ihr geliebtes London ersetzen! Furcht erfasste sie bei der Vorstellung von der Fremde, die sie fernab ihrer Heimat erwarten würde. An die wochenlange Seereise wagte sie gar nicht erst zu denken.

»Warum, Vater?«, kam es leise über ihre Lippen. »Warum schicken Sie mich fort?«

Theodors eisgraue Augen blickten sie wissend an. Er begriff, dass sie nicht von Kanada sprach und von dem Plan, sie dort zu verheiraten. Genauso wenig, wie sie den Skandal meinte, der die ganze Misere ausgelöst hatte. Nein, sie fragte ihn, wie er es über das Herz brachte, seine Tochter ans andere Ende der Welt zu schicken, mit dem Wissen, dass es ein Abschied für immer sein könnte.

Er ging auf sie zu und fasste sie bei den Schultern. »Weil es *genug* ist, Kind. Wie oft hast du dich vor der Gesellschaft blamiert? Wie oft den Ruf der Familie gefährdet?«

»Aber ... aber ich gelobe doch Besserung!«

Ihr Vater ließ die Hände fallen und schüttelte den Kopf. »Das hast du schon so viele Male getan. Weder deine Beteuerungen noch meine Bestrafungen konnten deinen Charakter zum Guten hin formen. Die Sache mit Talbot ist nur der Tropfen, der das

Fass zum Überlaufen gebracht hat.«

Seine Worte schürten die Panik in ihrer Brust und drückten ihr die Luft ab, so als hätte man ihr das Mieder zu eng geschnürt. Mühevoll kämpfte Marigold gegen die Übelkeit in ihrem Magen und das Beben ihrer Lippen an. Sie kämpfte, obwohl sie wusste, dass dieser Kampf längst verloren war. Theodor hatte sich entschieden. Das Einzige, was ihr nun übrigblieb, war, sich ihre Angst nicht anmerken zu lassen. Statt weiter um Gnade zu betteln, würde sie ihr Schicksal mit Würde und Contenance tragen. Sie würde vorgeben, dass es ihr leichtfiel, sich auf die Reise ins Unbekannte zu machen und ihrer Familie Lebewohl zu sagen. Dafür musste sie sich nur ein Vorbild an ihrem Vater nehmen, der sie, ohne mit der Wimper zu zucken, aufgegeben hatte.

Die Zeit bis zur Abreise war knapp bemessen, denn die *Ariadne*, das Handelsschiff, mit dem ihr Onkel nach Montreal zurückkehren wollte, würde bereits am achtzehnten März auslaufen. Bis dahin trieb Delia Clayton die Dienerschaft von morgens bis abends zu Höchstleistungen an. Die Garderobe und die Aussteuer ihrer Tochter mussten zusammengestellt und in Reisetruhen verstaut werden.

Nach einem langen Tag voller Kleideranproben ließ Marigold sich auf den Ohrensessel vor dem Kamin sinken und sah zu ihrer Mutter. Gerade rügte sie Hannah, weil diese die neuen Stiefel ihres Schützlings noch nicht beim Schuster abgeholt hatte. In letzter Zeit fuhr die Hausherrin wegen jeder Kleinigkeit aus der Haut und oftmals war ihr Gezeter bis in alle Ecken des dreistöckigen Anwesens zu hören.

Marigold fragte sich, ob dies Delias Art war, mit der plötzlichen Abreise ihrer Tochter umzugehen. Sie wirkte überreizt und manchmal ertappte Marigold sie dabei, wie sie sich eine Träne aus dem Augenwinkel wischte, wenn sie sich unbeobachtet wähnte. In den letzten Jahren war ihre Beziehung nicht unbedingt von Herzlichkeit geprägt gewesen und es war offensichtlich, dass Delia die vernünftige Frances bevorzugte. Dennoch musste die Nachricht über ihren Fortgang auch für sie ein Schock gewesen sein. Marigold hätte nur zu gerne erfahren, was ihre Mutter über die Pläne der Clayton-Brüder dachte. Gleichzeitig wusste sie, dass Delia sich nicht dazu äußern würde. In der Vergangenheit hatte sie die Entscheidungen ihres Gatten kein einziges Mal in Frage gestellt, hatte nie ein kritisches Wort über Theodor verloren. Ob der Grund für diese Loyalität auf anerzogenem Gehorsam oder auf Liebe gründete, konnte Marigold nicht sagen. Vermutlich war es eine Mischung aus beidem.

Hannah dagegen machte keinen Hehl daraus, was sie von dem Entschluss ihres Dienstherrn hielt. Als Theodor das Gesinde im Foyer zusammengerufen hatte, um alle über die baldige Abreise seiner Tochter zu informieren, war ihr rotwangiges Gesicht aschfahl geworden. Die Nachricht, dass Marigold ohne die Begleitung ihrer treuen Zofe fortgehen würde, hatte sie in Tränen ausbrechen lassen. Schließlich hatte Johnson, der Butler, sie mit den Worten, sie solle die Herrschaften nicht mit ihrer Lamentation in Verlegenheit bringen, hinausgeworfen.

Am Abend desselben Tages hatte sie beim Flechten von Marigolds Nachtfrisur lautstark über Mr Claytons grausames Vorhaben geschimpft. Keiner jungen Dame sei es zuzumuten, im zarten Alter von neunzehn Jahren mutterseelenallein über den Atlantik geschickt zu werden!

Auch heute blieb Hannahs Miene grimmig, als sie vor den Augen ihrer Herrin spitzengesäumte Musselin-Fichus faltete und in eine der Reisetruhen legte. Paradoxerweise hob sich Marigolds Stimmung durch das offen zur Schau gestellte Missfallen der Magd – bedeutete es doch, dass wenigstens ein Mitglied dieses Hausstandes über ihr Fortgehen bekümmert war.

Seufzend griff sie nach Bleistift und Zeichenpapier, welche auf dem Beistelltisch bereitlagen, und ergänzte ein paar Striche an der Skizze ihres Gemachs. Sie hatte sich vorgenommen, bis zu ihrer Abreise von allen Räumen Zeichnungen anzufertigen. Falls sie in der Ferne das Heimweh überkam, brauchte sie sich nur ihre Bilder anzusehen und würde sich wieder nach London zurückversetzt fühlen.

»Was ist das?«, tönte wenig später eine herrische Stimme hinter ihr.

Marigold fuhr zusammen und der Bleistift rutschte ihr aus der Hand.

»Nichts, Mutter.« Hastig legte sie den Zeichenblock zur Seite.

Delia baute sich vor ihr auf, beförderte einen gefalteten Papierbogen aus ihrer Rocktasche und warf ihn auf den Tisch. »*Damit* solltest du dich beschäftigen, nicht mit diesem unnützen Zeitvertreib! Oder möchtest du deinen Onkel etwa beschämen, indem du in Montreal in Lumpen herumspazierst?«

Daher wehte also der Wind. Ihre Mutter ärgerte sich, weil sie sich nicht ausführlich genug mit ihrer Reisegarderobe beschäftigte. Aber Marigolds Kleider der letzten Saison *Lumpen* zu nennen, war definitiv übertrieben. Sicher besaß sie keine einzige Garnitur, die diese Bezeichnung verdiente. Und wen kümmerte es schon, wenn sie dort drüben in der Einöde nicht *à la mode* herumlief?

»Gut«, sprach sie widerwillig und faltete den Papierbogen auf. Das Dokument enthielt eine Liste aller Dinge, die sie mit an Bord der *Ariadne* nehmen sollte.

*Fünf leinene Unterkleider*
*Sechs Paar Strümpfe, zwei aus Seide, vier aus Wolle*
*Vier Paar Strumpfbänder*
*Vier Unterröcke aus Satin mit gestepptem Saum*
*Fünf mit Fischbein gestärkte Mieder*
*Ein Paar Rocktaschen*
*Zwei Hüftkissen*
*Zwei Reifröcke*

*Vier wollene Überröcke*
*Sieben Fichus aus Musselin*
*Vier bestickte, seidene Stecker*
*Vier seidene Petticoats*
*Sieben Taillenschürzen aus Baumwolle*
*Drei Taillenschürzen aus Musselin*
*Zwei Paar Lederschuhe mit Metallstelzen*
*Zwei Paar gefütterte Lederstiefel*
*Drei spitzenumsäumte Hauben*
*Ein breitkrempiger Strohhut*
*Ein leichter Mantel aus Wolle*
*Ein Wintermantel mit Pelzkragen und Haube*
*Ein Paar mit Lammfell gefütterte Handschuhe*
*Ein Leibgürtel mit Stoffbinden*
*Zwei Kämme aus Elfenbein, Haarbänder und -nadeln, Puder*
*Nähzeug und Stecknadeln*
*Stickrahmen*

Marigold hob den Blick von der Liste und vergewisserte sich, dass ihre Mutter wieder mit der Dienerschaft beschäftigt war. Dann nahm sie ihren Stift zur Hand und ergänzte in feinsäuberlicher Schrift:

*Zeichenutensilien*
*Gullivers Reisen von Jonathan Swift*
*Tristram Shandy von Laurence Sterne*
*Robinson Crusoe von Daniel Defoe*
*Candide von Voltaire*

# 4

Am Nachmittag vor der Abreise stand Marigold unschlüssig vor der Zimmertür ihrer Schwester. Frances hatte sich in den letzten Tagen noch mehr zurückgezogen und Marigold machte sich zunehmend Sorgen. Außerdem betrübte sie die Vorstellung, dass sie derart zerstritten auseinandergingen. Immerhin war Frances ihre einzige Schwester! Hatte sie wirklich vor, ihr eisiges Schweigen bis morgen aufrechtzuerhalten?

Zögerlich hob Marigold die Hand und klopfte an. Eine Zeit lang tat sich nichts in dem Zimmer, doch schließlich hörte sie das verräterische Knarzen der alten Dielen. Frances öffnete die Tür einen Spalt und musterte sie stumm.

»Darf ich hereinkommen?«

Ihre Schwester nickte kaum merklich und trottete in ihrem Nachthemd zurück zum zerwühlten Bett.

Als Marigold eintrat, schlug ihr ein abgestandener, säuerlicher Geruch entgegen. Kurzerhand schob sie die schweren Vorhänge zurück und öffnete die Fenster, damit frische Luft und Licht in das Schlafgemach dringen konnten.

»Geht es dir nicht gut?«, fragte sie und näherte sich dem Bett.

Noch bevor sie neben ihrer Schwester Platz genommen hatte, erkannte sie, wie überflüssig ihre Frage war. Natürlich ging es Frances nicht gut! Bei Tageslicht waren die dunklen Schatten unter ihren Augen und der fahle Ton ihrer Haut deutlich zu sehen. Es schien, als sei sie tatsächlich unpässlich – so wie Delia Clayton es überall kundgetan hatte. Allerdings bezweifelte Marigold, dass es die Influenza war, an der sie litt. Erschüttert bohrte sich ihr Blick in Frances' graue Augen, die matt unter den rotblonden Wimpern hervorschauten. Konnte es sein, dass ein gebrochenes

Herz den Körper derart schwächte?

Da ihre Schwester nicht antwortete, sprach Marigold weiter. »Morgen Mittag wird das Schiff auslaufen. Vater und Mutter begleiten mich zum Hafen und ich würde mich freuen, wenn du ebenfalls mitkommst.«

»Ich ... ich weiß nicht«, krächzte Frances und fuhr sich durch das aufgelöste Haar. »Ich fühle mich in letzter Zeit so elend, weißt du.«

Marigold schluckte ihre Enttäuschung hinunter und musterte ihre Schwester voller Sorge. »Du willst sicher keinen Rat von mir hören, aber meinst du nicht, dass ein Spaziergang dir guttun würde? Oder soll ich Vater Bescheid geben, damit er einen Arzt holen lässt?«

»Nein! Keinen Arzt! Ich brauche nur mehr Zeit, um mich mit den Geschehnissen abzufinden.«

Marigold nickte und griff nach Frances' Hand. »Wie du möchtest. Ich hoffe jedenfalls, dass es dir bald besser gehen wird. Vielleicht wird alles einfacher, wenn du mich nicht mehr sehen musst.«

»Bitte sprich so nicht!«

Marigold zuckte mit den Schultern. »Ich sage nur die Wahrheit. Ich wünschte, ich könnte die Zeit zurückdrehen und alles ungeschehen machen. Aber das kann ich nicht, Frances, und das tut mir schrecklich leid. Lass mir nun wenigstens die Hoffnung, dass mein Fortgang deinem Schmerz Linderung verschaffen wird.«

Frances zog die Hand zurück, ihre Miene wurde mit einem Mal verschlossen. »Ich fürchte, dieses Versprechen kann ich dir nicht geben. Nichts und niemand kann meinen Schmerz lindern. Wir alle müssen für unsere Sünden büßen«, fügte sie leise hinzu, und als sie mit leerem Blick aus dem Fenster starrte, überkam Marigold ein Schaudern.

Die Kutsche der Claytons passierte als Erste die Pforte der Stadtvilla, anschließend bog eine Kolonne aus vollbepackten Wagen auf die Hauptstraße ein. Absalom hatte beim Anblick der vielen Reisetruhen gescherzt, dass er nicht sicher sei, ob seine Ware nun überhaupt noch Platz auf der *Ariadne* finden würde.

Natürlich waren die Kisten, die im Auftrag der Hudson's Bay Company in die Kolonie transportiert wurden, längst im Lagerraum des Schiffsbauchs untergebracht. Marigolds Onkel hatte ihr verraten, dass die Exporte vor allem aus Haushaltswaren und Textilien bestanden – nicht unbedingt die wertvollsten Güter, aber solche, die in den neu erschlossenen Gebieten dringend benötigt wurden. Deutlich mehr Umsatz erzielte die Company durch ihre Importe: In der Gegend rund um die kanadische Hudson's Bay wurden Biber gejagt und abgebalgt. Anschließend wurden die Pelze entweder in Montreal vertrieben oder direkt nach Europa verschifft, wo die Nachfrage nach Kastorhüten seit über einem Jahrhundert ungebrochen war.

Auch Marigolds Wintermantel, den sie über ihrem Reisekleid trug, war am Kragen mit Biberfell verbrämt. An diesem kühlen Märzmorgen, der sich den Vorboten des Frühlings gänzlich verweigerte, war sie dankbar für ihren schweren Umhang. Er schenkte ihr nicht nur Wärme, sondern auch ein Gefühl von Geborgenheit in ihrer zerfallenden Welt. Sie bildete sich ein, schon den salzig-fauligen Geruch der Themse wahrnehmen zu können. Nicht mehr lange und sie würden den Pool of London, die geschäftigen Docks zwischen Limehouse und der London Bridge, erreichen. Mit jeder Wegkreuzung, die die Kutsche nahm, schlug ihr Herz ein wenig schneller und in ihrem Anflug von Panik wünschte sie sich Hannah herbei. Sie hätte auf der Fahrt sicher ihre Hand gehalten oder tröstende Worte gefunden. Doch sie hatte ihre Zofe genau wie die anderen Dienstboten bereits in der Villa verabschieden müssen. Lediglich ein paar Laufburschen leisteten Beckett, dem Kutscher, Gesellschaft, um mit dem Abladen des Gepäcks zu helfen.

Marigolds Augen wanderten über ihre Familie, der sie gleich Lebewohl sagen musste. Delia nestelte an ihrem Ehering – eine vertraute Geste, über die Marigold geschmunzelt hätte, wäre sie nicht so nervös gewesen. Theodor hingegen hatte die Hände im Schoß gefaltet und sah mit undurchdringlicher Miene in die Morgendämmerung hinaus. Frances' bekümmertes Antlitz gab noch am meisten über ihr Gefühlsleben preis. Marigold bedeutete es viel, dass ihre Schwester sich dazu durchgerungen hatte, sie heute zum Hafen zu begleiten. Zwar hüllte auch sie sich in Schweigen und kaute immerfort auf ihrer Lippe, aber zumindest war sie hier, an ihrer Seite.

Schneller, als es Marigold lieb war, hatten sie ihr Ziel erreicht und sie stieg auf wackeligen Beinen aus der Kutsche. Trotz der frühen Stunde herrschte an den Docks rege Betriebsamkeit. Überall warteten Fässer und Transportkisten darauf, davongekarrt oder auf Schiffe gehievt zu werden. Offiziere der Royal Navy stolzierten umher und gaben Befehle von sich. Mit ihren makellosen, dunkelblauen Uniformen boten sie einen starken Gegensatz zu den in Lumpen gehüllten Gestalten, die in großer Zahl Schuten, kleine Zubringerboote, beluden, oder auf den Docks herumwuselten.

Am meisten beeindruckte Marigold der Anblick der Schiffe, die zu Hunderten im Hafen lagen. Angesichts der riesigen Konstruktionen fühlte man sich selbst furchtbar klein, und wagte man es, den Blick zu heben, so sichtete man ein schier unendliches Gewirr an Schiffsmasten.

Hinzu kam das Geschrei aus den Mündern Tausender Hafenarbeiter und Händler sowie der überwältigende Gestank nach menschlichen Ausdünstungen und faulem Fisch.

»Dort drüben ist Absalom!« Die Stimme ihrer Mutter riss Marigold jäh aus ihrem Staunen.

Sie wandte den Kopf und entdeckte ihren Onkel, der zügigen Schrittes auf die Familie zusteuerte. Wie immer war er elegant gekleidet. Das einzige Zugeständnis an die Witterung waren seine hohen Stulpenstiefel, die er heute anstelle der Schnallenschuhe trug. Trotz seiner Aufmachung wirkte er an diesem Ort kein bisschen fehl am Platz. Routiniert bewegte er sich durch das Gedränge, vorbei an hölzernen Kisten, Tierkäfigen und jeder Menge Unrat.

»Es ist alles bereit!«, rief Absalom lächelnd, als er zu ihnen aufgeschlossen hatte. Er war etwas früher in Richtung Hafen aufgebrochen, um letzte geschäftliche Details zu klären. »Marigold, du kannst die nächste Barke nehmen. Kieran wird dich auf die *Ariadne* geleiten.« Absalom wies mit dem Kinn über seine Schulter, woraufhin ein dunkelhaariger Seemann aus seinem Schatten trat. Er tippte sich an den tief in die Stirn gezogenen Dreispitz und deutete eine Verbeugung an. »Miss.«

Marigold nickte, weil sie ihrer Stimme nicht traute. Es war ohnehin alles gesagt. Wortlos knickste sie vor ihrem Vater, dann hauchte sie einen Kuss auf die Wange ihrer Mutter. Zuletzt ging sie auf Frances zu und drückte ihre Hand. Ihre Schwester war heute noch blasser um die Nase als sonst. Vielleicht hatte sie ebenfalls kaum geschlafen. Oder verursachten die Gerüche des Hafens bei ihr Übelkeit?

Marigold hatte keine Zeit mehr, darüber nachzusinnen, weil ihr Onkel sie erneut dazu anhielt, sich auf den Weg zum Zubringerboot zu machen. Sie straffte ihre Schultern und folgte Absaloms Gehilfen, der mit langen Schritten davonstapfte. Sie hatte Mühe, Kieran auf den Fersen zu bleiben und ihn inmitten des Gedränges nicht aus den Augen zu verlieren. Durch die Aufregung waren ihre Bewegungen heute linkisch, ihr Geist zerstreut.

Keuchend passierte Marigold Anlegestelle um Anlegestelle. Als sie bei dem Versuch, ihren Begleiter einzuholen, über eine Wurfleine stolperte, verließ ein derber Fluch ihren Mund, mit dem sie dem ein oder anderen Seemann Konkurrenz machte.

»So warten Sie doch!«

Marigold war nicht sicher, ob Kieran ihren Ruf überhaupt

gehört hatte, aber er drosselte sein Tempo und kam vor einem imposanten Dreimaster zum Stehen.

»Ist das die *Ariadne*?«, fragte sie schwer atmend.

Kieran nickte und schritt auf eine Barke zu, in der bereits zwei Ruderer auf ihren Einsatz warteten. Er schien kein besonders gesprächiger Mann zu sein.

»Nun gut«, murmelte sie und machte ein paar Schritte vorwärts. Sie raffte ihre Röcke und verlagerte das Gewicht auf ein Bein, um in das Boot zu steigen. Im letzten Moment versteifte sich ihr Körper vom Nacken bis hinunter zu den Zehen. Lähmende Angst hatte von ihr Besitz ergriffen. Angst vor der Schwärze des trüben, stinkenden Wassers, dem man nicht trauen konnte, und Angst davor, den festen Boden unter ihren Füßen endgültig aufzugeben.

»Ms Clayton?« Der Nebel in Marigolds Kopf war mindestens so dicht wie jener, der über der Themse schwebte, und lichtete sich erst, als Kieran sie ein zweites Mal ansprach. »Ms Clayton! Kommen Sie!« Seine Aufforderung war sanft und bestimmt zugleich. Mit beneidenswerter Leichtfüßigkeit sprang er auf die Barke, dann reichte er ihr die Hand. Zaghaft streckte sie die ihre aus. Seine Haut war warm und trocken, sein Griff fest – eine vertrauenerweckende Kombination, die ihr den nötigen Mut verlieh, endlich in das Boot zu hüpfen.

Nachdem sie diese Hürde gemeistert hatte, schaffte Marigold es ohne weitere Zwischenfälle an Bord des Handelsschiffes. Dabei war der Gang über das wackelige Fallreep nichts für schwache Gemüter. Als sie sicher auf dem Hauptdeck angekommen war, zwang sie sich dazu, ihre Sorgen wegen der Seereise in den Hintergrund zu drängen. In den nächsten Wochen würde sie genug Gelegenheit haben, sich darüber den Kopf zu zerbrechen. Stattdessen vergewisserte sie sich, dass ihr Gepäck verladen war. Obwohl an Deck ein unglaubliches Gewimmel herrschte, schien alles nach einer strengen Ordnung abzulaufen. Schiffsjungen kletterten in schwindelerregender Höhe auf den Masten, Matrosen hievten mithilfe der Talje Fässer in den Lagerraum, Befehle wurden gebellt. Marigold begriff, dass die Abfahrt unmittelbar bevorstand. Aus einem Impuls heraus eilte sie an die Reling und ließ ihre Augen ein letztes Mal über den Hafen wandern. Ihre Mutter erspähte sie zuerst, denn Delias ausladender Hut war selbst aus der Ferne gut zu erkennen. Und dort stand ihr Vater, der sich gerade den Kragen seines Mantels hochschlug. Und da – Frances!

Marigold kniff die Augen zusammen. Irgendetwas stimmte nicht mit ihrer Schwester, das spürte sie trotz der Entfernung: Die Art und Weise, wie sich ihre Schultern nach vorn beugten. Das Taschentuch, das sie sich vor den Mund presste. Und ihre behandschuhte Rechte, die sich nun sanft, ja, fast zärtlich auf ihren Bauch legte.

*Frances erwartet ein Kind.*

Die Erkenntnis durchfuhr Marigold mit Schrecken. Wieso hatte sie die Zeichen nicht vorher bemerkt? Warum ... wie ...?

Inzwischen zitterte sie am ganzen Leib. Richard Talbot, dieser Teufel! Er musste es gewesen sein, anders konnte sie es sich nicht erklären. Aber was sollte dann der Kuss in der Oper? Er konnte doch nicht ... wenn er Frances verführt hatte ...? Die Fragen in ihrem Kopf überschlugen sich, bis sie verstand, dass es nur eine Lösung für das Rätsel um die Absichten dieses Schurken gab. Bilder kamen in ihr hoch wie bittere Galle.

*Frances, die überglücklich von ihrer bevorstehenden Verlobung schwärmte. Sicher hatte sie sich Richard in ihrer blinden Liebe hingegeben.*

*Dann dieser verfluchte Kuss. Richard musste es absichtlich so eingerichtet haben, dass man sie im Theater entdeckte.*

*Am Tag darauf der schreckliche Brief, in dem er Frances abservierte.*
*Er hatte sie ausgenutzt.*
*Alle beide.*
*Sie wurde ans andere Ende der Welt geschickt, weil sich Lord Combshire ein kleines Abenteuer mit ihrer Schwester erlaubt hatte.*

Marigold konnte nichts gegen den Schrei tun, der aus ihrer Kehle drang, genauso wenig, wie sie ihre Fäuste kontrollieren konnte, die wild auf die Reling einschlugen.

Einer der Matrosen packte sie bei den Schultern und starrte sie an, als sei sie vom Wahn befallen. »Miss! Miss! Beruhigen Sie sich!«

Doch Marigold wollte sich nicht beruhigen. Schwungvoll riss sie sich los und stürmte auf das Fallreep zu, in der irrwitzigen Hoffnung, zum Hafen zurückzukehren und alles aufdecken zu können. Es musste einen Weg geben, noch einmal mit ihrem Vater zu reden! Und mit Frances! Wenn es sein musste, auch mit diesem Scheusal Richard Talbot!

»Mein Gott, Marigold!« Ihr Onkel war herbeigelaufen und hielt sie fest, bevor sie flüchten konnte. »Reiß dich zusammen! Was ist nur in dich gefahren? Du machst den Männern Angst!«

Benommen hob sie den Blick und ließ ihre Augen umherschweifen. Alle an Deck hatten ihre Arbeit unterbrochen und glotzten sie mit schreckhafter Miene an. Marigold hörte ein Tuscheln und irgendein Gerede von Frauen, die auf Schiffen nur Unglück brächten.

»Sie ... Sie verstehen nicht, Onkel!«, haspelte sie. »Ich muss mit Vater sprechen! Es geht um Frances! Ich kann jetzt nicht abreisen!«

Absaloms Augen wurden schmal und ein grimmiger Zug legte sich um seinen Mund. »Theodor hat mich gewarnt, aber ich hätte nicht gedacht, dass es wirklich so schlimm um dich steht.« Er machte einen Schritt auf sie zu, sodass die Krempe seines Hutes ihre Stirn berührte, und senkte die Stimme. »Wag es nicht, auf diesem Schiff noch einmal eine derartige Darbietung abzuliefern, du aufmüpfiges Weibsstück!«

»Bitte, Onkel, ich will nur –«

Absalom ließ sie nicht ausreden, sondern packte sie grob am Arm. Marigolds Fluchen verwandelte sich in ein Wimmern, als er sie über die Planken bis zum Achterdeck zerrte. Halb blind vor

Tränen erkannte sie, dass er eine Luke anhob, dann stolperte sie an seiner Seite eine Treppe hinab. Unten angekommen wies er auf eine schmale Tür.

»Hier ist deine Kammer. Richte dich ein und trete mir erst wieder unter die Augen, wenn du zur Vernunft gekommen bist!«

Marigold wusste nicht, wie lange sie reglos in der finsteren Kammer gestanden hatte, den Blick starr auf die Tür gerichtet, die Absalom ihr vor der Nase zugeschlagen hatte. Der Schock steckte ihr so tief in den Gliedern, dass sie sich erst wieder rührte, als ein Ruck durch das gesamte Schiff ging. Von jetzt auf gleich verlor sie die Balance und wurde gegen die holzverkleidete Wand geschleudert. Unter einem Aufschrei sackte sie zusammen.

Marigold zog eine Grimasse und berührte vorsichtig ihren Hinterkopf, den sie sich gestoßen hatte. Sie fühlte bereits die entstehende Beule, doch abgesehen davon schien sie sich nicht ernsthaft verletzt zu haben. Im Grunde tat ihr der Schädel weit weniger weh als ihre Hände, die sie sich bei ihrem Wutanfall an der Reling blutig geschlagen hatte und die nun fürchterlich brannten.

Mit zusammengebissenen Zähnen richtete sie sich auf und wankte durch die kleine Kajüte, während sich ihre Linke zur Orientierung an der Wand entlang tastete. Warum war es hier nur so dunkel? Und warum hatte ihr niemand gesagt, dass das Schiff schon beim Auslaufen aus dem Hafen so heftig schwankte?

Marigold kämpfte gegen den Schwindel an und folgte dem schmalen Lichtstrahl, der sich unter der Tür hindurch schob. Vielleicht verfügte ihre Kammer über eine Öllampe oder zumindest eine Kerze. Um das herauszufinden, musste sie allerdings etwas Tageslicht hineinlassen. Ein bitteres Lachen schlüpfte ihr durch die Lippen. Sie hatten London noch nicht einmal verlassen und ihr Onkel hatte sie schon unter Deck verbannt!

So zornig, wie Absalom vorhin ausgesehen hatte, hätte sie ihm sogar zugetraut, dass er ihre Tür von außen verbarrikadiert hatte. Doch wenigstens diese Schmach war ihr erspart geblieben. Sie drückte die Klinke hinunter und blinzelte in die Morgensonne, die durch die vergitterte Luke drang. Dann machte sie einen Schritt nach vorn – und prallte um ein Haar mit einem Matrosen zusammen, der vor ihrer Türschwelle stand.

Marigold fixierte die Knopfleiste der groben Weste, die sich auf ihrer Augenhöhe befand, bis ihr Blick nach oben wanderte, eine Halsbinde aus weißem Leinen streifte und schließlich an einem kantigen, glattrasierten Kinn hängen blieb.

»*Sie* schon wieder!«, rief sie aus und musterte den schwarzhaarigen Seefahrer mit unverhohlener Skepsis. Es war dieser Kieran, der sie vorhin an Bord geleitet hatte. »Was haben Sie hier zu suchen? Ohne meine Anstandsdame, die mir im Übrigen noch nicht vorgestellt wurde, ist es mir nicht erlaubt, männlichen –«

Sein ungeduldiges Seufzen – zumindest glaubte sie, dass sie das unverständliche Brummen aus seinem Mund als solches zu interpretieren hatte – ließ sie verstummen. Er überreichte ihr eine kleine Holzschatulle, die sie vorhin übersehen hatte.

»Verbandszeug«, erklärte er knapp und wies auf ihre wunden Hände.

»Oh. Vielen Dank, Mr ...?«

»Black«, sagte er, bevor er sich abwandte und die Stufen der Treppe erklomm.

Verdutzt sah Marigold dem Kerl hinterher. *Mr Black also*, dachte sie bei sich und wusste im gleichen Moment, dass sie den Namen so schnell nicht vergessen würde. Dafür passte er viel zu gut zu seinem Träger – zu dem schulterlangen, kohlschwarzen Haar und diesen seltsamen Augen, die so dunkel waren, wie sie es nie zuvor bei einem Menschen gesehen hatte.

# 5

Marigolds Groll verwandelte sich binnen weniger Tage in eine ungewohnte Lethargie. Sie hatte nicht lange gebraucht, um zu begreifen, dass man ihr aufbrausendes Temperament an Bord der *Ariadne* genauso wenig schätzte wie im Hause der Claytons. Vor ihrer Abreise hatte sie sich damit getröstet, dass sie auf ihrer Reise zumindest eine gewisse Freiheit genießen würde. Eine Zeit ohne strenge Etikette, ohne formelle Empfänge und ohne die immerwährende Kritik ihrer Eltern.

Seufzend blickte Marigold durch die matte Fensterscheibe der Kapitänskajüte, hinter der sich der wolkenverhangene Himmel abzeichnete.

Jetzt konnte sie über ihre Naivität nur lachen. Ja, sie war eine Närrin, durch und durch! Angefangen bei jenem Abend, an dem sie den großen Fehler begangen hatte, Richard nicht entschieden von sich zu weisen. Wie so viele Male zuvor verfluchte sie den Aristokraten im Geiste und ärgerte sich gleichzeitig über sich selbst. Je länger sie über den Kuss nachdachte, desto mehr musste sie sich eingestehen, dass sie durchaus Gefallen an Talbots Zärtlichkeiten gefunden hatte. Zumindest in jenem winzigen Augenblick zwischen dem ersten Schock und der späteren Erkenntnis, was Lord Combshire sich da gerade erlaubte. Vielleicht war sie auch schlichtweg neugierig auf dieses aufregende Gefühl gewesen, das seine Berührungen in ihr heraufbeschworen hatten. Inzwischen erfüllte der Gedanke, dass Richard seinen lügnerischen Mund auf ihren gepresst hatte, sie jedoch mit Ekel.

Sie verzog das Gesicht und bevor sie es verhindern konnte, ging ihre Gedankenspirale um Richard, Frances und deren ungeborenes Kind von vorn los. Wie es ihrer Schwester wohl erging?

Glaubte sie wirklich, dass Marigold ihren Galan mutwillig verführt hatte? Oder ahnte sie etwas von der Wahrheit und schützte Richard trotzdem, weil sie ihn immer noch liebte? Würde sie ihren Eltern alles beichten? Bei der Vorstellung, welches Theater die Nachricht von Frances' Schwangerschaft zuhause verursachen würde, wurde Marigold bang ums Herz, und sie schätzte sich ausnahmsweise glücklich, statt in der Familienvilla auf einem Schiff mitten im Atlantik zu sitzen.

»Meine Liebe, wenn Sie weiter nur aus dem Fenster starren, wird Ihre Blumenranke niemals fertig!«

Marigold schreckte zusammen und begegnete Mrs Mortons amüsiertem Blick. Die Gesellschafterin hatte wohl bemerkt, dass sich ihre Aufmerksamkeit längst von dem Stickrahmen in ihren Händen verabschiedet hatte.

»Wo Sie recht haben«, murmelte sie und stach die Nadel wieder in die Konturen der Chrysanthemen. »Wie geht es denn mit Ihrem Pfau voran?«

»Recht gut. Schauen Sie!« Die Ältere kippte ihren Stickrahmen, sodass Marigold die Vogeldarstellung aus der Nähe bewundern konnte.

»Oh, tatsächlich! Die Schwanzfedern sind äußerst gelungen!«

Zu ihrer eigenen Überraschung fiel es ihr nicht schwer, in Mrs Mortons Gegenwart freundlich zu bleiben. Gewiss bekam sie von ihr den ein oder anderen Tadel zu hören, doch im Gegensatz zu ihren Altersgenossinnen behielt ihre Stimme dabei stets einen fröhlichen Unterton.

Betsey Morton war die Gattin eines betagten Kontoristen, der Marigolds Onkel unterstand. Absalom hatte sie dazu verpflichtet, seiner Nichte während der knapp zweimonatigen Überfahrt Gesellschaft zu leisten. Oftmals saßen die Frauen in Captain Grants behaglicher Kajüte zusammen, zu welcher ihnen der Schiffsführer tagsüber großzügigerweise Zutritt gewährte. Wenn sich die Damen unter dem Achterdeck aufhielten, kam meist einer der jungen Burschen vorbei, um die Fußöfen anzuheizen, die sich Marigold und Betsey anschließend unter den Rocksaum schoben. Denn egal wie viele Schichten Kleidung man auch trug – irgendwie schaffte es die Nasskälte immer, bis auf die Haut durchzudringen. Kurz nach ihrer Abreise hatte sich Marigold eine Unterkühlung zugezogen und es war ihr so schlecht gegangen, dass Mrs Morton für ein paar Tage in ihrer Kammer gewacht hatte, um sie zu pflegen. Inzwischen hatte sie sich von ihrer Krankheit erholt und Betsey war wieder in die benachbarte Kajüte gezogen, die sie sich mit ihrem Gatten teilte.

Allerdings bezweifelte Marigold, dass sie sich jemals an die niedrigen Temperaturen und den eisigen Wind gewöhnen würde. Das ständige Sitzen machte es nicht besser, doch allzu viele Alternativen zu einem Sticknachmittag in trauter Zweisamkeit mit ihrer Anstandsdame gab es für sie an Bord der *Ariadne* nicht. Ihr Onkel gestattete ihr nicht einmal, allein Spaziergänge auf dem Deck zu unternehmen. Es sei gefährlich dort oben, außerdem lenke sie die Besatzung ab.

*Reinster Humbug!*, dachte Marigold bei sich. Sie hatte vielmehr das Gefühl, dass die Matrosen sie mieden, denn immer, wenn sie sich mit Mrs Morton die Beine an der frischen Luft vertrat, wandten sie hastig den Blick ab. Ob es an ihrem Tobsuchtsanfall von vor zwei Wochen oder aber am unverwüstlichen Aberglauben der Seemänner lag, konnte sie nicht sagen.

Ein wenig bedauerte sie ihre Isolation. Sie hätte gern mehr über die Prinzipien der Seefahrt gelernt und einmal das imposante Steuerrad aus der Nähe inspiziert, doch wegen Absaloms Vorschriften blieben ihr nur kurze Ausflüge auf das Deck. Bei jedem Spaziergang versuchte Marigold daher, so viel wie möglich über die *Ariadne* und ihre Besatzung aufzuschnappen. Zunächst war da Captain Grant, ein Schiffsführer mit jahrzehntelanger Erfahrung und wettergegerbtem Gesicht, dessen Befehle zwar immer streng, aber niemals gereizt klangen. Dann war da William Morton, Betseys Gatte, der sie mit seiner zierlichen Statur und den klugen Augen hinter den Gläsern seiner Ohrenbrille an ihren ehemaligen Hauslehrer erinnerte.

Die Namen der beiden Burschen, die ihr die Mahlzeiten und heiße Kohlen brachten, hatte Marigold ebenfalls schnell herausgefunden. Rupert war ein kräftiger, sommersprossiger Rotschopf, während der schlaksige, schmalgesichtige Nathaniel noch mehr von einem Kind als einem Mann hatte.

Von der restlichen Besatzung kannte sie mittlerweile den zahnlosen Schiffszimmermann O'Reilly, der schon morgens eine Rumfahne mit sich zog, und Ludgvan, der Schiffskoch, der, wann immer er vor seine Kombüse trat, ein zotiges Seemannslied anstimmte. Es dauerte nie lange, bis die anderen Matrosen in seinen Gesang einstimmten.

Alle außer *Rabenauge*. So nannte Marigold Kieran Black, dessen ebenholzfarbene Iriden sich bei ihrer Begegnung unter Deck tief in ihren Geist gebrannt hatten. Sie war unsicher, was sie von dem Mann halten sollte. In manchen Momenten hatte sie das Gefühl gehabt, dass seine Hilfsbereitschaft über die sture Ausführung von Absaloms Befehlen hinausgegangen war: Etwa damals in London, als er ihr am Hafen die Hand gereicht hatte. Die Tatsache, dass er ihr Verbandszeug gebracht hatte. Oder war auch dies im Auftrag ihres Onkels geschehen?

Gedankenversunken musterte Marigold ihre Hände, die inzwischen wieder makellos und geschmeidig waren, so wie es sich für eine junge Dame geziemte. *Rabenauge* war ein Kerl, der ihre Menschenkenntnis gewaltig auf die Probe stellte. Allerdings musste sie zugeben, dass sie bisher kaum mit Leuten seines Standes verkehrt hatte.

Fakt war, dass er Absalom diente, was nicht gerade für ihn sprach. Auf der anderen Seite machte er auf sie keinen herzlosen Eindruck. Sie hatte ein paar Mal erlebt, wie er mit der Besatzung redete. Im Gegensatz zu ihrem Onkel, der fast täglich Backpfeifen verteilte, verlor Mr Black dabei nie seine Beherrschung und blieb immer ruhig. *Ungewöhnlich ruhig*, überlegte sie stirnrunzelnd. *Rabenauges* stille Art machte es ihr schwer, ein Urteil über ihn zu fällen. Da waren ihr die lauten Matrosen lieber, die zwar frivole Lieder und freche Sprüche von sich gaben, im Grunde aber harmlose Gesellen waren.

Ja, Kieran Black war nur eines von vielen Rätseln auf der *Ariadne*, denen Marigold nachgehen wollte. Wie wohl die Unterkünfte der Besatzung aussahen? Schliefen die Matrosen wirklich in Hängematten, wie Mrs Morton ihr gestern kichernd verraten hatte? Und warum war es jedem an Bord strengstens verboten, den Laderaum im Schiffsbauch zu betreten, bis sie Montreal erreicht hatten? Ein Kribbeln ging durch ihre Arme, wie immer, wenn sie gegen ihre naturgegebene Neugier kämpfte. Es war wie verflucht! Sobald ein Verbot ausgesprochen wurde, drängte alles in ihr danach, sich dagegen aufzulehnen.

Plötzlich wurde ihr Grants Kajüte viel zu eng. Sie sprang auf die Füße und warf den Stickrahmen achtlos zur Seite.

»Ich brauche frische Luft!«, rief sie und eilte aus der Tür, bevor die Gesellschafterin zu einer Antwort ansetzen konnte.

Zuerst steuerte sie ihre Kammer an, wo sie sich ihre Zeichenmappe und ihre Kohlestifte schnappte, dann kletterte sie durch die Luke ins Freie, um eine neue Skizze anzufertigen.

Es dauerte nicht lange, bis die Anstandsdame sie auf dem Deck erspähte und ihren Unmut äußerte.

»Was hat Sie auf einmal hinaus getrieben? Hätten wir nicht in der Kajüte bleiben können?« Bibbernd rieb sie sich über die Arme.

»Meine liebe Mrs Morton, ich werde Sie nicht aufhalten, falls Sie zurück ins Warme gehen möchten«, sagte Marigold, ohne von ihrem Zeichenblock aufzusehen.

Die Ältere schnaufte und rutschte unbehaglich auf der improvisierten Sitzgelegenheit, einer leeren Frachtkiste, hin und her. »Sie wissen, dass ich Sie hier nicht allein lassen kann. Außerdem ist dies für eine Frau kein angemessener Ort zum Verweilen, geschweige denn für meine armen, alten Knochen.«

Marigold seufzte und ließ ihre Zeichnung sinken. Es war eine

Studie des Schiffes, wie es von ihrem Platz am Heck aussah.

»Dann fragen Sie doch Rupert oder Nathaniel, ob sie uns die Fußöfen nach oben bringen.«

»Werden die Öfen durch den Wind hier draußen nicht sofort verglimmen?« Betsey blickte sich skeptisch um. Mit ihren hektischen Kopfbewegungen und ihrer voluminösen, weißen Haube erinnerte sie an eine aufgeschreckte Henne.

Marigold zuckte mit den Schultern und verbarg ihr Schmunzeln hinter dem Zeichenpapier.

»Nun gut«, murmelte Mrs Morton, wobei ihr der Widerwillen deutlich anzumerken war. Mit einem Ächzen erhob sie sich und begab sich auf die Suche nach den Schiffsjungen.

Sobald sie aus ihrem Sichtfeld verschwunden war, atmete Marigold auf. Zuhause in London hatte sie sich zum Zeichnen stets zurückgezogen. Es lenkte sie ab, wenn jemand neben ihr saß und immerzu plapperte, oder ihr gar neugierig über die Schulter linste. Sie wusste, dass ihre Kunstfertigkeit ausbaufähig und nicht mit den Werken, die sie im British Museum bewundert hatte, zu vergleichen war. Im Grunde hatte sie auch keinen besonderen Ehrgeiz, ihr Können zu verbessern. Das Zeichnen war für sie ein angenehmer Zeitvertreib, bei dem sie ihren Gedanken freien Lauf lassen konnte, und sie legte keinen großen Wert darauf, dabei beobachtet zu werden.

Dies war bereits ihre zweite Studie der *Ariadne*, und Marigold war sicher, dass im Laufe der nächsten Wochen weitere hinzukommen würden. Leider war die Perspektive vom Deck aus immer ein wenig unbefriedigend. Ob sie jemals die Chance bekommen würde, den Dreimaster in seiner ganzen Pracht zu zeichnen? Dies wäre erst möglich, wenn sie das Handelsschiff verlassen und von außen in Augenschein nehmen konnte, und bis zur Ankunft in Montreal musste sie sich noch lange gedulden.

Sie hauchte den Atem auf ihre kältestarren Finger und stellte wieder einmal fest, dass die Zeit ihr ganz eigenes Tempo entwickelte, wenn man auf hoher See segelte. Zwar gab es die Schiffsglocke, die alle halbe Stunde läutete, trotzdem verlor sie ihr Zeitempfinden mit jedem Tag, der ereignislos an ihr vorbeizog, etwas mehr. Mrs Morton war nun bereits seit einer gefühlten Ewigkeit verschwunden. Konnte sie die Burschen nicht finden? Oder hatten ihre schmerzenden Knochen sie zurück in die behagliche Kajüte getrieben?

Marigold fror selbst erbärmlich, doch die Freiheit, die sie hier an Deck empfand, war ihr die steifen Finger und die blutleeren Zehen wert. Nachdem sie ihre anfängliche Skepsis gegenüber der Schifffahrt abgelegt und mit Erleichterung festgestellt hatte, dass sie von der berüchtigten Seekrankheit verschont blieb, hatte sie sich rasch an den Alltag an Bord gewöhnt. Dieser war kaum mit ihrem komfortablen Leben in London zu vergleichen und sie musste sich eingestehen, dass sie einige Annehmlichkeiten wie ihr weiches Himmelbett, ihren Kamin und das heimische Sitzklosett vermisste. Allerdings wusste sie auch die Vorzüge ihrer Reise zu genießen. Den kühlen Wind etwa, der ihr um die Nase blies und der einen erfrischenden Gegensatz zu den Gerüchen ihrer Heimatstadt bildete. Sie vermisste es nicht, dass sie hier keine Bälle besuchen musste, auf denen sie von ihrer Mutter angepriesen wurde wie eine Stute von ihrem Züchter.

Marigold schloss die Augen und sog die salzgeschwängerte Luft ein. Sie war dankbar für diese kostbaren Stunden, in denen sie einmal nicht unter Beobachtung stand, und das Gefühl der Freiheit. Gewiss, es war eine illusorische Freiheit, denn Mrs Morton würde jeden Moment wieder an ihrer Seite auftauchen. Und Montreal – ihr nächster goldener Käfig – rückte jeden Tag ein wenig näher.

# 6

In dieser Nacht wälzte sich Marigold in ihrem Alkoven von Seite zu Seite. Die gepfefferten Schweinelenden, die Ludgvan der kleinen Gruppe aus privilegierten Passagieren heute Abend vorgesetzt hatte, lagen ihr schwer im Magen. Dabei hatte sie beim Dinner nicht einmal großen Appetit gezeigt. Vielleicht, weil das panische Quietschen des Tieres, das man gestern Mittag geschlachtet hatte, sie noch immer verfolgte.

Marigold robbte an das Kopfende ihrer Koje, stützte sich auf und starrte in die Dunkelheit. Wenn sie die Wahl gehabt hätte, hätte sie ohne Zögern mit einem der Matrosen getauscht und mit den einfachen Mahlzeiten der restlichen Besatzung vorliebgenommen. Lieber löffelte sie tagein tagaus Graupeneintopf, statt die Abende mit ihrem Onkel und dem Ehepaar Morton zu verbringen. Das gemeinsame Dinner wurde stets von gezwungener Konversation und einer gedrückten Atmosphäre begleitet, was auch daran lag, dass sie Absalom noch immer nicht verziehen hatte. Jedes Mal, wenn sie an den Tag der Abreise zurückdachte, daran, wie er sie vor aller Augen gedemütigt und über das Deck geschleift hatte, kochte die Wut von Neuem in ihr hoch. Hinzu kam sein ständiges Gerede von weiblicher Sittsamkeit und seine unzähligen Regeln, was sie an Bord zu tun oder zu lassen hatte. Mit einem verächtlichen Schnauben kam Marigold auf die Füße. Absalom war genauso engstirnig wie ihr Vater!

Auf Zehenspitzen tapste sie zu ihrer Kleidertruhe, fischte Röcke und Strümpfe heraus und kleidete sich nachlässig an. Zuletzt schlüpfte sie in ihre Stiefel und legte sich den Wollmantel um. Dann öffnete sie die Tür und spähte in den Flur hinaus. In der Finsternis erkannte sie nur grobe Konturen und musste sich vor allem auf ihr Gehör verlassen. Aus der Kajüte zu ihrer Rechten drang das synchrone Schnarchen der Mortons, das ihr inzwischen bestens vertraut war. Links von ihr lag die Kammer ihres Onkels. Von dort war kein Mucks zu hören. Auch das war nicht ungewöhnlich.

Vorsichtig stieg Marigold die Treppe zum Deck hinauf. Der Seegang war stärker, als sie angenommen hatte, und während sie ihre Hände haltsuchend gegen die Wände des schmalen Durchgangs stemmte, musste sie ihre Lippen fest aufeinanderpressen, damit kein Laut hindurch schlüpfte. Bei der vergitterten Luke angekommen atmete sie auf und sah zögerlich über ihre Schulter, zurück zu ihrer Kammer. Bei Nacht waren das Schaukeln der *Ariadne* und das Rauschen der Wellen deutlich furchteinflößender als bei Tage. Sollte sie besser umkehren und sich unter ihre warme Bettdecke verkriechen? *Nein*, entschied sie und öffnete die Klappe einen Spalt. *Wer weiß, wie oft ich noch die Gelegenheit bekomme, ganz allein über das Deck zu spazieren.*

Nur einen Atemzug später rutschte ihr das Gitter vor Schreck aus den Fingern. Von *allein an Deck* konnte keine Rede sein. Dort oben trieben sich mindestens fünf Gestalten herum! Marigold biss sich auf die Lippe und ärgerte sich über ihre Torheit. Natürlich wurde auf der *Ariadne* rund um die Uhr gearbeitet! So ein Schiff steuerte sich schließlich nicht von selbst. Erst vor ein paar Tagen hatte William Morton ihr erklärt, dass die Besatzung niemals gleichzeitig schlief. Zum einen, weil die Mannschaftslogis nicht genügend Hängematten für alle Matrosen bot, zum anderen, weil es auch bei Nacht immer ein Dutzend Seemänner bedurfte, die nach dem Rechten sahen. Wie hatte sie dies vergessen können?

Unschlüssig lugte sie durch den schmalen Spalt hinauf zum nächtlichen Sternenhimmel, der majestätisch und geheimnisvoll über den Masten glitzerte. Ob man sie bemerken würde, wenn sie im Schutz der Finsternis auf dem Deck herumhuschte? Wenn sie sich duckte und dicht an die Reling drängte, würde es vielleicht gehen.

Sie vergewisserte sich, dass gerade niemand in ihrer Nähe patrouillierte, und kletterte bis nach oben. Als sie ihren Rocksaum über die letzte Stufe hob und anschließend hinter ein paar Fässern Deckung suchte, verfluchte sie ihre ausladenden Gewänder. Ihre Reisekleidung verhinderte nicht nur flinke Bewegungen, sondern wies sie auch eindeutig als Frau aus, was bedeutete, dass sie noch vorsichtiger sein musste.

Mit klopfendem Herzen schlich sie vorwärts. Da war einerseits die Angst, entdeckt zu werden, andererseits diese belebende Aufregung, die sie schon früher überkommen hatte, wenn sie etwas Verbotenes getan hatte. Denn waren es nicht meist die verbotenen Dinge, die das größte Entzücken hervorriefen? Marigold fühlte sich bestätigt, als sie ihren Blick gen Himmel hob und das Firmament erneut in Augenschein nahm. Sie glaubte, noch nie einen derart klaren Sternenhimmel gesehen zu haben. Der Mond schien als dünne Sichel hinab, als wollte er dem pechschwarzen Baldachin, auf dem die Sterne funkelten, nicht die Aufmerksamkeit stehlen. Marigold kannte nur wenige Sternbilder und es dauerte nicht lange, bis sie jedes davon entdeckt hatte. Der Anblick war atemberaubend und nicht mit dem Londoner Nachthimmel zu vergleichen, der täglich vom Rauch Tausender Schornsteine verdeckt wurde.

Sie ließ ihren Blick umherschweifen und versuchte, sich alles genau einzuprägen, damit sie ihre Eindrücke morgen auf dem Zeichenpapier festhalten konnte. Inmitten der Dunkelheit erschien ihr das Schiff noch riesiger als sonst – und verlassener. Nur gelegentlich machte sie die Silhouetten vereinzelter Matrosen aus. In gebückter Haltung huschte sie an der Reling entlang, bis sie sich auf Höhe des Besanmastes befand. Weil sie sich einigermaßen sicher fühlte, wagte sie es, sich auszustrecken und über die Brüstung zu lehnen.

Während sie das Lichtspiel des schwachen Mondscheins auf dem Ozean beobachtete, wurde sie von einer plötzlichen Schwermut überrollt. Sie vermisste England und ihre Familie, erkannte jedoch im gleichen Moment, dass es kein gewöhnliches Heimweh war, das sie quälte. Es war vielmehr das Bewusstsein darüber, dass sie auch in London nie richtig dazu gehört hatte. *Ein verlorener Fall*, hallten Mutters Worte in ihrer Erinnerung nach. Ja, sie würde sich selbst belügen, wenn sie sich einredete, dass sie hier, mitten auf dem Atlantik, einsamer war als zuhause. Denn sie war schon viele Jahre einsam gewesen. Einen fürchterlichen Augenblick lang fragte sie sich, ob dieses Gefühl jemals wieder verschwinden würde. Da sie sich auf direktem Weg in die unwirtlichen Kolonien befand und bald vermutlich an der Seite irgendeines alten Kaufmanns leben würde, mit dem sie rein gar nichts verband, standen ihre Chancen nicht besonders gut.

Sie gab sich dem Strudel ihrer Gedanken hin, die so düster waren wie die schäumende Schwärze, die sich tief unter ihr auftat. Vergangenheit und Zukunft vermischten sich in ihrem Kopf zu einer trüben Masse. Wahrscheinlich passte sie einfach nicht in diese Welt. Würde es irgendwen kümmern, wenn sie niemals in Montreal ankam? Vermisste ihre Familie sie überhaupt? Sie konnte es sich nicht vorstellen, so gefasst wie Theodor, Delia und Frances sie verabschiedet hatten.

Je länger sie auf den Ozean hinaus starrte, desto stärker wirkte der Sog, der von der brausenden Gischt ausging und der sie wie von unsichtbarer Hand weiter über die Reling zog.

»Vorsicht«, raunte eine Stimme dicht hinter ihr, so unerwartet, dass Marigold zusammenzuckte und herumfuhr. *Rabenauge*, schoss es ihr durch den Kopf.

»Mr ... Mr Black«, stammelte sie und zog die Nase hoch. Erst jetzt bemerkte sie, dass ihre Wangen tränennass waren. »Ich habe Sie nicht kommen hören.«

»Kein Wunder. Der Wind ist stark, die See laut.« Als wollten seine Worte unterstreichen, lösten sich einige dunkle Strähnen aus seinem Zopf und wirbelten um sein Haupt. Ihr fiel auf, dass er seinen abgewetzten Dreispitz nicht trug, der sein Gesicht für gewöhnlich halb verdeckte. Stumm musterte sie das freche Kinn, die vollen Lippen und die hohen Wangenknochen, die im Kontrast zu seiner Nase standen, welche eher breit geraten war. Zuletzt blieb ihr Blick an seinen Augen hängen, die ihm ohne sein Wissen einen Beinamen eingebracht hatten.

»Es ist gefährlich, sich bei stürmischer See so nahe an der Reling herumzutreiben.« Er sagte es mehr wie eine Feststellung, denn als Vorwurf. Trotzdem ging bei seinen Worten ein Zittern durch Marigolds Körper.

»Bitte verraten Sie meinem Onkel nicht, dass Sie mich hier gesehen haben!«, wisperte sie und machte einen Schritt auf ihn zu. »Ich weiß, er ist Ihr Dienstherr, aber er ist so streng zu mir und würde nicht verstehen, dass mich der Wunsch nach frischer Luft …« Marigold hatte das Gefühl, sich unter seinem durchdringenden Blick um Kopf und Kragen zu reden, und verstummte schließlich vollends. In diesem Moment begriff sie, dass Kieran Black kein Mann war, der sich von flehenden Worten überzeugen ließ. Sicher hatte er längst entschieden, ob er Absalom von dem nächtlichen Spaziergang seiner Nichte erzählen würde. Leider verriet seine unbeeindruckte Miene kein bisschen, wie seine Entscheidung ausgefallen war, und dieser Umstand machte sie fast wahnsinnig.

Endlich zeigte Kieran eine Reaktion. Ohne den Blick von ihr zu lösen, hob er die Hand und legte den Zeigefinger an seine Lippen.

Marigold atmete auf. »Danke«, murmelte sie, ehe sie ihre Röcke raffte und davoneilte.

Es grenzte an ein Wunder, dass es ihr gelang, sich unbemerkt zur Luke zurückzuschleichen. Der Zusammenstoß mit Mr Black hatte sie aufgewühlt und ihre Bewegungen waren ungeschickt, als sie die Treppe am Achterdeck hinabstieg und in ihre Kammer floh.

Hastig streifte sie ihre Reisekleidung ab und schlüpfte unter die Bettdecke, die sich kühl auf ihre Haut legte. Wie lange war sie wohl fort gewesen? Sicher würde sie morgen kaum aus den Federn kommen. Obwohl sie nun in ihrer Koje lag, bezweifelte sie, in dieser Nacht noch Schlaf zu finden.

Sie musste an den funkelnden Sternenhimmel denken – so wunderschön und schauerlich zugleich, dass er Gefühle in ihr auslöste, die ihr Angst machten. Selten in ihrem Leben hatte sie eine derartige Düsternis in sich gespürt, wie in dem Moment, als sie über die Reling und in die schwarze See hinab geblickt hatte. Eine Düsternis, die sie womöglich vollends niedergezwungen hätte, wäre *Rabenauge* nicht aufgetaucht.

Marigold zog sich die kratzige Zudecke bis über die Ohren und presste ihre Lider zusammen.

Es beschämte sie, dass er sie in jener Verfassung vorgefunden hatte – verweint und in Selbstmitleid versunken. Dabei hatte Kieran Black weder ärgerlich noch abschätzig ausgesehen, als er seine Warnung ausgesprochen hatte. Er hatte eher besorgt gewirkt. Weitaus verwunderlicher war die Tatsache, dass er offenbar nicht vorhatte, sie an ihren Onkel zu verraten. Aber konnte sie diesem Mann wirklich trauen? Vielleicht wollte er sie lediglich in Sicherheit wiegen und würde Absalom morgen über den nächtlichen Spaziergang seiner Nichte unterrichten?

Ihr Verstand kam zu dem Schluss, dass sie mit beiden Möglichkeiten rechnen musste. Anders sah es mit ihrem Herzen aus. Dieses schlug jedes Mal ein wenig schneller, wenn sie an die sanfte Geste zurückdachte, mit der Kieran seinen Finger an die Lippen gelegt hatte. Lippen, denen sie vertrauen wollte. Lippen, so voll und sinnlich geschwungen, dass Marigold sich unwillkürlich fragte, wie sie sich wohl anfühlten.

Stöhnend vergrub sie ihr Gesicht im Kopfkissen. Spätestens seit dem Kuss mit Richard sollte ihr klar sein, dass derartige Gefühle nicht nur unanständig, sondern auch gefährlich waren. Sie musste sich bloß in ihrer spartanischen Kabine umblicken, um zu sehen, wohin derlei Dinge führten. Allerdings wusste sie erst durch Richards Kuss überhaupt von der Existenz dieser Gefühle. Ein weiterer Grund, ihn auf ewig zu verfluchen!

Kieran Black mochte ein attraktiver wenngleich etwas ungehobelter Mann sein, doch sie wäre eine Närrin, würde sie sich davon ablenken lassen. *Rabenauge* war in erster Linie der Gefolgsmann ihres Onkels und sein Versprechen für sie daher ohne Wert, ganz gleich, was ihr Bauchgefühl ihr einreden wollte.

# 7

Wie erwartet kam Marigold am nächsten Morgen nur schwer aus dem Bett. Zum einen, weil es in ihrer Kammer klirrend kalt war und sie es nicht über sich brachte, ihre Federdecke zurückzuschlagen, zum anderen, weil ihr davor graute, ihrem Onkel beim Frühmahl gegenüberzutreten. Was, wenn er inzwischen doch über ihren nächtlichen Ausflug informiert worden war?

Sie zögerte das Aufstehen so lange hinaus, dass es irgendwann an der Tür klopfte und Mrs Morton ihren Kopf hindurch steckte.

»Ms Clayton, ist Ihnen nicht wohl? Wir haben Sie heute beim Frühmahl vermisst!«

»Oh, es ist nichts weiter, mir macht nur die Kälte zu schaffen.«

Betsey nickte verständnisvoll. »Warten Sie hier, ich bringe Ihnen eine Stärkung.«

»Danke«, murmelte Marigold gerührt, doch die betagte Frau war schon wieder verschwunden.

Kurze Zeit später kehrte sie zurück, ein Frühstückstablett mit Kaffee, Toast und Rührei in der Hand. Obwohl Marigold für gewöhnlich heiße Schokolade und süße Marmeladen bevorzugte, lief ihr beim Duft von Mokka und geröstetem Brot das Wasser im Munde zusammen.

»Wie reizend, vielen Dank!« Sie beugte sich über das Tablett, das Mrs Morton auf ihrem Schoß abgestellt hatte. Der Seegang hatte sich innerhalb der letzten Stunden beruhigt, sodass sie keine Angst haben musste, den Kaffee auf das Laken oder ihre Chemise zu verschütten.

Betsey lächelte und ließ sich auf den Schemel neben dem Bett sinken. »Freuen Sie sich denn schon auf Ihre neue Heimat, Ms Clayton?«

Marigold hätte nichts dagegen gehabt, ihr Frühstück allein zu verspeisen, aber Mrs Morton war wohl auf Geplauder aus.

»Nun«, brachte sie kauend hervor, »so viel weiß ich gar nicht über Montreal. Mein Onkel schwärmte allerdings sehr davon.«

»Ja, der Pelzhandel hat Montreal weit gebracht und inzwischen zieht die Stadt jedes Jahr mehr Menschen an. Engländer und zunehmend auch Schotten. Vielleicht bleiben Sie mir nach der Ankunft erhalten, dann zeige ich Ihnen die schönsten Orte unserer Kolonie.«

»Aber gewiss!« Marigold hatte die Dame längst lieb gewonnen und die Aussicht, sie in der Fremde bei sich zu haben, stimmte sie freudig.

»Ich hoffe sehr, Ihr zukünftiger Gatte wird es gestatten«, fügte Betsey mit hochgezogenen Brauen hinzu und verwandelte Marigolds Vorfreude im Handumdrehen in Unbehagen. »Schließlich lassen nicht alle Ehemänner Ihren Frauen so viele Freiheiten wie mein guter William.«

»Meinen Sie wirklich, dass mein Onkel es so eilig hat, mich unter die Haube zu bringen?«

»Ich fürchte, ja. Wie ich hörte, hat er es Ihrem Vater versprochen. Außerdem«, sie senkte verschwörerisch die Stimme, »kann ich mir Mr Clayton einfach nicht mit einer Frau im Hause vorstellen. Er ist eben ein älterer Junggeselle und diese sind manchmal ein wenig ... eigentümlich. Verzeihen Sie meine offenen Worte!«

Marigold grinste. Hinter Mrs Mortons Fassade der sittsamen Kontoristengattin steckte offensichtlich eine Klatschbase mit loser Zunge und saloppem Humor.

»Ich dachte, Absalom war früher verheiratet?« Sie nahm einen Bissen von dem Toast und strich sich die Brösel vom Kinn. »Meine Mutter hatte es einmal erwähnt.«

Betseys Lächeln erstarb. »Ja, aber das ist doch eine Ewigkeit her«, haspelte sie. »Da hatten Sie noch nicht einmal das Licht der Welt erblickt.«

»Was ist passiert?«

»Eine traurige Geschichte.« Mrs Morton schüttelte den Kopf. »Das Mädchen, ich meine natürlich Ihres Onkels Gattin, ist früh verstorben.«

Marigold erkannte, dass Betsey ihr nicht alles sagte, was sie darüber wusste, und beschloss, bei Gelegenheit Nachforschungen anzustellen. Sie konnte sich Absalom überhaupt nicht als Ehemann vorstellen. Er war zwar ein wohlhabender und kluger Händler, und sein Äußeres verriet, dass er einmal ein gutaussehender Jüngling gewesen sein musste. Doch da war etwas an ihm, eine seltsame Aura, die sie in letzter Zeit immer deutlicher spürte und die ihr nicht selten eine Gänsehaut über die Arme jagte. Das Bild des zärtlichen Gatten passte in ihren Augen nicht zu ihm.

»Nun schauen Sie doch nicht so finster drein«, riss Betsey sie aus ihren Gedanken. »Und vergessen Sie nicht die Eierspeise! Sie ist sicher längst kalt.« Sie blickte erst auf den halbvollen Teller und musterte dann Marigolds Leib, der sich unter der Chemise abzeichnete. »Mag sein, dass Schlankheit in London gerade *à la mode* ist, doch ich sage Ihnen, die Männer aus Montreal bevorzugen kräftige Frauen mit etwas mehr Fleisch auf den Rippen.«

Marigold verdrehte die Augen, hob dann aber brav die Gabel und verspeiste den Rest ihres Frühstücks.

Da sie so spät gefrühstückt hatte, verspürte Marigold zur Mittagsstunde keinen großen Hunger. Dies war jedoch nur einer der Gründe, weshalb sie sich sträubte, die Kapitänskajüte aufzusuchen. Was, wenn Absalom inzwischen doch Wind von ihrem nächtlichen Streifzug bekommen hatte, und vorhatte, sie wieder vor aller Augen zu bestrafen?

Am liebsten wäre sie auf ihrer Kammer geblieben, aber da sie bereits das gemeinsame Frühmahl verpasst hatte, konnte sie nicht auch noch vom Mittagessen fernbleiben, ohne Aufmerksamkeit zu erregen.

*Verhalte dich ganz normal*, sagte sie sich selbst, als sie an Betseys Seite Captain Grants provisorisches Speisezimmer betrat. Im Grunde handelte es sich lediglich um einen grob gezimmerten Tisch, der durch einen stoffbezogenen Paravent vom Rest der Kajüte abgetrennt war. Der Kapitän, William Morton und Absalom löffelten aus ihren Suppentellern, deren Inhalt verdächtig nach Hühnereintopf roch.

»Verzeihen Sie bitte die Verspätung«, sprach Marigold und setzte sich auf den freien Stuhl neben ihrem Onkel. »Mrs Morton und ich haben die Zeit vergessen.«

Absalom zog die Brauen hoch und tupfte sich die Mundwinkel mit der Serviette ab. »Ja, Sie müssen meine Nichte entschuldigen, Captain Grant. Sie hat bei all dem *Nichtstun* die Zeit vergessen.« Er selbst und der Schiffsführer lachten, während der Kontorist unbehaglich zu seiner Gattin sah. »Nur eine Weibsperson ist zu derartigem Müßiggang fähig, nicht wahr?«

Marigold lächelte gequält. An einem anderen Tag hätte sie sich über die Worte ihres Onkels geärgert, doch heute ging seine Provokation ins Leere. Sie war viel zu erleichtert darüber, dass er offensichtlich nichts von ihrem nächtlichen Spaziergang wusste, sonst hätte er dies längst erwähnt. Kieran Black hatte sein Versprechen also gehalten.

Da in diesem Moment Nathaniel eintrat, blieben ihr weitere spöttische Bemerkungen erspart. Der Junge eilte dienstbeflissen zu der Terrine aus Porzellan, die auf einer Anrichte stand, und servierte den Frauen jeweils eine Portion Eintopf. Dann wartete er neben der Tür auf neue Anweisungen.

Nachdem Marigold ein paar Löffel gegessen hatte, wandte sie sich mit zuckersüßer Stimme an den Schiffsführer. »Sagen Sie, Captain, wie viel Zeit werden Mrs Morton und ich noch haben, um unsere Tage mit *Nichtstun* zu verbringen?«

Der alte Seefahrer grinste. »Sie meinen, wie lange es noch dauert, bis wir in Montreal ankommen? Wenn wir Glück haben, erreichen wir in etwa drei Wochen den Saint Lawrence Strom. Von dort aus segeln wir noch ein paar Tage südwestlich.«

Sie legte den Kopf schief. »Wie kommt es eigentlich, dass wir Montreal ansteuern, wo die Hudson's Bay doch viel weiter nördlich liegt, wie einer der Matrosen mir gestern verriet.«

Absalom sandte ihr einen giftigen Blick zu. Er billige nicht, dass sich seine Nichte mit den gewöhnlichen Seefahrern austauschte.

»Ihre Frage ist berechtigt, Ms Clayton«, meldete sich William Morton zu Wort. »Immerhin hat jene Bucht im Norden Kanadas unserer Company ursprünglich den Namen gegeben. Aber da sich die Pelzjagd und der Handel zunehmend auf die binnenländischen Gebiete erstrecken, war es der HBC vor ein paar Jahren ein Anliegen, einen starken Stützpunkt in Montreal zu errichten.«

Marigold nickte ihm dankbar zu. Mortons Erklärung entnahm sie, dass die Company darauf bedacht war, ihre Konkurrenz im Süden der Kolonie klein zu halten.

»Seien Sie froh, dass wir nicht auf dem Weg zur Hudson's Bay sind, Ms Clayton«, sprach der Captain. »Das wäre eine völlig andere Reise als diese hier. Außerdem ist die Bucht aufgrund der extremen Kälte und des Frosts nur zwischen August und September mit dem Schiff zugänglich.«

»Wir wollen die Damen nicht mit Details über die Company langweilen.« Absalom lächelte gönnerhaft.

Marigold wandte sich seufzend ihrer Suppe zu, denn sie war jener Themen, die ihr Onkel für vornehm hielt, längst überdrüssig.

Nach dem Essen verschwanden Absalom und Mr Morton in den Lagerraum, um den Zustand der Schiffsladung zu überprüfen.

Der Kapitän stieg zum Deck hinauf, sodass die Frauen mit Nathaniel allein in der Kajüte zurückblieben. Marigold holte ihre Zeichenutensilien aus ihrer Kammer, während der Schiffsjunge das benutzte Geschirr in die Kombüse brachte. Wenig später tauchte er mit einem Teeservice in den Händen wieder auf.

Als er das Tablett auf der Tafel abstellte, schob er Marigolds Schatulle, in der sie ihre Graphitstifte aufbewahrte, aus Versehen von der Tischplatte.

»Herrje!«, entfuhr es ihr, als sie sich das Schlamassel besah. Auf dem Boden lagen ihre Graphitstifte verstreut, jeder Einzelne davon war zerbrochen.

»Tut mir leid, Ms Clayton!«, stammelte Nathaniel, welcher im Nu aschfahl geworden war und hastig die Bruchstücke einsammelte.

»Schon gut.« Sie beugte sich ebenfalls zu den Dielen hinab. Ihr blutete zwar das Herz, als sie ihre Zeichenutensilien so demoliert sah, noch erschütternder war für sie aber der Anblick des Jungen, der zitternd auf dem Boden herumkrabbelte. Sicher rechnete er damit, für sein Missgeschick ein paar Schläge mit der Rute einzustreichen.

Sie tätschelte dem Burschen die Schulter. »Ich werde mir in Montreal neue kaufen.«

Er sah mit geröteten Augen auf. »Dann werden Sie mich nicht bestrafen?«

»Nein. Du hast es ja nicht mit Absicht getan.« Marigold wies auf das Teeservice. »Aber vielleicht möchtest du uns etwas Zucker bringen? Du weißt doch, unsere liebe Mrs Morton trinkt ihren Tee gern recht süß.«

Nathaniel schlug sich mit der flachen Hand gegen die Stirn. »Kommt sofort, Miss!«

Die Frauen kicherten über den Schiffsjungen, der zwar eifrig, aber manchmal etwas vergesslich war. Allerdings zählte er kaum mehr als elf Jahre und arbeitete erst seit ein paar Monaten an Bord der *Ariadne*.

Nachdem Nathaniel ihnen den Zucker gebracht und sie ihren Tee getrunken hatten, beschloss Marigold, die Schreibstube ihres Onkels aufzusuchen. Sie hoffte, dort Ersatz für ihre zerbrochenen Stifte zu finden, damit sie nicht die restliche Reise auf ihren liebsten Zeitvertreib verzichten musste. Sie lief den Gang hinunter, bis sie das Kontor erreicht hatte, und zog energisch an der Tür.

»Mr Clayton, ich bräuchte –« Marigold stockte und blieb wie angewurzelt im Türrahmen stehen.

»Mr Black«, kam es leise aus ihrem Mund. Ihr Blick wanderte über seinen kräftigen Körper, der hinter dem zierlichen Schreibpult genauso fehl am Platz wirkte wie seine Hand, welche die Schublade unterhalb der Tischplatte durchkramte. Dort hatte sie gewiss nichts zu suchen.

»Was ...?«, murmelte Marigold, ohne ihre Frage laut auszusprechen. Die Frage, was Kieran Black in dem Kontor ihres Onkels trieb, zu dem normalerweise nur Absalom und Mr Morton Zutritt hatten. Die Frage, was es zu bedeuten hatte, dass er in einem Dokumentenstapel wühlte. Suchte er nach wertvollen Papieren? Oder hatte er gehofft, dort Gold und Edelsteine zu finden?

Black bemühte sich weder um eine Antwort noch um eine zerknirschte Miene. Vermutlich weil er ahnte, dass ihm nichts davon nützen würde. Allein in seinen Augen erkannte sie so etwas wie ein Flehen, eine stumme Bitte, dass sie nicht hinausstürmte und Alarm schlug.

Eine Weile rang Marigold mit sich. Natürlich wäre es ihre Pflicht, ihren Onkel sofort über das Verhalten seines Untergebenen zu informieren. Doch nach allem, was Absalom getan hatte, fühlte sie sich ihm kein bisschen verpflichtet. Mr Black dagegen hatte ihre Dankbarkeit verdient, denn er hatte Wort gehalten und niemandem etwas von ihrem Ausflug in der letzten Nacht verraten.

Ihr Blick streifte seine Hand, die sich keinen Millimeter bewegt hatte, wanderte zu seinem Arm, über die breite Brust, hinauf zu seinem Adamsapfel, der über der Halsbinde hüpfte und ein schweres Schlucken offenbarte. Sie musste nicht länger über ihre Entscheidung nachdenken. Langsam hob sie die Hand und legte den Zeigefinger an die Lippen.

Ihre Geste ließ Kierans Mundwinkel zucken, trotz der heiklen Situation, in der sie sich befanden.

Marigold erwiderte sein vorsichtiges Lächeln, dann wandte sie sich ab, schloss die Tür hinter sich und kehrte mit klopfendem Herzen in die Kapitänskajüte zurück.

»Konnte Mr Clayton Ihnen aushelfen?«, fragte Mrs Morton nach ihrem Eintreten.

»Wie?«

»Na, hat er Ihnen ein paar Graphitstifte überlassen?«

»Oh, äh ... nein. Er war nicht aufzufinden.«

»Wie schade!«, rief Mrs Morton und versuchte erst gar nicht, den fragenden Unterton in ihrer Stimme zu verbergen. Genauso wenig wie ihren argwöhnischen Blick.

In den nächsten Tagen musste Marigold immer wieder an den Zusammenstoß mit Kieran Black denken. Manchmal fragte sie sich, ob sie das Richtige getan hatte. Was, wenn dieser Mann etwas Böses im Schilde führte? Was, wenn er der Company oder ihrem Onkel persönlich Schaden zufügen wollte? Sie musste sich eingestehen, dass sie rein gar nichts über Rabenauge wusste, etwa, woher er kam, welche Funktion er in der HBC erfüllte und worin seine Absichten lagen. Sie wusste nur, dass er sie mit seinem Schweigen geschützt hatte. Allein das Warum blieb ihr ein Rätsel.

Marigold ertappte sich bei ihren täglichen Spaziergängen dabei, sich nach Mr Black umzuschauen. Zuweilen trafen sich ihre Blicke, woraufhin er ihr kaum merklich zulächelte. Auf die Sonntage fieberte sie besonders hin, weil sich an diesem Tag alle zur gemeinsamen Messe auf dem Hauptdeck versammelten, was bedeutete, dass sie auch Kieran wiedersehen würde.

Die Gelegenheit, mit ihm zu sprechen, ergab sich jedoch ganz unverhofft.

Eines Nachmittags floh Marigold mit ihrer Lektüre unterm Arm aufs Deck. Das dämmrige Licht in ihrer Kabine machte ihren Augen zu schaffen, außerdem wollte sie die Sonne genießen, die sich in letzter Zeit rar gemacht hatte. Kaum war sie auf dem Oberdeck angekommen, drang ein Schluchzen an ihre Ohren, das verdächtig nach dem kleinen Nathaniel klang. Sein Weinen wurde von lautem Geschimpfe begleitet.

Marigold reckte den Hals und erkannte, dass es Rupert war, der den anderen Schiffsjungen triezte, während dieser am Fuße der Nagelbank kauerte.

»Du Hosenscheißer! Du wirst dich wohl niemals trauen, was? Du bist nur zum Putzen des Aborts gut, zu nichts sonst!« Mit jedem seiner grausamen Sätze versetzte er dem Kleineren einen Tritt in die Magengrube.

»Aufhören!«, rief Marigold und rannte los, um sich vor Nathaniel zu stellen. Dann ging sie in die Hocke und strich dem Jungen über das dunkle, struppige Haar.

»Ist ja gut«, sagte sie wieder und wieder, und ehe sie sich's versah, hatte der Bursche seine dünnen Arme um ihre Schultern geschlungen. Regelrechte Sturzbäche aus Rotz und Tränen tropften von seinem Gesicht und durchnässten ihr Fichu.

Als sie den Blick hob, um Rupert zurechtzuweisen, stellte sie fest, dass sich bereits jemand des Rothaarigen angenommen hatte. Kieran Black hatte den Bengel auf dessen Flucht erwischt und ihn am Ohr gepackt.

»Ich warne dich, Bursche! Wenn du Nathaniel noch ein einziges Mal schikanierst, wirst du derjenige sein, der bis zum Ende dieser Reise das Deck schrubbt – und zwar allein! Hast du verstanden?!«

»Jawohl«, sprach Rupert durch zusammengebissene Zähne.

Als Kieran sein Ohr ruckartig losließ, stolperte er über seine eigenen Füße. Mit einem letzten grimmigen Blick über die Schulter suchte er das Weite.

Kieran wandte sich Nathaniel zu, der sich nun etwas beschämt aus Marigolds Umarmung löste und mit gesenkten Lidern vortrat.

»Warum hat Rupert dich so zugerichtet?«, fragte Black.

»Es ist wegen der Webleinen. Ich ... ich ...«

Kieran seufzte, setzte sich auf den Boden und bedeutete ihm, ebenfalls Platz zu nehmen. Offenbar war es nicht leicht, die Ursache der Schikane aus dem Jungen herauszubekommen.

Marigold entschied, dieses Gespräch Kieran zu überlassen. Sie hatte den Eindruck, dass es Nathaniel nicht gefiel, seine angeblichen Unzulänglichkeiten vor ihr zuzugeben, auch wenn er sich vorhin an ihrer Schulter ausgeweint hatte. Also entfernte sie sich ein paar Schritte und beobachtete die beiden von ihrem Platz an der Reling aus. Sie hörte ihre Worte nicht, aber das muntere Lachen, das schon bald aus Nathaniels Mund drang, verriet ihr, dass Mr Black seine Sache gut machte. Kurze Zeit später erhob der Knabe sich und eilte in Richtung Kombüse.

Kieran kam auf die Füße und schlenderte auf Marigold zu. Eine Weile standen sie sich schweigend gegenüber, teilten nichts als ein zaghaftes Lächeln.

»Ich hätte nicht gedacht, dass ausgerechnet Sie es vermögen, dem Jungen Mut zuzusprechen«, gestand sie schließlich.

»Ach ja?« Er hob eine seiner dichten, dunklen Brauen. »Und ich hätte nicht gedacht, dass Sie einem Schiffsjungen erlauben, Ihr Fichu als Taschentuch zu benutzen.«

Marigold zog eine Grimasse und blickte auf ihr Brusttuch, dann zuckte sie mit den Schultern. »Ich habe genug Wechselkleidung dabei.«

Kieran schmunzelte und ließ seine kohlschwarzen Augen über ihre Garderobe fliegen. Seine Musterung dauerte nicht länger als einen Atemzug, schaffte es aber dennoch, ihr die Röte auf die

Wangen zu treiben. Vermutlich, weil ihr spitzenbesetztes Gewand einen derartigen Gegensatz zu seiner derben Kleidung bildete. Seine Stiefel waren, genau wie sein Dreispitz, abgetragen, der braune Ledermantel an den Ärmeln zu kurz und seine Weste hatte auch schon bessere Zeiten gesehen.

Obgleich Kierans Ausstattung nicht mit der edlen Garderobe der Londoner Gentlemen mithalten konnte, stand sie ihm gut zu Gesicht. Er gehörte nun mal nicht zu jener Sorte Männer, die ihre Freizeit in Clubs verbrachten und sich die Hände höchstens dann schmutzig machten, wenn sie zur Tintenfeder griffen. Sein Äußeres, von der Kleidung bis hin zu den schwieligen Händen und der gebräunten Haut, zeugte von jahrelanger harter Arbeit.

»Arbeiten Sie schon lange für meinen Onkel?«, fragte sie, weil sie nicht wollte, dass ihr Gespräch endete.

»Seit etwa einem halben Jahr. Es ist erst die zweite Reise, die ich unter Mr Claytons Führung unternehme. Davor belieferte ich die HBC in Montreal.«

»Dann kommen Sie aus den Kolonien?«

»Ja, ich bin westlich von Montreal geboren und habe mal hier, mal da mein Brot verdient. Irgendwann bin ich, wie die meisten Männer in der Kolonie, bei der Company gelandet und habe als Trapper angefangen.«

»Trapper?«, wiederholte sie stutzig.

»Pelzjäger.«

Das Wort beschwor augenblicklich grausame Bilder in Marigolds Kopf herauf. Von Bibern, die in grässlichen Fallen steckten, und Männern, die den armen Kreaturen das Fell vom Leib zogen. Und Kieran sollte einer dieser Jäger gewesen sein? Der Blick, den er ihr zuwarf, verriet, dass es ihr nicht gelungen war, ihr Unbehagen zu verbergen.

Er seufzte. »Es ist keine schöne Beschäftigung, aber eine, die anständigen Lohn einbringt. Auf den europäischen Hunger nach Pelzen ist immer Verlass.« Mit dem Kinn wies er auf ihren pelzverbrämten Mantelkragen, was Marigold erneut erröten ließ.

Wer war sie, dass sie meinte, Mr Black verurteilen zu können, wenn ihr Hals doch im selben Moment von einer weichen Fellborte gewärmt wurde? Ein Luxus, für den sie angesichts der eisigen Brise überaus dankbar war.

»Was war denn nun eigentlich mit dem kleinen Nathaniel?«, fragte sie, um das Gespräch in seichtere Gewässer zu lenken.

»Es ging um die Wanten.« Er wies auf die Taue, welche den Großmast an beiden Seiten stabilisierten. »Nathaniel traut sich noch nicht, an den Webleinen bis ganz nach oben zu klettern.«

»Wer kann es ihm verdenken?«, murmelte Marigold, die seinem Blick gefolgt war. Ihr schwindelte allein bei der Vorstellung, in dieser Höhe auf einer wackeligen Strickleiter herumzuklettern. »Das ist doch sicher furchtbar gefährlich!«

»Nicht viel gefährlicher als die anderen Arbeiten an Bord. Aber der Ausblick von dort oben kann selbst gestandene Männer in die Knie zwingen.« Sein Grinsen verriet, dass er aus eigener Erfahrung sprach. Dann wurde seine Miene wieder ernst. »Dennoch muss der Junge seine Angst überwinden, wenn er ein Leben als Seefahrer anstrebt. Bei einem Sturm bleibt wenig Zeit, um die Wanten zu erklimmen und die Segel einzuholen.«

»Droht denn gerade ein Sturm?«, fragte Marigold bang. Ihre Augen suchten den Himmel nach dunklen Wolken ab, konnten aber nichts entdecken.

Kieran strich sich über das Kinn. »Ich bin selbst kein erfahrener Seemann. Allerdings ist dieser Teil des Ozeans für seine Unwetter bekannt.«

»Dann müssen wir wohl das Beste hoffen.«

Er nickte und eine Weile standen sie schweigend nebeneinander. So gern Marigold mehr Zeit an seiner Seite verbracht hätte, sah sie doch ein, dass sie besser zu Mrs Morton in die Kajüte zurückkehren sollte, denn sie zogen bereits die Blicke einiger Männer auf sich.

»Ich werde mich nun zurückziehen. Einen schönen Tag Ihnen, Mr Black.« Mit diesen Worten wandte sie sich ab.

»Warte ... Warten Sie, Ms Clayton!«, sprach er und berührte sie sachte am Arm.

Marigold stockte, genau wie ihr Herzschlag. »Ja?«

Erst jetzt schien Kieran bewusst zu werden, dass seine Hand noch immer auf ihrem Arm ruhte. Hastig ließ er sie fallen.

»Ich möchte Ihnen danken. Für neulich ...«

Sie legte den Kopf schief und lächelte keck. »Keine Sorge. Ich bin froh, dass ich meine Schuld begleichen konnte.«

Kieran schmunzelte, doch der nachdenkliche Ausdruck verschwand nicht vollends aus seinem Gesicht. Sein Blick brannte auf Marigolds Rücken, bis sie den Schutz des Unterdecks erreicht hatte.

Und plötzlich spürte sie, dass tatsächlich ein Sturm aufzog – wenn auch nicht die *Ariadne* es war, die darauf zusegelte.

# 8

Es war ein kühler Aprilmorgen, als die Damen in der Kapitänskajüte, aufgescheucht durch das Läuten der Schiffsglocke, von ihren Stickrahmen aufsahen.

»Nicht schon wieder ein Sturm!«, jammerte Mrs Morton und schlug ein Kreuz vor der Brust. Der älteren Frau hatten die letzten beiden Unwetter, in die die *Ariadne* geraten war, schwer zu schaffen gemacht.

Auch Marigold graute bei dieser Aussicht. In der vergangenen Woche hatte sie feststellen müssen, dass es eben doch eine andere Sache war, einen Seesturm leibhaftig zu erleben, statt in ihren Abenteuerromanen davon zu lesen. Jedenfalls hatten weder *Robinson Crusoe* noch *Gullivers Reisen* sie auf das heftige Schaukeln vorbereitet, das fast einen Tag angedauert hatte. Stunden, in denen die Elemente das Schiff dermaßen in ihrer Gewalt hatten, dass die Besatzung nichts weiter tun konnte, als sich mit einem Seil an einem sicheren Ort festzubinden und zu beten. Stunden, in denen selbst die Schiffsratten panisch auf dem Gebälk umher gehuscht waren.

Mit Schaudern dachte Marigold an die Angst zurück, die sie erfasst hatte und die sie seitdem jede Nacht in ihren Albträumen verfolgte. Sie fragte sich, wie die Matrosen es schafften, immer wieder von neuem auf See zu fahren, nachdem sie Derartiges durchlitten hatten. Selbst der kleine Nathaniel hatte sein Schicksal mit mehr Würde ertragen als sie und Mrs Morton. Für Marigold stand fest, dass sie niemals wieder freiwillig einen Fuß auf ein Schiff setzen würde.

Mit weichen Knien trat sie aus der Kajüte und stieg die Treppe hinauf, um nachzusehen, was den Alarm heute ausgelöst hatte.

Drohte ein neuer Sturm? Oder hatte man ein anderes Schiff gesichtet?

An Deck erwartete sie ein eigenartiges Bild. Die Besatzung hatte sich im Kreis formiert und war auf die Knie gesunken. Von Ludgvan über O'Reilly bis hin zu Captain Grant hatten die Männer die Hände vor der Brust gefaltet, schauten zum Himmel hinauf und murmelten Gebete.

»Was ...?«, entfuhr es ihr, bis sie von einer Bewegung über ihrem Kopf abgelenkt wurde. Sie hob die Hand, um ihre Augen vor der Sonne abzuschirmen, und entdeckte ein paar Möwen, die hoch über dem Schiff kreisten. Während sie den Arm sinken ließ, sickerte die Erkenntnis zu ihr durch.

Möwen? Das bedeutete Land!

Marigold war überaus erleichtert, die *Ariadne* bald verlassen zu dürfen. Allein der Abschied von der Besatzung trübte ihre Freude. Sie hätte nicht gedacht, dass ihr die ruppigen Seemänner während ihrer Reise derart ans Herz wachsen würden. Nachdem sich die anfängliche Skepsis der Matrosen gegenüber der temperamentvollen jungen Dame gelegt hatte, war der Umgang zwischen ihnen beinahe freundlich geworden. Marigold wusste jetzt schon, dass sie die zwanglose Art der Männer vermissen würde – insbesondere, da Absalom sie bald in die Montrealer Society einführen würde.

Während die *Ariadne* den Saint Lawrence River hinabfuhr, wanderte ihr Blick immer wieder zu Nathaniel, der mit großen Augen die Uferlandschaft zu ihren Seiten bestaunte. Sattgrüne Gewächse und Bäume boten ein überraschend liebliches Bild, das Marigold in ihrer neuen Heimat so nicht erwartet hatte. Scheinbar war die Provinz Québec doch nicht so karg und trostlos, wie sie es den Berichten über die Kolonie entnommen hatte. Noch faszinierender war für sie der Anblick der Buckelwale, die immer wieder an die Wasseroberfläche traten und Fontänen ausstießen, als beherberge ihr riesiger Leib einen unsichtbaren Springbrunnen.

»Wundervolle Tiere, nicht wahr, Miss?«, sagte der Schiffsjunge. Sie nickte und lächelte ihm zu. »Ja, das sind sie.«

»Viele Seemänner halten die Wale für Ungeheuer, aber ich nicht«, stellte der Bursche klar. »Ich glaube, sogar Rupert hat Angst vor ihnen.«

Marigold folgte seinem Blick und entdeckte Rupert, der so weit wie nur möglich von der Reling zurückgewichen war. Ihre Sympathien für den Rotschopf hielten sich seit dem Vorfall von vor ein paar Wochen in Grenzen und so erfüllte es sie mit grimmiger Genugtuung, ihn angsterfüllt zu sehen.

»Schade, dass die Wale überall gejagt werden.« Nathaniel bewies wieder einmal, dass er ein sanftmütiges Wesen besaß.

Insgeheim stimmte Marigold ihm zu. Sie mochte sich nicht vorstellen, wie man die Tiere zu Tausenden einfing und zerlegte. Allerdings lieferten Wale eine Fülle an Rohstoffen. Von dem Tran, den man für Öllampen verwendete, bis hin zum Fischbein, welches das Korsett einer jeden Frau stärkte.

»Sie werden mir fehlen, Ms Clayton«, sagte Nathaniel nach einer Weile. In seinen dunklen Knopfaugen schimmerten Tränen.

»Du mir auch«, wisperte sie und beugte sich zu ihm hinab, um ihn in ihre Arme zu ziehen. »Du mir auch, Nathaniel.«

Der Hafen von Montreal bestand aus einer überschaubaren Anlegestelle und war nicht mit den geschäftigen Docks von London zu vergleichen. Ähnlich sah es mit dem Stadtbild aus. In der Ferne erkannte Marigold einige steinerne Häuser, ein paar Hütten und zwei Kirchtürme, die über die Dächer hinausragten. Es war ein ernüchternder Anblick, der durch das Grau am Himmel und den feinen Nieselregen, der soeben eingesetzt hatte, zusätzlich getrübt wurde.

»Es wird sich schon alles richten«, versprach Mrs Morton, die unbemerkt an ihre Seite getreten war, und tätschelte ihr die Schulter. »Außerdem werde ich ja stets in Ihrer Nähe sein.«

»Ist denn überhaupt sicher, dass ich in Montreal bleiben kann?«, fragte Marigold nervös. »Was, wenn mein Onkel irgendwo anders einen Bräutigam für mich findet?«

»Das wird nicht geschehen. Ihr Onkel hat in dieser Stadt viele Freunde. Außerdem wird er Sie wohl kaum an einen der Stützpunkte im Norden schicken.« Sie senkte die Stimme und kam dicht an Marigolds Ohr. »Dort sind nur die Frauen der Wilden gestattet. Cree und Ojibwe und wie sie nicht alle heißen.«

Mrs Morton interpretierte ihre erstaunte Miene wohl falsch, denn sie beruhigte sie hastig, dass sie hier in der Stadt vor den Wilden sicher sei und nur auf gute Christenmenschen treffen würde.

Marigold war unsicher, was sie darauf erwidern sollte, insbesondere, da sie auf einmal Kieran Blacks neugierigen Blick auf sich spürte.

»Ms Clayton, Ihr Onkel lässt fragen, ob Sie wieder Hilfe mit dem Boot benötigen.«

Marigold errötete. Hatte sie ernsthaft geglaubt, Rabenauge würde sich für ihre Meinung zu den Eingeborenen interessieren? Vermutlich machte er sich wie die meisten Männer nicht viel aus den Ansichten einer Frau. Erst recht nicht, wenn diese aus Mayfair in London stammte und kaum etwas über die britischen Kolonien wusste. Er war lediglich in Absaloms Auftrag an sie herangetreten.

»Nein, ich komme zurecht«, antwortete sie schnippischer als beabsichtigt und wandte sich von ihm ab. Nachdem sie acht Wochen an Bord dieses Dreimasters verbracht hatte, würde sie jetzt nicht an einem lächerlichen Zubringerboot scheitern!

Als Marigolds Füße endlich festen Boden berührten, erfasste sie nicht die erwartete Erleichterung, sondern bleierne Müdigkeit. Hinzu kam die Unzufriedenheit mit sich selbst. Sie wusste, dass es kindisch gewesen war, Mr Blacks Hilfe so rüde abzuweisen. Bei dem Sprung vom Fallreep auf das Boot hatte sie sich furchtbar ungeschickt angestellt und wäre um ein Haar ins eiskalte Wasser geplumpst. Hätte sie sich doch von ihm helfen lassen! Dann hätte sie noch einmal Gelegenheit gehabt, ihre Hand in seine zu legen ... nur um zu überprüfen, ob sich sein fester Griff wirklich so beruhigend anfühlte wie in ihrer Erinnerung.

Marigold rieb sich die brennenden Augen. Es kam ihr wie eine Ewigkeit vor, seitdem Kieran ihr am Londoner Hafen Mut zugesprochen hatte. In den letzten Wochen hatten sie zwar nur wenige Worte gewechselt, dafür aber umso mehr Blicke. Und sie hatten unfreiwillig Geheimnisse miteinander geteilt. Ob sie sich hier in Montreal wohl dann und wann über den Weg laufen würden?

»Marigold!« Die Stimme ihres Onkels holte sie ins Hier und Jetzt zurück. »Du wirkst etwas erschöpft! Keine Sorge, bald kannst du dich ausruhen. Die Kutsche steht schon bereit.« Absaloms plötzliche Anfälle von Freundlichkeit überraschten sie längst nicht mehr. Mittlerweile hatte sie die Unberechenbarkeit seines Wesens zu Genüge kennengelernt.

Marigold nickte nur und stieg in die Kutsche, die kurz darauf losfuhr. Auf dem Weg zu seinem Anwesen machte Absalom sie hin und wieder auf sehenswerte Gebäude und Straßen aufmerksam und ihr schwirrte schon bald der Kopf von den vielen französischen Bezeichnungen, die der Stadt nach der britischen Eroberung erhalten geblieben waren. *Rue Saint Paul, Rue Saint Jacques, Rue Saint Gabriel,* ... Die ähnlichen Namen passten zu ihrem Eindruck einer etwas monotonen Architektur, die das Stadtbild von Montreal prägte: die immergleichen zweistöckigen Häuser aus Bruchstein, die schlichten Kirchen. Selbst das Straßennetz schien einem strengen geometrischen Muster zu folgen. Alles, was Marigold zu Gesicht bekam, verstärkte ihren Eindruck, dass es sich um eine Siedlung handelte, die man schnell und zweckmäßig erbaut hatte. Ganz anders als London, das sich seit Jahrhunderten, wenn nicht Jahrtausenden im Wachstum und Wandel befand.

Marigolds Aufmerksamkeit verabschiedete sich bald von Absaloms Monolog und widmete sich stattdessen den Menschen, die sich auf den Straßen tummelten. Britische Soldaten, erkennbar an ihren scharlachroten Uniformen, marschierten durch die Gassen und eskortierten Transportzüge. Andere *Redcoats* trieben sich vor zwielichtig aussehenden Tavernen herum und tranken Ale, dabei hatte es noch nicht einmal zur Mittagsstunde geschlagen. An einem Marktstand feilschte eine edel gekleidete Dame lautstark auf Französisch, während sich zwei junge Burschen vor einem Brunnen auf Deutsch unterhielten. Oder war es Flämisch?

Marigold kniff die Augen zusammen, als sie einige Männer mit riesigen Leinensäcken auf den Schultern entdeckte, die in eine Lagerhalle strömten. Sie trugen allerlei seltsamen Tand am Körper: derbe Pelzhüte und breite Ledergürtel, an denen Messer, Pulverhörner und kleine Beutel befestigt waren, sowie fremdartig aussehenden Halsschmuck.

»Waldläufer«, schnaubte Absalom, der ihren neugierigen Blick bemerkt hatte. »Man wird sie wohl niemals los.«

»Was ist denn mit diesen ... Waldläufern?«, wagte sie, zu fragen.

»Sie sind Pelzjäger, die ihre Beute auf eigene Faust jagen und verkaufen.«

*Auf eigene Faust, das bedeutet wohl ohne die Billigung der Company*, erkannte sie. Doch konnte sie sich kaum vorstellen, dass diese Handvoll Männer für ein Handelsimperium wie die HBC eine ernsthafte Gefahr darstellte.

»Das sind verrohte Kerle, viele von ihnen Métis, die mit den Indianern leben und längst von Gottes rechtem Pfad abgekommen sind.«

Daher also wehte der Wind. Marigold wunderte sich keineswegs über die harschen Worte ihres Onkels, hatte er doch nie einen Hehl daraus gemacht, wie sehr er die Wilden verabscheute. Auch die Métis, Nachkommen von europäischen Männern, die sich in der neuen Welt mit eingeborenen Frauen eingelassen hatten, waren ihm ein Dorn im Auge. Jedes Mal, wenn er die Sprache auf die Halbblüter brachte, kräuselte er die Nase.

Marigold hüllte sich enger in ihren Mantel, als könnte der schwere Stoff sie vor dem Hass, den ihr Onkel ausstrahlte, schützen. Sie war froh, als sie ihr Ziel nach kurzer Zeit erreichten.

Das Gebäude lag in der Rue Saint-Jean-Baptiste, gegenüber eines baufälligen Frauenkonvents. Absalom erwähnte, dass letztes Jahr in dieser Gegend ein Feuer gewütet hatte, und man noch immer damit beschäftigt war, das Mutterhaus wieder aufzubauen. Sein eigenes Heim hatte glücklicherweise keinen Schaden davongetragen.

Marigolds Augen glitten über die zweistöckige Fassade seines Anwesens und blieben an einem Messingschild hängen, das über dem Eingang prangte. Es zeigte ein Wappen, auf dem zwei Elche, ein Fuchs und vier Biber abgebildet waren. Darunter befand sich ein geschwungenes Schriftband.

»Pro pelle cutem«, las sie vor. *Für Fell gebe ich meine Haut.* »Ist dies das Wappen der Company?«

Absalom nickte stolz. »Man hat mir das Schild vor drei Jahren überreicht, als ich für meine Dienste in den Rang des Kolonialbeamten erhoben wurde.«

*Und natürlich hast du es sofort über deine Haustür genagelt, damit jeder Bewohner Montreals weiß, mit welchem Wichtigtuer er es hier zu tun hat*, dachte Marigold voller Spott.

Sie nahm den Blick von der Messingtafel, weil ein junges Dienstmädchen im Hauseingang aufgetaucht war und vor ihnen knickste.

»Mr Clayton, Ms Clayton. Es freut mich, zu sehen, dass Sie wohlbehalten eingetroffen sind.«

»Danke, Judith. Bring meine Nichte bitte in ihr Gemach.«

»Sehr wohl, Mr Clayton.«

Marigold folgte Judith hinein und betrat eine kleine, üppig dekorierte Empfangshalle. An jeder Seite standen Vitrinen mit allerlei Kostbarkeiten wie Porzellan und historischen Waffen, darüber hinaus schmückten Porträts, Landschaftsmalereien und sogar einige Tierköpfe die Wände.

Die Dienstmagd, welche zur hölzernen Treppe rechts neben dem Eingangsbereich vorausgeeilt war, hielt auf der untersten Stufe ein. »Wollen Sie sich noch etwas umschauen, Miss?«

»Nein, nein, gehen wir hinauf. Ich werde noch genug Zeit haben, alles in Ruhe zu betrachten.« Sie schenkte Judith ein Lächeln, das diese schüchtern erwiderte. Marigold hatte vor, sich mit den Dienstboten gut zu stellen, wenn sie schon mit Absalom unter einem Dach wohnen musste, und am besten fing sie gleich heute damit an.

Sie bedankte sich bei Judith, die ihr ihre Kammer zeigte, und ihr versicherte, die Reisetruhen würden in Kürze geliefert werden. Dann betrat sie voller Neugier ihre Unterkunft. Es war ein kleines Zimmer, dessen Mobiliar sich auf ein schmales Himmelbett, einen Schrank und eine Frisierkommode beschränkte. Die Schmucklosigkeit des privaten Raums stand im Kontrast zur prunkvollen Eingangshalle im Erdgeschoss, was Marigold in ihrer Annahme bestätigte, dass ihrem Onkel vor allem daran lag, seine Gäste zu beeindrucken. Zum Glück war ihr Schlafgemach von Absaloms Sammelwut verschont geblieben. Sie hätte keine Lust gehabt, jeden Morgen aufzuwachen und sich Auge in Auge mit einem ausgestopften Tierkopf wiederzufinden.

Marigold hängte ihren Mantel über die Lehne des Frisierstuhls und trat ans Fenster. Von hier aus konnte sie das Treiben auf der Rue Saint-Jean-Baptiste und die Bauarbeiten am Konvent gegenüber beobachten. Wahrscheinlich war es der Anblick des zerstörten Klosters, der sie dazu brachte, ihre Hände zum Gebet zu falten. Oder es lag an ihrem neuen Bewusstsein, dass Gefahr und Tod immer und überall lauern konnten. Bang dachte sie an die stürmische Nacht auf der *Ariadne* zurück, als sie geglaubt hatte, sie müssten alle sterben …

Marigold dankte Gott, dass er in den letzten Monaten seine Hand über sie gehalten hatte, und versprach, sich in nächster Zeit hinsichtlich ihres Charakters zu bessern, selbst wenn Absalom es ihr nicht leicht machen würde. Mit seinen ständigen Vorhaltungen, seinen unvorhersehbaren Wutausbrüchen, seinen –

»Ms Clayton?«

Marigold ließ die Hände fallen und fuhr herum. »Was tun Sie hier?«

Rabenauge, der eine sperrige Kiste vor sich trug, runzelte die Stirn. »Ich bringe Ihnen Ihr Gepäck.«

»Das sehe ich selbst. Ich meine natürlich, was Sie *hier*, in meines Onkels Haus, tun!«

»Ich arbeite für Mr Clayton«, sagte er langsam, als wäre sie schwer von Begriff.

»Nicht nur auf der *Ariadne*?«

»Nicht nur auf der *Ariadne*.« Er lächelte breit.

»Oh«, war alles, was Marigold über die Lippen brachte. Warum fühlte sie sich in Kierans Gesellschaft nur jedes Mal so furchtbar dumm?

»Ich wollte Ihr Gebet nicht unterbrechen«, fügte er entschuldigend hinzu.

»Keine Sorge«, murmelte sie, obwohl es ihr in der Tat ein wenig peinlich war, dass Mr Black sie bei ihrem Gespräch mit Gott erwischt hatte. Er musste längst ahnen, dass Marigold Clayton alles andere als eine fromme Jungfer war. Denn welche brave Christin ließ sich permanent zu Widerworten gegenüber ihrem Vormund hinreißen und spazierte nachts allein auf dem Schiffsdeck herum?

»Wo soll ich die Truhe abstellen?«, fragte er. »Die anderen bringe ich gleich hinauf.«

»Wie unaufmerksam von mir! Die Kiste ist sicher tonnenschwer. Stellen Sie sie doch bitte dort neben dem Schrank ab.«

Er tat wie ihm geheißen und ging bereits zur Tür, als er sich noch einmal umdrehte. »Ich hoffe, Sie werden sich hier schnell einleben, Ms Clayton.«

»Danke«, sagte sie leise und sah ihm nach, wie er den Flur hinunterging. Vielleicht würde es hier, in Absaloms Haus, doch nicht so unerträglich werden, wie sie angenommen hatte.

# 9

Marigold blickte in den Spiegel und musste an sich halten, um nicht loszuprusten.

»Es ist zu viel Rouge, nicht wahr?«, fragte Judith zerknirscht. Das Mädchen griff nach einem Tuch und strich über die fuchsiaroten Wangen ihrer Dienstherrin, was das Fiasko jedoch verschlimmerte.

Marigold seufzte. »Ich fürchte, wir haben keine Zeit mehr, es zu entfernen.« Aus dem Erdgeschoss drang reges Stimmengewirr und Absalom fragte sich bestimmt längst, wo seine Nichte blieb.

Judith nickte bekümmert. Sie besaß nicht viel Erfahrung in der Schönheitspflege, hatte sie bisher doch als einfaches Hausmädchen gearbeitet. Seit Marigold vor vier Tagen angekommen war, oblag es ihr, Ms Clayton mit der Garderobe und dem Haar zu helfen. Was die Frisur anging, hatte sie sich recht geschickt angestellt, mit dem Rest würde sie allerdings noch Übung benötigen.

Marigold erhob sich von dem Frisierstuhl und beeilte sich, in den Salon zu kommen. Schon auf der Treppe schlug ihr eine Duftwolke aus Parfüm entgegen, das die zahlreichen gepuderten Perücken ausströmten. Mit klopfendem Herzen sah sie auf die Gästeschar hinab. Offiziere in roten Uniformen, Kaufleute in edler Gewandung und Frauen mit ausladenden Röcken drängten sich in der Eingangshalle und im Salon und ließen sich von der Dienerschaft mit Punsch versorgen.

Absalom war so sehr in die Unterhaltung mit einem vierschrötigen Kerl vertieft, dass er Marigold erst bemerkte, als sich alle Köpfe im Raum nach der jungen Dame auf dem Treppenabsatz umgedreht hatten.

»Marigold!«, rief er und eilte an ihre Seite, um sie die letzten

Stufen hinab zu geleiten. Seine Finger krallten sich dabei so fest in ihren Oberarm, dass ihr Lächeln bröckelte.

»Wo hast du so lange gesteckt?«, zischte er an ihrem Ohr. »Und was ist mit deinen Wangen? Du siehst aus wie ein leichtes Mädchen! Willst du mich vor meinen Gästen blamieren?«

Wut stieg in ihr auf, doch statt etwas zu entgegnen, rang sie sich ein huldvolles Lächeln ab. Der etwa dreißig Augenpaare, die auf ihr lagen, war sie sich nur allzu deutlich bewusst. Sie kannte die Gesetze der vornehmen Gesellschaft: Verpatzte man den ersten Eindruck, war es schwierig, den guten Ruf zu retten.

Zu ihrer Erleichterung begegneten ihr die Gäste freundlich und mit unverhohlener Neugier. Man fragte sie über ihre Familie und die jüngsten Geschehnisse in London aus. Marigold erkannte schnell, dass die Montrealer nach Neuigkeiten aus der Hauptstadt des Königreiches dürsteten, und bemühte sich um zufriedenstellende Antworten. So berichtete sie von dem Skandal um das anonym verfasste, regierungskritische Pamphlet, das im Januar im *Public Advertiser* veröffentlicht worden war, und von den Plänen der Royal Academy, eine Sommerausstellung abzuhalten.

»Eure Nichte ist nicht nur schön, sondern auch wortgewandt«, bemerkte einer der uniformierten Gentlemen gegenüber Absalom. Er war mittleren Alters, hochgewachsen, besaß eine markante, etwas gebogene Nase und kleine, aufmerksame Augen. *Wie ein Adler*, dachte sie unvermittelt.

Ihr Onkel lachte dunkel. »Darf ich vorstellen, Marigold: Colonel Fitzgerald aus dem zweiundvierzigsten Regiment. Er konnte es kaum erwarten, dich kennenzulernen.«

»Guten Abend, Colonel Fitzgerald. Sehr erfreut.« Sie knickste.

Ihr Gegenüber lächelte, griff nach ihrer Hand und hauchte einen Kuss darauf. »Die Freude ist ganz meinerseits.«

Marigold errötete angesichts seiner Schmeichelei und sah zu ihrem Onkel, der Fitzgerald mit Wohlgefallen musterte. Hatte er den ranghohen Kommandeur etwa als potenziellen Heiratskandidaten für sie ins Auge gefasst?

Bevor sie weiter darüber grübeln konnte, wurde sie von einer jungen, rothaarigen Frau beiseitegezogen.

»Ms Clayton, die Farbe Ihres Kleides ist einfach herrlich, wenn ich das bemerken darf. Dieses dunkle Nachtblau – très chic! Und dazu die Perlenbordüre am Stecker! Trägt man dies in London gerade so?«

»Ich ... die Perlenbordüre? Äh ...«

»Herrje!« Das Mädchen schlug sich die Hand vor den Mund. »Wie unhöflich von mir! Ich habe mich gar nicht vorgestellt! Wissen Sie, manchmal rede ich einfach, wie ... wie ...«

»Ein Wasserfall?«, half Marigold ihr aus.

»Ganz recht!« Sie lachte, ihre blauen Augen leuchteten dabei im Schein der Kerzen. »Mein Name ist Emily Linfield, ich bin mit meinem Vater hier. Samuel Linfield.« Das Mädchen deutete auf den untersetzten Herrn, mit dem Absalom sich vorhin unterhalten hatte.

»Er scheint meinen Onkel gut zu kennen«, bemerkte Marigold.

»Ja, Vater und er arbeiten seit vielen Jahren zusammen für die Company.«

»Dann sind Sie hier aufgewachsen?«

Emily nickte und knetete ihre Hände. »Meine Familie ist schon kurz nach dem Krieg dauerhaft nach Québec übergesiedelt.« Sie seufzte. »Nun halten Sie mich vermutlich für ein langweiliges Provinzmädchen, was? Ich kann es Ihnen nicht verdenken.«

»Keineswegs! Außerdem freue ich mich, Menschen kennenzulernen, die mir mehr über das Leben in Montreal erzählen können.«

»Oh, das tue ich gern!« Emily strahlte.

Ms Linfield hatte angebissen und redete den ganzen Abend fast pausenlos auf sie ein, sodass Marigold kaum Gelegenheit bekam, mit den anderen Gästen zu sprechen. Das war ihr nur recht, denn sie hatte keine Lust, die Geschichte ihrer Abreise vor jeder neuen Bekanntschaft zu wiederholen. Eine Geschichte, die selbstredend wenig mit der Wahrheit zu tun hatte. Außerdem genoss sie Emilys Gesellschaft. Sie war eine aufgeweckte junge Dame mit einem angenehmen Wesen und Marigold fragte sich, warum sie von sich selbst als *Provinzmädchen* dachte. Äußerlich stand sie den vornehmen Londonerinnen in nichts nach. Ihre Garderobe war aus rosafarbener Seide gefertigt und nach der neuesten Mode geschneidert. In den kupferroten Haaren, die man, bis auf eine vorwitzige Locke im Nacken, zu einer voluminösen Frisur hochgesteckt hatte, blitzten ein paar farblich zum Kleid passende Schleifen hervor. Die verspielte Aufmachung harmonierte mit Emilys rundem Gesicht, das noch nicht alle kindlichen Züge verloren hatte.

Wann immer Marigold ihren Blick durch das Foyer schweifen ließ, stellte sie fest, dass der Empfang ihres Onkels ein voller Erfolg war. Die Punschkaraffen wurden mit jeder Stunde leerer und einige der Gentlemen hatten sich in den Salon zurückgezogen, um sich stärkeren Spirituosen zu widmen. Die Damen dagegen hatten auf Sitzbänken Platz genommen und bedienten sich an den herzhaften und süßen Küchlein, welche Ms Blunt, Absaloms Köchin, vorbereitet hatte.

Irgendwann nahm Marigold selbst einen kräftigen Schluck Punsch, denn das viele Sprechen hatte ihre Kehle ausgetrocknet. Zudem machte ihr die stickige, parfümschwangere Luft zu schaffen.

»Ms Clayton, ist Ihnen nicht wohl?«, fragte Emily besorgt.

»Es ist nichts. Entschuldigen Sie mich bitte einen Augenblick, Ms Linfield.« Marigold deutete an, dass sie den Abort aufsuchen müsse, und schlich davon. Sie machte sich sogar die Mühe, einen Umweg zu nehmen, bevor sie die Hintertür des Hauses ansteuerte und auf die Veranda trat.

Dort angekommen schlug ihr eine kühle Brise entgegen, die ihr eine Gänsehaut bescherte und die Blätter der umliegenden

Bäume rascheln ließ.

Im Schutze der Nacht schloss sie die Augen und entspannte ihren Kiefer, der sich durch das pausenlose Lächeln verkrampft anfühlte. Während sie die kalte, klare Luft einsog, fragte sie sich, wann sie diesen Abend endlich überstanden hatte. Die Gesellschaft zu ihren Ehren zog sich schon seit vier Stunden hin und sie sehnte sich danach, sich in ihrer Kammer zu verkriechen und ein wenig Ruhe zu genießen.

Ihre Verschnaufpause wurde jäh unterbrochen, als sie ganz in ihrer Nähe ein Geräusch vernahm. Da knirschten doch Schritte auf dem Kies! Marigolds Blick flog über den stockdusteren Hof, der zu Absaloms Anwesen gehörte, sie konnte jedoch nichts erkennen. Das mulmige Gefühl in ihrer Brust wurde stärker und drängte sie dazu, ihre Röcke zu raffen und zurück ins Haus zu eilen.

»Ms Clayton, Sie entwickeln doch nicht etwa eine Vorliebe für nächtliche Spaziergänge?«

Marigold verharrte an der Türschwelle der Veranda, dann drehte sie sich langsam um. »Und Sie, Mr Black? Entwickeln Sie etwa eine Vorliebe dafür, unschuldigen Damen des Nachts aufzulauern?«

Kieran lachte, leise und kehlig. Ob es ihn amüsierte, dass sie sich selbst als *unschuldige Dame* bezeichnete? Musste er genau wie sie an jene Nacht denken, als er sie an der Reling der *Ariadne* erwischt hatte?

»Für eine unschuldige Dame besitzen Sie eine ziemlich scharfe Zunge«, erwiderte er grinsend, sodass seine Zähne in der Dunkelheit aufblitzten.

Sein Lächeln wirkte ansteckend, denn Marigolds Mundwinkel hoben sich unwillkürlich.

»Ihre Ehrlichkeit ist bemerkenswert, Mr Black.« Sie lehnte sich gegen die Brüstung der Veranda.

»Ich hoffe, ich bin Ihnen nicht zu nahe getreten.«

»Ganz und gar nicht. Nach vier Stunden voller Höflichkeiten

und Geplänkel bin ich froh über ein paar ehrliche Worte.«

»Dann hat Ihnen der Empfang nicht gefallen?« Er schloss zu ihr auf und musterte sie so eindringlich, dass sie das Gefühl hatte, seinem Blick nicht standhalten zu können. Sie verschränkte die Arme vor der Brust und blickte geradeaus in die Finsternis.

»Ich denke, der Abend war ein Erfolg. Aber das alles ist sehr aufregend für mich. Montreal und die vielen neuen Menschen ... Ich brauchte einfach frische Luft.«

Aus dem Augenwinkel bemerkte sie, dass er nickte. »Es ist nicht gut, sich den ganzen Tag nur drinnen aufzuhalten«, meinte er unumwunden. »Fühlen Sie sich denn krank? Ihre Wangen sehen aus, als würden sie glühen.«

Marigold lachte auf. »Das ist das Rouge, Mr Black. Meine Güte, haben Sie denn noch nie eine Dame in festlichem Aufputz gesehen?«

Sein Lächeln erstarb. »Vornehme Damen sind nicht der Umgang, den ich für gewöhnlich pflege.«

»Gewiss«, sagte Marigold lahm, um ihre Verlegenheit zu überspielen. Wie hatte sie nur so taktlos daherreden können? Kieran war ein bescheidener Arbeiter, der seine Abende nicht bei einem gehobenen Dinner oder auf einem Ball verbrachte.

Plötzlich waren ihr die Gegensätze zwischen ihnen nur allzu deutlich bewusst. Während der Überfahrt in die Kolonien war es einfach gewesen, sich einzureden, dass sie im Grunde nicht so unterschiedlich waren. Immerhin hatten sie dasselbe Schiff bewohnt und bei unruhigem Seegang die gleichen Ängste ausgestanden.

Doch hier an Land galten andere Regeln. Die gesamte Montrealer Oberschicht war heute Abend zusammengekommen, um sie persönlich in der Stadt willkommen zu heißen, während Kieran von dem Fest ausgeschlossen war. Stattdessen verbrachte er seine knapp bemessene Freizeit damit, hier draußen herumzustreifen.

Black räusperte sich und durchbrach die angespannte Stille. »Ich wollte Sie nicht in Verlegenheit bringen.« Er war höflich, doch die Wärme und die Vertrautheit, die sie vorhin vernommen hatte, waren aus seiner Stimme verschwunden.

Marigold wollte etwas erwidern, fürchtete allerdings, dass alles, was sie jetzt sagen könnte, es nur schlimmer machen würde. Sie hatte ihn zwar unbeabsichtigt, aber auf unmissverständliche Weise an seinen niederen Stand erinnert.

Seufzend stieß sie sich von der Balustrade ab und wünschte ihm eine gute Nacht.

»Gute Nacht, Ms Clayton«, raunte Kieran, dann verschwand er in der Dunkelheit.

Die Unterhaltung auf der Veranda verfolgte Marigold bis zum Morgengrauen. Das beklemmende Gefühl, Mr Black gekränkt zu haben, hielt sie wach, dabei waren ihre Glieder bleischwer. Ob Kieran wohl ebenfalls keinen Schlaf finden konnte? Sie stellte sich vor, wie er mit offenen Augen in der Baracke neben dem Lagerhaus lag, die Absaloms Arbeiter bewohnten.

Unzählige Male ging sie das Gespräch im Geiste durch und kam dabei immer wieder zu dem Schluss, dass er ein ungewöhnlicher Mann war. Er sprach so direkt mit ihr, wie es die Dienerschaft in London niemals gewagt hätte. Ja, manchmal wurde er regelrecht frech, doch es gelang ihm stets, seine Neckereien so geschickt zu verpacken, dass man ihm keinen Strick daraus drehen konnte. Sein Umgangston war beinahe zu raffiniert für einen Menschen seiner Herkunft.

*Seine Herkunft* ... Marigold schnalzte mit der Zunge und rollte sich in ihrem Bett zusammen. Nach wie vor wusste sie kaum etwas über Kieran Black. Im Gegenteil – mit jeder Unterhaltung wurde er für sie zu einem größeren Rätsel.

# 10

Drei Tage nach dem Empfang im Hause Clayton war Marigold mit Emily Linfield verabredet. Die Kaufmannstochter tauchte am frühen Nachmittag in der Rue Saint-Jean-Baptiste auf, um sie für einen Bummel auf dem Hauptmarkt abzuholen.

Marigold, die sich schon den ganzen Tag auf den kleinen Ausflug gefreut hatte, hastete beim ersten Läuten der Türklingel die Treppe hinunter und warf sich im Gehen ihren Umhang über die Schultern.

Unten angekommen, stellte sich ihr Absalom in den Weg.

»Mr Clayton!«, japste sie. »Ich dachte, Sie sind im Kontor?«

»Wo willst du hin?«, donnerte er.

Marigold runzelte die Stirn. »Ich begleite Ms Linfield auf einen Spaziergang. Sie hatten mir doch die Erlaubnis gegeben?«

Absaloms Miene entspannte sich. »Ah, Ms Linfield, richtig! Es ist mir tatsächlich entfallen. Wird euch denn eine Anstandsdame begleiten?«

Sie nickte eifrig und blickte zur Tür. Wann würde ihr Onkel sie endlich gehen lassen?

»Nun, dann wünsche ich den Damen viel Vergnügen!«

»Vielen Dank, Onkel.« Marigold zwang sich ein Lächeln aufs Gesicht und schob sich an ihm vorbei. Vor dem Haupteingang des Anwesens empfing sie Emily mitsamt ihrer Zofe.

»Marigold!« Ihre neue Freundin stürmte auf sie zu, als wollte sie ihr um den Hals fallen, hielt sich dann aber doch zurück. Stattdessen machte sie Marigold mit Katherine, ihrer Zofe, bekannt.

Katherine war eine hochgewachsene Frau um die Fünfzig, mit wachsamen braunen Augen und ergrautem Haar, das unter ihrer gerüschten Haube hervorschaute. Sie wechselten ein paar Worte, bis sich die Anstandsdame diskret hinter den Mädchen zurückfallen ließ.

»Geht es dir gut?«, fragte Emily, nachdem sie losgegangen waren. Die beiden waren noch am Abend des Empfangs zur informellen Anrede gewechselt. Alles andere wäre Marigold albern erschienen, waren sie doch fast im gleichen Alter.

»Ja.« Das war nur halb gelogen. Tatsächlich spürte sie bereits, wie die Anspannung, die Absaloms permanente Kontrolle in ihr auslöste, von ihr abfiel. »Und dir?«

»Ach, die letzten Tage waren schrecklich langweilig. Hatte ich dir erzählt, dass mein Bruder Jonathan vor zwei Wochen nach England aufgebrochen ist, um dort seinen Militärdienst aufzunehmen?«

»Nein, du hast nur von deiner kleinen Schwester erzählt.«

Emily seufzte. »Es ist eine Schande, dass du Jonathan so knapp verpasst hast. Ich bin sicher, er hätte dich gern kennengelernt.« Sie zwinkerte Marigold zu.

»Ja, sehr schade«, erwiderte sie matt, weil sie Emilys Andeutung nicht weiter ausführen wollte. Wenn ihre Freundin nur von ihrem Debakel mit Richard wüsste! Marigold hatte keineswegs vor, sich in naher Zukunft mit irgendeinem heiratswilligen Gentleman zu befassen. Zumindest nicht aus eigenem Antrieb, denn Absaloms ehrgeizige Pläne würden sie früh genug dazu zwingen.

»Wie geht es deiner Schwester?«, fragte sie, um einen Themenwechsel bemüht.

»Ruth ist ein liebes Kind. Im Moment übt sie fleißig das Lesen und Schreiben bei den Ordensfrauen von Notre Dame.«

»Oh, sie wird im Kloster unterrichtet?« Marigold sah zu dem ruinösen Mutterhaus zurück, das sie vorhin passiert hatten. Es überraschte sie, dass Samuel Linfield seine Tochter tagsüber in der Obhut der Katholikinnen ließ. »Bist du früher auch dorthin gegangen?«

»Ja, für drei Jahre. Mein Vater legt Wert darauf, dass all seine Kinder das Französische beherrschen. Er meint, es könnte irgendwann nützlich sein.« Emily ließ ihren Blick über die steinernen Häuser gleiten, von denen einige unter französischer Herrschaft errichtet worden waren. »Auch meine Mutter war der Überzeugung, dass es auf diesem Erdteil nicht genügt, nur eine Sprache zu sprechen.«

»*War* der Überzeugung?«

»Sie ist vor zwei Jahren von uns gegangen.«

Marigold schluckte. »Das tut mir leid, Emily.«

»Schon gut«, murmelte ihre Freundin mit einer Miene, die genau das Gegenteil ausdrückte.

Für eine Weile schlenderten sie schweigend nebeneinander her. An diesem kühlen Aprilnachmittag trieben sich nur wenige Menschen und Kutschen auf den Straßen herum. Marigold war nicht sicher, ob dieser Umstand dem Wetter geschuldet war, oder ob es in Montreal schlichtweg ruhiger zuging als im geschäftigen London.

Der Markt, der auf einem weitläufigen, gepflasterten Innenhof stattfand, war jedoch überraschend gut besucht. Dann und wann musste Marigold ein paar Dienstbotinnen ausweichen, die sich mit ihren prall gefüllten Einkaufskörben an ihr vorbeidrängten.

Emily hakte sich bei ihr unter und wies auf einen Verkaufsstand, der bunte Stoffballen feilbot.

»Sieh mal, dort drüben ist Madame Dupont. Bei ihr findet man das beste Tuch in ganz Montreal.«

Marigold runzelte die Stirn. »Gibt es denn keine Schneiderinnen in dieser Stadt?«

Emily schnaubte. »Zumindest keine besonders geschickten. Da greife ich lieber selbst zu Nadel und Faden.«

»Du fertigst deine Kleidung selbst?« Für gewöhnlich widmeten sich Frauen aus ihren Kreisen lediglich dekorativen Stickereien.

»Meine eigene und die meiner Schwester. Ein bisschen habe ich von meiner Mutter gelernt, ein bisschen bei den Nonnen.

Manchmal hilft mir auch Katherine«, erklärte sie auf Marigolds fragenden Blick hin. Dann wurde ihre Aufmerksamkeit von einer kleinen, drahtigen Frau in Anspruch genommen, die mit den Stoffballen hantierte.

»Bonjour, Madame Dupont!«

»Bonjour, Ms Linfield! Womit kann ich Ihnen heute dienen?« In ihrer Stimme schwang ein starker Akzent mit.

»Ich suche nach einem festen Wollstoff für Überröcke. Vielleicht etwas in einem hübschen Braunton? Ich hörte, in Europa sind schlichte Farben nun im Kommen?« Sie linste zu Marigold, die nur mit den Schultern zuckte. In Fragen der Mode kannte sie sich nicht besonders aus.

Emily seufzte und vertiefte sich in ein Gespräch mit der Tuchverkäuferin.

Unterdessen sah Marigold sich bei den Nachbarständen um. Neben Lebensmitteln wurden hier Eisenwaren und Schnupftabak feilgeboten. Sogar Parfümflakons streckte man ihr entgegen. Weitaus interessanter fand sie jedoch die Gewürzsäcke, aus denen vertraute wie fremde Aromen aufstiegen. Marigold beugte sich über einen Behälter voll hellrotem Pulver und schnupperte daran – ein Fehler, wie sich schnell herausstellte. Das Teufelszeug brannte in ihrer Nase und trieb ihr Tränen in die Augen. Schniefend riss sie den Kopf hoch und begegnete dem amüsierten Blick des Händlers.

»Wollen probieren, Miss?«, fragte der alte Mann in gebrochenem Englisch.

Sie schüttelte den Kopf und schenkte ihm ein schiefes Lächeln.

In diesem Moment schloss Emily zu ihr auf. »Na, hast du dich schon verlaufen?«

»Beinahe.« Marigold lachte. »Und du? Bist du zufrieden mit deinem Einkauf?«

Emily nickte und winkte Katherine heran, die zwei Stoffballen in ihrem Korb trug. »Ich habe mich für Kastanienbraun und Mausgrau entschieden. Etwas öde, ich weiß, aber angeblich ist das ja gerade in Mode. Außerdem wird es meinem Vater gefallen. Er schimpft immer, dass ich herumlaufe wie einer dieser bunten Papageien dort unten in der Karibik!«

Marigold musste zugeben, dass der Vergleich zu Emily passte. Sie hatte zwar noch nie mit eigenen Augen einen Papagei gesehen, aber sie hatte Abbildungen und Berichte zu dem seltsamen Tier studiert. Angeblich konnte dieser Vogel sprechen und plapperte immerfort – so wie Emily.

»War dein Vater denn schon einmal in der Karibik?«

»Sehr oft sogar! Er arbeitete früher für die West India Interest.«

»Was ist das für eine Company?«

Emily machte eine wegwerfende Handbewegung. »Genau weiß ich es nicht. Irgendetwas mit Zuckerrohr.«

Marigold beschloss, nicht weiter nachzuhaken, obwohl sie inzwischen eine Ahnung hatte, in welche Geschäfte Mr Linfield involviert gewesen war. Auf der *Ariadne* hatte Kieran ihr von den Sklaven erzählt, die englische Händler in Afrika kauften und über die Mittelpassage nach Amerika brachten, um sie dort unter unmenschlichen Bedingungen auf Zuckerrohr- und Tabakplantagen arbeiten zu lassen. Zuerst hatte sie ihm nicht glauben wollen. Eine solche Grausamkeit konnte doch nicht im Sinne des Königreichs sein! Trotzdem hatte er Zweifel in ihr geweckt.

»Möchtest du denn gar nichts kaufen?« Ihre Freundin riss sie aus ihren düsteren Gedanken.

»Doch. Ich könnte neue Graphitstifte gebrauchen. Auf der Überfahrt sind alle zu Bruch gegangen.«

Emilys Augen weiteten sich. »Etwa bei einem Sturm?«

Nun war es an Marigold, zu lachen. »Nein, durch einen tollpatschigen Schiffsjungen.«

Nachdem sie einen Stand besucht hatten, der neben allerlei Tand auch passable Schreibwaren und Zeichenutensilien anbot, machten sich die Frauen auf den Heimweg.

»Du musst mich ganz bald in der Rue Saint Lambert besuchen«, sagte Emily, als sie beim Clayton-Anwesen angekommen waren. »Vielleicht schlage ich Vater vor, dass er dich und deinen Onkel zum Dinner einlädt, was meinst du?«

»Gute Idee! Ich freue mich schon darauf, euer Haus zu besichtigen.«

»Wunderbar!« Emily drückte ihre Hand und verabschiedete sich.

Im Foyer wurde sie von Judith begrüßt, die ihr den Mantel abnahm und sie fragte, ob sie etwas zu essen wünsche. Marigold lehnte dankend ab, erkundigte sich aber, ob es möglich wäre, ihr ein Bad einzulassen.

»Sehr wohl, Ms Clayton«, sprach das Hausmädchen, bevor sie knickste und verschwand.

Da die Vorbereitung eines Bades erfahrungsgemäß einige Zeit in Anspruch nahm, streckte Marigold sich auf ihrem Bett aus, um ein paar Seiten in *Gullivers Reisen* zu lesen. Doch im Gegensatz zum Vorabend konnte das Buch sie heute nicht fesseln. Es lag nicht an der Lektüre selbst – schließlich gehörte Swifts Werk zu ihren Lieblingsbüchern – sondern vielmehr an ihrer mangelnden Konzentration.

Ihre Gedanken flogen immer wieder zu dem Gespräch mit Emily zurück. War Samuel Linfield früher wirklich in den Sklavenhandel verwickelt gewesen? Bei dem Empfang letzte Woche hatte er einen freundlichen Eindruck gemacht und sie konnte sich kaum vorstellen, dass er derartige Missetaten billigte. Oder war genau dies der Grund, warum er der Karibik den Rücken gekehrt hatte und hier in den Pelzhandel eingestiegen war?

Sie klappte das Buch zusammen und strich mit der Linken über den Bettüberwurf, dessen taubenblaue Farbe sie an einen wolkenverhangenen Tag auf dem Atlantik erinnerte.

Auf der *Ariadne* hatte sie Kieran gegenüber geäußert, ihr graue bei der Vorstellung, wie viele Biberpelze jährlich verschifft wurden. Rabenauge hatte mit den Schultern gezuckt und gemeint, *lieber Pelze als Menschen*. Dann hatte er ihr von den Ungeheuerlichkeiten erzählt, die im Namen der britischen Krone geschahen

– bildhaft und detailliert, so als wäre er selbst einer dieser armen Kreaturen, die auf den Zuckerrohrplantagen schuften mussten. Woher er all dies wisse, hatte sie ihn gefragt. Mr Black hatte daraufhin berichtet, dass er im Hafen von Halifax zwei Männer getroffen habe, die der Sklaverei entkommen waren und sich nun als Fischer verdingten.

Marigold fröstelte, als sie sich an die Düsternis erinnerte, die bei diesen Worten aus Kierans Augen gesprochen hatte. Sie wusste nicht, warum er ihr diese Dinge verraten hatte, aber sie war dankbar dafür.

Die meisten Menschen waren der Meinung, einer jungen Dame dürfte man solche Themen nicht zumuten. Dabei war seine schockierende Offenheit eine von vielen Eigenschaften, die sie an ihm schätzte. Er war nur wenig älter als sie selbst und strahlte doch eine beeindruckende Weltgewandtheit aus, die vermutlich von seinen Reisen herrührte. Immer wenn sie ihm begegnete, schlug ihr Herz schneller, und sie hoffte, es möge sich bald wieder eine Gelegenheit ergeben, eine Unterredung unter vier Augen zu führen, wie damals auf der Veranda. Während Mr Black in der Gesellschaft ihres Onkels tadellose Manieren an den Tag legte, nahm er es in ihrer Anwesenheit mit der Etikette nicht so genau. Es war, als würde in diesen gestohlenen Momenten sein wahres Ich hindurchscheinen, was Marigold dazu verleitete, sich ihm ebenfalls zu öffnen. Und sie genoss das Gefühl der Freiheit, das sie in seiner Gegenwart erfüllte.

Mit einem Seufzen schwang sie ihre Beine über die Bettkante. Ihre Gefühle für Mr Black waren mehr als unangebracht. Bei Gott, er war der Zuarbeiter ihres Onkels! Sie durfte sich nichts darauf einbilden, dass sie gelegentlich ein paar Worte wechselten und ihr Herz dabei in Aufregung geriet.

Sie legte *Gullivers Reisen* auf den Nachttisch und griff nach ihrem Zeichenblock sowie den neu erworbenen Graphitstiften. Sie hatte sich vorgenommen, eine Skizze der Klosterruinen anzufertigen. Statt den Stift auf das Papier zu setzen, blätterte sie allerdings in den alten Zeichenpapieren. Hier hatte sie Captain Grants Kajüte festgehalten, dort war der Nachthimmel über dem Atlantik. Und da – die Pforte ihrer Villa in Mayfair! Sie blätterte weiter zurück und landete bei dem Gesellschaftszimmer ihres Elternhauses. Beim Anblick der detaillierten Zeichnung meinte sie, verkohltes Kaminholz und das Parfüm ihrer Mutter riechen zu können, glaubte, ihre Schwester im Hintergrund von dem neu eröffneten Teehaus in Paddington schwärmen zu hören.

Ein Schluchzen schlüpfte ihr durch die Lippen, laut und plötzlich. Marigold presste sich die Hand auf den Mund und kämpfte gegen die Tränen an. Zu spät. Sie kullerten ihr bereits über die Wangen, tropften von ihrem Kinn und hinterließen winzige Pfützen auf der Zeichnung. *Was tue ich hier nur?*, schoss es ihr durch den Kopf.

»Ms Clayton, das Bad ist –«, Judith stockte auf der Türschwelle. »Oje! Ist Ihnen nicht wohl?« Das Dienstmädchen schritt auf sie zu und legte vorsichtig eine Hand auf ihre Schulter.

»Es ist nichts, Judith«, schniefte Marigold. »Nur ein wenig Heimweh.«

# 11

Auch am nächsten Morgen hatte Marigold ihr Heimweh nicht überwunden. Ihre Glieder waren schwer und ihre Augen von der tränenreichen Nacht geschwollen. Dennoch bemühte sie sich, am Frühstückstisch eine muntere Miene aufzusetzen. Schließlich wollte sie Absalom überzeugen, ein Dinner mit den Linfields zu arrangieren.

»Das lässt sich einrichten«, sprach Mr Clayton, nachdem sie ihm von Emilys Idee berichtet hatte. »Vermutlich aber erst in ein paar Wochen. Ich werde für die Company eine Weile in Québec zugange sein.«

»Davon wusste ich nichts!« Überrascht ließ sie die Gabel in ihrer Hand sinken.

»Ich habe erst gestern von meinem Auftrag dort erfahren.«

Marigold schwieg, unsicher, ob sie enttäuscht oder erfreut sein sollte. Zwar würde sich das Dinner durch Absaloms Abwesenheit verschieben, dafür würde sie hier aber etwas Ruhe genießen können – eine angenehme Vorstellung, die sie beherzt zulangen ließ, obwohl sie für gewöhnlich weder Eier noch Speck am Morgen schätzte.

»Gewiss habe ich mich bereits um etwas Gesellschaft für dich gekümmert, damit du während dieser Zeit nicht zu viel allein bist. Mr und Mrs Morton werden täglich mit dir dinieren.«

Marigold verschluckte sich an ihrem Bissen und griff hustend nach ihrer Kaffeetasse. »Wie aufmerksam von Ihnen«, brachte sie krächzend hervor, so als hätte sie Absaloms Vorsichtsmaßnahme nicht längst durchschaut. *Wahrscheinlich hat er sogar das Gesinde dazu angewiesen, mich während seiner Abwesenheit zu überwachen*, dachte sie voller Bitterkeit. Auf der anderen Seite war es ihr immer noch lieber, mit dem Ehepaar Morton zu Abend zu essen als mit ihm.

»Keine Sorge.« Absalom durchbohrte sie mit seinen eisgrauen Augen. »Ich werde nicht lange fort sein. Und danach werde ich mich endlich deinen Werbern widmen. Colonel Fitzgerald hat schon mehrmals nach dir gefragt.«

Marigolds Magen zog sich zu einem festen, schmerzenden Knoten zusammen. »Colonel Fitzgerald?«

»Erinnerst du dich etwa nicht mehr an ihn?«, fragte er entrüstet.

»Doch, sicher.« Fitzgerald, dieser hochgewachsene Kerl mit der Adlernase, war auf ihrem Empfang zu Gast gewesen. »Ich wusste nur nicht, dass er … nun … Interesse an mir gezeigt hat.« Das war eine glatte Lüge. Gewiss hatte sie Absaloms wohlwollenden Blick an dem Abend bemerkt, ebenso wie das Begehren, das in Fitzgeralds Augen aufgeblitzt war, als er sie in ihrem festlichen Kleid gemustert hatte. Wenn sie ehrlich war, hatte sie die Möglichkeit, die Frau des Colonels zu werden, erfolgreich verdrängt. Er war zwar ein hochgradiger Militär und vielleicht auch kein schlechter Mensch, allerdings bereitete ihr allein der Gedanke Übelkeit, die Nächte an seiner Seite verbringen zu müssen und ihn über ihr Leben bestimmen zu lassen.

Absaloms Reise entpuppte sich für Marigold als wahrer Segen. Sie konnte ausschlafen, so lange sie wollte, und musste nicht pünktlich um acht Uhr am Frühstückstisch erscheinen. Stattdessen brachte ihr Judith das morgendliche Mahl – gebutterten Toast statt Speck und Eiern! – täglich ans Bett. Wenn sie nicht mit Emily zu einem Spaziergang verabredet war, verbrachte sie die Vormittage mit Lesen und Zeichnen, oder streifte durch das Haus ihres Onkels. Zu Marigolds Enttäuschung verfügte es über keine eigene Bibliothek, zudem war es deutlich kleiner als die elterliche Villa, sodass sie bald jeden Winkel ausführlich inspiziert hatte.

Auch das Gesinde war eher bescheiden aufgestellt. Neben Judith hatte sie bisher nur mit der Köchin Bekanntschaft gemacht. Ms Blunt war eine wortkarge, dickliche Frau mit faltenzerfurchtem Gesicht. Sie hantierte mit solcher Entschiedenheit in der Küche, als würde es sich um ihr Königreich handeln, und hatte Marigolds Eintreten in ihr Refugium entsprechend misstrauisch beäugt. Vielleicht war sie auch gekränkt, weil ihr zu Ohren gekommen war, dass Mr Claytons Nichte sich nicht für ihre reichhaltigen Kreationen begeistern konnte. So oder so begriff Marigold, dass mit der alten Köchin nicht zu spaßen war. Ähnlich sah es mit Absaloms hagerem Kammerdiener Mr Gipson aus.

Eines Nachmittags erweiterte sie ihre Streifzüge auf den Hof und die Nebengebäude des Anwesens. Zuerst steuerte sie die hölzerne Lagerhalle an, die sie bisher nur von außen zu Gesicht bekommen hatte. Ein paar Arbeiter hoben bei ihrem Auftauchen fragend die Augenbrauen, sprachen sie aber nicht an. Marigold schlenderte zwischen Pelzbündeln, Werkbänken, Fellpressen und Transportkisten umher und nahm dabei einen strengen Geruch nach Tier und Schweiß wahr.

Beim Anblick der vielen Felle fragte sie sich, welch immenser Schatz in dieser schlichten Halle lagerte. Es wunderte sie jedenfalls nicht, dass die Fenster des Gebäudes mit Eisenstangen versehen waren.

Weil ihr der Gestank auf den Magen schlug, trat Marigold auf den Hof hinaus. Sie ging ein paar Schritte, sog die frische Luft ein und ließ ihren Blick dabei wie zufällig zu der Arbeiter-Baracke gleiten. Ob Kieran sich gerade dort aufhielt? Zumindest war er nicht in der Lagerhalle gewesen. Wenn sie es sich recht überlegte, hatte sie ihn schon eine ganze Weile nicht mehr gesehen. Ging er ihr womöglich absichtlich aus dem Weg? Hatte sie ihn damals sehr gekränkt?

Marigold fluchte leise. Sie sollte nicht so viel an Mr Black denken. Es führte ja doch zu nichts! Verärgert über sich selbst lenkte sie ihre Schritte zurück in die Villa. Sie nahm die Hintertür, um es sich im Salon gemütlich zu machen, als aufgebrachte Männerstimmen zu ihr drangen. Sie kamen aus der Richtung des Kontors, welches über den Korridor zugänglich war. Marigold spitzte die Ohren, konnte die Worte der Männer jedoch nicht verstehen. Sie erkannte aber, dass eine der Stimmen zu William Morton gehörte. Durch Absaloms Abwesenheit hatte der Kontorist noch mehr zu tun als sonst und verließ die Schreibstube meist erst, wenn zum Dinner geklingelt wurde. Auf Zehenspitzen schlich Marigold den Flur hinunter und wunderte sich dabei über Mortons herrischen Ton. Sie hatte noch nie erlebt, dass der bebrillte Handelsgehilfe aus der Haut fuhr.

»Das höre ich mir nicht länger an!«, donnerte es hinter der Holzwand. »Und ich rate Ihnen eines, Mr Black: Wenn Sie Ihre Stelle behalten wollen, sollten Sie derart wüste Beschuldigungen in Zukunft lieber für sich behalten!« Ein Stuhl wurde zurückgeschoben, Stiefelabsätze klapperten auf den Dielen, dann wurde die Tür aufgerissen.

Marigold trat beiseite – zu spät. Kierans Gesicht, eben noch zu einer Maske des Zorns verzerrt, spiegelte seine Überraschung wider, als er sie erblickte. Doch der Moment währte nicht lange. Seine Augen wurden schmal und er schnaubte leise, ehe er sich abwandte und auf den Hof hinaus stürmte.

»Ms Clayton!«, rief Mr Morton übertrieben fröhlich und winkte sie in das Kontor hinein. »Was führt Sie in diesen Teil des Hauses?«

»Ich wollte fragen, ob Sie ebenfalls Tee und Gebäck möchten? Ich werde gleich nach Judith klingeln«, erfand sie spontan.

»Wie reizend von Ihnen! Tatsächlich vergesse ich derlei Dinge gelegentlich, wenn ich vollkommen in die Arbeit vertieft bin.« Er seufzte und blickte zu dem hohen Dokumentenstapel neben dem Schreibpult.

»Mein Vater pflegt zu sagen: Ein wachsamer Geist erfordert einen gestärkten Leib.« Sie lächelte. »Ich gebe Judith Bescheid, damit sie Ihnen eine Kleinigkeit bringt.« Marigold war schon in Richtung Tür gegangen, als sie innehielt und sich räusperte. »Es tut mir leid, dass ich vorhin in Ihren Disput mit Mr Black hineingeplatzt bin.«

Der Kontorist senkte das Kinn. »Nein, mir tut es leid, Ms Clayton. Sie sollten mit derlei Angelegenheiten nicht belastet werden.«

Marigold faltete die Hände und ging zum Fenster, um etwas Zeit zu gewinnen. Sie musste ihre Worte mit Bedacht wählen. »Oh, es belastet mich nicht, im Gegenteil. Ich bin gern im Bilde, falls es Probleme unter den Angestellten geben sollte. Immerhin ist dies der Betrieb meines Onkels, nicht wahr?« Sie lächelte zuckersüß.

»Nun ja ...«, murmelte er mit sichtlichem Unbehagen.

»Dieser Mr Black – ist er ein Unruhestifter? Was wissen Sie über ihn? Ich finde, er besitzt einen seltsamen Akzent.« Ihre Fragen waren dreist und sie fühlte sich nicht wohl dabei, Kieran in ein schlechtes Licht zu stellen. Allerdings war dies eine einmalige Gelegenheit, mehr über Rabenauge zu erfahren.

»Viele unserer Arbeiter pflegen eine derbe Sprechweise.« Er zuckte die Achseln. »Die wenigsten von ihnen habe eine Schulbildung genossen. Hinzu kommt, dass sich hier, in den Kolonien, die verschiedensten Völker sammeln. Wir haben leider nicht nur wohlerzogene Engländer hier. Manche unserer Männer stammen von Franzosen, Niederländern oder sogar den Eingeborenen ab.«

Sein Gerede über die angeblich minderwertigen Völker stieß Marigold ab, doch sie ließ es sich nicht anmerken.

»Und Mr Black?«, hakte sie nach. »Wissen Sie etwas über seine Herkunft?«

»Nicht viel. Nur, dass er irgendwo im Hinterland aufgewachsen ist. Das erklärt auch sein schroffes Auftreten«, fügte er mit unverkennbarer Missbilligung hinzu. »Wahrscheinlich weiß er selbst nicht einmal, wo er herkommt.«

Marigold runzelte die Stirn. »Wie meinen Sie das?«

»Sein Familienname ... Verstehen Sie denn nicht?«

Sie schüttelte den Kopf. Warum druckste der Kerl nur so herum?

»*Black* ist hierzulande ein Name, der meist an Waisenkinder vergeben wird.«

Das Gespräch mit William Morton hing Marigold noch lange nach – insbesondere jene Worte, die er über Kieran Black verloren hatte. Bilder erschienen vor ihrem inneren Auge, von einem mageren Waisenjungen, der sich in diesem rauen Land völlig allein durchschlagen musste. Ein hilfloser Bursche, der nichts mit dem Mann gemeinsam hatte, der Kieran heute war: Ein Mann, dessen kräftiger Körper von Zähheit und harter Arbeit zeugte, und dessen Miene so selten seine Gefühle offenbarte.

Bei dieser Vergangenheit war es alles andere als selbstverständlich, dass Black zu einem geschätzten Arbeiter aufgestiegen war, den Absalom immer wieder für seinen Fleiß und seine tadellosen Manieren lobte.

Marigold setzte die Teetasse ab, mit der sie sich in den Salon zurückgezogen hatte, und presste die Lippen aufeinander, als sie sich an Mortons abschätzige Rede über die Angestellten erinnerte. Von wegen ungebildet und schroff! Kieran konnte manchmal forsch sein, trotzdem glaubte sie, dass er im Grunde ein sanftes Wesen besaß. Schließlich hatte er sich damals rührend um den kleinen Nathaniel gekümmert. Vermutlich war er auch des Lesens mächtig. Warum sonst hätte er auf der *Ariadne* die Dokumente in der Schreibstube ihres Onkels durchsehen sollen?

Sie schloss die Lider und war wieder auf dem Schiff, spürte das leichte Schaukeln unter ihren Füßen, atmete den Geruch nach Holzpolitur und Salz ein, sah Kierans Augen, die sich im Moment der Entdeckung weiteten.

Ihr erster Gedanke war damals gewesen, dass sie ihn bei der Suche nach Gold oder dergleichen erwischt hatte. Jedoch kannte sie Black mittlerweile gut genug, um in ihm keinen einfachen Taschendieb zu sehen. Er wäre nicht so dumm, auf einem Schiff zu stehlen, von dem er nicht verschwinden konnte. Außerdem hatte sein Interesse eindeutig den Dokumenten vor seinen Augen gegolten. Bis heute wusste sie nicht, was er damals zwischen all den Papieren gesucht hatte.

Was Kieran und seine Motive anging, tappte sie völlig im Dunkeln. Sie hegte jedoch die Vermutung, dass er und Mr Morton sich nicht leiden konnten – warum auch immer. Marigold blinzelte und massierte sich die Schläfen. Fest stand: Unter diesem Dach gingen seltsame Dinge vor sich. Dinge, die womöglich die Geschäfte ihres Onkels betrafen.

Die Zeit bis zu Absaloms Rückkehr flog trotz der Eintönigkeit in der Villa nur so dahin – viel zu schnell für Marigolds Geschmack. Es war ein milder Juniabend, als sie seine Kutsche, gefolgt von zwei üppig beladenen Wagen, durch die Pforte fahren sah. Sie stand nicht ganz zufällig am Fenster, denn in den letzten Tagen hatte sie es sich zur Gewohnheit gemacht, zu dieser Uhrzeit nach einem gewissen schwarzhaarigen Arbeiter Ausschau zu halten. Vor einer Woche hatte sie es zum ersten Mal bemerkt: Statt wie die anderen Angestellten nach Arbeitsschluss müde in die Baracke zu schlurfen, stahl Kieran sich fast jeden Abend davon. Nur, wohin? War er in irgendwelche dubiosen Geschäfte verwickelt? Oder besuchte er eine Taverne, wo er seinen Lohn verprasste? Besaß er womöglich eine Geliebte?

Marigold seufzte und widmete sich ihrem Kleiderschrank, weil ihr Onkel sie vermutlich bald nach unten zitieren würde. Ein wenig schämte sie sich für ihre Gedanken, die ständig um Mr

Black kreisten, und für ihre Neugier, die sie jeden Abend wie magisch ans Fenster zog. Hatte Kieran wirklich etwas zu verbergen? Oder waren dies die Gehirngespinste einer jungen Frau mit zu viel Zeit?

Keine dieser Optionen war besonders reizvoll und die Erkenntnis ließ ihre ohnehin schon schlechte Laune noch tiefer sinken. Von nun an würde sie wieder unter Absaloms Beobachtung stehen, was bedeutete, dass sie perfekte Manieren an den Tag legen musste.

Als sich Marigold ihre Schürze aus Musselin umband, auf die sie in den letzten Tagen verzichtet hatte, klopfte es an der Tür.

»Ms Clayton?«

»Ja, Judith?«

»Ihr Onkel ist soeben eingetroffen. Er erwartet Sie beim Dinner.«

»Ich bin sofort unten«, rief Marigold ihr zu und blickte ein letztes Mal in den Spiegel. Die Spitzenhaube auf ihrer Frisur war ein wenig verrutscht – wahrscheinlich hatte sie vorhin bei ihrer Lektüre wieder daran genestelt. Hastig rückte sie die Haube zurecht und steckte ein paar dunkle Strähnen zurück, die sich im Laufe des Tages gelöst hatten. Als sie dabei die Stumpfheit ihres Blickes bemerkte, wurde ihre Brust eng. Ihre bernsteinfarbenen Augen, die früher vor Lebensdurst geleuchtet hatten, starrten matt und müde zurück. War es das, was die Monate unter Absaloms Fuchtel aus ihr gemacht hatten? So wollte sie nicht aussehen! So wollte sie nicht sein! Also reckte sie das Kinn, straffte die Schultern und sammelte ihre Kräfte. Sie durfte sich von ihrem Onkel nicht einschüchtern lassen, durfte nicht zulassen, dass er solche Macht über sie besaß.

Mit energischen Schritten verließ sie ihre Kammer und machte sich auf den Weg in das Speisezimmer. Absalom saß bereits am Kopf der Tafel, ein Glas Rotwein in der Rechten. Wie immer war er makellos gekleidet. Keine Falte störte die Eleganz seiner Weste, kein Fleck war auf der blütenweißen Halsbinde zu erkennen. Allein die geschwollenen Lider verrieten, dass er eine lange Reise hinter sich hatte.

»Marigold, da bist du ja endlich!« Seine Zunge ging schwer. Offensichtlich war es nicht sein erstes Glas Wein.

»Entschuldigen Sie die Verspätung, Onkel. Hatten Sie denn eine gute Fahrt?«

»Die Reise war ereignislos. Aber die Company steht vor einigen Problemen ...« Seine Mundwinkel bogen sich nach unten und sein Blick wurde abwesend.

»Was für Probleme?«

»Die Cree weigern sich, unter den bisherigen Konditionen zu liefern.« Er schnaubte. »Dieses Pack sollte froh sein, dass wir überhaupt mit ihnen Handel treiben, statt ihre Dörfer dem Erdboden gleich zu machen.«

Das Auftauchen der Köchin, die das Dinner servierte, unterbrach Absaloms Rede, nicht aber Marigolds Gedankengänge.

Die Cree, so hatte sie in den letzten Wochen gelernt, bildeten das größte Eingeborenenvolk in der Provinz Québec. Zu Beginn der Einwanderung hatten sie den Europäern gezeigt, wie man in diesem Land überlebte und jagte. Bis heute war die HBC auf die Zusammenarbeit mit ihnen angewiesen. Die Cree kannten die besten Jagdgründe, dienten als Zwischenhändler für andere Stämme und besaßen Boote, mit denen sie die Pelze über weite Strecken transportieren konnten. Eine Fähigkeit, die für die Company zunehmend wichtiger wurde. Die anhaltende Gier nach Pelz hatte die Biberbestände eingedämmt, was bedeutete, dass man sich immer tiefer ins Landesinnere wagen musste, um Felle zu beschaffen.

Absaloms Unzufriedenheit überraschte sie daher kaum. Er war ein Mann, der am liebsten alle Zügel selbst in der Hand behielt und der es nicht mochte, sich den Bedingungen anderer Leute unterzuordnen. Schon gar nicht, wenn diese von den Wilden gestellt wurden, welche er so verabscheute.

»Was wird nun passieren? Mit dem Handel, meine ich«, fragte

sie, als sie wieder unter vier Augen waren.

Ihr Onkel machte eine wegwerfende Handbewegung. »Die Cree werden schon noch sehen, was sie von ihrer Starrköpfigkeit haben.«

Bei der Andeutung, die in seinen Worten mitschwang, stellten sich Marigold die Nackenhaare auf. »Was, wenn es zu Aufständen kommt?«

Absalom ließ die Gabel sinken und seufzte. Er hatte scheinbar keine Lust, das Thema weiter zu erläutern. »Dann wird die Company Konsequenzen ziehen müssen.« Er deutete auf ihren Teller, den sie bisher nicht angerührt hatte. »Iss nun, und zerbreche dir über diese Dinge nicht dein hübsches Köpfchen.«

Marigold tat wie geheißen und pikste eines der Filetstückchen auf, doch sie verspürte keinerlei Appetit, da ihr Bauch voller Wut war. Sie hasste es, wenn Absalom sie behandelte, als wäre sie ein kleines Kind. Als wäre sie zu einfältig, um Dinge zu verstehen, die über den häuslichen Alltag hinausgingen!

Sie versuchte, den Frust hinunterzuschlucken, und kaute auf dem Rindfleisch, das Ms Blunt heute zubereitet hatte – kräftig gewürzt und blutig, wie ihr Onkel es am liebsten mochte. Sie brachte nur einen Bissen hinunter und stocherte dann lustlos in den Kartoffeln, die in einer Lache aus Bratensaft schwammen. Wie gern würde sie jetzt in die Vergangenheit reisen und im Speisezimmer ihrer Familie sitzen! Sie dachte an das köstliche Pilz-Fricassée, das Ms Nott, ihre Londoner Köchin, oftmals zubereitet hatte.

»Wie ist es dir in den letzten Wochen ergangen?«, fragte Absalom.

»Recht gut«, erwiderte sie lahm.

»Mir ist zu Ohren gekommen, dass du dich auf dem Betriebsgelände herumgetrieben hast.«

»Ich wollte mir nur die Lagerhalle ansehen und einen Einblick in die Geschäfte –«

»Du hast dort nichts zu suchen!«, unterbrach er sie forsch.

»Eine junge Dame unter all den Arbeitern, das gehört sich nicht! Ich will dich dort nie wieder sehen, verstanden?«

»Ja, Onkel.« Marigold ballte ihre Hände unter der Tischplatte zu Fäusten.

»Schmeckt es dir nicht?«, fragte er mit Blick auf ihren Teller, nachdem sie eine Weile geschwiegen hatten.

»Ms Nott, unsere Köchin zuhause, hat das Filet anders zubereitet. Ich muss mich noch an die hiesige Küche gewöhnen.«

»Ach ja?« Absalom erhob sich und ging mit langen Schritten um den Tisch herum, bis er direkt hinter ihr stand.

Marigold legte das Besteck ab. Ihr Atem stockte und ihr gesamter Körper verkrampfte. Im nächsten Moment krallte sich seine Hand in ihren Nacken. Sie schrie auf und versuchte, ihn abzuschütteln, doch Absaloms Griff wurde nur noch fester und vergrub sich in ihren Haaren. Mit der anderen Hand zog er sie auf die Beine und zerrte sie in Richtung Fenster.

»Du undankbares Weibsstück!«, keifte er und schubste sie vorwärts, sodass sie mit dem Gesicht gegen die Glasscheibe prallte. »Forderst alles ein, ohne dich selbst an die Regeln der guten Sitte zu halten!«

Marigold riss die Augen auf und rang nach Luft. Ihre Nase schmerzte und sie hatte das Gefühl, ihre Lungen würden zerbersten.

»Sieh genau hin!«, zischte Absalom an ihrem Ohr, so nah, dass sie seinen weinschwangeren Atem riechen konnte. »Sieh dir die Menschen auf der Straße an! Sie würden alles dafür geben, um in einem Haus wie diesem zu wohnen! Niemals hungern zu müssen! Du lebst im Paradies und merkst es nicht einmal!«

*Nein!*, dachte Marigold. *Das hier ist die Hölle. Und du bist der Teufel.* Doch aus ihrem Mund drang nur ein Wimmern.

»Den morgigen Tag wirst du auf deinem Zimmer verbringen, um über deine Haltung nachzudenken!« Urplötzlich ließ Absalom sie los und marschierte unter heftigem Fluchen hinaus.

Marigold sackte an Ort und Stelle zusammen, ließ die Schluchzer hinaus, die sie bis soeben zurückgehalten hatte. Wie dumm sie gewesen war, zu glauben, dass sie vor ihrem Onkel würde bestehen können! Absalom war weitaus gefährlicher, als sie bisher angenommen hatte. Er hatte sie in der Hand, und sie konnte rein gar nichts dagegen tun.

# 12

»Guten Abend, Colonel Fitzgerald.« Marigold versank in einen anmutigen Knicks.

Der Gast ihres Onkels lächelte und umschloss ihre Hand. »Ms Clayton, Sie sehen wieder reizend aus, wenn ich dies bemerken darf.«

»Sie sind zu gütig, Colonel.« Sie bemühte sich, sein Lächeln zu erwidern, ohne zu wissen, ob es ihr gelang. Sie hatte schon lange nicht mehr gelächelt. Genauer gesagt, seit jenem Abend in der letzten Woche, als Absalom sie auf schlimmste Weise erniedrigt hatte. Ihre blauen Flecken mochten zwar verschwunden sein, doch ihre Seele hatte die Demütigung noch nicht überwunden.

Ihr Gegenüber schien von ihrem fragilen Gemütszustand nichts zu bemerken. Wahrscheinlich war es besser so. Es war ihr lieber, wenn ihr Zukünftiger nicht in ihr lesen konnte wie in einem offenen Buch. Es würde ihr Leben um einiges einfacher machen.

Weil sie Absaloms Augen auf sich spürte, legte sie ihr bestes Benehmen an den Tag und geleitete den Gast in das Speisezimmer, wo gerade das Dinner aufgetragen wurde. Beim Anblick der Tafel ging ein Zucken durch ihren Körper, so wie jedes Mal seit *jenem* Abend. Bilder blitzten vor ihr auf: Ihr Onkel, der seine Finger um ihren Hals legte und an ihren Haaren zog, bevor er sie gegen das Fenster drückte und ihr grässliche Worte ins Ohr flüsterte.

»Fühlen Sie sich nicht gut, Ms Clayton?« Offenbar war Fitzgerald nicht so unaufmerksam wie vermutet. In seiner Miene las sie ehrliche Besorgnis.

*Vielleicht ist er doch kein so schlechter Kerl*, überlegte sie und beruhigte ihn mit einem wackeligen Lächeln. Es war ein Gedanke, an den sie sich den restlichen Abend über klammerte, während die Männer in ihre Unterhaltung vertieft waren. Der Colonel mochte zwar weder jung noch ein Schönling sein, aber möglicherweise besaß er einen anständigen Charakter. War ihr die Vorstellung, ihn zu heiraten, vor ein paar Wochen absurd erschienen, so rechnete sie inzwischen fest mit einer Verlobung. Absalom hatte ihn sicher nicht ohne Grund zu diesem traulichen Dinner eingeladen.

Marigold sah einer Ehe mit dem älteren Militär mit gemischten Gefühlen entgegen. Gewiss verkörperte Fitzgerald nicht das, was sie sich als junges Mädchen unter ihrem Traumprinzen vorgestellt hatte. Doch sie war nun mal kein Kind mehr und musste der Realität ins Auge sehen. Eine Hochzeit bot ihr die Chance, von Absalom wegzukommen und ein eigenes Heim zu beziehen. Denn eines wusste sie mit Sicherheit: Schlimmer als ihr Onkel konnte dieser Mann nicht sein.

Sie musste hier weg, und zwar so schnell wie möglich.

Marigold wusste nicht, wie lange sie bereits auf das blanke Briefpapier starrte. Mit jeder Minute, die verstrich, fiel es ihr schwerer, die passenden Worte für ihre Familie zu finden. Vielleicht gab es sie einfach nicht. Ihr war jedoch klar, dass sie sich früher oder später bei ihnen melden musste. In ihren ersten Wochen in Montreal hatte sie nicht einmal einen Gedanken daran verschwendet, ihnen zu schreiben. Zu groß war ihre Wut gewesen, zu groß ihre Kränkung.

Gestern hatte Absalom sie darauf hingewiesen, dass bald ein Schiff gen London auslaufen würde und sie die Gelegenheit nutzen sollte, einen Brief zu übermitteln. Marigold schloss die Augen, um sich die Geschehnisse seit ihrer Abfahrt ins Gedächtnis zu rufen. So viel war seitdem passiert: Die anstrengende Reise, auf der sie Entbehrungen und Ängste sowie zahlreiche neue Menschen kennengelernt hatte. Der Empfang zu ihren Ehren, bei dem sich die gesamte Montrealer Oberschicht versammelt hatte. Emily, die ihr zu einer Freundin geworden war. Absalom, der ihr das Leben schwer machte. Und Kieran, dem es unbewusst gelang, sie von alldem abzulenken.

Dies waren die Dinge, die sie bewegten, aber nicht die Dinge, welche ihre Eltern hören wollten. Das machte es in gewisser Hinsicht leichter. Sie begann mit einem knappen Bericht über die Schiffsreise und einer Schilderung Montreals – dass es ein ansehnliches Städtchen sei, welches sich aber natürlich nicht mit London messen konnte. Sie erzählte von ihren neuen Bekanntschaften, an erster Stelle von Emily Linfield. Ihren Unfrieden mit Absalom erwähnte sie dagegen nicht. Man würde die Schuld ohnehin bei ihr suchen. Wenn man ihr denn überhaupt glaubte ... Spätestens durch den Vorfall mit Richard war Marigold klar geworden, dass ihr Wort in den Augen ihrer Familie nichts zählte. Bei der Erinnerung an Mr Talbots Hinterlist ballte sich ihre Hand zur Faust, bis der Federkiel in ihrer Rechten mit einem Knacken zersprang. Fluchend warf sie den Beweis ihrer Bitterkeit von sich und griff nach einer neuen Schreibfeder. Wenigstens hatte ihr Missgeschick keine Tintenflecken auf dem Briefpapier hinterlassen.

Sie atmete einmal tief durch und setzte wieder an. Nach einer kurzen Beschreibung des Alltags in ihrer neuen Heimat überlegte sie, ob sie von Colonel Fitzgerald erzählen sollte, entschied sich dann aber dagegen. Schließlich war die Verlobung noch nicht offiziell. Außerdem gefiel ihr der Gedanke, dass ihre Eltern erst von Fitzgerald hörten, wenn sie längst mit ihm vermählt war. Sicher würden ihre Münder beim Lesen der Nachricht vor Erstaunen offenstehen. Von wegen, sie sei ein unverheiratbares Frauenzimmer, pah! Ein Militär seines Ranges war wahrlich keine schlechte Partie!

Es dauerte nicht lange, bis sich das kleine Triumphgefühl verflüchtigt hatte und der Traurigkeit Platz machte. Ihre Gründe, den Colonel zum Mann zu nehmen, waren alles andere als ehrenhaft – weder die Angst vor ihrem Onkel, noch der kindische Wunsch, ihre Eltern mit ihrem gesellschaftlichen Aufstieg zu verblüffen. Auf der anderen Seite gab es vermutlich schlechtere Motive, eine Ehe einzugehen, und Fitzgerald ahnte sicher, dass sie ihn nicht aus romantischer Zuwendung heiratete. Genauso wenig wie er sie aus Liebe. Er wollte eine junge Frau und sie brauchte einen einflussreichen Gatten, der nicht vor Absalom einknickte. So simpel standen die Dinge. Schwärmereien führten doch ohnehin in den wenigsten Fällen zu einer Heirat. Im Gegenteil, sie sorgten nur für Unglück und Kummer. War ihre Schwester nicht das beste Beispiel dafür?

Marigold setzte die Federspitze wieder an und richtete Grüße an Frances aus. Sie fragte, ob es ihr gut ging und ob sich der infame Mr Talbot noch einmal zuhause hatte blicken lassen.

Zehn Tage nach Absaloms Rückkehr holten sie endlich das Dinner bei den Linfields nach. Marigold freute sich über die Gelegenheit, aus dem Haus zu kommen und ihre Freundin wiederzusehen. Emily erging es offenbar ähnlich, denn während Samuel Linfield die Gäste in der Eingangshalle willkommen hieß, zwinkerte sie ihr verschwörerisch zu.

»Wie geht es dir?«, fragte sie, nachdem sie die formelle Begrüßung hinter sich gebracht hatten und unter vier Augen waren.

»Nun …« Marigold suchte nach den passenden Worten, als ihre Aufmerksamkeit von einem Hausburschen eingenommen wurde, der in das Foyer getreten war. Sowohl die Gesichtszüge als auch die Hautfarbe des Jungen waren außergewöhnlich. Zwar hatte sie bereits in England einige Menschen gesehen, die aus Afrika stammten – so manch exzentrischer Londoner beschaffte sich dunkelhäutige Dienstboten – doch noch nie hatte sie ein

Antlitz derart fasziniert zurückgelassen.

»Ist alles in Ordnung?«, erkundigte sich Emily spitz.

»Sicher.« Marigold senkte beschämt die Lider. Warum hatte sie den Lakaien nur so angestarrt? Abgesehen davon war es nicht ihre Angelegenheit, wie Samuel Linfield sein Gesinde zusammenstellte.

»Wird Ruth gar nicht mit uns speisen?«, fragte sie rasch, um von ihrem Fauxpas abzulenken.

»Meine Schwester hat bereits mit ihrer Gouvernante gegessen. Sie ist noch etwas zu unreif und ungeduldig für ein gesetztes Dinner.«

»Das ist verständlich.« Insgeheim hatte Marigold gehofft, dass das jüngste Familienmitglied das Abendessen auflockern würde. Sie hatte die Kleine bei ihren Besuchen der sonntäglichen Messe kennengelernt. Ruth war ein aufgewecktes Mädchen von acht Jahren und ihrer älteren Schwester sehr ähnlich. Nun würden sie lediglich zu viert speisen, und es stand außer Frage, wer an diesem Abend das Wort führen würde.

Dennoch gestaltete sich das Dinner unterhaltsamer als befürchtet. Samuel Linfield war ein charmanter Gentleman, der sie über ihr Leben in London und ihre Eingewöhnung in Montreal ausfragte – und das mit ehrlichem Interesse, wie seine aufmerksame Miene bewies. Besonders beeindruckend fand Marigold die Art, wie er mit seiner Tochter umging. Emily war nicht auf den Mund gefallen, doch statt sie für ihre Redseligkeit zu tadeln, wie es die meisten Väter taten, unterbrach er sie kein einziges Mal.

*Könnte Absalom nur ein bisschen wie Mr Linfield sein!*, dachte Marigold bei sich, während sie den untersetzten Herrn musterte. Seine massige Gestalt steckte in einer blassgelben, bestickten Weste, deren Stoff über dem Bauch spannte, und sein Doppelkinn saß auf dem steifen Kragen seiner Halsbinde auf. Samuel war zwar kein Elegant, doch im Gegensatz zu ihrem Onkel strahlte er eine einnehmende Mischung aus Zufriedenheit und Gelassenheit aus und seine blauen Augen blickten stets fröhlich drein.

*Vielleicht ist all das nur Blendwerk,* warnte sie eine innere Stimme. Wenn man Absalom jetzt sah, wie er mit dem Gastgeber scherzte und Emily freundlich zulächelte, würde man schließlich nie auf die Idee kommen, dass dieser Mann schnell außer sich geriet und sogar handgreiflich wurde. Sie war ja selbst auf seine Täuschung hereingefallen, bis sie seinen wahren Charakter kennengelernt hatte.

In diesem Moment kam ihr Emilys Rede von den Zuckerrohrplantagen ihres Vaters in den Sinn. Konnte ein Mensch, der sein Geld mit der Ausbeutung von Sklaven verdient hatte, denn überhaupt gut sein? Oder sprach die Tatsache, dass Mr Linfield aus diesen Geschäften ausgestiegen war, für ihn?

Nachdenklich sah sie zu Emily, die gerade über irgendetwas lachte, das ihr Vater gesagt hatte. Wann würde sie endlich in Ruhe mit ihr sprechen können? Sie sehnte sich danach, jemandem ihr Leid zu klagen und von der Tyrannei ihres Onkels zu erzählen.

»Ms Clayton ist ebenfalls eine eifrige Leserin!«, rief sie irgendwann und riss Marigold damit aus ihren Gedanken.

»Tatsächlich?« Samuel lehnte sich über den Tisch. »Wie schön! Sie sind herzlich eingeladen, sich an meiner Bibliothek zu bedienen, Ms Clayton. Meine Sammlung ist recht überschaubar, doch beherbergt sie den ein oder anderen Schatz.«

»Das wäre wundervoll!«, entgegnete Marigold. »Meine eigenen Bücher habe ich schon mehrmals gelesen. Vielen Dank, Mr Linfield.«

Emily klatschte in die Hände. »Dann werde ich Ms Clayton nach dem Dinner in die Bibliothek führen.«

Ihre Freundin verlor keine Zeit und erhob sich, sobald die Dessertschälchen mit dem Sahnepudding auf der Tafel geleert waren. Während sich die Männer dem Cognac widmeten, ging sie um den Tisch herum und reichte Marigold die Hand, um sie zur

Büchersammlung ihres Vaters zu geleiten. Dabei legte sie ein derart flottes Tempo an den Tag, dass Marigold kaum Gelegenheit bekam, sich die prunkvollen Räumlichkeiten der Linfields genauer anzusehen. Sie durchquerten einen Salon und einen dunklen Flur, bevor Emily sie in ein holzverkleidetes Studierzimmer schob und die Tür hinter ihnen schloss.

»Also«, sprach sie und verschränkte die Arme vor der üppigen Brust. »Wie geht es dir wirklich?«

»Wie ...?«

»Es ist offensichtlich, dass dich etwas bedrückt.«

Marigold schluckte. War sie so leicht zu durchschauen?

»Ich ...«

»Du kannst es mir sagen«, wurde sie sanft ermutigt.

Marigold wollte nichts lieber als das. Sie wollte ihrer Freundin von den grauenvollen letzten Tagen erzählen. Allerdings ließ allein der Gedanke daran ihr Kinn zittern und ihre Augen brennen. Konnte sie sich einen Weinkrampf unter dem Dach der Linfields leisten? Ihr Körper entschied an ihrer Stelle und sie schluchzte heftig auf. Die Verzweiflung, die sie so mühevoll zurückgehalten hatte, überrollte sie wie eine tosende Welle. Emilys Antlitz verschwamm vor ihren Augen und bei dem Versuch, die Geschehnisse zu schildern, kam nichts als unverständliches Stammeln aus ihrem Mund.

»Grundgütiger!«, rief Emily, ehe sie Marigold an ihre Brust drückte. »Was hat er dir angetan!?«

Nachdem Marigold sich halbwegs gefasst hatte, berichtete sie von Absaloms Wutausbrüchen, von seinen Demütigungen und der permanenten Angst, die sie in seinem Haus erlebte.

Emilys Augen weiteten sich erst, dann wurden sie schmal und blitzten auf. »Was für ein Ungeheuer! Das hast du nicht verdient!« Sie schnaufte und zog ein spitzengesäumtes Taschentuch aus ihrer Rocktasche hervor. »Hier. Trockne deine Tränen! Ich fürchte, wir müssen allmählich zurückkehren. Aber wir werden ein anderes Mal darüber reden, das verspreche ich dir!«

»Wann denn?«, schniefte Marigold. »Wir sind doch fast nie allein!«

»Vielleicht treffen wir uns am Markt – wobei, nein, da habe ich Katherine am Hals.« Emily legte den Kopf schief. »Was, wenn wir ihnen sagen, dass ich ein Kleid für dich anfertige? Immerhin wirst du bald eines brauchen, nicht wahr?«

Bei der Andeutung ihrer Freundin zog sich Marigolds Magen zusammen. »Weißt du etwa von Fitzgerald?«

»Was die Geschwätzigkeit der Leute angeht, ist Montreal wie ein Dorf. Das enge Verhältnis zwischen dem Colonel und deinem Onkel ist nicht unbemerkt geblieben. Genauso wenig wie sein Besuch bei euch.«

»Na wunderbar!« Marigold verdrehte die Augen und wischte sich mit Emilys Taschentuch über die tränennassen Wangen.

»Auch darüber werden wir bald sprechen. Aber nun lass uns gehen, bevor mein Vater oder dein Onkel misstrauisch werden!« Sie griff schon nach der Türklinke, als Marigold sie zurückhielt.

»Warte! Was ist mit den Büchern?«

»Ach herrje!« Emily hastete zu dem Bücherschrank, der die Breite einer gesamten Wand einnahm, und zog wahllos fünf Exemplare hervor. Dann drückte sie Marigold den Stapel in die Hand. »Nun komm!«

Die beiden huschten den Korridor hinunter und betraten das Speisezimmer, wo sie die Herren in unveränderter Haltung vorfanden. Sie waren in ein Gespräch, vermutlich über Geschäftliches, vertieft und blickten nur kurz auf, als sich die jungen Frauen dazusetzten.

Marigold dankte dem schummrigen Kerzenlicht dafür, dass es ihre heißen Wangen und ihre geröteten Augen kaschierte. Sie legte die Bücher auf dem Tisch ab und verwickelte Emily in belangloses Geplänkel über das Wetter. Trotz ihrer Zurückhaltung, was die Gesprächsthemen betraf, genoss sie den restlichen Abend an der Seite ihrer Freundin, und war dementsprechend traurig, als Absalom ihren Aufbruch verkündete.

»Isaac!«, rief Mr Linfield und erhob sich von seinem Stuhl. Kurz darauf kam der dunkelhäutige Diener herbeigelaufen. »Begleite unsere Gäste zu ihrer Kutsche. Und hilf Ms Clayton mit den Büchern.«

»Jawohl, Mr Linfield.«

»Nicht nötig, sie sind nicht allzu schwer.« Marigold winkte ab, doch der Bursche hatte bereits nach den Büchern gegriffen. Ihre Blicke trafen sich für den Hauch einer Sekunde. Wieder war sie von dem exotischen Aussehen des Jungen fasziniert.

»Aber, aber, Ms Clayton!«, widersprach der Gastgeber. »Wenn Sie schon Ihren hübschen Kopf mit derartigen Wälzern belasten möchten, sollten Sie wenigstens Ihre Arme schonen.« Samuel lachte über seinen Scherz, Absalom stimmte mit ein.

Marigold hielt ein Seufzen zurück und verabschiedete die Linfields, dann folgte sie ihrem Onkel nach draußen.

Zuhause angekommen, zog sie sich rasch auf ihr Zimmer zurück und ging die letzten Stunden im Geiste durch. Trotz ihres Weinkrampfes im Studierzimmer war es ein schöner Abend gewesen. Es hatte gutgetan, sich Emily anzuvertrauen und den Beistand einer Freundin zu erfahren.

Ihr Blick schweifte zu dem Bücherstapel, der auf ihrem Bett trohnte. Eines nach dem anderen nahm sie die Bücher in die Hand und las die Titel. Bei dem ersten Wälzer handelte es sich um ein altes Nachschlagewerk zur Botanik und den Naturvölkern Neufrankreichs. Marigold entschied, bald darin zu blättern, um etwas über ihre neue Heimat zu erfahren. Der zweite Band enthielt eine Sammlung der Gedichte von Alexander Pope. Dann folgten eine Fabel von Samuel Johnson und ein Roman von Tobias Smollett. Zuletzt fiel ihr eine Abhandlung zum Zuckerrohranbau in die Hände. Neugierig schlug sie den Einband auf und überflog die Einleitung. Es dauerte nicht lange, bis sich ihre Aufmerksamkeit den zahlreichen Illustrationen zuwandte, die den Text hier und dort ergänzten: Bilder der Zuckerrohrpflanzen und von den Maschinen, die sie verarbeiteten – und von den Menschen, die sie ernteten. Marigold runzelte die Stirn und betrachtete die dargestellten Schwarzen. Einige Männer knieten am Rande der Plantage und trennten die Zuckerrohre von den Wurzeln, während die Frauen die Ernte in Bündel zusammenfassten. Unwillkürlich musste sie an Isaac, den Hausburschen der Linfields, denken. Ob er von den karibischen Arbeitern abstammte? In seiner ordentlichen Dienstbotenkluft hatte er äußerlich nicht viel mit den abgebildeten Feldarbeitern gemeinsam. Aber das war nicht alles. *Es liegt an seinen Augen*, erkannte Marigold. *Sie sind blau statt braun.* Ihr fiel auf, dass sie noch nie einen Menschen von so dunklem Teint gesehen hatte, der helle Iriden besaß. Wahrscheinlich war dies der Grund gewesen, weshalb sein Anblick sie so gebannt hatte: Sein Aussehen vereinte europäische wie afrikanische Merkmale. Jetzt wurde ihr auch klar, wessen Augen es waren, die sich in Isaacs Gesicht wiederfanden. Es waren die blauen Augen Samuel Linfields!

Marigold ließ sich auf ihr Laken zurückfallen und lauschte ihrem hämmernden Herzschlag. Konnte dies wirklich sein? Hatte Linfield in den südlichen Kolonien einen Sohn gezeugt, der nun als Diener für ihn arbeitete? Die Vorstellung war grotesk. Doch als sie sich noch einmal diese großen, himmelblauen Augen vergegenwärtigte, musste sie einsehen, dass die Ähnlichkeit zwischen Samuel und Isaac zu frappierend war, als dass es sich um einen Zufall handeln könnte.

*Sieh an!* Sie hob den Blick zur Zimmerdecke und fixierte die tanzenden Schatten der Kerzenlichter. *Offenbar besitzt sogar der gutherzige Mr Linfield ein Geheimnis.*

# 13

*Nächste Woche wird Fitzgerald dir seine Aufwartung machen.*
Seit ihr Onkel die Worte ausgesprochen hatte, spukten sie unablässig in Marigolds Kopf herum. Sie hatte gewusst, dass der Tag kommen würde, an dem der Colonel offiziell um ihre Hand anhalten würde, und ein Teil von ihr konnte dieser Aussicht sogar etwas abgewinnen. Zumindest jener Teil, der sich vor Absalom fürchtete. Gleichzeitig lastete das Wissen so schwer auf ihrer Brust, dass es ihr in manchen Momenten die Luft zum Atmen nahm.

Marigold seufzte und strich über die blank polierte Fläche ihres Frisiertischs. Sie musste an die Sanduhr denken, die noch in ihrem Mädchenzimmer in Mayfair stand, und die ein Geschenk ihrer Großmutter gewesen war. Vielleicht, weil sie das Gefühl hatte, dass ihr die Zeit durch die Finger rann.

Hatte ihr Onkel mit seiner Unterstellung, sie sei ein undankbares Ding, am Ende recht? Warum sonst quälte sie die Vorahnung, dass eine Ehe mit Fitzgerald nicht genug sein würde? Nicht genug von ... von was eigentlich? Von der Liebe? Vom Leben? Ja, das traf es wohl am besten.

Dabei war ihr Schicksal gewiss gnädiger als das der meisten Frauen. Sie würde niemals schwer arbeiten oder Hunger leiden müssen. Sie würde ein Leben in Zufriedenheit führen und vermutlich eine eigene Familie gründen. Zufriedenheit war zwar nicht Glück, aber immer noch besser als Einsamkeit und Kummer.

Marigold erhob sich von ihrem Frisierstuhl und ging zum Fenster. Der Blick auf die Klosterruine gehörte zu den wenigen Dingen, die sie nach ihrem Umzug in Fitzgeralds Anwesen vermissen würde. Die alten Steinmauern muteten mystisch an und ließen sie von vergangenen Zeiten träumen.

Als ihr Blick zur Rue Saint-Jean-Baptiste schweifte und sie unwillkürlich nach einem breitschultrigen Mann mit schwarzem Haar Ausschau hielt, musste sie sich eingestehen, dass auch Mr Black ihr fehlen würde. Sie hätte ihn gern besser kennengelernt und mehr über sein Leben erfahren. Außerdem berührte er eine bisher unbekannte Seite in ihr. Eine Seite, die sich fragte, wie Kieran wohl über sie dachte. Und was ihn fast jeden Abend stadteinwärts führte …

Marigold sah auf das Kopfsteinpflaster hinab und fasste einen Entschluss. Zumindest redete sie sich das ein, denn hatte ihre unbezähmbare Neugier nicht längst für sie entschieden?

*Ein letztes kleines Abenteuer*, sagte sie sich. Dann griff sie nach ihrem Mantel.

Der Zeitpunkt war perfekt. Absalom, der heute von Kopfschmerzen geplagt wurde, hatte sich nach dem Dinner auf seine Kammer zurückgezogen und die Dienerschaft war für ihr abendliches Mahl in der Küche versammelt. Niemand kreuzte Marigolds Weg, als sie sich die Treppe hinab schlich und durch die Haustür schlüpfte.

In der Abenddämmerung steuerte sie die Baumgruppe an, welche eine natürliche Grenze zwischen dem herrschaftlichen Wohnhaus und den Wirtschaftsgebäuden bildete. Ein Blick auf die Standuhr im Foyer hatte ihr verraten, dass es acht Uhr abends war – jene Zeit, zu der Mr Black erfahrungsgemäß das Anwesen verließ.

Marigold zog ihre Mantelhaube über und starrte mit klopfendem Herzen in Richtung der Arbeiter-Baracke. Ob Kieran bald auftauchen würde? Mit jeder Minute, die sie wartete, wurden die Zweifel in ihrem Kopf lauter. Was tat sie hier überhaupt? Rabenauge nachzuspionieren war nicht nur moralisch verwerflich, sondern auch riskant, um nicht zu sagen gefährlich. Wenn ihr Onkel herausfand, dass sie auf eigene Faust losgezogen war, würde ein Sturm unbekannten Ausmaßes über sie hereinbrechen. Die Vorstellung war genauso unliebsam wie die abendliche Kälte, die allmählich durch ihre Kleider drang. Sie biss die Zähne zusammen und rieb sich die Arme. Wurde es in diesem gottverlassenen Land denn niemals wärmer? Immerhin hatten sie nun schon Juni!

Je länger sie in ihrem Versteck ausharrte, desto alberner kam sie sich vor. Vielleicht hatte Kieran gar nicht geplant, heute auszugehen, und sie machte sich hier umsonst zum Narren? Und wie lange würde es dauern, bis man ihre Abwesenheit in der Villa bemerkte?

Seufzend stieß sie sich vom Stamm einer mächtigen Eiche ab, als sie plötzlich Stimmen vernahm.

»Wohin denn schon wieder?«, tönte es auf dem Hof.

Marigold ging auf die Zehenspitzen und erkannte Mr Curtis, einen älteren Lagerarbeiter, der Kieran breitbeinig den Weg versperrte.

»Kümmere dich um deine eigenen Angelegenheiten«, fauchte dieser und stieß den anderen unbeeindruckt zur Seite.

Curtis zog eine Grimasse und spuckte vor Kieran aus.

»Lass gut sein, Peter!« Mr Lockhart, der Vorarbeiter der Männer, war mit einem Grinsen aus der Baracke getreten. »Du ärgerst dich doch bloß, dass du im Gegensatz zu Kieran kein Liebchen hast, zu dem du dich nachts schleichen kannst.« Das vielstimmige Gelächter, welches aus dem Gebäude drang, brachte Curtis' Wangen zum Glühen.

Marigold hielt den Atem an, um Kierans Entgegnung nicht zu verpassen. Doch sie hörte ... nichts. Weder bestätigte Rabenauge Lockharts Äußerung, noch stritt er sie ab. Stattdessen wandte er den anderen wortlos den Rücken zu und schritt davon.

»Ja, verzieh dich bloß, du Mischlingsbrut!«, rief Curtis ihm hinterher.

Ein Kribbeln durchfuhr Marigold. *Was* hatte er gerade gesagt? »Du kannst vielleicht Mr Clayton täuschen, aber mich nicht!«, fügte der Arbeiter hinzu. »Deine Augen verraten dich, Junge.«

Trotz der Entfernung erkannte Marigold, wie sich Kierans Körper von Kopf bis Fuß anspannte. Er war stehen geblieben und hatte die Hände zu Fäusten geballt, den Blick fest geradeaus gerichtet. Sie erwartete, dass er Curtis für dessen ungeheuerliche Beleidigungen anschrie oder ihm einen Faustschlag verpasste. Doch Kieran wäre nicht Kieran, wenn er sie nicht immer wieder überraschen würde. Kein Laut verließ seinen Mund und er hatte die Lippen so fest aufeinandergepresst, dass sein Kiefer verkrampfte. Er verharrte auf der Stelle und starrte ins Nichts, bis er von jetzt auf gleich davonging – mit Schritten, die zu stolz und gemäßigt waren, als dass man seinen Abgang als Flucht hätte deuten können. Das spürte wohl auch Curtis, denn der Mann stob davon wie ein Hund mit eingezogenem Schwanz.

Beunruhigt beobachtete Marigold Kieran, der ihrem Versteck hinter der Eiche gefährlich nahekam. Sie zuckte zusammen und schreckte ein paar Amseln in der Baumkrone auf, doch er bemerkte sie nicht. Sicher war er in Gedanken noch bei diesem Scheusal Curtis. Auch wenn Rabenauge sich von dem Kerl nicht hatte provozieren lassen, mussten ihn dessen Worte getroffen haben. Marigold runzelte die Stirn. Ob an den Unterstellungen etwas dran war? Sollte Kieran am Ende tatsächlich ein Métis sein? Es war nicht abzustreiten, dass seine Augen dunkler und mandelförmiger waren als die der meisten Europäer, und solch dichtes, schwarzes Haar hatte sie bei Engländern bisher kaum gesehen.

Marigold fluchte leise, weil Kieran aus ihrem Blickfeld verschwunden war. Wenn sie ihn jetzt noch einholen wollte, war sie gezwungen, ihr Versteck zu verlassen und sich ihm an die Fersen zu hängen. Das Blut rauschte in ihren Ohren, als sie hinter der Eiche hervortrat und sich allein dem Schutz der Dunkelheit überließ.

*Ich tue hier nichts Verbotenes*, sagte sie sich, während sie das Tor des Anwesens passierte.

Falls Absalom etwas von ihrem Ausflug mitbekam, würde er sie gewiss bestrafen. Aber für wie lange? Schließlich sollte sie in Kürze vermählt werden. Er würde nichts tun, was die Hochzeit in irgendeiner Weise verzögerte. Und was Kieran anging ... es war nicht unrechtmäßig, dass sie den Angestellten ihres Onkels im Auge behielt. Insbesondere, da sie Grund hatte, zu glauben, dass er der Company Ärger bereitete.

Doch warum war ihr so unwohl zumute, als sie seine Gestalt durch die Straßen Montreals verfolgte? Woher kam das Gefühl, dass sie gerade einen schlimmen Vertrauensbruch beging? Was war das für ein unsichtbarer Faden zwischen ihnen, der seit ihrer Reise auf der *Ariadne* bestand?

Sie kam nicht dazu, weiter zu grübeln, weil sie sich immer stärker konzentrieren musste, um Kieran im Gewirr der Gassen nicht aus den Augen zu verlieren. Zahlreiche Menschen drängten sich auf der Rue Vernier – Menschen, die nicht zu ihrem üblichen Umgang zählten. Auf einem der öffentlichen Plätze hatte sich eine Gruppe zwielichtig aussehender Kerle um ein Feuer versammelt. Drei von ihnen waren in eine Schlägerei verwickelt. Als das Potpourri aus Ale, Schweiß, Urin und gebratenem Fleisch zu ihr hinüberwehte, presste Marigold sich ihr Taschentuch vor die Nase. In der nächsten Straße war der Gestank noch schlimmer und die Menschen betrunkener. Vor einem Freudenhaus schäkerten ein paar Redcoats mit dürftig bekleideten Frauen. Eine der Dirnen streifte ihren Umhang ab und präsentierte den Männern ihre nackten Brüste – mitten in der Öffentlichkeit!

Marigold biss sich auf die Lippen. Was wollte Kieran nur in dieser Gegend? Nie im Leben hätte sie gedacht, dass eine derart lasterhafte Gasse in einer kleinen Kolonialstadt wie Montreal existierte, geschweige denn, dass Black sich dorthin verirren würde. Ehe sie es sich versah, war Rabenauge in eine der Spelunken verschwunden. Zum Glück handelte es sich bei dem *Twin Wolfs Inn* nicht um ein Bordell, sondern lediglich um eine heruntergekommene Taverne.

Bevor die Kerle, die neben der Tür an der Steinmauer lehnten, sie weiter beäugen konnten, stürmte Marigold an ihnen vorbei. Im Schankraum wurde sie augenblicklich von einer Rauchwolke eingehüllt, die sie husten ließ und ihr Tränen in die Augen trieb. Es roch nach feuchtem Feuerholz, Rum und menschlichen Ausdünstungen aller Art. Das *Twin Wolfs Inn* war kein lieblicher Ort, aber einer, der vor Leben pulsierte. Nach den vielen einsamen Wochen unter Absaloms Dach versetzte die Präsenz der lachenden, trinkenden und zankenden Gäste sie in Aufregung. Inmitten des Stimmengewirrs schnappte sie die verschiedensten Sprachen und Dialekte auf. Es klang, als hätte sich halb Europa in dieser Spelunke versammelt. Sogar ein paar indianisch aussehende Männer erspähte Marigold an den Tischen.

Nur von Kieran fehlte jede Spur. Sie kniff die Augen zusammen und suchte den Schankraum erneut nach ihm ab – ohne Erfolg. Wohin war er nur verschwunden? Viel länger würde sie nicht mehr bleiben können. Zum einen, weil sie bald nach Hause zurückkehren musste, zum anderen, weil sie bereits neugierige Blicke auf sich zog. Sicher fragte man sich, was eine vornehm gekleidete Frau wie sie hier verloren hatte.

Marigold hatte hinter einem Holzbalken Deckung gesucht, als sie beobachtete, wie sich einer der Männer durch eine schmale Tür auf der gegenüberliegenden Seite des Raumes zwängte. Ob der Durchgang wohl zu den Wirtschaftsräumen des Inns führte? Falls ja, was hatte der Gast, den sie vorhin mit schottischem Akzent hatte sprechen hören, dort zu suchen?

Sie fasste sich ein Herz und ging mit langen Schritten, von denen sie hoffte, dass sie selbstsicher wirkten, durch die Stube. Erstaunlicherweise ließ sich die Tür ohne Probleme öffnen. Allerdings war sie so eng, dass Marigold sich wegen ihrer ausladenden Röcke seitlich hindurch schieben musste.

Mit einem Ächzen schloss sie die Tür hinter sich und richtete ihre Aufmerksamkeit auf das, was vor ihr lag. Es war nicht viel:

ein Korridor, der von einer Öllampe in schummriges Licht getaucht wurde. Vorsichtig ging Marigold den Flur hinunter – und wäre dabei um ein Haar auf die reglose Gestalt zu ihren Füßen getreten. Sie unterdrückte einen Aufschrei, stolperte zurück und fing sich mit den Händen an der Wand ab. Erst als sie das leise Schnarchen des Mannes vernahm, beruhigte sich ihr Herzschlag wieder. Der Anblick des zusammengesackten Körpers hatte sie zu Tode erschreckt, doch zum Glück war sie hier nur auf einen besonders müden oder besonders betrunkenen Gesellen gestoßen. Da der Kerl unmittelbar vor einer zweiten Tür am Ende des Korridors eingenickt war, vermutete sie, dass er ebendiese hätte bewachen sollen.

Sie raffte ihre Röcke und stieg über den Wächter, penibel darauf bedacht, ihn nicht mit dem Saum ihres Kleides zu streifen. Behutsam öffnete sie die hintere Tür und betrat einen Raum, der genauso spärlich beleuchtet war wie der Korridor. Sie entdeckte lediglich zwei Kerzenleuchter, die man auf einem Tisch in der Mitte des Raumes platziert hatte. Auf dem Boden reihten sich Fässer und Kisten aneinander, von der Decke hingen Kräuterbündel und Räucherfleisch. Befand sie sich etwa in der Vorratskammer des Inns?

»Die Cree werden nicht ewig stillhalten, wenn die HBC sie weiter drangsaliert.«

Marigold zuckte zusammen – wegen der dunklen Stimme, die sie überrascht hatte und die ihr allzu gut bekannt war. *Kieran*, schoss es ihr durch den Kopf. Hastig floh sie in den Lichtschatten an der Wand, bis sich das raue Mauerwerk in ihr Kreuz bohrte.

»Vielleicht will die Company sie gar nicht still halten«, entgegnete ein anderer und rollte das R dabei, wie es bei den Schotten üblich war. »Mir wurde zugetragen, dass Governor Baker ganz eigene Pläne für die Cree und die Chipewyan hat.« Er legte eine kleine Pause ein und Marigold bemerkte trotz der Finsternis, wie sich alle Blicke im Raum auf den Schotten hefteten. Wie viele Menschen mochten hier versammelt sein? Zehn? Zwanzig?

»Er glaubt wohl, er kann einen Krieg zwischen den Stämmen provozieren. Warum sich die Hände schmutzig machen, wenn sich die Arbeit von selbst erledigt?«, fügte er spöttisch hinzu.

»Das ist Wahnsinn!«, rief Black. »Die HBC ist von ihnen abhängig, das muss doch selbst Baker klar sein!«

Marigold, deren Augen sich inzwischen an die Dunkelheit gewöhnt hatten, erschrak beim Anblick seiner wutverzerrten Miene. Sie hatte ihn noch nie so gesehen. So bedrohlich und unbarmherzig. »Die Cree und die Chipewyan kennen die besten Jagdgründe. Ohne Abkommen mit ihnen kann die Company nicht liefern.«

»Das wäre jammerschade«, meldete sich eine raue Stimme zu Wort. »Zumindest für die HBC. Für uns dagegen ...«

»Aye«, pflichtete der Schotte ihm bei. »Für uns könnte es eine Chance sein, das Monopol endlich zu brechen.«

Kieran sprang auf und packte den Kerl am Kragen. »Zum Teufel, MacLeod! Wir können sie nicht ins offene Messer laufen lassen!«

Marigolds Mund wurde staubtrocken. Im Raum erklang zustimmendes Gemurmel. Wer waren diese Leute? Und warum hatten sie vor, das Monopol der HBC zu brechen? Sogar Rabenauge, der doch selbst für die Company arbeitete! Sie hatte das Gefühl, keine Luft mehr zu bekommen, und unterdrückte nur mit Mühe ein Husten.

»Black hat recht«, meinte eine dunkelhaarige Frau. »Es muss einen anderen Weg geben, die HBC zu schwächen. Ein Anfang wäre die Anfeindung der Navigation Acts.«

Marigold runzelte die Stirn. Die Navigation Acts garantierten, dass die Waren der britischen Kolonien ausschließlich nach England verschifft wurden, was dem Königreich unglaubliche Macht über den Welthandel verlieh. Wie wollte eine Bande wie diese gegen derart weitreichende Gesetze vorgehen? Die Gruppe war nicht nur klein, sondern auch zusammengewürfelt, wie die Kleidung der Versammelten verriet. Von lumpenartigen Gewändern bis hin zu feinem Zwirn war einiges dabei.

»Oui. Cela augmenterait les ventes«, sagte der Franzose, der offensichtlich nur gebrochen Englisch sprach. »Unsere Absätze könnten –«

Er kam nicht dazu, seinen Satz zu beenden. Im Schankraum war ein Tumult ausgebrochen. Flüche und Schreie erfüllten die Taverne und drangen bis zur Vorratskammer. Die Verschwörergruppe erstarrte und sah zu der Tür, die aufgerissen wurde.

»Redcoats!«, brüllte der Wächter, der eben noch im Korridor geschlummert hatte. »Irgendjemand muss uns verpfiffen haben!«

»Maudit!« Der Franzose langte nach dem Messer an seinem Gürtel. »Wohin?«

»Das Fenster!« Die dunkelhaarige Frau schnappte sich einen losen Bruchstein, der auf dem Boden lag. Kurz darauf zerbarst die Glasscheibe mit lautem Getöse.

Marigold schrie auf.

Kieran riss den Kopf herum und entdeckte sie in der Zimmerecke.

»Du ...?« Seine Blicke durchbohrten sie wie Dolche, seine Miene schwankte zwischen Fassungslosigkeit und Zorn. Ihre Anwesenheit schien ihn so sehr zu irritieren, dass er sogar die förmliche Anrede vergessen hatte.

»Ich bin Ihnen gefolgt«, erklärte Marigold kleinlaut.

Kieran ließ sich nicht von der allgemeinen Panik anstecken, als er auf sie zuschritt und sie an den Schultern packte. »Dazu hatten Sie kein Recht!«

»Hat die Kleine uns etwa die Redcoats auf den Hals gehetzt?«, hörte sie den Schotten fragen.

»Nein!«, rief sie schrill. »Ich habe mit alldem nichts zu tun!«

»Ach ja?« Kierans Augen blitzten auf. »Dann soll es also Zufall sein, dass sie uns ausgerechnet am selben Tag aufspüren, an dem du hier auftauchst?«

Marigolds Antwort ging unter, weil einer der Männer am Fenster nach Kieran rief. »Hau lieber ab, Black, bevor sie dich erwischen!« Dann entfloh der Sprecher in die Freiheit.

»Bitte geh!«, flehte sie und wies mit dem Kinn zu den anderen. »Ich werde meinem Onkel nichts verraten!«

»Woher weiß ich, dass du nicht lügst?«, argwöhnte er. »Es könnte eine Falle sein.«

Sie schüttelte den Kopf. »Ich habe damals nichts gesagt, als ich dich im Schiffskontor entdeckt habe. Ich werde auch dieses Mal nichts verraten.«

Kieran schwieg, doch sie sah, wie es hinter seiner Stirn arbeitete.

»Ob du dein Wort wirklich hältst, wird sich früh genug zeigen. Und jetzt: Spiel brav mit!«

*Wobei?*, dachte sie, ehe die Tür aufgeschlagen wurde und eine Horde Redcoats hineinstürmte. Im nächsten Moment spürte sie eine Klinge an ihrem Hals – und Blacks massigen Körper an ihrem Rücken. Die Angst und die plötzliche Nähe zu ihm ließen sie schlucken.

»Sie sind geflohen, Officer!«, informierte einer der Soldaten den Anführer.

»Und was ist mit dem da?«, fragte ein anderer.

»Lassen Sie sofort die Waffe fallen!«, brüllte der Befehlshaber in Kierans Richtung. »Und geben Sie das Fräulein frei!«

»Ganz ruhig!«, rief Kieran, als versuchte er, sowohl sich selbst als auch die Soldaten und Marigold zu besänftigen. »Dem Fräulein wird nichts geschehen.«

Während er sprach, bewegte er sich immer weiter rückwärts. Glasscherben knirschten unter ihren Stiefeln und sie begriff, dass sie sich dem Fenster näherten.

»Bis bald, Ms Clayton!«, schnurrte er dicht an ihrem Ohr. »Ich bin gespannt darauf herauszufinden, auf wessen Seite Sie wirklich stehen.«

Und dann war er fort. So plötzlich, dass Marigold wusste, dass die Soldaten, die ihm hinterher kletterten, ihn niemals einholen würden. Sie fühlte sich wie in Trance, als sie die Hand an ihre

Kehle führte, an der soeben noch Kierans Klinge geschwebt hatte. In was war sie hier nur hineingeraten?

»Keine Angst, Miss!« Die Stimme des Offiziers klang gedämpft, so als wäre er weit weg. »Dieser Schurke kann Ihnen nichts mehr anhaben. Aber sagen Sie doch: Was hat Sie in dieses Etablissement geführt?«

»Ich ... ich habe mich verlaufen«, stammelte sie.

Der Offizier stellte ihr viele weitere Fragen, doch Marigold hörte gar nicht richtig hin. Alles, woran sie denken konnte, waren Kierans Worte.

*Ich bin gespannt darauf herauszufinden, auf wessen Seite Sie wirklich stehen.*

Wie sollte sie sich für eine Seite entscheiden, wenn sie gar nicht wusste, welches Spiel hier gespielt wurde?

# 14

»Ich habe es Ihnen bereits gesagt: Ich weiß nichts über die Männer im Inn!«, wiederholte Marigold und blickte ungeduldig zu dem Offizier auf.

Der Befehlshaber, ein Militär im mittleren Alter, dessen dunkles Haar an den Schläfen ergraut war, zog bei ihrer Antwort die Stirn kraus.

»Bei allem Respekt, Ms Clayton, Sie können doch nicht behaupten, dass Sie sich grundlos an diesem dubiosen Ort aufgehalten haben.«

»Ich fürchte, genau das kann ich, Officer.« Marigold gab sich selbstsicher, dabei bebte sie innerlich vor Angst. Grundgütiger, sie befand sich in einem Gefängnis und war nicht weit davon entfernt, in eine dieser grässlichen Zellen gesteckt zu werden! Ihr reichte es schon, das Untersuchungszimmer von innen zu sehen. Es war ein bescheidener Raum, dessen Mobiliar sich auf einen Tisch und zwei wackelige Schemel beschränkte, und der Boden war mit klebrigen Flecken übersät, von denen Marigold gar nicht wissen wollte, vorher sie stammten.

Obwohl Officer Sanderson sie respektvoll behandelte, schüchterte seine Präsenz sie ein. Noch mehr bangte sie allerdings vor der Reaktion ihres Onkels, wenn er von all dem erfuhr.

»Ms Clayton«, sprach der Redcoat gepresst, ehe er sich auf den Schemel ihr gegenüber setzte. Seine Gesichtsfarbe hatte sich verdunkelt und die pulsierende Ader an seiner Stirn mahnte Marigold zur Vorsicht. »Sagt Ihnen der Begriff *Behinderung der Justiz* etwas?«

Sie nickte langsam.

»Dann verstehen Sie sicher, dass ich Sie so lange hier festhalten muss, bis Sie mir verraten –«

Ein Klopfen an der Tür unterbrach seine Rede.

»Herein!«, rief Sanderson sichtlich verärgert.

Ein junger Soldat steckte den Kopf in den Befragungsraum. »Mr Clayton ist soeben eingetroffen. Er hat die Kaution für seine Nichte bezahlt.«

»Welche Kaution?«

»Ich bin mir nicht sicher, Officer.«

Marigold sah zwischen den Männern hin und her, die genauso ratlos wie sie selbst wirkten. Draußen tönte eine befehlsgewohnte Stimme, dann wurde der Soldat beiseitegeschoben und Absalom trat in den kargen Raum.

»Lassen Sie meine Nichte augenblicklich gehen! Soweit ich weiß, hat sie sich nichts zuschulden kommen lassen.«

Marigold hätte nicht geglaubt, dass sie über Absaloms Auftauchen jemals erleichtert sein würde, doch gerade war er ihre einzige Chance, um von diesem schrecklichen Ort wegzukommen.

»Aber Mr Clayton«, sprach der Offizier, »Ihre Nichte verfügt möglicherweise über Hinweise zu dieser Verbrecherbande.«

Absalom schob das Kinn vor und beugte sich langsam zu dem Mann hinab. »Ich habe Ihrem Department eine großzügige Kaution hinterlassen. Also sparen Sie sich Ihre Impertinenz, bevor ich mich an Ihren Prinzipal wende!«

Der Offizier erblasste schlagartig und informierte Marigold mit einem leisen Murmeln, dass sie nun nach Hause gehen könne.

Die Fahrt in die Rue Saint-Jean-Baptiste verbrachten sie in eisigem Schweigen. Die Angst vor der Bestrafung durch ihren Onkel, gepaart mit ihrer Müdigkeit, waren eine grauenvolle Kombination, die Marigold schier den Magen umdrehte.

Sie musterte Absaloms versteinerte Miene, mit der er ins nächtliche Montreal hinaussah. Was hatte er mit ihr vor? Er kannte keine Barmherzigkeit, das wusste sie nur zu gut. Allerdings hatte er sie freigekauft. War das nicht ein hoffnungsvolles Zeichen?

*Nein*, lautete die ernüchternde Antwort ihres Verstandes. Es war vielleicht ein Zeichen dafür, dass er einen Skandal und die Auflösung ihrer Verlobung verhindern wollte, aber sicher kein Akt der Herzensgüte.

Ihre Gedanken flogen zu Kieran, und sie fragte sich, wo er sich gerade herumtrieb. Hatte er die Redcoats wirklich abgehängt? Wohin war er geflohen? Würde er irgendwann wieder in die Rue Saint-Jean-Baptiste zurückkehren?

Bei der Vorstellung, dass sie Rabenauge heute womöglich zum letzten Mal gesehen haben könnte, krampfte sich ihr Herz schmerzhaft zusammen. Dabei hatte ihre Wehmut etwas Irrsinniges an sich – immerhin hatte er erst kürzlich ein Messer an ihre Kehle gehalten ... Trotzdem gelang es ihr nicht, deswegen Wut oder Bitterkeit zu empfinden. Vielleicht, weil sie wusste, dass er sie niemals ernsthaft verletzt hätte.

*Ich bin gespannt darauf herauszufinden, auf wessen Seite Sie wirklich stehen.*

Klang das etwa nicht wie das Versprechen eines Wiedersehens? Sie hoffte es, denn sie musste dringend mit ihm reden! Kieran sollte nicht glauben, dass sie ihn und die anderen an die Redcoats verpfiffen hatte.

Allein der Gedanke war lächerlich! Sie wusste ja nicht einmal, was genau sich im Hinterzimmer des Twin Wolfs Inns abgespielt hatte. Es hatte aber so geklungen, als hätte sich die Gruppe nicht zum ersten Mal dort getroffen.

*Für uns könnte es eine Chance sein, das Monopol endlich zu brechen*, hatte der Schotte gesagt. Ein ungeheuerlicher Plan! Nicht minder ungeheuerlich war jedoch das Vorhaben der HBC, die Eingeborenenstämme aufeinanderzuhetzen und sich auf diese Weise Macht zu verschaffen.

Wenn es im Sinne dieser Gruppe war, unnötige Gewalt zu verhindern, konnte sie so schlecht nicht sein. Zumindest Kieran hatte sich dafür ausgesprochen, die Cree und die Chipewyan zu schützen. Unwillkürlich musste Marigold an sein volles, schwarzes Haar und die ebenholzfarbenen Augen denken. Wenn sie es sich recht überlegte, besaß seine Haut einen goldenen Unterton. Konnte es wirklich sein, dass er ein Métis war, wie dieser Arbeiter Curtis heute behauptet hatte?

Ihre Grübelei wurde so jäh unterbrochen, wie die Kutsche ihres Onkels vor dem Anwesen zum Stehen kam.

»Mr Clayton!« Gipson, der Kammerdiener, eilte herbei. »Konnten Sie Ms Clayton finden?«

»Ja«, sagte Absalom, sobald er vor dem Lakaien stand. »Dieser Spuk hat nun ein Ende und ich möchte nicht, dass auch nur ein Wort darüber dieses Haus verlässt, haben Sie verstanden?«

»Jawohl, Mr Clayton«, antwortete Gipson, nicht ohne der Nichte seines Dienstherren einen argwöhnischen Blick zuzuwerfen.

Marigold fühlte sich, als hätte man Blei an ihre Füße gebunden. Jeder Schritt, den sie in Richtung der Villa tat, kostete sie enorme Anstrengung, so als sträubte sich ihr Körper gegen die unvermeidliche Konfrontation mit Absalom. Sie wartete, doch nichts geschah. Weder, nachdem Gipson die Tür hinter ihnen geschlossen hatte, noch, nachdem Judith ihr den Mantel abgenommen hatte.

Erst als sie sich zur Treppe wandte, verließ ein Schnauben den Mund ihres Onkels.

»Mr Clayton«, begann sie leise. »Ich ...«

Sie sah noch, wie sich seine Hand hob, reagierte aber zu spät. Absaloms Schlag traf sie mit solcher Wucht, dass ihr der Atem wegblieb und sich Schwärze vor ihren Augen ausbreitete.

Als Marigold erwachte, ging ein stechender Schmerz durch ihren Kopf. Stöhnend hob sie die Hand, berührte ihre Stirn und rieb sich die Augen. Sie blinzelte in die Dunkelheit hinein und erkannte die Konturen ihres Zimmers. Wie lange mochte sie hier schon liegen?

Die Erinnerung an die letzten Stunden kam langsam und qualvoll zurück. Absalom hatte sie so fest geohrfeigt, dass sie zu Boden gegangen war. Und dann waren da Mr Gipson und Judith gewesen, die sie die Treppe hinaufgezerrt hatten. Eine Welle der Übelkeit erfasste Marigold, und sie setzte sich hastig auf, um die bittere Galle in ihrer Kehle wieder hinunterzuzwingen.

Was war mit Kieran und den anderen Rebellen geschehen? Hatten die Redcoats sie eingefangen? Da die Soldaten Blacks Gesicht gesehen hatten, war es unwahrscheinlich, dass er sich in naher Zukunft in Montreal würde blicken lassen. Und sie allein trug die Schuld daran! Wäre sie gestern Abend nicht dort gewesen, hätte er sicher schneller die Flucht ergriffen. So war es nur eine Frage der Zeit, bis die Redcoats seine Identität aufdeckten. Und sobald Mr Lockhart Absalom informierte, dass Kieran nicht mehr zum Dienst erschien, musste ihr Onkel nur eins und eins zusammenzählen, um zu begreifen, dass sein geschätzter Arbeiter in illegale Machenschaften verstrickt war. Die Gedanken in Marigolds Kopf rasten, doch ihr wollte keine Lösung einfallen, wie sie sowohl sich als auch Kieran schützen konnte.

Sie schwang ihre Beine über die Bettkante und kam auf die Füße. Ihre Muskeln zitterten und die Übelkeit kehrte zurück. Trotzdem schleppte sie sich zum Fenster, um frische Luft hereinzulassen. Dabei stellte sie fest, dass die Morgendämmerung längst eingesetzt hatte. Warum hatte man sie noch nicht für das Frühstück nach unten gerufen?

Von einer unguten Ahnung überfallen, schlüpfte sie in ihre Hausschuhe und zog sich ihren Morgenmantel über. Ihr Herz klopfte wild, als sie nach der Türklinke griff und sie hinunterdrückte – ohne Erfolg. Sie versuchte es wieder und wieder, obwohl sie wusste, dass es nicht an einer klemmenden Tür lag.

Absalom hatte sie eingeschlossen!

Panisch hämmerte sie gegen das Türblatt. »Hallo!? Ist da jemand? Lassen Sie mich hinaus! Ich habe Durst und muss außerdem den Abort aufsuchen! Dringend!«

Marigold lauschte, ob sich im Flur etwas tat, vernahm jedoch nichts als Totenstille. Hatte man sie hier allein gelassen?

»Es geht mir nicht gut!«, rief sie, unsicher, ob sie nur mit sich selbst redete. »Wie lange wird man mich hier festhalten?«

Ein Räuspern auf dem Korridor ließ sie aufhorchen.

»Mr Gipson, sind Sie das?«, fragte sie rasch.

»Ja.« Es war eindeutig die Stimme des Kammerdieners. »Mr Clayton hat Anweisung gegeben, dass Sie Ihr Zimmer bis auf weiteres nicht verlassen dürfen.«

»Ich muss aber den Abtritt aufsuchen!« Marigold war den Tränen nahe. Mr Gipson auf diese Weise anzubetteln, hatte etwas Demütigendes an sich.

»Ich werde nach Judith rufen.« Er seufzte und entfernte sich mit trägen Schritten.

Marigold schluckte und raufte sich das Haar. Das Blatt hatte sich also endgültig gegen sie gewendet.

Die nächsten Tage verbrachte Marigold zwischen Dämmerzuständen und Hysterie. Ihr Gemach durfte sie lediglich verlassen, wenn sie zur Toilette musste, und auch dann nur in Begleitung der Dienerin. Judith war das einzige menschliche Wesen, das sie zu Gesicht bekam. Das Mädchen brachte ihr die Mahlzeiten aufs Zimmer, leerte den Nachttopf und kümmerte sich um die Garderobe ihrer Herrin – eine in Marigolds Augen völlig überflüssige Aufgabe. Da sie weder hinausgehen noch Besuch empfangen durfte, war es doch einerlei, welche Kleidung sie trug. Sie tat den ganzen Tag nichts anderes, als in ihrer provisorischen Gefängniszelle herumzusitzen und in den Büchern zu blättern, für deren Lektüre sie ohnehin nicht die nötige Konzentration aufbringen konnte.

*Eine Gefängniszelle, genau das ist es!*, dachte Marigold und stampfte zum Fenster. *Da hätte mich Absalom genauso gut der Justiz überlassen können!* Aber nein, er war natürlich viel zu sehr auf seinen tadellosen Ruf bedacht, als zuzulassen, dass eine ihm anvertraute junge Dame in einem Verlies schmorte.

Sie blickte auf die Dächer der Stadt. Ob von den Geschehnissen wirklich noch nichts durchgedrungen war? Das konnte sie sich kaum vorstellen. Sofern die Dienerschaft nicht geplaudert hatte, kamen seitens ihrer Bekanntschaften sicher Fragen zu ihrem Verbleib auf. Zumindest Emily hätte sich nach ihr erkundigen müssen.

*Vermutlich hat Absalom ihnen irgendetwas von einer Krankheit erzählt*, überlegte sie und fühlte sich dabei an ihre Schwester erinnert. Doch Frances' Isolation war selbstgewählt gewesen – zumindest teilweise, denn ganz offensichtlich hatte ihr die Schwangerschaft körperlich zu schaffen gemacht.

*Oh Frances!*, sprach Marigold im Geiste, und stellte sich dabei vor, dass sie ihrer Schwester eine unsichtbare Umarmung über den Atlantik schickte. *Wie konnten wir uns beide nur in kürzester Zeit ins Unglück stürzen? Noch vor wenigen Monaten war unsere Welt in Ordnung. Wir besaßen gesellschaftliches Ansehen und den Rückhalt einer Familie. Jetzt haben wir alles verloren ... Du wegen deiner blinden Liebe und ich wegen meiner unbändigen Neugier. Ich wünschte, wir könnten die Zeit zurückdrehen und unser Leben wäre wie früher. Wie damals, als wir noch unbeschwerte Mädchen waren, die sich alles erzählt haben.*

»Ms Clayton?« Ein Klopfen an der Tür unterbrach Marigolds wehmütige Gedanken.

»Herein!«

Judith lächelte scheu, als sie das Zimmer betrat und ein Tablett auf dem Frisiertisch abstellte. Der Duft nach Tee und ofenwarmem Gebäck erinnerte Marigolds Magen daran, dass sie das Mittagessen kaum angerührt hatte. Mrs Blunts fetttriefende Speisen konnten sie nach wie vor nicht begeistern, außerdem hielt sich ihr Appetit seit ihrer Gefangennahme in Grenzen.

Sie bedankte sich und entließ Judith mit einem Nicken. Allerdings bewegte sich die Dienstmagd nicht von der Stelle. Stattdessen starrte sie auf ihre Schuhspitzen und knetete die Hände.

»Ist noch etwas?«

»Ja, Ms Clayton. Auf dem Markt heute hat mir Ms Linfields Zofe dieses Schreiben für Sie zugesteckt.« Sie griff in ihre Rocktasche und zog ein kleines Kuvert hervor. »Ihr Onkel meinte zwar, dass Ihnen keine Korrespondenz gestattet sei, aber ich dachte, dass Ihnen die Worte Ihrer Freundin in dieser Zeit sicher ein Trost sind.«

»Danke, Judith.« Gerührt nahm Marigold den Brief entgegen. »Das war sehr mutig von dir.« Offenbar hatte sie doch noch Freunde in diesem Haus.

»Gern, Ms Clayton. Solange der gnädige Herr nichts davon erfährt ...«

»Das wird er nicht«, entgegnete sie und blickte vielsagend zum Kamin. »Aber erzähl nur: Gibt es irgendwelche Neuigkeiten im Haus ... oder im Betrieb?« Marigold wollte den redseligen Moment ihrer sonst so schüchternen Magd nutzen.

»Nicht, dass ich wüsste, Ms Clayton.«

»Nun denn. Solltest du etwas erfahren, teile es mir bitte unverzüglich mit. Mir ist hier drinnen furchtbar langweilig.«

»Gewiss.«

Das Mädchen knickste und verschwand, woraufhin sich Marigold auf das Bett fallen ließ. Es wunderte sie, dass ihr bisher kein Wort über Kierans Verschwinden zu Ohren gekommen war. Oder verbarg Judith etwas vor ihr? Aber welchen Grund hätte sie dazu? Immerhin hatte sie sogar Absaloms Verbot missachtet, um ihr Ms Linfields Brief zu überbringen.

Marigold öffnete das Kuvert und ließ ihre Augen über Emilys Zeilen fliegen.

*Meine teure Freundin!*
*Kann es sein, dass die Gerüchte wahr sind, und du bei einem dieser Rebellen-Treffen gewesen bist? Es klingt so abwegig und allein die Vorstellung bringt mich zum Lachen! Ich hoffe, diese Zeile verletzt dich nicht, denn mir ist bewusst, dass dir im Moment wohl kaum zum Lachen zumute ist ... Dein Onkel behauptet, du würdest an einem Fieber leiden, jedoch ahne ich, dass es eher der Skandal ist, der dich an zu Hause fesselt. Oh, wie sehr ich auf ein baldiges Treffen hoffe! Du musst mir erzählen, was vor acht Tagen wirklich geschehen ist. Ich denke an dich und schicke dir viel Mut und Frohsinn!*
*Deine E.*

Marigold ließ den Brief sinken und warf ihn ins Kaminfeuer, wo er von den Flammen aufgezehrt wurde. Also hatte der Klatsch über ihren Ausflug ins Twin Wolfs Inn mittlerweile doch die Runde gemacht – so wie sie vermutet hatte. Während sie zusah, wie das Papier Stück für Stück verkohlte, wischte sie sich eine einsame Träne von der Wange. Ihre Freundin hatte sie nicht vergessen. Aber würde sie ihr immer noch beistehen, wenn sie herausfand, dass es sich bei den Gerüchten um die blanke Wahrheit handelte? Sogar Ms Linfields Loyalität musste Grenzen haben.

Nein, ganz offen durfte sie mit Emily nicht sein, schon gar nicht in Briefform. Daher beschränkte sie ihre knappe Antwort darauf, zu erklären, dass sie sich nicht aus eigenem Wunsch zu Hause versteckte, sondern weil Absalom sie hier festhielt und jeden Kontakt mit der Außenwelt unterband.

Marigold, deren Blick beim Schreiben immer wieder zur Tür gehuscht war, streute Sand auf die Tinte, faltete den Brief und ließ ihn in ihre Rocktasche gleiten. Bei der nächsten Gelegenheit würde sie ihn Judith zustecken, die ihn über Katherine an Emily weitergeben sollte. Anschließend rollte sie sich auf dem Bett zusammen, kaute auf ihren Nägeln und dankte ihrer Freundin im Geiste. Auch wenn Emily sie nicht aus ihrer misslichen Lage befreien konnte, hatte sie ihr mit dem Brief ein wertvolles Geschenk gemacht: Nach den letzten Tagen voller Verzweiflung spürte sie heute zum ersten Mal so etwas wie Hoffnung.

---

Wie sich herausstellte, war die Aufmunterung, die Marigold durch Emilys Nachricht erfahren hatte, genau zur richtigen Zeit gekommen. Nicht einmal eine Stunde später kam Judith erneut vorbei, um sie zu informieren, dass Absalom sie heute beim Dinner erwartete. Marigold sank das Herz und plötzlich erschien ihr die Option, nie wieder ihr Zimmer zu verlassen, doch nicht so übel.

Widerwillig ließ sie sich von der Dienerin für den Abend herrichten, da sie wusste, wie viel Wert ihr Onkel auf ein gepflegtes Äußeres legte. Dabei übergab sie Judith den Antwortbrief an Emily.

*Womöglich wird mein Antwortbrief ja zum Abschiedsbrief*, dachte Marigold in einem Anflug von Zynismus. *Wer weiß, was Absalom heute mit mir vorhat.*

Ihr frevelhafter Humor half ihr, die Angst in den Hintergrund zu drängen und ihrem Onkel hoch erhobenen Hauptes zu begegnen.

Als sie das Speisezimmer betrat, sah Absalom nur flüchtig zu ihr auf, dann widmete er sich wieder seinem geliebten Rotwein. Allein sein Anblick brachte Marigolds Blut zum Kochen und sie musste an sich halten, damit der Frust, der sich während ihrer Gefangenschaft in ihr angestaut hatte, nicht zutage kam. Stumm nahm sie am anderen Kopfende der Tafel Platz und studierte die Vogeldarstellungen auf dem Porzellangeschirr. Ein Rotkehlchen, ein Truthahn und ein Vogel mit leuchtend gelber Brust, dessen Namen sie vergessen hatte, zierten ihren Teller.

Nachdem Ms Blunt die Speisen aufgetragen hatte, aßen sie eine Weile schweigend, bis Absalom das Besteck ablegte und sie über den Tisch hinweg musterte.

»Willst du mir nicht danken?«

Marigold biss sich auf die Zunge. »Ihnen ... danken?«

»Nicht jeder hätte diese Summe bezahlt, um dich aus den Klauen der Justiz zu befreien.«

»Nun, warum haben Sie es getan?«

»Was für eine unsinnige Frage! Ich konnte wohl kaum zulassen, dass meine Nichte in einer Gefängniszelle versauert! Außerdem stand deine Verlobung auf dem Spiel ...« Seine Augen wurden schmal. »Ein Spiel, das du im Übrigen verloren hast.«

»Was?!«

»Ganz recht.« Absalom legte die Fingerkuppen aufeinander und ergötzte sich an ihrem Schrecken. Marigold begriff nicht, weshalb er so ruhig blieb. Er hatte diese Verbindung so sehr gewollt!

»Ich konnte nicht verhindern, dass Gerede über deinen *nächtlichen Ausflug* in dieses gottlose Stadtviertel laut wurde«, sprach er, dann schweifte sein Blick in die Ferne. »Ich hätte dich von Anfang an einsperren sollen.« Er schüttelte den Kopf, so als ärgerte er sich über seine eigene Fahrlässigkeit. »Jedenfalls hat Colonel Fitzgerald Wind von der Sache bekommen und seinen Antrag zurückgezogen.«

Marigold schlug die Lider nieder. Obwohl sie Fitzgerald nicht aus Liebe geheiratet hätte, traf sie die Nachricht schwer. Wieder musste sie an Frances denken, deren Zukunftspläne sich ebenso schnell in Luft aufgelöst hatten.

»Was nun?«

Absalom räusperte sich. »Glücklicherweise hat sich ein anderer Ausweg für deine missliche Lage ergeben. Mr Linfield ist bereit, dich zu ehelichen, und das, obwohl er von deinem lasterhaften Charakter weiß.«

Alles Blut wich aus ihrem Kopf. »Mr Linfield? Aber ... aber er ist —«

»In fortgeschrittenem Alter und wohlhabend. Genau wie Fitzgerald. Du solltest dich glücklich schätzen, dass sich ein so ehrenhafter Mann dazu erbarmt hat, eine Frau wie dich in sein Haus zu nehmen.«

*Und in sein Bett*, ergänzte eine Stimme in Marigolds Kopf. Allein die Vorstellung von Samuels nacktem, feistem Körper über ihrem jagte ihr einen Schauer über den Rücken. Es war nicht so, dass sie Linfield verabscheute, im Gegenteil, sie konnte seiner freundlichen Art durchaus etwas abgewinnen ... aber eben nicht als Ehefrau! Alles an diesem Arrangement erschien ihr absurd. Verflucht, sie würde Emilys Stiefmutter sein!

»Ich wusste nicht, dass Mr Linfield vorhatte, erneut zu heiraten«, stammelte sie.

Absalom zuckte mit den Schultern. »Seine Gattin ist vor über zwei Jahren verstorben, das ist eine angemessene Trauerzeit. Samuel ist nicht glücklich als Witwer und die kleine Ruth könnte eine Stiefmutter gebrauchen.«

»Aber –«

»Keine Widerrede!« Absalom ließ seine Faust auf die Tischplatte krachen. »Sei froh, dass du noch so glimpflich davongekommen bist! Hätte Mr Linfield nicht sein großzügiges Angebot ausgesprochen, hätte dir etwas ganz anderes geblüht!«

»Da bin ich mir sicher«, murmelte Marigold so leise, dass er es nicht hören konnte. *Du bist ein geschickter Kaufmann, Absalom, und deine Erleichterung darüber, deine mangelhafte Ware doch noch losgeworden zu sein, ist nicht zu übersehen.*

# 15

So unerfreulich sich das Wiedersehen mit Absalom auch gestaltete, so bedeutete es immerhin das Ende von Marigolds strenger Gefangenschaft. Er behielt sie zwar weiterhin im Auge, aber zumindest war es ihr nun erlaubt, sich auf dem häuslichen Anwesen frei zu bewegen.

Darüber hinaus waren einige Besuche bei den Linfields vorgesehen. Es mussten eine Hochzeit geplant und ein Brautkleid geschneidert werden! Marigold wurde jedes Mal flau zumute, wenn sie daran dachte, dass ausgerechnet ihre zukünftige Stieftochter ihr Hochzeitskleid anfertigen würde. Das war jedoch nur einer von vielen Aspekten dieses Arrangements, der ihr Bauchschmerzen bereitete.

In der Hoffnung auf Ablenkung hatte sie sich mit Smolletts *Die Abenteuer des Roderick Random* auf die Chaiselongue im Salon zurückgezogen, doch schon nach kurzer Zeit klappte sie das Buch mit einem lauten Seufzen zu und hob den Blick zum Fenster. Der Himmel über Montreal war so grau wie ein Londoner Herbsttag und passte hervorragend zu ihrer trüben Stimmung. Zudem lag eine seltsame Schwüle in der Luft.

»Kann der Roman dich nicht fesseln?« Absalom war unbemerkt in den Raum getreten. »Schon bald wirst du dir keine Bücher mehr ausleihen müssen«, fügte er hinzu, da sie nicht antwortete. »Ich bin sicher, Samuel freut sich darauf, jemanden im Haus zu haben, der seine Bibliothek zu schätzen weiß.«

*Er verpasst wirklich keine Gelegenheit, mich an die Hochzeit zu erinnern*, dachte Marigold und feilte an einer passenden Entgegnung, als William Morton im Türrahmen erschien und sich räusperte.

»Mr Clayton, ich gehe gleich zum Lagerhaus hinüber. Mr Black informierte mich soeben, dass eine neue Lieferung eingetroffen sei.«

»Ist gut. Ich komme mit.« Absalom nickte.

Mr Mortons Blick flog unterdessen zu Marigold. »Ist Ihnen nicht wohl, Ms Clayton? Verzeihen Sie mir die Bemerkung, aber Sie sind fürchterlich blass um die Nase!«

Marigold bückte sich hastig nach dem Buch, das ihr aus der Hand geglitten und auf dem Teppich gelandet war.

»Keine Sorge, Mr Morton. Es ist nichts Ernstes, nur mein schwacher Kreislauf. Ich sollte ein wenig spazieren gehen.«

»Das ist eine gute Idee, auch wenn das Wetter zugegebenermaßen nicht dazu einlädt«, meinte der Kontorist, ehe er Absalom folgte, dessen Ungeduld ihn bereits in Richtung Lagerhaus getrieben hatte.

Sobald sie allein war, presste Marigold die Handflächen auf ihr hämmerndes Herz. Die Erwähnung von Mr Black hatte ihr den Boden unter den Füßen weggezogen. Warum arbeitete er noch hier – so als hätte es die Stürmung des Twin Wolfs Inns nie gegeben? Er spielte mit dem Feuer, indem er in Montreal verweilte, obwohl die Redcoats sein Gesicht kannten!

Die Erkenntnis, dass Kieran all die Tage in ihrer Nähe gewesen war, verlieh ihr eine Gänsehaut. Sie würde herausfinden, was ihn hier gehalten hatte! Am besten begann sie sofort mit ihren Nachforschungen, denn bis zu ihrer Hochzeit blieben ihr nur noch knapp drei Monate unter Absaloms Dach. Außerdem musste sie endlich lernen, ihre Gefühlsregungen besser zu verbergen. Einen Anfall wie soeben durfte sie sich in Zukunft nicht leisten, wenn sie Kieran und seine Kumpane nicht aus Versehen verraten wollte.

Aufregung und Tatendrang strömten durch ihren Körper. Mit dem Buch unterm Arm stieg sie zu ihrer Kammer hinauf und wechselte ihre Schuhe. Sie würde einen Spaziergang unternehmen. Und sie würde Mr Black zur Rede stellen.

Als Marigold auf den Hof hinaustrat, verstand sie, weshalb ihr Onkel es so eilig gehabt hatte, die neue Lieferung zu inspizieren. Es mussten Hunderte von Pelzen sein, die heute angekommen waren. Mr Morton hatte ihr einmal erzählt, dass die Trapper vor allem im Winter und im Frühjahr jagten und die Beute im Sommer zu den großen Handelsstützpunkten brachten. Vor der Halle hatte sich eine Menschenkette gebildet, die Fellbündel um Fellbündel ins Lager verräumte – angeführt von niemand Geringerem als Mr Black. Marigolds Magen zog sich bei seinem Anblick zusammen, doch äußerlich gelang es ihr, die Fassung zu bewahren.

Die Gelassenheit und Routine, mit der er seine Arbeit verrichtete, versetzten sie in Staunen. Nicht nur, weil er offensichtlich mit der Angst leben konnte, jederzeit von den Redcoats gefasst zu werden, sondern auch, weil *dieser* Kieran kaum etwas mit jenem gemeinsam hatte, auf den sie damals im Twin Wolfs Inn gestoßen war.

Wie oft hatte sie seitdem von ihm geträumt? Von der Verwunderung, die in seinen Augen aufgeblitzt war. Von der Skepsis in seinem Gesicht, die sich rasch in Wut verwandelt hatte. Von seinem heißen Atem an ihrer Wange.

Marigold ertappte sich dabei, auf seine sehnigen Arme zu starren, die durch das hochgekrempelte Hemd zum Vorschein kamen, und die sie unwillkürlich an das Gefühl seiner kräftigen Hände auf ihrem Körper erinnerten. Hitze stieg ihr in die Wangen und sie wandte sich ab, damit die Männer es nicht bemerkten.

Ein paar Runden um das Anwesen verschafften ihr Zeit und einen kühlen Kopf – diesen würde sie benötigen, wenn sie Kieran konfrontieren wollte.

Nachdem die Trapper entlohnt und davongeschickt worden

waren, wagte sie sich wieder in den Hof, wo sie Black am Brunnen erspähte. Offenbar hatte er sich gerade Gesicht und Hände gewaschen.

Sie fasste sich ein Herz und ging schnurstracks auf ihn zu. Ihre Beherrschung hielt in etwa so lange an, wie Kieran brauchte, um sie ebenfalls zu entdecken – ein, zwei Atemzüge, vielleicht weniger. Ganz gleich, wie oft sie die Begegnung im Geiste durchgespielt hatte, es hatte nichts genützt. Sie würde sich nie an diese Iriden gewöhnen, die neben Intelligenz und Wachsamkeit stets etwas Geheimnisvolles ausstrahlten. Genauso wenig hilfreich war die Tatsache, dass er heute lediglich ein nachlässig geknöpftes Leinenhemd trug, unter dem seine muskulöse Brust zum Vorschein kam. Ihre Augen folgten der Bewegung eines Wassertropfens, der über seine Haut rann, und auf einmal wünschte sie sich nichts so sehr, als Kieran genauso nahe zu sein wie damals im Inn. An jenem Abend hatte sie zum ersten Mal seinen Geruch wahrgenommen. Im Gegensatz zu den Männern, mit denen sie üblicherweise verkehrte, duftete Kieran nicht nach Parfum, Puder und Rasierwasser. Stattdessen roch seine Haut nach Sonne und einer anderen herben Note, während seiner Kleidung ein leichter Fellgeruch anhaftete.

»Guten Tag, Ms Clayton«, grüßte er knapp, ohne ihr Starren zu erwidern. Dann griff er nach dem Henkel des Eimers und ließ sie einfach stehen.

Marigold schloss zu ihm auf und stellte sich ihm in den Weg. »Mehr haben Sie nicht zu sagen?«

Kieran seufzte und sah über ihren Kopf hinweg in die Ferne. »Was sollte ich denn sagen?«

»Nun, Sie könnten zum Beispiel damit anfangen, sich bei mir zu bedanken. Dafür, dass ich mein Wort gehalten habe.«

Er senkte das Kinn. »Besten Dank, Ms Clayton.«

Marigold wusste nicht, was sie am meisten ärgerte. War es der spöttische Ton in seiner Stimme? Seine Förmlichkeit, die sie irritierte, nachdem er sie damals geduzt hatte? Oder lag es daran, dass er schon wieder Anstalten machte, davonzulaufen?

»Warten Sie!« Sie bekam den Ärmel seines Hemdes zu fassen, woraufhin sich seine Schultern versteiften.

Mit einem ungeduldigen Grummeln fuhr er zu ihr herum. »Was wollen Sie von mir?«

Sie würde sich von seiner Ruppigkeit nicht einschüchtern lassen. »Ich will Antworten! Was war das für eine Versammlung, damals im Inn? Und warum sind Sie noch hier? Haben Sie keine Angst vor den Behörden? Ich habe bei dem Verhör nichts verraten, also verdiene ich wohl, dass Sie ehrlich zu mir sind!«

Kierans Miene wurde etwas weicher. »Das würde ich, wenn es nur um mich ginge. Aber es steht nicht nur mein Leben auf dem Spiel. Ich rate Ihnen, das, was Sie gesehen und gehört haben, zu vergessen. Sie wissen ohnehin schon viel zu viel.« Er blinzelte in alle Richtungen. Bis jetzt hatte ihre Unterhaltung keine Aufmerksamkeit erregt, aber das konnte sich jeden Moment ändern.

»So einfach können Sie mich nicht abspeisen!« Marigold stemmte die Hände in die Seiten. »Sie schulden mir eine Erklärung!«

»Ich bitte Sie, Miss, um Ihretwillen! Vergessen Sie jenen Abend! Vergessen Sie mich!«

»Wie soll ich Sie vergessen, wenn Sie mir hier permanent unter die Augen treten und mich daran erinnern, dass ich in jener Nacht nicht nur einen Officer der British Army belogen, sondern auch meine Verlobung zunichtegemacht habe?«

»Das tut mir leid«, entgegnete Kieran nach einer Weile, doch statt Bedauern blitzte Neugier in seiner Miene auf. »Dann werden Sie also nicht heiraten?«

Marigold schüttelte den Kopf. »Zumindest nicht Fitzgerald. Allerdings hat mein Onkel schnell Ersatz gefunden. In weniger als drei Monaten werde ich Mr Linfield ehelichen. Ich kann nicht behaupten, dass ich mir diese Verbindung gewünscht hätte. Immerhin bin ich mit seiner Tochter Emily gut befreundet. Sie denken nun vielleicht, das würde es einfacher machen, aber ich empfinde diese Umstände nicht als ideal.« Sie wusste selbst nicht, woher das Bedürfnis kam, Mr Black von diesen Dingen zu erzählen. Mit klopfendem Herzen wartete sie auf seine Reaktion.

Doch Kieran war in Gedanken scheinbar längst woanders. Seine Stirn hatte sich in Falten gelegt und ein harter Zug umspielte seine Lippen, während er sich immer wieder versicherte, dass niemand sie beobachtete. Seine Unruhe übertrug sich auf Marigold und verleitete sie dazu, sich ebenfalls umzusehen.

»Hören Sie mir zu«, sprach er leise, aber entschieden. »Schon bald werde ich verschwinden und dann werden wir uns, so Gott will, nie wiedersehen. Ich werde nicht mehr hier sein, um Sie mit meinem Anblick zu belästigen und unangenehme Erinnerungen heraufzubeschwören.«

Bei seinen Worten bildete sich ein Kloß in Marigolds Hals, der sich auch nicht auflöste, als Kieran längst in Richtung der Arbeiterbaracke verschwunden war. Er hatte sie grob, fast schon unverschämt zurückgewiesen. Trotzdem war *sie* diejenige, die ein schlechtes Gewissen empfand – und einen ungekannten Kummer, der sich gleich einer eisernen Faust um ihr Herz legte.

*Und was, wenn ich dir verraten würde, dass mich allein die Vorstellung, dich nie wiederzusehen, todtraurig macht?*, dachte sie bei sich. *Was würdest du dann sagen, Kieran Black?*

*Nein. Nein. Nein.*

Marigold schnaubte, weil es ihr nicht gelang, die widerwillige Stimme in ihrem Kopf zum Schweigen zu bringen.

Absalom und sie waren zu den Linfields gefahren, um ihrer neuen Familie einen offiziellen Besuch abzustatten. Sobald die Kutsche vor der imposanten Kaufmannsvilla zum Stehen kam, eilte ihnen Isaac entgegen. Trotz ihrer Aufregung musterte Marigold den Diener so interessiert wie beim letzten Mal, und sie fühlte sich in dem Verdacht bestätigt, dass der Junge in einer besonderen Beziehung zu seinem Dienstherrn stand.

Sie durfte nicht den Fehler begehen, Mr Linfield zu unterschätzen. Die Beteiligung am Zuckerrohrhandel und ein unehelicher Sohn – welche Überraschungen würde Samuel noch für sie bereithalten?

»Marigold!« Emilys glockenklare Stimme ließ sie aufblicken. »Wie schön, dich endlich wiederzusehen!«

Marigold errötete, als ihre Freundin sie in eine Umarmung zog. Wie Emily wohl dazu stand, dass sie bald eine Stiefmutter hatte, die nur wenig älter war als sie selbst?

»Sind das nicht wunderbare Neuigkeiten?«, flüsterte sie an ihrem Ohr. »Zugegebenermaßen hätte ich dich eher an der Seite meines Bruders Jonathan gesehen, doch ich bin zuversichtlich, dass auch mein Vater dich glücklich machen wird. Stell dir nur vor: Wir werden unter einem Dach wohnen, zumindest bis ich selbst verheiratet bin. Ist das nicht herrlich?«

»Ja«, erwiderte Marigold matt. »Ich bin deinem Vater zu großem Dank verpflichtet.«

»Ich werde dir das schönste Brautkleid nähen, das Montreal je gesehen hat!« Emily hakte sich bei ihr unter, um sie ins Foyer zu führen, und erklärte ihr, welche Ideen ihr diesbezüglich vorschwebten.

Marigold ließ sich allmählich von Emilys Optimismus anstecken. Mit den beiden Mädchen an ihrer Seite würde sie sich in Linfields Villa schnell einleben und mit Samuel würde sie schon irgendwie fertig werden. Nach all den Monaten, in denen sie nur Absaloms Gesellschaft gehabt hatte, war die Aussicht auf ein Haus voller Leben erbaulich.

»Meine liebe Ms Clayton!« Mr Linfield begrüßte sie mit seinem pausbäckigen Lächeln.

*Er sieht aus wie ein Frosch*, durchfuhr es Marigold, und ehe sie es verhindern konnte, stellte sie sich ihren Zukünftigen ohne die frisierte Perücke und die feine Kleidung vor. Es war keine besonders schmeichelhafte Fantasie.

»Wie schön, dass ich Sie heute als meine Verlobte willkommen heißen darf!«, fuhr ihr künftiger Ehemann fort.

»Die Freude ist ganz meinerseits.« Marigold knickste und reichte ihm die Hand, auf die Samuel einen zarten Kuss hauchte.

Die Runde lächelte und begab sich ins Speisezimmer. Sogar Ruth erschien heute zu Tisch.

Es wurde ein überraschend angenehmes Dinner, denn die Linfield-Schwestern sorgten ununterbrochen für Konversation und Heiterkeit. Marigold begann sich mit dem Gedanken, hier bald die Hausherrin zu spielen, anzufreunden. Doch neben ihrer Erleichterung spürte sie an diesem Abend auch, wie ein kleiner Teil ihres Herzens für immer starb.

Der Gedanke an die bevorstehende Hochzeit verfolgte Marigold bis tief in die Nacht. Immer wieder malte sie sich jenen Moment aus, in dem Samuel sie vor Gottes Angesicht zur Frau nahm und sein Eheversprechen mit einem Kuss besiegelte. Sie würde seine Berührungen mit Fassung erdulden und ihr Brautkleid mit Würde tragen müssen.

In ihren Augen hatte es etwas Bizarres an sich, dass ausgerechnet ihre zukünftige Stieftochter diese bedeutungsvolle Robe anfertigte. Doch Emily wollte es so und fieberte regelrecht auf die Hochzeit hin.

Marigold war nicht sicher, was sie von Emilys Begeisterung halten sollte. Einerseits war es schön, dass sie sich für sie freute, andererseits fürchtete sie, dass ihr Verhältnis nach der Eheschließung nicht mehr dasselbe sein würde.

*Werde ich nun auch noch meine einzige Freundin verlieren?* Marigold schlang die Arme um ihren Leib und versuchte, sich mit dem Gedanken aufzumuntern, dass Emily zumindest in ihrer Nähe bleiben würde.

Anders als Mr Black ...

Seit ihrer letzten Begegnung grübelte sie immer wieder darüber, wohin Kieran fliehen wollte. Würde er auf ein Schiff gehen und in die südlichen Kolonien oder gar nach Europa segeln? Wahrscheinlich würden die meisten Männer in seiner Situation so handeln. Aber Mr Black war nicht wie die meisten Männer. Als er ihr auf der *Ariadne* von seiner Heimat erzählt hatte, hatte Stolz aus seiner Stimme gesprochen. Im Gegensatz zum Großteil der ausgesiedelten Europäer schien er sich diesem Land verbunden zu fühlen. Dies wiederum passte zu dem Gerücht, dass er ein Métis war und zum Teil von den Eingeborenen abstammte. Außerdem hatte er bei der geheimen Versammlung so leidenschaftlich davon gesprochen, eine Konkurrenz zur HBC aufzubauen. Sie konnte sich nicht vorstellen, dass er diese Vision aufgab, nur um seine eigene Haut zu retten.

*Es steht nicht nur mein Leben auf dem Spiel.*

Seine Worte ließen Marigold auch jetzt noch frösteln. Wer waren die Menschen, mit denen Kieran sich zusammengeschlossen hatte? Sie erinnerte sich nur dunkel an die Gesichter im Hinterzimmer der Taverne, doch einige Details waren ihr im Gedächtnis geblieben.

Zahlreiche Sprachen und Dialekte hatten den Raum erfüllt: Schottisch, Französisch und manche, die sie nie zuvor gehört hatte. *Kein Wunder, dass sich die Rebellen so schwer verständigen können*, überlegte Marigold, als sie sich an den fluchenden Franzosen erinnerte, dessen gebrochenes Englisch bei den anderen nur ein Stirnrunzeln hervorgerufen hatte.

Wie auch immer diese Leute gedachten, die HBC herauszufordern – sie würden Biberpelze benötigen. Und dies würde nicht leicht werden, denn die Company beanspruchte alle Jagdgebiete und Faktoreien rund um die Hudson Bay. Sicher wussten die Rebellen, dass sie mit einem offenen Angriff auf die nördlichen Forts ihr eigenes Todesurteil unterschrieben. Wahrscheinlich waren sie auf der Suche nach unerschlossenen Jagdgründen, um dort neue Handelsrouten und Stützpunkte zu etablieren.

Sobald sie zu dieser Erkenntnis gekommen war, erschienen ihr Kierans Worte über seinen Fortgang weniger rätselhaft. Sein Ziel musste die *Frontier* sein – das Grenzland zwischen Zivilisation und Wildnis.

# 16

»Ihr Onkel wird furchtbar stolz sein, wenn er Sie zum Altar führt!« Katherine, Emilys Zofe, musterte Marigold voller Bewunderung.

Die drei Frauen hatten sich in Ms Linfields Gemach zurückgezogen, um die Maße für das Brautkleid zu nehmen. Es war ein hübsches Mädchenzimmer mit geblümter Tapete und Myriaden an gerüschten Kissen, die das Himmelbett und die Fensternische bedeckten. Zwei Vasen voll getrocknetem Lavendel verströmten einen intensiven Duft, der wohl die Motten fernhalten sollte.

»Mein Vater wird ebenfalls verzaubert sein!« Emily strahlte.

Marigold lächelte schwach und blickte auf die Stoffbahnen, die Katherine auf Emilys Bettstatt ausgebreitet hatte. Ihre Freundin hatte für das Oberkleid ein hellgelbes, glänzendes Damastgewebe ausgesucht, das im Kerzenschein fast golden anmutete, und das mit unzähligen kleinen Rosenblüten bestickt war.

*Wenn ich schon keine verliebte Braut sein kann, dann wenigstens eine schöne*, dachte Marigold mit einem Anflug von Spott, den sie wohlweislich vor den anderen verbarg. Sie wollte Emily mit ihrem Frust nicht verletzen.

»Es ist schön, dass für Ihrer beiden Familien nun wieder glücklichere Zeiten anbrechen«, fuhr die Zofe fort.

»Für beide Familien?« Marigold hob die Brauen. In Bezug auf die Linfields konnte sie Katherines Aussage verstehen, denn Mrs Linfields Tod musste sowohl für Samuel als auch für die Töchter eine Tragödie gewesen sein. Aber weshalb für die Claytons? »War mein Onkel in den letzten Jahren etwa nicht glücklich?«

»Verzeihen Sie bitte meine Indiskretion, Ms Clayton. Es steht mir natürlich nicht zu, solche Dinge über Ihren Onkel zu behaupten.« Sie schlug die Lider nieder. Offensichtlich hatte sie Marigolds forsche Nachfrage fehlgedeutet.

»Ganz im Gegenteil, Katherine. Ich würde mich freuen, etwas mehr über Mr Clayton zu erfahren. Er ist nicht besonders redselig, was Persönliches angeht. Du weißt schon – wie Gentlemen eben so sind.« Sie lachte auf und hoffte, es klang unbedarft.

Die Zofe stimmte in ihr Lachen mit ein, doch bald darauf schlug ihre Miene um und ein trübseliger Ausdruck trat auf ihr faltenzerfurchtes Gesicht. »Der Vorfall muss schon über zwanzig Jahre zurückliegen, wenn ich mich recht entsinne. Aber so eine traurige Geschichte vergisst man nicht.«

»Was für eine Geschichte?« Aus Emilys himmelblauen Augen sprach die Neugier.

»Na, die von Mr Clayton und seiner jungen Gattin. Sie war so eine schöne Frau, anmutig und mit einem Engelsgesicht gesegnet ... Kein Wunder, dass Mr Clayton sie zu seiner Braut erwählt hatte. Aber die Verbindung war wohl nicht glücklich, zumindest was seine Gemahlin anging. Wie hieß sie doch gleich?« Katherine legte den Kopf schief und schüttelte ihn darauf. »Wie auch immer. Man munkelte, dass sie eine Liebelei mit einem der Knechte hatte – mit einem Cree-Mann, ist das zu glauben? Offenbar erwartete sie sogar ein Kind von ihm. Jedenfalls flohen die beiden des Nachts aus Montreal, vermutlich, um bei den Wilden zu leben.«

»Und dann?« Emily nahm auf der gepolsterten Fensternische Platz.

Die Dienstbotin seufzte. »Es nahm natürlich ein schlimmes Ende. Wie man sich erzählte, wurden die beiden in der Nähe einer nördlichen Faktorei gefunden. Da waren sie aber schon erfroren.«

»Wie furchtbar!« Marigold schauderte.

Katherine zuckte mit den Achseln. »Sie hätten es besser wissen müssen. Gott hat ihnen die gerechte Strafe für ihre Unzucht zukommen lassen. Dennoch war es eine Tragödie, vor allem, wenn man bedenkt, dass das Mädchen guter Hoffnung war.«

Emily verzog das Gesicht. »Wie kann man seinem ungeborenen Kind nur derart Schreckliches antun?«

»Wahrscheinlich hat sie aus der Not heraus gehandelt.« Marigold strich über einen der Lavendelzweige in der Vase zu ihrer Rechten.

»Aus der Not heraus?«, echote ihre Freundin. »Sie hätte einfach hierbleiben sollen. In Montreal. In Sicherheit. Bei ihrem Gemahl! ‚Wer in Unschuld lebt, der lebt sicher, wer aber verkehrte Wege geht, wird ertappt werden‘, heißt es in der Bibel!«

»Wie kannst du so etwas sagen?!« Marigold fuhr herum. »Nach allem –« *Nach allem, was ich dir über Absalom erzählt habe,* hatte sie kontern wollen, ehe Emilys wortlose Warnung sie zum Schweigen gebracht hatte. Es war nur ein kleines Kopfschütteln gewesen und ein hastiger Blick in Richtung der Zofe, aber diese Zeichen hatten gereicht, um Marigold zu verstehen zu geben, dass sie vor Katherine nicht bedenkenlos sprechen konnten.

»Wirklich eine furchtbare Tragödie!«, verbesserte sie sich rasch und nickte Emily zu. Möglicherweise nutzte Samuel Linfield das Dienstpersonal als Augen und Ohren in seinem Anwesen. Vielleicht war Katherine aber auch nur eine besonders geschwätzige Person, bei der man lieber nicht durchblicken ließ, wie es um die eigenen Sympathien stand.

Die Erkenntnis, dass sie selbst in ihrem zukünftigen Heim würde vorsichtig sein müssen, war ernüchternd. Jedoch überwog Marigolds Erleichterung, denn Emilys hartes Urteil über das erfrorene Liebespaar hatte offenbar nichts mit ihren wahren Ansichten zu tun. Und sie schämte sich, da sie die Täuschung ihrer Freundin nicht gleich durchschaut hatte.

Nachdem Marigold die Anprobe hinter sich gebracht hatte, verabschiedete sie sich von den Frauen und ging mit eiligen Schritten ins Foyer hinab. Katherines grauenvoller Bericht hatte sie verstört und ihr das letzte Bisschen Leichtigkeit genommen, das sie sich heute hatte bewahren können.

Trotzdem war sie froh, nun die Geschichte um Absaloms verstorbene Gattin zu kennen, denn sie erklärte so einiges, was seinen Charakter betraf. Welche Schmach es für ihn gewesen sein musste, von der eigenen Ehefrau verlassen zu werden, die außerdem einen Bastard unter dem Herzen trug! Die sich in einen Knecht verliebt hatte und es vorzog, in der Wildnis zu leben, statt in einem komfortablen Herrenhaus. Lag in jener Blamage womöglich der Ursprung für Absaloms Herrschsucht, seinen Kontrollzwang und seinen Hass gegen die Eingeborenen?

»Ms Clayton!« Beim Klang von Samuels Stimme krallten sich ihre Finger vor Schreck um das Treppengeländer. »Wie schön, dass Sie Emily wieder besucht haben!«

»Ja«, krächzte sie und räusperte sich. »Ihre Tochter hat die Maße für das Brautkleid genommen. Sie ist wirklich eine geschickte Schneiderin.«

»Nun, ich verstehe von derlei Dingen nichts, aber es freut mich, dass Emily auf diese Weise ihren Beitrag zu unserer Vermählung leistet.« Er lächelte und als Marigold auf der untersten Stufe angekommen war, fasste er nach ihrer Hand und zog sie an sich. »Ich muss gestehen, ich kann unseren großen Tag kaum erwarten. Sie sind eine wunderschöne Frau, Ms Clayton.«

*Und Sie sind ein betrunkener Frosch!*

Mr Linfield hatte wohl beim Mittagessen zu tief ins Glas geschaut. Das verrieten ihr seine geröteten Augen und sein weinschwangerer Atem. Als sein trüber Blick erst über ihre Lippen und dann über ihr Dekolleté wanderte, machte sie hastig einen Schritt zurück.

»Ms Clayton, darf ich Ihnen den Mantel reichen?« Die Stimme in ihrem Rücken erlöste sie von Linfields unwillkommener Aufmerksamkeit.

Marigold war erleichtert über Isaacs Auftauchen. Sie löste sich von Samuel, nickte dem Burschen zu und ließ sich von ihm in den Mantel helfen.

»Danke«, wisperte sie und als sich ihre Blicke trafen, wurde ihr klar, dass Isaac ihr Unbehagen vorhin durchaus bemerkt hatte.

*Samuels Bastard ist ein gescheiter Junge*, überlegte sie, während sie das Anwesen verließ und in die Kutsche stieg. *Wie bedauernswert, dass er durch seine Herkunft niemals etwas anderes als ein Diener sein wird.* Dabei hielt sich Mr Linfield wahrscheinlich sogar für barmherzig, weil er seinem unehelichen Sohn ein Dach über dem Kopf bot. Die meisten Männer scherten sich nicht um die Bastarde, die sie gezeugt hatten, und überließen Mutter und Kind ihrem Schicksal. Auf den karibischen Inseln musste es wegen der Sklaverei in dieser Hinsicht noch schlimmer zugehen.

*Wie seltsam diese Welt ist!* Sie schüttelte den Kopf. *Niemand ahndet wohlhabende Männer, die sich eine außereheliche Liaison erlauben. Doch wenn Ehefrauen untreu sind, so verurteilt das Gesetz sie zum Tode – oder der Tod holt sie auf anderem Wege ein. So wie bei Absaloms junger Gemahlin.*

In den folgenden Nächten wurde Marigold von Albträumen heimgesucht. Mal war es die Geschichte um Absaloms verstorbene Frau, die sie quälte, dann wieder der Gedanke an die bevorstehende Hochzeit.

Nur heute war es anders gewesen.

Sie setzte sich in ihrer Bettstatt auf, wischte sich über die schweißnasse Stirn und schloss die Augen, bis sich ihr Atem beruhigt hatte.

In ihrem Traum war sie Kieran im Hof begegnet, so wie vor ein paar Wochen. Sie hatten wild diskutiert. Irgendwann hatte er sie an den Schultern gepackt und geschüttelt. *Ich bitte Sie, Miss, um Ihretwillen! Vergessen Sie jenen Abend! Vergessen Sie mich!* In jenem Moment, in dem seine flehenden Augen sie durchbohrt hatten, war ihr klar geworden, dass sie Kieran nicht würde vergessen können. Niemals.

Stöhnend raufte sie sich das Haar. Wie hatte sich der Arbeiter ihres Onkels nur in ihr Herz schleichen können? Sie kam auf die Füße und öffnete das Fenster. Hoffentlich würde die frische Luft den Nebel in ihrem Kopf vertreiben. Ihr Körper hieß die kühle Brise willkommen und ihr Geist wurde etwas wacher, doch die Verzweiflung blieb. Seit Black ihr verraten hatte, dass er fortgehen würde, war die Sorge zu Marigolds ständiger Begleiterin geworden. Täglich hielt sie auf dem Hof nach ihm Ausschau und war jedes Mal erleichtert, wenn sie ihn unter den anderen Arbeitern erspähte. Die Vorstellung, dass er bald aus Montreal und ihrem Leben verschwand, schnürte ihr die Kehle zu.

Gewiss entbehrte ihre Schwärmerei jeder Logik. Sie wusste ja nicht einmal, was genau an Mr Black sie so faszinierte. Vermutlich war es die Vielzahl an kleinen Momenten, in denen sie sein Wesen zu schätzen gelernt hatte. Jene Nacht auf der *Ariadne*, als er sie aus dem Strudel ihrer düsteren Gedanken gerissen hatte. Jener Nachmittag, an dem er Nathaniel, den Schiffsjungen, aufgemuntert hatte.

Kieran hatte bewiesen, dass hinter seiner unergründlichen Miene ein aufmerksamer Mensch steckte, auch wenn er es nicht häufig zeigte. Vermutlich war dies eine weise Entscheidung. Der Ton zwischen den Arbeitern war rau, und wer sich allzu freundlich gab, geriet schnell unter Verdacht, ein Weichling zu sein. Marigold musste an die hässliche Szene vor der Baracke denken, als Curtis ihn als Mischlingsbrut beschimpft hatte. Kieran hatte dem anderen nicht den Gefallen getan, auf seine Provokation einzugehen und seine Ehre mit Fäusten zu verteidigen. Seine Selbstbeherrschung war außergewöhnlich und Marigold fand, dass sich sogenannte *Gentlemen* wie ihr Onkel oder Mr Linfield eine Scheibe davon abschneiden konnten.

Im Gegensatz zu ihnen verfolgte Kieran ein Ziel, bei dem es nicht allein darum ging, sich selbst zu bereichern – so viel hatten die dürftigen Informationen zu den Plänen der Rebellen ihr verraten.

Sie ging zu der Waschschüssel neben dem Frisiertisch und spritzte sich etwas Wasser ins Gesicht.

Ein Stück weit war es Neid, der sie ständig an Rabenauge denken ließ. Er besaß zwar kein Vermögen und wurde von den Redcoats gesucht, aber er war trotzdem freier als sie. Er konnte selbst entscheiden, was er mit seinem Leben anfing.

*Nein, Mr Black, ich werde Sie ganz bestimmt nicht vergessen.* Sie griff nach einem frischen Leinentuch, trocknete ihr Gesicht und atmete tief durch. *Ich kann Sie nicht vergessen, also werde ich handeln.*

Die Idee, die in ihrem Kopf Gestalt annahm, war berauschend und beängstigend zugleich. Was sie vorhatte, glich Wahnsinn. Doch es war die einzige Möglichkeit, Absalom die letzten Trümpfe zu nehmen, die er noch besaß.

Und sie würde frei sein.

»Mr Black, würden Sie bitte mit mir kommen? Mein Onkel verlangt nach Ihnen.«

Kieran sah nur kurz von der Werkbank am anderen Ende der Lagerhalle auf, trotzdem erkannte Marigold sofort, dass er ihr kein Wort glaubte.

»Einen Augenblick noch, Ms Clayton«, rief er ihr zu und widmete sich wieder seiner Tätigkeit.

Marigold presste die Lippen aufeinander und schloss mit langen Schritten zu ihm auf. Ihre Stiefelabsätze klapperten auf den Dielen und brachten ihr die Aufmerksamkeit der anderen Arbeiter ein. »Ich fürchte, diese Angelegenheit duldet keinen Aufschub!«

Black schnaubte, ob vor Ärger oder Belustigung vermochte sie nicht zu sagen. Er wischte sich die Hände an seiner Weste ab und folgte ihr nach draußen. Statt zur Villa führte sie ihn auf die Rückseite des Gebäudes, wo sie unbeobachtet waren.

»Also gut, Ms Clayton. Was wollen Sie von mir?« Kieran fackelte nicht lange und Marigold entschied, es ihm gleichzutun.

»Sie werden bald in Richtung des Grenzlandes aufbrechen, nicht wahr? Nun, ich werde mit Ihnen kommen.«

Rabenauge lachte kehlig. »Das können Sie unmöglich ernst meinen.«

»Sparen Sie sich Ihren Hohn! Glauben Sie tatsächlich, ich würde über so etwas scherzen? Glauben Sie, die Entscheidung, davonzulaufen, ist mir leichtgefallen?«

Kieran musterte sie forschend. Er schien endlich zu begreifen, dass es ihr ernst war. »Warum wollen Sie sich das antun?«

»Weil ich Mr Linfield nicht heiraten will. Doch wenn ich hierbleibe, werde ich genauso zugrunde gehen. Mein Onkel ist ein Monster.«

Kieran verhakte seine Daumen im Gürtel. »Ich weiß.«

»Sie ... Sie wissen es?«, stotterte sie. »Warum arbeiten Sie für ihn, wenn Sie ihn verachten?«

»Irgendwo muss man sein Brot eben verdienen.« Er zuckte mit den Schultern, aber Marigold nahm ihm seine Gleichgültigkeit nicht ab. Da die Zeit drängte, ließ sie ihre Zweifel jedoch fallen.

Aus einem Impuls heraus griff sie nach seiner Hand. »Hören Sie mir zu! Ich muss hier weg – genau wie Sie. Lassen Sie uns gemeinsam fliehen.«

Black kniff die Augen zusammen. »Wie stellen Sie sich das vor? Das Leben dort draußen ist hart und entbehrungsreich. Dafür sind Sie nicht gemacht.« Sein Blick flog über ihre zierliche Statur.

»Lassen Sie das meine Sorge sein«, erwiderte Marigold und legte all die Zuversicht in ihre Stimme, die sie aufbringen konnte. »Ich bin der Meinung, dass ich Ihnen und Ihren Freunden von Nutzen sein könnte. Bei dem Treffen gab es Verständigungsprobleme mit den Franzosen, richtig? Nun, ich spreche fließend Französisch!«

In Kierans Miene wechselte sich Zorn mit Ungläubigkeit ab. »Sie denken, Ihr sprachliches Talent wird Ihnen helfen? Verdammt, Ms Clayton, die Frontier ist kein Londoner Ballsaal!«

Wut kochte in Marigold hoch. Sie war es leid, nicht für voll genommen zu werden, und diese Worte aus Kierans Mund zu hören, kränkte sie ganz besonders.

»Nehmen Sie mich mit – oder ich werde die Aussage, die ich vor Officer Sanderson gemacht habe, noch einmal überdenken.«

Für den Bruchteil einer Sekunde entglitten Kieran die Gesichtszüge. Dann verkrampfte sein Kiefer dermaßen, dass Marigold glaubte, seine Zähne knirschen zu hören.

»Das würden Sie nicht wagen!«, zischte er.

Sie ging einen Schritt auf ihn zu und legte den Kopf schief. »Darauf würde ich lieber nicht wetten. Sollte ich von Ihrem Verschwinden erfahren, sind Ihre Freunde aus dem Twin Wolfs Inn nicht mehr sicher.«

Mr Black schloss die Augen und stieß den Atem aus. »Kommen Sie heute Nacht zur Klosterruine. Nehmen Sie warme Kleidung mit. Und hetzen Sie mir ja nicht Ihren Onkel auf den Hals.«

# 17

*Hetzen Sie mir ja nicht Ihren Onkel auf den Hals.*
Marigold rümpfte die Nase über Kierans Worte. Als wäre sie so dumm, irgendetwas zu unternehmen, das ihren Plan gefährdete! Hätte sie Mr Black verraten wollen, hätte sie dies längst getan. Rabenauge war ihr Weg in die Freiheit, ihre Flucht vor Absalom. Sie widmete sich ihrem Kleiderschrank und stellte sich vor, welche Augen ihr Onkel machen würde, sobald er von ihrem Verschwinden erfuhr. Grimmige Genugtuung erfüllte sie bei dem Gedanken, dass sie seine Pläne durchkreuzt hatte. Selbst wenn er sie aufspüren sollte, so würde sie ab sofort als unverheiratbar gelten. Und wie wollte Absalom sie dann bestrafen? Sie einsperren? Sie davonjagen? Marigold biss die Zähne aufeinander und schüttelte den Kopf. Nein, damit würde sie sich jetzt nicht beschäftigen.

»Ms Clayton?« Judiths Stimme auf dem Korridor scheuchte sie auf.

*Reiß dich zusammen!*, ermahnte sie sich selbst. Sie öffnete die Tür nur einen kleinen Spalt, damit die Dienerin keinen Blick auf ihr Bett erhaschen konnte, auf dem sie ihre Reisekleider ausgebreitet hatte.

»Was gibt es, Judith?«

»Mr Clayton lässt ausrichten, dass das Dinner heute schon eine halbe Stunde früher aufgetragen wird. Er geht heute Abend noch außer Haus.«

Marigold gab sich Mühe, ihre Erleichterung zu verbergen, und nickte knapp. »Ist gut.«

Sobald Judiths Schritte verhallt waren, stieß sie geräuschvoll den Atem aus. Zum Glück hatte die Magd nichts bemerkt. Auch

Absaloms Pläne spielten ihr in die Hände. Das Wissen, dass ihr Onkel außer Haus sein würde, wenn sie davonschlich, milderte ihre Nervosität.

Sie holte einen großen Leinenbeutel aus ihrem Schrank, der während der Atlantiküberfahrt ihre kostbaren Seidenröcke geschützt hatte, und in dem sie ihre Reisekleidung unterbringen wollte: eine Ersatzgarnitur, zwei Unterkleider, zwei Hauben, Zeichenblock und Graphitstifte. Das musste reichen. Sie stopfte alles in den Beutel und beugte sich dann über ihre Schmuckschatulle. Ohne zu zaudern, ließ sie den gesamten Inhalt in ihren Rocktaschen verschwinden, mit dem Vorhaben, diese später zuzunähen. Falls sie in Not geriet, konnte sie etwas von dem Schmuck verkaufen.

Anschließend versteckte sie ihr behelfsmäßiges Gepäckstück unter dem Bett, damit Judith es nicht entdeckte, wenn sie später hinaufkam, um sie für die Nacht herzurichten.

Nach dem Abendessen, bei dem sie unentwegt damit beschäftigt gewesen war, ihre Aufregung vor Absalom zu verbergen, verzog sich Marigold in ihr Zimmer und wartete, bis Stille im Haus eingekehrt war.

Etwa eine Stunde vor Mitternacht schlug sie die Federdecke zurück, kam auf die Füße und wechselte das Nachthemd gegen ihre Reisegarderobe. Dann zog sie den Leinenbeutel mit ihren wenigen Habseligkeiten unter dem Bett hervor und musterte ihr Schlafgemach ein letztes Mal. Sie stellte fest, dass da nur die Furcht vor der Ungewissheit war, aber kein Funken Wehmut. Mit diesem Zimmer verband sie die schlimmste Zeit ihres Lebens – all die Einsamkeit, all das Leid, das Absalom ihr in diesem Haus zugefügt hatte. Noch nie war sie sich wertloser und ungeliebter vorgekommen als während der Wochen unter seinem Dach. Sie konnte es kaum erwarten, Montreal hinter sich zu lassen. Allein wegen Emily tat es ihr leid, dass sie ohne Erklärung davonlief. Das Mädchen war seit ihrer Ankunft so gut zu ihr gewesen und hatte diese Enttäuschung nicht verdient. Aber sie würde schon darüber hinwegkommen.

Marigold schulterte ihre Tasche und schlug die Haube ihres Mantels nach oben. Kurz war sie versucht, die Öllampe auf ihrem Nachtschrank mitzunehmen. Allerdings würde man sie damit im Zweifelsfall leichter entdecken. Also ließ sie die Lampe zurück und schlich in völliger Dunkelheit durch das Haus. Bei jeder Treppenstufe, die unter ihrem Gewicht knarzte, spannte sich ihr Körper vor Angst an, und bei jeder Ecke, an der sie vorbeiging, stellte sie sich vor, dass einer der Dienstboten dahinter lauerte. Wenigstens musste sie nicht damit rechnen, ihrem Onkel in die Arme zu laufen. Wenn er sich mit den Gentlemen zu einem Abend voller Wein und Glücksspiel verabredete, kehrte er für gewöhnlich erst in den frühen Morgenstunden zurück.

Trotzdem konnte sie ihr Glück nicht fassen, als sie die Haustüre hinter sich schloss und auf die Rue Saint-Jean-Baptiste hinaustrat. Es war eine frische und windige Septembernacht, doch in ihrer Aufregung spürte Marigold die Kälte kaum.

Ihr Blick schweifte zu der Ruine von Notre Dame, die sich im schummrigen Mondlicht erahnen ließ. Rasch überquerte sie die Straße und steuerte auf das Mutterhaus zu, das sich nach dem Brand vor einem Jahr noch im Wiederaufbau befand.

Auf der Suche nach Kieran schlich sie zwischen dem brusthohen Mauerwerk umher. Obwohl sich ihre Augen inzwischen an die Finsternis gewöhnt hatten, stolperte sie immer wieder über lose Bruchsteine und herumliegende Werkzeuge. Ein stechender Schmerz schoss in ihren linken Fuß, als sie auf dem unebenen Grund umknickte. Marigold fiel der Länge nach hin und stöhnte leise auf.

»Bist du verletzt?«, fragte eine dunkle Stimme.

Hastig rollte sie sich auf den Rücken – und blickte geradewegs in Kierans besorgte Miene.

Sie schluckte. »Nein. Zumindest nicht ernstlich.«

»Gut.« Er reichte ihr die Hand und zog sie behutsam auf die Füße. Der Schmerz, den die Bewegung verursachte, war unangenehm, aber auszuhalten.

»Ich habe Sie gar nicht kommen sehen«, murmelte sie, plötzlich verlegen. Es ärgerte sie, dass er ihr Missgeschick beobachtet hatte. Sicher fühlte er sich nun in seiner Annahme bestätigt, dass sie viel zu zart für das Leben fernab der Zivilisation sei.

»Offenbar bin ich nicht das Einzige, was Sie übersehen haben«, erwiderte Kieran trocken und blickte zu dem Stein, über den sie gestolpert war. »Nebenbei bemerkt denke ich, dass wir an einem Punkt angelangt sind, an dem wir auf die förmliche Anrede verzichten können.«

Marigold nickte. »Da stimme ich Ihnen zu. Ich meine, *dir*.« Als sie den Blick hob, meinte sie, ein Schmunzeln über sein Gesicht huschen zu sehen.

Kieran verschwendete keine Zeit und lotste sie geschickt aus dem Labyrinth der Klosterruine. Sobald sie die gepflasterte Straße erreicht hatten, wurde der Weg zwar komfortabler, ihre Angst dagegen größer. Schließlich konnten sie an jeder Ecke Soldaten begegnen.

»Es wird schon alles gutgehen.« Kieran legte ihr seine Hand auf die Schulter. Trotz der vielen Kleiderschichten löste seine Berührung ein Kribbeln in ihr aus, das sie auch dann noch spürte, als er seine Hand längst zurückgezogen hatte.

»Wie weit ist es von hier?« Ihre Augen glitten über die menschenleere Straße. Zu dieser Uhrzeit war es in der wohlhabenden Gegend Montreals gespenstisch still.

»Wir haben eine gute Stunde Fußmarsch vor uns. Das Boot liegt nicht am Hafen, sondern an einer kleinen Anlegestelle.«

»Und dann – wohin?«

»Westwärts.«

Marigold wusste nicht, ob er ihr nicht mehr Details verraten wollte oder ob seine Einsilbigkeit damit zu tun hatte, dass an der nächsten Wegkreuzung eine Gestalt aufgetaucht war. Seiner Kleidung nach zu urteilen, war er kein Redcoat. Dennoch bescherte sein Auftauchen ihr Unruhe. Eine Unruhe, die sich noch steigerte, als sie ein belebteres Viertel erreichten. Mit ihrer Hoffnung, die Stadt gänzlich unbemerkt zu verlassen, war sie wohl zu naiv gewesen. Angesichts der vielen nächtlichen Spaziergänger und Tavernenbesucher musste sie froh sein, wenn sie lediglich gesehen, aber nicht erkannt wurden.

Schweigend setzten sie ihren Weg fort, bis Kieran sie irgendwann am Unterarm berührte.

»Halte den Blick gesenkt«, zischte er, doch die Panik in seiner Stimme verleitete sie dazu, genau das Gegenteil zu tun.

Sie riss den Kopf hoch und erspähte vier Soldaten, die ihnen entgegenkamen. Ob sie wegen ihr hier waren? Hatte jemand ihr Verschwinden bemerkt? Oder handelte es sich lediglich um eine Patrouille-Einheit?

Als wäre der Anblick der Redcoats nicht beunruhigend genug, drang nun auch noch eine bekannte Stimme an ihre Ohren. Es war dieser junge Soldat, der damals bei dem Verhör mit Offizier Sanderson dabei gewesen war. Wenn er sie jetzt entdeckte, würde er sofort Alarm schlagen und sowohl sie als auch Kieran hinter Gitter bringen. Und im Gegensatz zu ihr würde Rabenauge vermutlich nicht lebend herauskommen.

Noch nie in ihrem Leben hatte Marigold größere Angst empfunden. Ihre Knie schlotterten. Schweiß trat ihr auf die Stirn.

»Kieran«, stotterte sie. »Ich kann nicht ...« Ihre Füße waren wie festgewachsen. Und die Soldaten kamen immer näher.

Ehe sie wusste, wie ihr geschah, hatte Kieran sie an die steinerne Hauswand zu ihrer Rechten gedrückt. Seine Hände waren neben ihrem Kopf aufgestützt und er drängte sich so dicht gegen sie, dass sie das Gefühl hatte, sein Körper würde eine zweite Mauer vor ihr bilden. So als könnte nichts und niemand zwischen sie kommen. Seine Lippen pressten sich auf ihre, hart und ungestüm und nahmen ihr die Luft zu atmen. Ein paar Passanten wurden anzügliche Sprüche los, doch ansonsten geschah ... nichts.

Nichts, wenn man davon absah, dass dieser Kuss ihren ohnehin schon verwirrten Körper endgültig schachmatt setzte. Haltsuchend krallte sie ihre Hände in seine Schultern und bog sich ihm entgegen. Kierans Umarmung beschwor eine Hitze in ihr herauf, die bis in ihren Schoß drang. Eine unbekannte Leidenschaft, die kühne Fantasien vor ihrem inneren Auge zeichnete.

Irgendwann löste er sich von ihr. Marigold hätte nicht sagen können, ob nur ein paar Sekunden oder einige Minuten vergangen waren.

»Ich glaube, sie sind weitergezogen«, brachte Kieran schwer atmend hervor und trat einen Schritt zurück.

Die kalte Brise, die zwischen sie fuhr, ließ Marigold nicht nur frösteln, sondern katapultierte sie auch ins Hier und Jetzt, so hart und plötzlich wie eine Ohrfeige. Von den Soldaten war keine Spur mehr zu sehen.

»Dein Ablenkungsmanöver hat wohl funktioniert«, entgegnete sie, ohne zu wissen, woher der bissige Ton in ihrer Stimme kam.

»Ich musste schnell handeln.« Sein heißer Atem streifte ihre Lippen, die sich seltsam geschwollen anfühlten.

»Ist das eine Entschuldigung?«

»Nein. Um sich zu entschuldigen, muss man etwas bereuen«, setzte er an. »Und ich bereue es nicht ...«

»Ach ja?«

»... dich vor den Soldaten versteckt zu haben.«

Oh. Sie hatte gedacht – nein, gehofft – dass er den Kuss erwähnen würde. Aber das hier war kein Rendezvous und Kieran hatte rein vernünftig gehandelt.

»Lass uns weitergehen.« Er zog sie mit sich.

Schweigend legten sie die letzte Strecke bis zum Fluss zurück. Allmählich spürte Marigold die Erschöpfung in ihren Gliedern. Die Schlaufe des Leinenbeutels schnitt in ihre Schulter und sie konnte es kaum erwarten, ihre Füße in dem Boot auszustrecken. Das Viertel im Südwesten der Stadt hatte sie bisher noch nie passiert und Marigold verstand schnell, warum. Es war eine ärmliche Gegend, deren improvisierte Behausungen nichts mit dem ordentlichen Straßennetz der Innenstadt gemeinsam hatten. Stattdessen hausten die Menschen in Zelten und grob gezimmerten Hütten, die auf ungepflastertem Grund standen. In der Luft waberte ein modrig-feuchter Gestank.

»Gleich haben wir es geschafft.« Kieran wies auf den Fluss, den man in der Ferne erahnen konnte.

Marigold sammelte ihre letzten Kräfte und wich Pfützen und Unrat aus, bis sie den Anlegeplatz erreicht hatten.

»Wo ist das Boot?« Sie runzelte die Stirn, da sie lediglich zwei nussschalenartige Barken und eines dieser schmalen Indianerboote erspähte, die sie von Illustrationen aus Büchern kannte.

»Wir nehmen das Kanu.« Kieran zog das Boot näher ans Ufer, damit sie einsteigen konnte.

*Also doch das Indianerboot.* Marigold versuchte, sich ihre Skepsis nicht anmerken zu lassen. Irgendwie hatte sie etwas Größeres erwartet. Oder zumindest etwas, das halbwegs vertrauenserweckend wirkte.

Gleichzeitig wusste sie, dass sie kein Recht auf Erwartungen und Forderungen hatte. Indem sie Black gefolgt war, hatte sie ihr Schicksal in seine Hände gelegt. Ob es die richtige Entscheidung gewesen war, würde sich zeigen.

»Bleib unten«, flüsterte Kieran und bedeutete ihr mit einer Geste, sich dicht über dem Boden des Kanus zu halten. »Die anderen müssten bald kommen.«

»Die anderen?«, echote sie verwirrt, doch er legte nur einen Zeigefinger an die Lippen.

Wenig später ertönte ein Laut hinter ihr, der dem Ruf eines Waldkauzes verblüffend ähnlich klang. Mit angehaltenem Atem lauschte Marigold in die darauf folgende Stille hinein. Zu ihrer Linken raschelte es, dann lösten sich sechs Schemen aus dem

Dickicht nahe dem Ufer und eilten in geduckter Haltung auf das Boot zu.

»Das wurde aber auch Zeit, Black!«, raunte einer der Kerle und sprang in das Kanu. *Der Schotte aus dem Inn*, erkannte Marigold. Erst jetzt fiel ihm auf, dass Kieran nicht allein war. »Was hat das zu bedeuten?! Warum ist das Mädchen bei dir?«

»Eine kleine Planänderung«, erwiderte Kieran unbeeindruckt. »Den Rest erzähle ich euch später. Sehen wir zu, dass wir aus der Stadt kommen.«

Der Schotte seufzte und setzte sich an den Bug. Seine Kumpane verteilten sich auf die restlichen Plätze.

»Hattest du schon mal ein Ruder in der Hand?«, fragte Kieran hinter Marigold.

»Ich soll ... rudern?« Sie drehte sich zu ihm um. Hätte sie es doch nicht getan! Dann wäre ihr sein ungeduldiger Blick erspart geblieben.

*Nun gut, so schwer kann das nicht sein!* Entschlossen griff sie nach dem Ruder zu ihren Füßen. Sie tat es den Männern vor ihrer Nase gleich und sorgte mit einem kräftigen Stoß gegen das seichte Flussbett dafür, dass sich das Kanu weiter in Richtung Flussmitte bewegte.

Während die Gruppe das Boot aus der Bucht hinausmanövrierte, sah Marigold ein letztes Mal über ihre Schulter. Montreals Silhouette hob sich unscharf von der Dunkelheit ab, die nur vereinzelt von Lichtquellen gespickt wurde. Es musste mitten in der Nacht sein. Mit klopfendem Herzen dachte sie an die Villa in der Rue Saint-Jean-Baptiste. Ob alle friedlich schliefen? Oder hatte man ihr Verschwinden bereits bemerkt?

*Ich habe es wirklich getan*, schoss es ihr durch den Kopf. *Ich habe Montreal und Absalom verlassen. Genau wie mein altes Leben.*

# 18

Als Marigold erwachte, fühlte sie zuerst den dumpfen Schmerz in ihren Schultern. Ihre Arme vermochte sie kaum anzuheben und ihre Beine waren durch das lange Kauern taub geworden. Bei dem Versuch, ihre Zehen zu bewegen, schlüpfte ein Stöhnen durch ihre Lippen.

»Guten Morgen«, raunte Kieran so dicht hinter ihr, dass sie die Vibration seiner Stimme an ihrem Rücken spürte.

Marigold riss den Kopf nach oben und blickte geradewegs in seine tiefschwarzen Iriden. Es sah ganz danach aus, als hätte sie sich im Schlaf an seine Brust gelehnt! Trotz der Kälte kam sie ins Schwitzen und richtete sich ruckartig auf.

»Wie lange habe ich geschlafen?«

Ihr Vordermann blickte über seine Schulter und verzog das Gesicht. »Eindeutig zu lange für meinen Rücken, wenn Sie mich fragen, Missy.«

Marigold sah zu ihren Stiefeln, deren Absätze sich in das breite Kreuz des Ruderers gebohrt hatten, und zog hastig ihre Füße zurück.

»Entschuldigen Sie!«

Der Mann lachte über ihre erschrockene Miene. »Keine Sorge, mein alter Buckel hat schon Schlimmeres erlebt.« Dann wandte er sich halb zu ihr um und streckte ihr seine schwielige Pranke entgegen. »Richard Dobie.«

»Sehr erfreut, Mr Dobie. Ich bin –«

»Oh, ich weiß, wer Sie sind, Missy«, unterbrach er sie grinsend. »Kieran hatte genug Zeit, uns über Sie ins Bilde zu setzen.«

Fasziniert musterte Marigold sein wettergegerbtes, bärtiges Gesicht. Seine Haut wies unzählige Falten auf, doch seine grauen

Augen leuchteten so klar wie die eines jungen Mannes, was es ihr unmöglich machte, sein Alter auch nur ansatzweise zu schätzen. Sie erinnerte sich nicht, ihn damals bei der Versammlung im Twin Wolfs Inn gesehen zu haben.

Marigold rieb sich die Augen und folgte der rhythmischen Bewegung seines Ruderblatts. Fernab der Stadt hatte der Fluss seinen üblen Gestank verloren und das Wasser war so klar, dass man die Fische darin erspähen konnte.

Dobie schüttelte den Kopf. »Die Entführung der Nichte eines HBC-Beamten – ha! Ich bin gespannt, wie lange es dauert, bis uns Clayton seine Hunde auf den Hals hetzt.«

»Das wird nicht geschehen!«, erwiderte Kieran schroff. »Seine Leute haben keinen Schimmer, in welche Richtung wir aufgebrochen sind.«

Marigold hoffte, dass er damit recht behielt. Zum einen, weil sie ihren Onkel nie wiedersehen wollte, zum anderen, weil sie Kierans Männer durch ihre Anwesenheit nicht in Gefahr bringen wollte.

»Zudem bin ich freiwillig mit Ihnen gegangen«, widersprach sie ihrem bärtigen Vordermann.

Dieser zuckte mit den Schultern. »Sie irren sich, wenn Sie glauben, dass das einen Unterschied macht. Ich bin sicher, die Redcoats werden Sie bald zurückholen. Und *wir* werden allesamt am Galgen enden.«

»Hör auf, dem Mädchen Angst zu machen!«, rief der Mann vor ihm. »Außerdem findet die HBC auch ohne sie genügend Gründe, um uns aufzuknüpfen!«

Sein Versuch, Marigolds Furcht zu mildern, ging ins Leere. Stattdessen bewirkten seine Worte das Gegenteil. Ein Schauder erfasste ihren Leib und sie krallte ihre Finger um die Bootskanten.

Kieran lehnte sich nach vorne. »Keine Sorge, dir wird nichts geschehen«, sagte er so leise, dass nur sie es hören konnte. »Das verspreche ich dir.« Dann hielt er ihr eine lederne Feldflasche vor die Nase. »Hier. Nimm einen Schluck!«

Marigold tat wie geheißen und musste kurz darauf kräftig husten. »Was ist das für ein scheußliches Gebräu?«, jammerte sie und wischte sich über die Lippen.

»Whiskey.« Er grinste. »Ein Geschenk von MacLeod. Du kannst dich später bei ihm bedanken.«

Marigold sah skeptisch zum Bug, wo der Schotte am Ruder saß, und dann wieder auf die Flasche in ihrer Hand. Nach ein paar Atemzügen hatte sich das Brennen in ihrer Kehle verflüchtigt und einer angenehmen Wärme Platz gemacht, die nun in ihre kältestarren Glieder strömte. Das Gefühl machte sie mutig und ließ sie ein zweites Mal ansetzen. Sie meinte, ein belustigtes Schnauben aus Kierans Richtung zu hören, als sie ihm das Gefäß zurückgab. Ob er überrascht war, dass sie sich nach ihrem anfänglichen Abscheu einen weiteren Schluck genehmigt hatte? Sie selbst war es jedenfalls. In der Vergangenheit hatte sie höchstens bei abendlichen Anlässen ein Glas Wein oder Punsch getrunken, aber niemals am helllichten Tage. Und schon gar nicht etwas derart Starkes wie schottischen Whiskey!

*Das alles spielt jetzt keine Rolle mehr*, dachte sie und fixierte die vorbeifliegende Landschaft. Kiefern, Espen und Ahornbäume, deren Blätter sich bereits rot verfärbten, säumten das Ufer des Ottawas. Hier, an ihrem Platz zwischen Himmel und Wasser, erschienen ihr die vielen Regeln, mit denen sie aufgewachsen war, lächerlich und unsinnig. Der Gedanke daran, wie sehr sich ihr Leben von jetzt an ändern würde, machte sie schwindelig. Vielleicht war es auch der Alkohol, der ihre Sinne verwirrte. *Oder Kierans Nähe*, überlegte sie, während ihr die Lider zufielen und sie wieder gegen seine Brust sank.

Das nächste Mal erwachte Marigold nicht ganz so sanft. Irgendetwas – oder irgendjemand – bohrte sich in ihre linke Seite.

»Aufhören!«, brachte sie träge über die Lippen. Dann ging ein Ruck durch ihren gesamten Körper.

»Ich hab's doch gesagt, die sieht nur aus wie tot!«, rief eine tiefe Stimme. Darauf folgte Gelächter.

»Steh auf!«, blaffte ein anderer. *Kieran*, erkannte sie schlaftrunken. »Wir müssen das Kanu an Land bringen.«

»An Land?« Marigold blinzelte, weil das grelle Tageslicht sie blendete. Erst jetzt fiel ihr auf, dass der Boden unter ihr nicht mehr schaukelte. Sie hob den Kopf und erblickte ein kieseliges Flussbett, auf das die Mannschaft das Boot halb hinaufgezogen hatte.

»Das dauert mir zu lange!«, maulte der Schotte und beugte sich über sie. »Komm her, Lassie.«

Bevor er Gelegenheit bekam, sie aufzurichten, wurde er grob beiseitegeschoben. Kieran griff Marigold wortlos unter die Arme, hob sie aus dem Boot und stellte sie auf dem steinigen Untergrund ab – so ungerührt und eilig, als wäre sie eines der Fellbündel, mit denen er sonst hantierte.

Marigold schnappte nach Luft. »Das wäre nicht nötig gewesen!«

»Doch, das war es«, murmelte Kieran, und als sich ihre Blicke trafen, wurde ihr klar, dass sie ihm nichts vormachen konnte. Vermutlich sah sie genauso furchtbar aus, wie sie sich fühlte. Ihre Muskeln schmerzten wie nie zuvor in ihrem Leben, hinzu kam das flaue Gefühl in ihrem Magen. Entweder vertrug sie MacLeods Whiskey nicht, oder aber, es lag an der Angst.

Egal, wie kämpferisch sie sich gestern noch gegeben hatte – heute war ihr zum Weinen zumute. Ihr war furchtbar kalt, außerdem vermisste sie die Behaglichkeit ihres Federbetts.

Marigolds Sicht verschwamm und beinahe hätte sie sich ihrer Mutlosigkeit hingegeben ... wäre da nicht Kieran gewesen. Kieran mit seiner wachsamen Miene und diesem Blick, der all das sagte, was sie auf keinen Fall hören wollte.

*Das Leben dort draußen ist hart und entbehrungsreich. Dafür sind*

*Sie nicht gemacht*, hatte er ihr damals an den Kopf geworfen. *Ich wusste, dass du nicht lange durchhalten würdest*, lautete sein stummer Vorwurf nun.

Ihre Verzweiflung war groß, aber nicht so groß wie das Bedürfnis, Rabenauge zu beweisen, dass er mit seinen Vorurteilen falschlag. Mit aller Kraft hielt sie die Tränen zurück und wandte sich an die Runde.

»Wollen wir ein Lager und ein Feuer errichten?«

»Besser wäre es.« MacLeod rieb sich die Arme.

»Gut, dann sammle ich Feuerholz.«

Als sie sich entfernte, brannten die verwunderten Blicke der Männer auf ihrem Rücken. Davon ließ sie sich jedoch nicht beirren. Mit langen Schritten marschierte sie in Richtung des Unterholzes. Marigold wusste nicht viel über das Feuermachen, nur, dass das Material nicht zu feucht sein durfte. Also hielt sie nach tiefhängenden Ästen und totem Holz Ausschau. Sie kam nicht allzu schnell voran, da sie jeden Zweig vor dem Aufheben vorsichtig mit einem anderen anstupste, um zu überprüfen, ob sich kein Tier, wie etwa eine Schnecke oder gar eine Schlange, darunter verbarg.

Nach einer Weile erklang ein Rascheln hinter ihr.

»Wie kommst du voran?« Kieran lehnte gegen einen der Baumstämme und musterte ihre bescheidene Ausbeute mit unverhohlenem Spott.

»Musst du dich immer so anschleichen?«, gab Marigold statt einer Antwort zurück.

»Ich habe mich nicht angeschlichen.«

»Und ob du das hast!«

Kieran beließ es bei einem Seufzen und schlenderte auf sie zu. »Um ein Lagerfeuer zu errichten, braucht es drei Dinge: Zunder, zum Beispiel aus Baumrinde, Reisig, um das Feuer zu entfachen, und ein paar größere Holzstücke, um es am Laufen zu halten.« Er kam vor ihr zum Stehen und inspizierte die dürren Zweige, die sie unter dem Arm trug. »Ich schätze, das ist ein Anfang. Um den Rest kann ich mich kümmern.«

Kieran hatte sich schon abgewendet, als Marigolds freie Hand auf seiner Schulter landete. »Warte! Zeigst du mir, wie man den Zunder gewinnt?«

Er spannte sich an, dann drehte er sich langsam um und nickte. Seine Miene drückte Überraschung aus, doch er fragte nicht weiter.

»Birkenrinde eignet sich besonders gut«, erklärte er und steuerte einen Baumstamm mit weißer Musterung an. »Die Stränge lassen sich leicht abziehen.« Er begann, an der Borke zu zupfen, und präsentierte ihr ein paar helle Fäden, die sich in seiner Handfläche kräuselten.

Marigold wollte es ihm gleichtun, merkte jedoch schnell, dass die Technik weitaus mehr Geschick erforderte, als sie angenommen hatte. *Von wegen leicht!*, dachte sie und biss die Zähne zusammen. Die scharfen Kanten der Rinde bohrten sich schmerzhaft in ihre Fingerkuppen und brachen ihr die Nägel ab. Und jedes Mal, wenn sie am Stamm abrutschte, schürfte sie sich die Haut auf.

Frustriert linste sie zu Kierans Hand, die nicht weit von ihrer eigenen entfernt war. *Zwei Hände, die unterschiedlicher nicht sein könnten.* Seine waren kräftig, braun gebrannt und mit einigen Schwielen versehen. Trotzdem wirkten sie nicht plump, was vermutlich daran lag, dass er mit langen, schlanken Fingern gesegnet war. Neben seinen Arbeiterhänden sahen ihre eigenen trotz der frischen Schrammen grazil und vor allem schrecklich blass aus.

»Brauchst du Hilfe?«, fragte Kieran.

Erst da fiel Marigold auf, dass sie ihre Arbeit unterbrochen hatte und mit den Augen seine gleichmäßigen Bewegungen verfolgte.

»Nein. Ich habe nur darüber nachgedacht, wie ...«

Plötzlich war ihre Kehle genauso trocken wie die Birkenrinde vor ihrer Nase. Sie wusste nicht mehr, was sie hatte sagen wollen.

Sie wusste ja nicht einmal mehr, wie man *atmete*, seit Kierans Gesicht nur eine Handbreit von ihrem entfernt war!

Seine sinnlichen Lippen hatten sie in ihren Bann gezogen. Es spielte keine Rolle, dass sein Mund meist nur schroffe Worte für sie übrig hatte, dass er sie bei jeder Gelegenheit neckte und verhöhnte. Alles, woran ihr Körper sich erinnerte, war das Gefühl seiner Lippen auf ihren. Weniger als ein Tag war vergangen, seit sie sich geküsst hatten, doch sie sehnte sich nach seinen Zärtlichkeiten wie eine Verdurstende nach Wasser.

Ob Kieran ebenfalls an den Kuss denken musste? Seine Pupillen waren geweitet und huschten immer wieder zwischen ihrem Mund und ihrer Halsbeuge hin und her.

»Hier steckt ihr!«

Marigold und Kieran rissen gleichzeitig die Köpfe herum. Es war Richard Dobie, der sich durch das Dickicht kämpfte und schließlich vor ihnen stehenblieb. Falls er etwas von der seltsamen Stimmung zwischen ihnen bemerkt hatte, ließ er es sich nicht anmerken. Außerdem war Kieran längst von ihr abgerückt.

»MacLeod, Orillat und ich gehen jagen«, sagte Dobie an ihn gewandt. »Möchtest du mitkommen?«

»Ja, ich komme mit«, erwiderte Kieran hastig.

*Wie ein Flüchtender*, schoss es Marigold durch den Kopf. Sie versuchte, sich von dieser Erkenntnis nicht entmutigen zu lassen. Allerdings gelang es ihr nicht, ihre Gefühle vollends zu verbergen, denn als sie das Lager erreichte, fragte einer der Männer sie, ob es ihr nicht gut gehe.

»Alles bestens«, antwortete sie und legte das Feuerholz ab. »Es ist nur die Erschöpfung.« Im nächsten Moment bereute sie ihre Worte bereits. Wenn sie eines gelernt hatte, dann, dass sie vor ihren Begleitern keine Schwäche zeigen durfte. Kierans Kameraden waren ohnehin skeptisch, ob sie als Frau den Entbehrungen dieser Reise trotzen würde.

Überraschenderweise blieben die abschätzigen Kommentare aus. Vielleicht lag es daran, dass dieser Rüpel MacLeod gerade nicht dabei war.

»Die letzten Stunden waren sicher nicht einfach für Sie.« Einer der Männer blickte sie aus blauen Augen mitfühlend an.

»Das gilt wohl für uns alle.« Sie ließ sich neben ihm nieder. Der Boden war zwar trocken, aber kalt, und sie tat sich schwer, mit ihren Röcken eine bequeme Sitzposition zu finden.

»Hier, Ms Clayton, legen Sie sich das unter!« Er überreichte ihr ein Fellbündel, das von einem Lederriemen zusammengehalten wurde. »Wenn wir eines im Überfluss haben, dann sind es Pelze«, fügte er lächelnd hinzu.

Marigold griff nach dem Fell und breitete es auf dem erdigen Untergrund aus.

»Vielen Dank, Mr ...?«

»Frobisher. Benjamin Frobisher«, sagte er und reichte ihr die Hand. »Und das sind meine Brüder Joseph und Thomas.« Mit dem Kinn wies er auf die beiden Männer zu seiner Linken. Einer von ihnen spähte immer wieder zum gluckernden Flussufer hinüber. Ob er nach Verfolgern Ausschau hielt?

Marigold lächelte. »Nun, da Sie es erwähnt haben, frage ich mich, wie ich die Ähnlichkeit bisher übersehen konnte.« Die Frobishers besaßen allesamt blondes Haar, das im Nacken mit Schleifen zusammengebunden war. Die Aquamarin-Augen und die von der Kälte geröteten Wangen verliehen ihrem Aussehen etwas Jungenhaftes, das im Kontrast zu ihrem reifen Auftreten stand.

*Wie drei Londoner Gentlemen*, dachte Marigold bei sich. *Aber im guten Sinne.* Der höfliche Umgangston war für ihre Seele die reinste Wohltat, nachdem sie sich gestern Nacht vor allem MacLeods Gezeter und Dobies freche Sprüche hatte anhören müssen.

»Danke, dass Sie uns das Feuerholz beschafft haben«, sagte jener Frobisher, den Marigold für Thomas hielt, und machte sich daran, eine Flamme zu erzeugen.

»Gern«, antwortete sie und richtete sich wieder an Benjamin.

»Wie lange sind Sie schon in den Kolonien?«

»Joseph und ich sind vor knapp sieben Jahren übergesiedelt und Thomas ist uns dieses Jahr gefolgt. Wir stammen ursprünglich aus Yorkshire.«

»Ein mutiger Schritt!«

Benjamin nickte und strich sich eine blonde Strähne hinters Ohr. »Wir haben damals vielversprechende Dinge über Neufrankreich gehört. Spätestens nach der Eroberung Québecs war für uns klar, dass wir unser Glück hier versuchen wollen.«

»Und – hat dieses Land seine Versprechungen in Ihren Augen gehalten?«

Frobishers Stirn legte sich in Falten und Marigold befürchtete, ihn mit ihrer direkten Frage verprellt zu haben. In London hätte sie es niemals gewagt, sich so offen zu äußern. Auf der anderen Seite saßen sie hier nicht in einem Londoner Teehaus, sondern an einem Lagerfeuer in der Wildnis.

»Der Pelzhandel bietet gewiss viele Chancen. Chancen, die längst nicht ausgeschöpft sind. Leider agiert die HBC ziemlich konservativ – zulasten der Eingeborenen und der einfachen Trapper. Das ist auch der Grund, weshalb wir neue Routen –«

»Genug jetzt, Benjamin!«, unterbrach Joseph ihn. »Ich bin sicher, Ms Clayton interessiert sich nicht für diese Details.«

»Warum sollte ich mich nicht für Details interessieren, wenn wir von nun an doch an einer gemeinsamen Sache arbeiten?!« Sie hasste jenen Satz, den Joseph soeben ausgesprochen hatte. Es war eine dieser Floskeln, die Männer gerne benutzten, um eine Frau höflich darauf hinzuweisen, dass sie nicht verständig genug war, um gewisse Vorgänge zu begreifen. Oder aber nicht vertrauenswürdig genug.

»Ms Clayton hat recht«, mischte Thomas sich mit sanfter Stimme ein. »Wir müssen offen mit ihr sein.«

Marigold sandte ihm einen dankbaren Blick zu. »Hören Sie, Gentlemen, ich habe Sie damals nicht an die Redcoats verraten und werde es auch in Zukunft nicht tun. Sie müssen mir vertrauen.«

Joseph zog eine Grimasse. »Es fällt mir schwer, Ihnen die Loyalität abzukaufen, Ms Clayton, so ungern ich es sage. Vielleicht hätten Sie Black nicht damit erpressen sollen, uns zu verpfeifen, falls er Sie nicht mitnimmt.«

*Verdammt! Warum hat Kieran ihnen das erzählt?*

»Ein notwendiges Übel«, gestand sie widerwillig ein. »Nun, da ich hier bin, sind unsere Schicksale miteinander verwoben.«

»Aye, das sind sie wohl«, rief eine tiefe Stimme hinter ihr. »Nur nicht auf die Weise, die du dir vorstellst, Lassie.« MacLeod, der sich unbemerkt ans Lager herangeschlichen hatte, lachte über seinen eigenen Scherz. »Ich kann das Seil, das meine Kehle bald umschlingen wird, schon spüren.« Er fasste sich an den Hals und gab gurgelnde Laute von sich.

»MacLeod, hattest du wieder zu viel Whiskey?«, rief Kieran, der mit dem Franzosen im Schlepptau auftauchte und sich im Lager umsah. Marigold versuchte, die zwei toten Kaninchen zu ignorieren, die er in seiner Linken trug, was ihr mehr schlecht als recht gelang.

»Entschuldigen Sie mich«, murmelte sie und verschwand ins Dickicht.

Es dauerte nicht lange, bis sie Schritte hinter sich hörte.

»Ich würde gern allein sein!«, rief sie über ihre Schulter, weil sie nicht wollte, dass Kieran ihre Tränen sah.

»Pardon, Mademoiselle. Ich dachte, Sie könnten etwas Zuspruch gebrauchen.«

Marigold fuhr herum. »Sie sind nicht Mr Black«, antwortete sie auf Französisch.

»Offensichtlich.« Er lächelte und entblößte dabei eine Reihe schiefer Zähne, die sich von seinem dunklen Bart abhob. »Wir hatten noch nicht das Vergnügen«, sprach er und wirkte mit seiner galanten Verbeugung in diesem Wald völlig fehl am Platz. »Ich bin Jean Orillat. Pelzhändler aus Montreal.«

Marigold zog die Nase hoch und verschränkte die Arme vor

der Brust. »Sehr erfreut, Monsieur Orillat. Aber sparen Sie sich lieber Ihre Höflichkeiten, falls Sie mir genauso wenig vertrauen wie die anderen.«

Der Franzose legte den Kopf schief. »Vertrauen kommt mit der Zeit, Mademoiselle. Man muss es sich erarbeiten. Allerdings halte ich Sie nicht für eine Verräterin, so viel kann ich sagen.«

»Wenigstens sind Sie ehrlich«, erwiderte sie matt. »Und gewiss war es auch für Sie nicht leicht, sich mit einer Gruppe Engländer und Schotten zu verbünden.«

»Leichter, als man meinen könnte«, entgegnete der Franzose nachdenklich. »Sicher, der Siebenjährige Krieg war grausam, aber letztendlich war es ein Kampf der europäischen Mächte auf amerikanischem Boden. Und ich« – er legte eine Hand auf seine Brust – »sehe mich längst als Kanadier.« Er hob den Arm und deutete in Richtung des Lagerfeuers. »Ob Briten oder Franzosen, wir alle wollen das Gleiche: Frieden und einen florierenden Handel.«

Marigold nickte. Vielleicht spielten die Nationalitäten in der Neuen Welt wirklich eine geringere Rolle. Zumindest schien das Zusammenleben in Montreal und Québec seit dem Pariser Frieden von 1763 mehr oder weniger harmonisch abzulaufen.

»Ich sehe, dass Sie noch viele Fragen haben, Mademoiselle Clayton«, sagte Orillat. »Aber wir sollten nun zum Lager zurückkehren. Die Dämmerung hat eingesetzt und wir werden uns bald zum Abendessen versammeln.«

Gemeinsam mit ihrem Begleiter folgte Marigold dem Geruch nach Rauch und Gebratenem, der ihren Magen knurren ließ. Und das, obwohl der Anblick der toten Kaninchen vorhin eher Übelkeit denn Appetit in ihr ausgelöst hatte. Sie war froh, dass die Männer schon alle Spuren des Schlachtens beseitigt hatten, als sie auf ihrem Fell vor dem Feuer Platz nahm. Nachdem Kieran den Spieß mit dem Kaninchenfleisch gewendet hatte, gesellte er sich zu ihr.

»Was hat Orillat zu dir gesagt?«

»Keine Sorge, er hat keine Geheimnisse ausgeplaudert«, erwiderte sie spitz.

»Mein Gott, Marigold! Du musst den Männern Zeit geben.« *Marigold.* Es war das erste Mal, dass er sie beim Vornamen genannt hatte.

»Wovor haben sie so große Angst?«, wisperte sie.

»Kannst du dir das nicht denken?«, gab er genauso leise zurück. »Dich einzuweihen, birgt ein enormes Risiko. Selbst wenn du uns nicht aus freien Stücken verrätst, könnte es sein, dass Absalom dich zurückholt und zu einer Aussage zwingt. Er hat seine Methoden, glaub mir.«

»Das würde er nicht wagen!«

»Oh, doch!«, widersprach er rau. »*Mein Onkel ist ein Monster* – das waren deine eigenen Worte. Und ich stimme dir zu. Absalom ist gefährlich.«

Marigold erblasste. Es war nicht Kierans Aussage, die sie schockierte, denn sie entsprach der bitteren Wahrheit. Vielmehr quälte sie die Frage, welche Dinge er mitangesehen hatte, um ein solch hartes Urteil fällen zu können. Hatte Absalom seine Arbeiter etwa genauso schikaniert wie sie?

»Warum hast du für ihn gearbeitet, obwohl du ihn ebenso hasst wie ich?«, fragte sie. »Und sag jetzt bitte nicht wieder, *irgendwo muss man sein Brot eben verdienen.*«

Weil er länger nicht antwortete, hob Marigold den Blick. Kierans Miene war unbewegt, doch seine schwarzen Augen, in denen sich die tanzenden Flammen spiegelten, offenbarten düstere Erinnerungen.

»Ich habe nicht für ihn gearbeitet, *obwohl* ich ihn hasse. Ich habe für ihn gearbeitet, *weil* ich ihn hasse.«

# 19

Nach dem Abendessen, das aus etwas Hasenfleisch, trockenem Brot und Ale bestanden hatte, rollte Marigold sich in der Nähe des Feuers zusammen und breitete eine der Wolldecken über sich aus. Dabei wusste sie, dass sie in dieser Nacht kein Auge zutun würde. Es war nicht die Angst vor der Wildnis, die sie wachhielt. Auch nicht der harte Untergrund, der ihren Rücken immer wieder daran erinnerte, dass sie sich nicht in ihrem Bett in Montreal befand. Nein, es war die Ungewissheit, die sie quälte. Wohin würden die nächsten Tage sie führen? Wie viele Informationen verbargen die Männer vor ihr? Allen voran Kieran, der ihr mit seinen vagen Erklärungen die meisten Rätsel aufgab.

*Ich habe nicht für ihn gearbeitet, obwohl ich ihn hasse. Ich habe für ihn gearbeitet, weil ich ihn hasse.*

Unter halb gesenkten Lidern linste sie zu Rabenauge, der sich leise mit dem Schotten unterhielt. Egal wie lange sie über seinen seltsamen Kommentar nachdachte, sie wurde nicht schlau daraus. Wollte Kieran ihrem Onkel schaden, weil er mit dessen Handeln im Auftrag der HBC nicht einverstanden war? Weil er eine zukünftige Konkurrenz darstellte? Ging es um Profit? Marigold konnte einfach nicht glauben, dass Geld allein die Motivation hinter Kierans Taten war. Er hatte auf sie nie einen habgierigen Eindruck gemacht. Oder täuschte sie sich in ihm? Immerhin war er ein Mann, der keine Skrupel zu haben schien, Gesetze zu brechen und auf eigene Faust zu handeln.

*Wie damals auf der Ariadne.* Sie hatte den Moment, in dem sie ihn in der Schreibstube ihres Onkels überrascht hatte, plötzlich wieder lebhaft vor Augen. Kieran hatte Absaloms Unterlagen durchgesehen und dafür sogar das Risiko in Kauf genommen, entdeckt zu werden.

*Ich habe ihn von Anfang an geschützt*, erkannte sie in diesem Augenblick. *So als hätte ich damals schon geahnt, dass ich einmal auf seine Hilfe angewiesen sein würde.*

Auch Kierans launenhafter Umgang mit ihr verwirrte sie. Mal war er freundlich zu ihr, so wie heute Mittag, als er ihr mit der Birkenrinde geholfen hatte, mal brüsk und abweisend. Wahrscheinlich entsann er sich dann und wann, dass er sie nicht freiwillig mitgenommen hatte, sondern weil sie ihm keine Wahl gelassen hatte.

Marigold konnte seinen Unmut nachvollziehen. Sie wusste genau, wie es sich anfühlte, wenn andere Menschen Entscheidungen für einen trafen und zu Dingen zwangen, die man nicht tun wollte. Schon in London hatte sie kaum Freiheiten gehabt und spätestens unter Absaloms Fuchtel war das Gefühl der Enge in ihrer Brust so groß geworden, dass sie manchmal gefürchtet hatte, daran zu ersticken. Beim Gedanken an jene Hilflosigkeit raste ihr Puls.

Sobald sich ihr Herzschlag wieder beruhigt hatte und das Wummern in ihrem Kopf verstummt war, richtete sie ihre Aufmerksamkeit auf die Männer am Lagerfeuer.

Links von ihr trällerte Richard Dobie ein Schanklied. Auch ohne die Melodie zu kennen, hörte Marigold, dass er keinen einzigen Ton traf. Das bemerkten wohl auch die Frobisher-Brüder, denn sie lachten und pressten sich die Hände auf die Ohren.

Rechts von ihr waren Kieran, MacLeod und Orillat in eine Unterhaltung vertieft. Wenn sie angestrengt lauschte, konnte sie ein paar Gesprächsfetzen aufschnappen.

»Die Ojibwe werden uns sicher helfen«, ließ MacLeod verlauten. »Allein schon, um die Cree zu schwächen, die mit der HBC zusammenarbeiten.«

»Glaubst du, ihre Stammesfehde ist genug Anreiz für sie, um mit uns ins Geschäft zu kommen?«, fragte Orillat. »Werden sie sich wirklich mit Briten einlassen?«

Marigold hatte gehört, dass das Volk der Ojibwe vor dem Siebenjährigen Krieg auf Seiten der Franzosen gekämpft hatte.

»Du bist kein Brite.« Kieran zuckte mit den Schultern. »Und ich auch nicht.«

»Aye«, stimmte MacLeod ihm grinsend zu.

Marigold dagegen horchte auf. Rabenauges Herkunft war ein Thema, das sie spätestens seit jenem Tag beschäftigte, an dem sie die hässliche Szene zwischen ihm und diesem Widerling Mr Curtis beobachtet hatte.

Kierans Gesicht flackerte im Schein des Lagerfeuers auf und plötzlich kamen ihr die Worte in den Sinn, die William Morton damals geäußert hatte.

*Black ist hierzulande ein Name, der meist an Waisenkinder vergeben wird.*

Sie hätte gern mehr über sein Schicksal erfahren, aber es war undenkbar, ihn direkt danach zu fragen. Ein Frösteln befiel sie und sie zog sich die Wolldecke bis über beide Ohren. Die Welt, in die sie hier eingetaucht war, hielt ständig neue Schauergeschichten für sie bereit. War das Leben diesseits des Atlantiks tatsächlich erbarmungsloser? Oder hatten es mittellose Geschöpfe hier genauso schwer wie zuhause in England? Vermutlich war es lediglich ihre Wahrnehmung, die sich geändert hatte. Natürlich gab es auch in London Elend, allerdings hatten ihre Eltern keine Mühen gescheut, ihren Töchtern den Anblick der armen Bevölkerung zu ersparen.

*Wie blind ich war!*, fuhr es Marigold durch den Kopf. *Wie blind ich immer noch bin!*

Sie würde lernen müssen, sich der Realität und damit auch dem Leid zu stellen. Selbst wenn die Erzählungen von Waisenkindern, Sklaven und Liebespaaren, die jämmerlich erfroren waren, ihr zunehmend Albträume verursachten.

»Das kannst du unmöglich ernst meinen, Black!«

»Benjamin hat recht! Du kennst die westlichen Gebiete besser als jeder von uns. Ohne dich ist die Route viel zu gefährlich.«

Marigold, die durch das Gezanke der Männer wach geworden war, rieb sich die Augen. Sie erblickte die Frobisher-Brüder, die sich vor Kieran aufgebaut und die Hände vor der Brust verschränkt hatten.

»Und wie wollt ihr uns ohne Kanu einholen?«, fragte Joseph.

Kieran verhakte seine Daumen im Gürtel. »Die Ojibwe werden mir sicher eines leihen.«

»Wunderbar!« Joseph lachte höhnisch auf. »Dann hast du zwar ein Boot, aber keine Mannschaft. Und erzähl mir jetzt nichts von dem Mädchen! Sie wird dich eher aufhalten als voranbringen.«

»Welches Mädchen?« Plötzlich war Marigold hellwach.

Er drehte den Kopf in ihre Richtung. »Welches wohl? Siehst du hier so viele andere außer dir?«

»Gott, Joseph, beherrsche dich!«, fuhr Benjamin seinen Bruder an. »Ms Clayton ist nicht schuld an Blacks wahnsinnigem Plan.«

»Was für ein Plan?« Marigold strampelte sich von der Decke frei und sprang auf die Füße. Dabei registrierte sie, dass die Männer ihre Habseligkeiten bereits zusammengepackt hatten. »Was geht hier vor sich?«

Kieran seufzte und wandte sich ihr zu. »Ich habe noch eine Angelegenheit mit den Ojibwe zu klären. Die anderen sollen schon einmal vorausfahren, um ein Lager an unserem neuen Stützpunkt zu errichten.«

»Ich begreife nicht ganz, was ich mit deiner *Angelegenheit* zu tun habe«, merkte sie skeptisch an.

»Du wirst mich begleiten.«

Marigold warf einen verständnislosen Blick in die Runde. Was erhoffte sich Kieran davon?

»Er will dich im Auge behalten, Lassie!«, ertönte es hinter ihrem Rücken. Darauf folgte ein kehliges Lachen, das eindeutig zu MacLeod gehörte.

Marigold entglitten die Gesichtszüge, ehe sie in das Gelächter des Schotten mit einstimmte. Es waren keine erquicklichen Laute, sondern ein hässliches Lachen, das die Köpfe der Männer zu ihr herumfahren ließ. Deren Mienen waren so bizarr, dass sie von einem neuen Lachanfall geschüttelt wurde und ihre Hände auf den Bauch presste.

Die Frobishers legten die Stirn in Falten und flüsterten sich etwas zu. Wahrscheinlich glaubten sie, dass sie nun vollends den Verstand verloren hatte.

»Natürlich muss er mich im Auge behalten!«, gluckste Marigold. »Nicht, dass ich noch zu Fuß nach Montreal renne, um Officer Sanderson zu informieren und dann endlich meinen Platz an der Seite von Mr Linfield einzunehmen.«

Um sie herum war es totenstill geworden. Kierans Gesicht glich einer Maske, als er auf sie zu stapfte und sie an den Schultern packte.

»Ist das alles nur ein Witz für dich? Wir, diese Reise und die North West Company? Ist unser Leben in deinen Augen so unbedeutend, dass du damit drohst, uns an die Rotröcke zu verraten?«

»Mein Gott, Kieran, das war ein Scherz!«

Seine Augen wurden schmal. »Damals, als du mich erpresst hast, war es kein Scherz.«

Marigold schluckte. »Euer Leben ist mir nicht egal. Und natürlich unterstütze ich euer Vorhaben, sonst wäre ich niemals mitgekommen. Aber wenn ich ein Mitglied eures Unternehmens werden soll, musst du anfangen, mich wie eines zu behandeln.«

»Und du solltest aufhören, dich wie ein kleines Mädchen zu benehmen, das von zuhause fortläuft, nur um ihren Onkel zu ärgern.«

Marigold ballte ihre Rechte zur Faust, damit sie nicht in Versuchung kam, ihm eine saftige Ohrfeige zu verpassen. »Was muss ich noch tun, um dir zu zeigen, wie ernst es mir ist? Ich habe mein altes Leben hinter mir gelassen, meinen Status ... alles!

Erkennst du nicht, dass es für mich kein Zurück mehr gibt?«

»Genug jetzt!«, donnerte MacLeod und stellte sich zwischen die beiden. »Wir dürfen keine Zeit mit sinnlosen Streitereien verschwenden! Lieber sollten wir zusehen, dass wir schnellstmöglich flussabwärts kommen und die anderen in Grand Portage einholen.«

Kieran gab einen Fluch von sich. »Du solltest nicht so offen über –«

»Ja ja, Black«, unterbrach der Schotte ihn mit erhobener Hand. »Erspar mir deinen vorwurfsvollen Blick. Denn weißt du was? Ich finde, dein Mädchen hat recht. Sie hat sich uns angeschlossen und wir sollten sie in unsere Pläne einweihen.«

Marigold nickte ihm dankbar zu, während sie versuchte, all die neuen Informationen zu verarbeiten. Die Tatsache, dass die Männer von einer *North West Company* sprachen, und dass sie in Grand Portage von weiteren Mitstreitern erwartet wurden, bewies, dass das geheime Unternehmen ein viel gewaltigeres Ausmaß besaß, als sie vermutet hatte. Seine Anhänger waren weit mehr als ein *lächerliches Rebellenpack*, wie Absalom sie bezeichnet hatte, sondern offenbar eine gut organisierte Gruppe. Sie fragte sich, wie viele Menschen in Grand Portage weilten, um von dort aus an dem Vorhaben zu arbeiten. Ob unter ihnen auch Frauen waren? Marigold musste an die Schwarzhaarige aus dem Twin Wolfs Inn denken. Vielleicht würde sie weiter westwärts in den Genuss weiblicher Gesellschaft kommen.

»Meinetwegen«, schnaubte Kieran schließlich. »Aber Marigold wird mich zu den Ojibwe begleiten.« Seine Miene war so finster, dass niemand es wagte, Einspruch zu erheben.

Nicht einmal Marigold.

Nach einem kurzen Frühstück räumte die Gruppe das Lager, um die nächste Etappe in Richtung des Lake Huron in Angriff zu nehmen. Es wurde ein anstrengender Tag, der zu Marigolds Überraschung jedoch keine weiteren Zwistigkeiten bereithielt.

Vielleicht erschöpfte das unablässige Rudern die Mannschaft so sehr, dass niemand die Kraft aufbringen konnte, sich in neue Wortgefechte zu stürzen. Oder aber, die Gemüter hatten sich inzwischen abgekühlt, nachdem sich heute Morgen schon alle Spannungen entladen hatten.

Marigold hätte nichts gegen ein wenig Geplauder einzuwenden gehabt. Sogar Dobies misstönendes Geträller hätte sie in Kauf genommen, um sich von dem heftigen Schaukeln des Kanus abzulenken.

Immer wieder verschwand eine der Uferseiten aus ihrer Sicht. Der hohe Wellengang tat sein Übriges dazu, sie an die Seestürme auf der *Ariadne* zu erinnern. Marigold versuchte, nicht zu oft über den Bootsrand zu sehen, selbst wenn eine Welle darüber schwappte. Auf dem Dreimaster hatte sie sich wenigstens unter Deck verkriechen können. Hier war die Gefahr weitaus größer, über Bord zu gehen. Da sie nicht schwimmen konnte, würde die Strömung sie sofort hinabziehen und ...

*Halt!* An so etwas durfte sie gar nicht erst denken! Zum einen, weil sie sich von der Angst nicht überwältigen lassen wollte, zum anderen, weil sich Kierans Blick zwischen ihre Schulterblätter bohrte. Seine andauernde Präsenz bedeutete für sie Fluch und Segen zugleich. Segen, da sie in seiner Nähe eine trügerische Sicherheit empfand, und Fluch, da es sie zum Grübeln brachte, was wohl passiert wäre, wenn Dobie sie in dem Waldstück gestern nicht überrascht hätte. Hätte Kieran sie womöglich geküsst? Oder hatte sie den sehnsuchtsvollen Ausdruck in seinen Ebenholz-Augen missdeutet?

Marigold stellte wieder einmal fest, dass sie Black im Grunde kaum kannte, insbesondere, was seine Motive anging. Was seine Haltung ihr gegenüber betraf, tappte sie erst recht im Dunkeln. Manchmal überraschte er sie mit Gesten, die man fast liebevoll nennen konnte. Meist schwang jedoch eine gewisse Schroffheit in seiner Stimme mit, die ihr jedes Mal bewies, wie lästig sie ihm war. Die ihr zeigte, dass er sie niemals respektieren würde – allein schon, weil sie den Namen Clayton trug und in einer Welt aufgewachsen war, in der sie keinen einzigen Tag für ihr Überleben hatte kämpfen müssen.

Marigold fragte sich, welche Frau imstande wäre, Kierans Respekt zu erlangen, was sie wiederum zu der Frage führte, ob es womöglich bereits eine Frau gab, der sein Herz gehörte. Bei diesem Gedanken drehte sich ihr der Magen um und noch im gleichen Moment ärgerte sie sich über diese heftige Reaktion. War sie wirklich so naiv, sich auf den Kuss in Montreal, der aus einer Notlage hervorgegangen war, etwas einzubilden? Hatte das Fiasko mit Richard Talbot sie denn gar nichts gelehrt? Sicher hatten derlei Zärtlichkeiten für Männer keine größere Bedeutung.

Sie musste sich, so gut es ging, von Kieran fernhalten. Sie würde keine Gefangene ihrer Gefühle werden, nun, da sie es geschafft hatte, sich aus Absaloms Käfig zu befreien.

Dummerweise passte ihr Vorhaben nicht mit Blacks Plänen zusammen. Warum musste er sie unbedingt zu den Ojibwe mitschleppen? Bei der letzten Rast hatte er ihr mitgeteilt, dass sich die Gruppe schon morgen früh trennen würde. Marigold seufzte, denn ihr graute vor den nächsten Tagen. Sie würden zu viel Zweisamkeit bereithalten. Zu viel Wildnis. Zu viel Kieran.

# 20

Die nächste Etappe führte die Gruppe an jenes Flussdelta, das den Ottawa mit dem Mattawa verband. Es war eine gefährliche Strecke voller reißender Ströme und Wasserfälle, und Marigold glaubte Dobie sofort, als dieser ihr erzählte, zahlreiche Voyageure hätten in den tückischen Gewässern den Tod gefunden. Oftmals zerrte die Strömung so heftig am Kanu, dass sie zu nichts weiter fähig war, als sich an den Sitzplanken festzukrallen und Gott anzuflehen, seine schützende Hand über die Mannschaft zu halten.

Zu allem Überfluss schob sich gegen Nachmittag eine dicke Wolkendecke vor die Sonne und tauchte den Himmel in ein trübes Grau. Es dauerte nicht lange, bis Marigold die ersten Tropfen auf ihrem Gesicht spürte. Der Nebel, der bald über der Wasseroberfläche waberte, wurde immer dichter und erschwerte den Ruderern die Sicht, sodass sich die Gruppe darauf einigte, eine verfrühte Rast einzulegen. Allerdings gestaltete es sich inmitten der felsigen Uferlandschaften schwierig, eine geeignete Anlegestelle auszumachen. Marigold hatte längst jegliches Zeitgefühl verloren, als sie das Kanu endlich an Land zogen.

Entkräftet und vor Kälte schlotternd ließ sie sich auf einem morschen Baumstamm nieder und beobachtete, wie sich Dobie und die Frobisher-Brüder daran machten, das Kanu zu entladen. Anschließend kippten sie das Boot seitwärts und brachten eine Art Segel darüber an.

»Ms Clayton!« Richard Dobie hatte sich aufgerichtet und winkte ihr zu. »Kommen Sie! Hier gibt es ein trockenes Plätzchen.«

Marigold hatte sich zwar vorgenommen, keine Sonderbehandlung mehr in Anspruch zu nehmen, doch in diesem Moment war sie einfach nur froh über sein Angebot. Ohne zu widersprechen, ging sie zu dem improvisierten Unterschlupf hinüber und kroch unter das Segel. Das Lager stellte sich als überraschend komfortabel heraus. Das Segeltuch schützte sie vor dem Regen, und das Fell, das auf dem Boden ausgebreitet war, bot einen weichen Untergrund.

»Ein Dreckswetter, was?«

Marigold zuckte zusammen und sah in Dobies faltenzerfurchtes Gesicht. Sie hatte nicht bemerkt, dass er neben ihr Platz genommen hatte. Ihre hochgeschlagene Mantelhaube schränkte ihre Sicht ein.

Sie nickte. »Ich kann mir kaum vorstellen, wie es im tiefsten Winter weiter nördlich an der Husdon Bay sein muss.«

Dobie hob die Schultern. »Im Winter ist es dort so kalt, dass man sich an manchen Tagen nicht mehr erinnert, wie sich Wärme anfühlt. Aber es ist auch die beste Zeit zum Jagen. Die Trapper sind allesamt hartgesottene Burschen.«

Marigolds Blick flog zu Kieran, der gerade im flachen Gewässer watete und offenbar vorhatte, ein paar Fische zu fangen. Sie fragte sich, wie viele Winter jenseits der Frontier er bereits erlebt hatte. Es gab nur wenige Menschen, denen sie ein derart beschwerliches Leben zutraute, und Black gehörte dazu. Seine Statur zeugte von einer Robustheit, die es mit der Eiseskälte aufnehmen konnte, und er bewies jeden Tag Geschick im Umgang mit der Wildnis.

»Und im Sommer?«, fragte sie, wieder an Dobie gewandt. »Da muss es herrlich sein inmitten der Natur.«

»Aye, der Anblick der ergrünten Landschaft ist schön. Wenn da nur nicht die abertausenden Mücken wären, die in den Gewässern brüten.«

Marigold zog eine Grimasse.

»Nun machen Sie doch nicht so ein trübsinniges Gesicht!« Er kicherte und zog seine Tabakpfeife hervor.

»Nicht jeder kann eine Frohnatur wie Sie sein«, merkte sie müde an.

Dobie tippte sich gegen seinen Schlapphut, er schien ihre Worte als Kompliment aufzufassen. »Da haben Sie recht, Miss. Aber ich habe die Erfahrung gemacht, dass sich auch hinter einer griesgrämigen Miene ein freundliches Wesen verstecken kann. Nehmen wir etwa unseren lieben Mr Black, den Sie gerade so aufmerksam begutachten.«

»Was?!« Sie ärgerte sich über den verräterischen Klang ihrer Stimme, den Dobie gewiss nicht überhört hatte.

Sein leises Lachen drang zu ihr, ebenso wie der süßlich-würzige Rauch seiner Tabakpfeife. »Keine Sorge, Miss. Ihr Geheimnis ist bei mir sicher.« Er legte eine Hand aufs Herz und Marigold verdrehte die Augen. »Ich kann Sie ja sogar verstehen. Black ist ein ansehnlicher Mann. Und wie ich vorhin schon sagte, im Grunde ist er ein umgänglicher Kerl.«

»Sind Sie sicher, dass wir von derselben Person sprechen?«, spottete sie.

»Aye, das bin ich. Ich habe ihn kennengelernt, als er noch ein halbwüchsiger Bursche war, der mir gerade mal bis zur Schulter reichte. Ein aufgeweckter Junge. Erst in den letzten Jahren hat er diese Verbissenheit entwickelt, diese Angewohnheit, zu viel über alles zu grübeln ...«

Marigolds Neugier war geweckt. »Dann wissen Sie, wo Kieran aufgewachsen ist und was dazu geführt hat, dass er sich derart verändert hat?«

Dobie setzte die Pfeife ab und strich sich über den Bart. »Aye. Aber ich fürchte, es steht mir nicht zu, Ihnen diese Geschichte zu erzählen. Ich bin sicher, Kieran wird es irgendwann tun.«

Marigold seufzte. Es wäre ihr lieber gewesen, Dobie hätte das Thema gar nicht erst angesprochen. Statt Licht ins Dunkel zu bringen, hatte er die Aura des Mysteriösen, die Kieran umgab, vergrößert. Außerdem passte es ihr nicht, dass er Blacks Geheimnis schützte und gleichzeitig in ihrem Gefühlsleben herumstocherte. Sie hasste es, als unwissende Maid betrachtet zu werden, hinter deren Rücken Dinge getuschelt und Ränke geschmiedet wurden. Diese Rolle hatte sie in der Vergangenheit nur allzu oft gespielt.

Sie wollte wie eine Erwachsene behandelt werden. Daher widerstand sie dem Drang, eine Schnute zu ziehen oder Dobie weiter zu befragen. Es war schon schlimm genug, dass er von ihrem Interesse bezüglich Kieran wusste. Stattdessen deutete sie auf die qualmende Tabakpfeife.

»Stimmt es, dass die einheimischen Völker Pfeifen rauchen, um einen Friedensschluss zu besiegeln?«

Dobie, der wohl nicht mit dem Themenwechsel gerechnet hatte, zog eine seiner buschigen Augenbrauen in die Höhe. »Das ist richtig. Woher wissen Sie davon?«

»Ich habe mir in Montreal einiges über die Indianer-Stämme angelesen. Aber ich bin mir nicht sicher, wie viele von den Berichten der Wahrheit entsprechen. Manche Bücher waren schon fast hundert Jahre alt.«

Ihr Begleiter nickte. »Zuerst gilt es zu begreifen, dass sich die hiesigen Völker zum Teil recht stark voneinander unterscheiden, was ihre Sprachen und Gebräuche angeht. Ich selbst kann nur für die Cree sprechen, von denen ich einmal gefangen genommen wurde. Einige von ihnen hausen rund um Montreal.«

»Sie wurden gefangen genommen?!«

»Es geschah vor etwa fünfzehn Jahren, als ich mit zwei anderen Trappern gen York Factory aufbrach ...« Dobie schilderte ausführlich seinen Zusammenstoß mit einer Gruppe Cree bei der Jagd. Es hatte sich ein Disput entwickelt, von dem er schwere Verletzungen davongetragen hatte. Letztlich hatten die Indianer den Schotten in ihr Dorf gebracht, wo ein Medizinmann ihn wieder gesundgepflegt hatte. Marigold unterbrach seine Erzählung einige Male, um ihn über die Cree auszufragen.

»Sie überraschen mich, Ms Clayton«, sagte Richard Dobie abschließend. »Ich kenne nicht viele Menschen, schon gar keine

Frauen, die sich für die Kultur der Wilden interessieren.«

»Eine Einstellung, die ich für Unsinn halte«, antwortete sie unumwunden. »Gewiss will ich das Land besser kennenlernen, in dem ich vorhabe, Wurzeln zu schlagen. Ich hoffe nur, dass die Ojibwe uns wirklich so friedlich gesinnt sind, wie Black uns glauben machen will.«

Sie war stolz auf ihre Worte, welche eine Tapferkeit vorspielten, die sie nicht empfand. Im Gegenteil, sie hatte panische Angst vor dem Treffen mit dem Naturvolk. Zwar hatte sie bereits in Montreal vereinzelt Indianer gesehen, aber das waren nur kurze Begegnungen gewesen – flüchtige Einblicke in eine Welt, über die sie abgesehen von den veralteten Berichten in Linfields Büchern kaum etwas wusste. Unwillkürlich musste sie an die Wälzer denken, die sie in Montreal zurückgelassen hatte. Ob sie noch immer auf dem Frisiertisch in ihrem Zimmer lagen? Staubte Judith die Buchdeckel täglich gewissenhaft ab, oder hatte Emily die Bücher ihres Vaters längst zurückgeholt?

Plötzlich sehnte sich Marigold nach ihrer Freundin und nicht zum ersten Mal fragte sie sich, ob es richtig gewesen war, Montreal so überstürzt hinter sich zu lassen. Im Grunde wusste sie aber, dass sie ihren Aufbruch nicht länger hätte hinauszögern können. Samuel Linfields Zudringlichkeit hatte schon vor der Hochzeit gefährliche Ausmaße angenommen und Absaloms Grausamkeit hatte sie jeden Tag mehr zermürbt.

*Ich habe das Richtige getan*, sagte sie sich, auch wenn ihr die Nasskälte, die ihr in die Knochen kroch, etwas anderes weismachen wollte.

Marigold blickte dem Kanu nach, das auf dem Fluss davontrieb und schließlich am Horizont verschwand. Was blieb, war das flaue Gefühl in ihrem Magen und der ungewohnte Druck auf ihren Schultern. Nun, da ihre Habseligkeiten nicht mehr im

Boot transportiert wurden, war sie gezwungen, ihren Reisebeutel stets bei sich zu tragen. Hinzugekommen war außerdem ein zusammengerolltes Hirschfell, das ihr Benjamin Frobisher überlassen hatte, damit sie bei ihrem Fußmarsch nicht auf der blanken Erde rasten musste.

*Frobisher sorgt sich mehr um mich als Kieran*, dachte Marigold verdrossen und hielt nach Rabenauge Ausschau, der losgestapft war, ohne auf sie zu warten.

Endlich erspähte sie seine Gestalt zwischen ein paar Fichten, die den Beginn des Waldes markierten, und heftete sich an seine Fersen. Es ärgerte sie, dass Kieran sie kaum beachtete, obwohl er es gewesen war, der auf ihre Begleitung bestanden hatte. Wäre es nach ihr gegangen, säße sie jetzt mit den anderen im Kanu, auf dem Weg nach Grand Portage. Stattdessen schleppte sie sich im Morgengrauen einen steilen Hang hinauf. Nicht einmal Jammern war ihr vergönnt – es sei denn, sie wollte einen von Kierans ungeduldigen Blicken ernten. Nein, keine Plackerei der Welt konnte sie dazu bringen, vor ihm freiwillig Schwäche zu zeigen.

Marigold umschlang die Stränge ihres Leinenbeutels und hielt auf Black zu.

»Wie lange werden wir unterwegs sein?«

Er sah kurz über seine Schulter, ohne sein Tempo zu drosseln. »Etwa drei Tage.«

»Drei Tage?!«

»Sieh dich um! Machen diese Wälder auf dich den Eindruck, als würde hier alles nahe beinanderliegen?«

»Nein. Aber diesen Eindruck erweckt der Hyde Park auch nicht.« Sie wagte einen Seitenblick und registrierte dabei Kierans Stirnrunzeln. Erst da kam ihr in den Sinn, dass er womöglich keinen Schimmer hatte, wovon sie sprach. »Der Hyde Park ist eine große Gartenanlage im Herzen von London. Viele Spaziergänger wählen –«

»Ich weiß, was der Hyde Park ist.«

Marigold nickte betreten. »Warst du schon oft in London?«

Er wandte sich ihr zu und blickte aus schmalen Augen auf sie herab. »Nein, nur dieses Jahr mit Mr Clayton.«

Marigold überkam ein Schauer, als sie sich das fein geschnittene Antlitz ihres Onkels vorstellte, und sie fragte sich, wie sie Absalom jemals für einen sympathischen Mann hatte halten können.

»Vielleicht kann ich der Weitläufigkeit der Wildnis doch etwas abgewinnen«, murmelte sie, mehr zu sich selbst als zu ihm. Aber Kierans Schmunzeln verriet, dass er sie durchaus gehört – und verstanden – hatte. Der Gedanke, dass sie sich Meile für Meile von Absalom fortbewegten, war äußerst beflügelnd.

Eine Weile wanderten sie schweigend nebeneinander her. Marigold überlegte, wie sie Kieran dazu bringen konnte, mehr von seiner Vergangenheit preiszugeben, ohne ihn mit ihrer Fragerei zu verprellen. Unterdessen versuchte sie, nicht über die Wurzeln und Steine zu stolpern, die ihren Weg zu einem Hindernislauf machten. Schon jetzt zehrte der Marsch an ihren Kräften. Ihre Beine kribbelten und der Schweiß rann ihr zwischen den Brüsten hinab.

Irgendwann blieb Kieran so abrupt stehen, dass sie beinahe in ihn hineinlief.

»Nun sag schon, Goldie!«, brummte er.

»*Goldie?*«, wiederholte Marigold perplex. Sie wusste nicht, was sie mehr irritierte. Kierans plötzliche Nähe oder der Kosename, der wie selbstverständlich über seine Lippen gegangen war.

Als sie zum ihm aufsah, huschte ein verlegener Ausdruck über sein Gesicht.

»*Goldie* ist kürzer als Marigold.«

Sie runzelte die Stirn. »Niemand hat mich mehr so genannt seit ... Ewigkeiten.« *Seit ich ein Kind war*, ergänzte sie in Gedanken. Bilder kamen in ihr hoch, von der lichtdurchfluteten Kinderstube, die sie sich früher mit Frances geteilt hatte. Ein Mädchenzimmer voller Puppenhäuser, Kleidchen und Sorglosigkeit.

Hastig schüttelte Marigold die Erinnerung ab. Es machte sie traurig, an diese Zeit in der Seymour Street zu denken. An die Fröhlichkeit, die sich im Laufe der Jahre aus ihrem Leben geschlichen hatte.

»Was sollte ich denn sagen?«, fragte sie Kieran, der ihre Miene beobachtete.

»Hm?«

»*Nun sag schon, Goldie!*«

Er setzte sich wieder in Bewegung. »Vorhin hatte ich den Eindruck, dass du mich etwas fragen wolltest.«

»Das stimmt.«

»Warum hast du es nicht getan?«

»Weil du bisher kaum eine meiner Fragen beantwortet hast.«

Seine Mundwinkel zuckten. »Vielleicht bin ich heute großzügig.«

»Mr Black, Sie überraschen mich! Woher dieser plötzliche Sinneswandel?«

Er rollte mit den Augen. »Lass die Spielchen und frag lieber, bevor ich meine Meinung ändere.«

»Gut.« Marigold grinste triumphierend, aber als sie im Geiste ihre Frage formulierte, verschwand das Lächeln aus ihrem Gesicht. Es war dünnes Eis, auf dem sie sich bewegte. »Pflegst du schon lange Umgang mit den Eingeborenen? Stimmt es, dass du … also, dass deine Eltern …«

»Ich bin ein Métis. Das ist es doch, was du wissen willst, nicht wahr?«

Sie nickte. »In Montreal habe ich mitbekommen, wie Curtis dich beleidigt hat … wie er über deine Augen gesprochen hat.«

Unvermittelt packte Kieran sie am Arm und wirbelte sie herum. Auf einmal schwebte sein Gesicht dicht vor ihrem.

»Und du?«, fragte er. »Was denkst du über meine Augen, Goldie?«

»Ich denke, dass es für dich bestimmt nicht leicht war, dir deinen Platz in der Welt zu erkämpfen.«

Kierans Blick wanderte in die Ferne, seine Hand ließ ruckartig von ihr ab. »Ich habe meinen Vater nie kennengelernt, aber ich fand heraus, dass er zu den Cree gehörte.«

»Und deine Mutter?«

»Sie war Schottin.«

»Dann bist du nur zur Hälfte ...«

»Wildlingsblut ist Wildlingsblut. Zumindest in den Augen derer, die sich für etwas Besseres halten.«

»Curtis ist nicht besser als du!«, widersprach sie und machte eine ausholende Geste. »Und Absalom schon gar nicht. Du bist ein guter Mann, Kieran.«

Ein kehliges Lachen ertönte neben ihr. »Wie kommst du darauf?«

»Ich weiß es einfach.«

»Ach ja?« Sein Atem hinterließ kleine Wölkchen in der eisigen Luft und streifte ihre Haut. »Das ist eine gefährliche Annahme, Goldie«, sagte er und tatsächlich entdeckte sie nun etwas Lauerndes in seinem Blick. Die Art, wie er sie ansah, ließ ihren Nacken und ihre Lippen kribbeln. Einen Augenblick lang dachte sie, er würde sie küssen.

Sie machte einen Schritt auf ihn zu und hob die Hände, bis ihre Fingerspitzen seine Brust berührten. Noch einen Schritt weiter und er müsste nur das Kinn senken, um ihre Münder miteinander verschmelzen zu lassen. Ihr Instinkt bettelte, dass er es tat, während ihr Verstand mit aller Kraft gegen die verlockende Vorstellung kämpfte. Die Erinnerung an die Nacht, in der sie aus Montreal geflohen waren, und in der er seine Lippen forsch auf ihre gepresst hatte, flammte in ihr auf. Dieses Mal würden sie den Kuss nicht als Überlebenstaktik entschuldigen können. Hier draußen gab es niemanden, vor dem sie sich verstecken mussten. Sie waren allein mit dem Wald und dem Wind, der ihnen um die Ohren pfiff.

Kieran atmete flach und schnell. Sein Blick blieb noch einmal an ihren Lippen hängen, ehe er von jetzt auf gleich zurückwich.

»Warum hat man dich in die Kolonien geschickt?«

»W ... Was?«

»Komm schon, Marigold. Sogar mir ist klar, dass man eine junge Frau deines Standes nicht ohne Grund an diesen gottverlassenen Ort schickt.«

»Wie ...?« Sie wusste nicht, was sie mehr kränkte: Die Tatsache, dass er so unverfroren in ihrer Vergangenheit herumbohrte, oder dass er es ausgerechnet jetzt tat – in diesem intimen Moment, in dem so viel Sehnsucht mitgeschwungen hatte. War es vielleicht ebenjene Intimität, vor der Kieran zurückgeschreckt war? Etwa, weil die Möglichkeit, dass sie mit einem anderen Mann zusammengewesen war, ihn abstieß?

»Was soll die Frage, Kieran!?«

Er machte noch einen Schritt zurück, so als würde eine unsichtbare Gefahr von ihr ausgehen.

»Ich denke, die Frage steht mir zu. Du weißt inzwischen einiges über mich, während ich über dich kaum mehr weiß, als dass du Absaloms Nichte bist und dass deine Verbannung irgendetwas mit deiner Schwester zu tun hatte.«

Marigold schreckte auf.

»Dein Anfall beim Auslaufen der *Ariadne* in London ...«

Sie nickte und ließ einige Atemzüge verstreichen, während derer sich ihr Puls beruhigte. Ihre Enttäuschung über Kierans Reaktion war zwar noch nicht abgeklungen, doch sie musste einsehen, dass er nicht ganz unrecht hatte. Vielleicht war es an der Zeit, ihn über die Geschehnisse in London aufzuklären.

»Es geschah in der Oper. Man entdeckte mich und Mr Talbot in ... in einer kompromittierenden Situation. Richard Talbot gedachte damals eigentlich, sich mit meiner Schwester Frances zu verloben.«

Zu ihrer Überraschung erkannte sie keine Spur von Verachtung in Kierans Miene.

»Hast du ihn geliebt?«, fragte er und setzte sich wieder in Bewegung.

»Nein.« Ihre Antwort war nicht mehr als ein erstickter Laut.

»Warum nicht? War er nicht genau die Art von Mann, die sich eine Frau wie du wünscht? Ein Gentleman aus bestem Hause?«

Täuschte sie sich, oder vernahm sie Bitterkeit in seiner Stimme? Sie wusste nicht, was sie antworten sollte. Ja, Richard war ein Gentleman gewesen. Gutaussehend, von bedeutender Ahnenlinie und wohlhabend. Und doch ...

Sie zuckte mit den Schultern. »Erstens sollte er meine Schwester heiraten. Und zweitens hilft auch die beste Herkunft nicht, wenn ... wenn die Gefühle ... das Herz ... die ...« Gott, unter seinem Starren redete sie sich noch um Kopf und Kragen! Sie hatte keine Ahnung, wie sie mit einem Kerl wie Kieran über solche Dinge reden sollte. Wie sie *überhaupt* über diese Dinge sprechen sollte! Über zärtliche Berührungen und die Sehnsucht zwischen Mann und Frau.

»Wenn gewisse Gefühle fehlen«, brachte sie unter gesenkten Lidern hervor. Sie wich seinem Blick aus, doch das leise Lachen, das er von sich gab, hörte sie sehr wohl. Und plötzlich fragte sie sich, ob Kieran über diese Dinge mehr wusste, als ihr lieb war.

## 21

Die Wanderung durch das Dickicht verlangte Marigold alles ab. Ihre Waden zitterten und ihr Rücken beschwerte sich über die ungewohnte Last, die sie auf den Schultern trug. Schlimmer drückte jedoch die Stille, die sich nach dem Gespräch am Morgen zwischen ihnen aufgetan hatte.

Sie wünschte, sie hätte ihre Neugier besser im Griff gehabt, denn was hatte all die Fragerei ihr letztlich eingebracht? Sie war heute nicht viel schlauer als gestern. Kieran hatte nur bestätigt, was sie ohnehin schon geahnt hatte – dass ein Teil seiner Vorfahren von den Eingeborenen abstammte. Sie hatte etwas über *ihn* erfahren wollen, doch irgendwie hatte er es geschafft, den Spieß umzudrehen, hatte behauptet, er wüsste kaum etwas über sie. Je länger Marigold darüber nachdachte, desto weniger kaufte sie ihm seine Worte ab. Kieran hatte sie in ihren dunkelsten Momenten erlebt ... Als sie beim Auslaufen der *Ariadne* die Nerven verloren hatte und ein weiteres Mal, als sie nachts an Deck den Gedanken gestreift hatte, ihrem Leben ein Ende zu setzen. Ein Schauder überkam sie bei der Erinnerung und in diesem Augenblick war sie dankbar dafür, dass die Schwermut sie seitdem nicht mehr so heftig überkommen hatte. Die Schiffsreise lag schon fünf Monate zurück, aber sie dachte noch oft an jene Zeit, die sich so sehr von ihrem bisherigen Leben unterschieden hatte. In ihren Träumen wandelte sie manchmal auf der *Ariadne* umher – und jedes Mal kam Kieran darin vor.

Marigold wusste nach wie vor nicht, was er in Absaloms Schiffskontor getrieben hatte, auch wenn sie inzwischen einen Verdacht hegte. Sicher hatte er die Dokumente der HBC untersucht, um Erkenntnisse zu gewinnen, die für die Gründung der

North West Company relevant waren.

Ihr Blick heftete sich an Kieran, der mit etwas Abstand voranschritt. Einige Strähnen hatten sich aus seinem Zopf gelöst und wirbelten ihm um den Kopf – so wie damals, als die Meeresbrise mit seinem Haar gespielt hatte.

Marigold schnaufte, raffte ihre Röcke und stieg seitlich über einen querliegenden Baumstamm.

Sie konnte kaum glauben, was seit ihrer Ankunft in der Neuen Welt alles geschehen war: Der festliche Empfang, bei dem sie sich mit Emily angefreundet hatte. Colonel Fitzgerald, der um sie geworben hatte. Die schicksalhafte Zusammenkunft im Twin Wolfs Inn, die sie unter der Montrealer Oberschicht zu einer Geächteten gemacht hatte. Samuel Linfields Antrag. Und schließlich ihre Flucht.

Sie bereute ihren Fortgang nicht, doch sie begann, ihre Motive zu hinterfragen. War es wirklich nur die Angst vor der Ehe mit Linfield gewesen, oder hatte mehr dahinter gesteckt? Ihr Blick fiel erneut auf Kieran. War es am Ende die Sehnsucht nach seiner Nähe gewesen? Oder war diese erst in jenem Moment entflammt, als er sie auf der Flucht geküsst hatte? Sie verfluchte Rabenauge für diese Tat, weil er in ihr ein Verlangen nach mehr geweckt hatte. Und weil er ihr gezeigt hatte, dass nicht jeder Kuss gleich war.

Marigold biss sich auf die Lippe. Ihr war übel geworden, als Kieran sie über Richard Talbot ausgefragt hatte. Und kurz darauf hatte er sie zurückgewiesen …

Zum Teufel! Warum hatte er sich nicht verhalten wie jeder andere Mann und die Gelegenheit genutzt, sich einen Kuss zu stehlen? Hier, in der Einöde, gab es niemanden, der ihn dafür zu Rechenschaft ziehen konnte. Seufzend kreiste sie mit den schmerzenden Schultern. Möglicherweise hatte Kieran sie abgewiesen, weil er fürchtete, es würde die Dinge verkomplizieren. Schließlich sollten sie sich auf den Aufbau einer neuen Handelskompanie konzentrieren.

Der Gedanke war ein schwacher Trost, nichts weiter als eine Lüge, mit der sie versuchte, ihren Stolz und ihr Herz zu besänftigen. Denn so musste sie nicht an die offensichtlichste Erklärung für sein Verhalten denken: Weder hegte Kieran Sympathien für sie, noch begehrte er sie. Was erwartete sie auch? Sie hatte ihn erpresst und gezwungen, sie aus Montreal fortzubringen – ein Vergehen, für das man ihn verurteilen und aufknüpfen konnte.

*Ich stelle eine Gefahr für ihn dar*, schoss es ihr durch den Kopf und plötzlich wurde ihr mulmig zumute. Kieran führte sie doch nicht etwa in den Wald hinein, um …?

*Unsinn!* Hätte er sie umbringen wollen, hätte er es genauso gut vor ein paar Stunden hinter sich bringen können. Stattdessen schritt er unermüdlich voran, in Gedanken vermutlich ganz bei dem Treffen mit den Ojibwe.

Marigold schloss zu ihm auf. »Meinst du nicht, wir sollten allmählich eine Pause einlegen?« Sie suchte bei ihm nach Anzeichen von Erschöpfung. »Eine Stärkung wird uns guttun!« Doch sie entdeckte nicht die geringste Spur von Schweiß auf Kierans Stirn, nicht die kleinste Unsicherheit in seinen Bewegungen. Sie dagegen war schon mehrmals über ihre eigenen Füße gestolpert und fürchtete den Moment, in dem ihre Beine endgültig nachgeben würden.

Sein Blick streifte sie. »Es ist nicht mehr weit. Wenn ich mich nicht irre, müsste die Siedlung gleich –« Er stockte und zog die Stirn kraus.

»Was ist los?« Ihre Augen fixierten jene Lichtung, die auch Kieran anvisierte.

Statt zu antworten, hob er das Kinn und schnupperte.

»Rauch«, krächzte er. »Rauch … und Blut.« Er zog sein Messer vom Gürtel und sprintete los.

Marigold rannte ihm so schnell hinterher, wie ihre Füße es zuließen. Je näher sie der Lichtung kam, desto furchtbarer wurde der Gestank. *Rauch und Blut*, hatte Kieran es genannt. Doch obwohl sie ihn noch nie gerochen hatte, wusste sie sofort, dass es der grauenvolle Atem des Todes war, der über dem Waldstück schwebte – ein süßlich-modriger Geruch und ein scharfer Qualm, der von Verkohltem ausging.

Sobald sie die Lichtung erreicht hatte, erstarrte Marigold mitten in der Bewegung. Sie wollte den Blick abwenden, aber sie war wie festgefroren, dazu verdammt, den Horror genau zu betrachten. Ein Dutzend kreisförmige Behausungen waren dem Feuer zum Opfer gefallen und bis auf das knorrige Gerüst niedergebrannt. Dazwischen lagen leblose Körper, teils verbrannt, teils grotesk verdreht. Marigold presste sich ihren Schal vor Nase und Mund und kämpfte gegen die Übelkeit, die in ihr aufstieg.

Kieran wankte durch das Lager, das Gesicht aschfahl. »Nein, nein, nein«, murmelte er, wieder und wieder.

»Was ist hier geschehen?«, fragte sie zitternd. Konnte es sein, dass ein Gewitter die Siedlung überrascht und ein Blitz den Brand ausgelöst hatte? Ein Blick in Kierans Miene genügte, um diese Erklärung zunichtezumachen.

»Redcoats«, knurrte er und beugte sich über eine der Leichen. »Einige haben Schusswunden.«

Beim Nähertreten stellte Marigold fest, dass der entstellte Leib zu einem jungen Burschen gehörte. Die Verwesung hatte seine Wangen hohl werden lassen und seine Haut in Leder verwandelt.

»Warum ...?«, flüsterte sie.

Kieran erhob sich langsam. »Governor Baker hat verkündet, jeden zu vernichten, der sich der HBC in den Weg stellt.«

»Und das haben diese Menschen getan?«

»Die Ojibwe haben zwar mit der Company gehandelt, den Briten aber niemals Exklusivität versprochen.« Seine Stimme wurde mit jedem Wort leiser. Ob er sich Vorwürfe machte, weil er selbst geplant hatte, mit diesem Stamm zusammenzuarbeiten? Ob er sie in eine Richtung gedrängt hatte, die ihnen letztlich zum Verhängnis geworden war?

Marigold wischte sich über die Augen. »Dieses Unrecht darf nicht ungestraft bleiben! Die Regierung ... Das Gesetz muss etwas gegen diese Willkür tun!«

»Die HBC *ist* das Gesetz! Hast du das noch immer nicht begriffen?«, blaffte Kieran.

Erschrocken wich sie zurück. »Willst du damit sagen, dass all die Männer, die für die Company arbeiten, derartiges Grauen billigen? Dass Blut an den Händen von halb Montreal klebt? An den Händen von Mr Linfield, Mr Morton ... selbst Absalom?«

»*Vor allem* Absalom! Du hast keine Ahnung, zu welcher Grausamkeit er fähig ist!«

Tränen schossen in Marigolds Augen. Sie wusste, dass Absalom kein gutherziger Mensch war, aber das, was Kieran andeutete, zeugte von einer Bösartigkeit, die nicht mal sie ihrem Onkel zutraute. Nicht zutrauen wollte ... Bei dem Gedanken, mit diesem Ungeheuer verwandt zu sein, drehten sich ihr die Eingeweide um.

Sie raffte ihre Röcke und rannte davon. Weg von der Waldlichtung, weg von dem Gestank, weg von Kieran, dessen Antlitz einen Schmerz widerspiegelte, dem sie sich nicht gewachsen fühlte.

Schluchzer drangen aus ihrer Kehle und sie schlug sich halb blind vor Tränen durch das Unterholz. Wie war sie nur in diesen Albtraum hineingeraten? Und würde sie jemals daraus erwachen? In letzter Zeit hatte es Momente gegeben, da hatte sie Hoffnung empfunden. Hoffnung auf ein besseres Leben, das einen Sinn für sie bereithielt – vielleicht sogar einen Funken Glück. Doch an einem Tag wie diesem zweifelte sie daran, dass sich in diesem gottverlassenen Land irgendetwas zum Guten wenden würde. Waren die Menschen, denen sie sich angeschlossen hatte, zu blauäugig? Wie konnte eine Handvoll versprengter Rebellen glauben, etwas gegen die HBC ausrichten zu können? *Die HBC ist das Gesetz.* Das hatte Kieran selbst zugegeben.

Marigold floh immer tiefer in den Wald hinein, obwohl sie wusste, dass es kein Entkommen gab. Keine tausend Meilen würden die Bilder verscheuchen, die sich in ihren Geist gebrannt hatten. Die zerstörten Hütten, die verkohlten Leichen ...

Irgendwann gaben ihre Beine nach. Erst als sie mit den Knien im Laub landete, übermannten sie die Steifheit ihrer Finger und das Brennen ihrer Lunge. Die tiefen Atemzüge in der eiskalten Luft schmerzten in ihrer Brust, brachten sie jedoch auch zur Besinnung.

*Einatmen ... ausatmen.*

Sie wandte den Blick gen Himmel, wo die Baumkronen ein dichtes Netz gesponnen hatten. Dann schloss sie die Augen und presste ihre Hände auf die Ohren. Unter ihren Handflächen hämmerte ihr Puls so heftig, dass sie Kierans Rufe nur als fernes Echo vernahm.

»Marigold! Marigold, steh auf!« Als sie seiner Aufforderung nicht nachkam, griff er unter ihre Arme und zog sie auf die Füße. »Geht es dir gut?« Er unterzog sie einer hastigen Musterung. »Mein Gott, Marigold, bitte sprich mit mir!«

»Gott?«, krächzte sie. »Ich glaube nicht, dass es hier einen Gott gibt.«

»Du hast einen Schock erlitten, Goldie.«

»Wie kann Gott etwas so Schreckliches zulassen? Es ist grauenvoll. Es ... ist ... zu viel«, wisperte sie undeutlich, da ihre Zähne aufeinanderschlugen.

Kieran betrachtete sie, als wüsste er nicht, was er mit ihr anfangen sollte. Dann hob er seine Rechte und legte sie an ihre Wange.

»Würdest du mich halten?«, bat sie.

Er nickte, fuhr mit dem Daumen unter ihr Kinn und zog sie an sich.

Marigold ließ ihren Kopf gegen seine Brust sinken und vergrub ihre Nase an seiner Halsbeuge. Sie lauschte dem Rhythmus seines Herzschlags und sog Kierans vertrauten Geruch nach Sonne und Fell ein, der sie allmählich beruhigte. Trotzdem löste sie sich nicht von ihm, denn dafür war seine Nähe zu tröstlich. Es war so lange her, dass sie die Wärme einer Umarmung gespürt hatte. Eine Wärme, die nur Kieran ihr schenken konnte. Die

Erkenntnis überraschte, verwirrte und ängstigte sie zugleich. Es erschien ihr unangemessen, in diesem Augenblick so zu empfinden, ja auch nur über derartige Gefühle nachzudenken. Sie ließ ihre Hände fallen, die sie um seinen Nacken geschlungen hatte, und machte einen Schritt zurück.

»Was geschieht nun mit all den … Menschen?« Das Wort *Leichen* wollte ihr nicht über die Lippen gehen. »Wie werden sie üblicherweise bestattet?«

Kieran blickte zur Seite und stieß den Atem aus. »Die Ojibwe begraben ihre Verstorbenen nach fünf Tagen.«

»Was meinst du, wie lange das Massaker zurückliegt?«

»Etwa eine Woche. Aber wir können sie unmöglich alle begraben!« Offensichtlich hatte er ihren Gedanken erraten.

»Wir müssen es wenigstens versuchen!«

»Nein, Goldie! Es sind zu viele – fast vierzig. Ich …« Er seufzte und nahm ihre Hände in seine. »Ich wünschte, wir könnten noch etwas für sie tun.«

»Nein«, flüsterte Marigold und schüttelte den Kopf. »Nein!« Sie schob sich an ihm vorbei und schritt in jene Richtung, aus der sie vorhin geflohen war.

Sie kam nicht weit, bis sich seine Hand auf ihren Arm legte. »Wir müssen vernünftig sein, ob wir wollen oder nicht.«

»Wir können sie nicht einfach dort liegen lassen!«

»Wir müssen! Ich muss dich – uns – in Sicherheit bringen.«

Marigold erkannte die Sorge in seinen Augen und hob fragend die Brauen.

»Ein Sturm zieht auf«, erklärte Kieran.

# 22

*Ein Sturm zieht auf.*

Marigold wusste nicht, woran Kieran das nahende Unwetter ausgemacht hatte. Bis soeben hatte keine einzige Gewitterwolke den Himmel bedeckt.

»Meinst du wirklich, dass wir hier einen Unterschlupf finden?«, rief sie ihm zu. Der Wind hatte aufgefrischt und sie war sich nicht sicher, ob Kieran sie überhaupt gehört hatte.

Er drehte sich halb zu ihr um. »Ja. Es gibt in der Nähe eine Hütte, die wir früher während der Jagdsaison häufig genutzt haben.«

Marigold kniff die Augen zusammen – nicht nur wegen der Regentropfen, die auf ihre Haut prallten wie feine Nadelstiche. Sie fragte sich, ob Kierans Orientierung wirklich ausreiche, um sie inmitten dieser Einöde zu besagter Jagdhütte zu führen. Was, wenn sie sich verliefen? Sollten sie nicht lieber ein paar Äste sammeln und damit einen behelfsmäßigen Unterschlupf errichten?

Ein fernes Aufblitzen am Himmel schreckte sie auf. »Kieran! Bist du sicher –«

»Warte!« Er hob die Hand und untersuchte das Labyrinth aus Bäumen, das sie umgab.

Marigold wurde mit jeder Windböe und jedem Donnergrollen ungeduldiger. Umso größer war ihre Erleichterung, als ein Ausdruck des Erkennens auf Rabenauges Gesicht erschien. Mit langen Schritten steuerte er auf eine Eiche zu, in deren Rinde ein Kreuz eingeritzt war. Dann wanderte sein Blick zu einem Bach, der sich gluckernd durch das Unterholz schlängelte.

»Eine Wegmarkierung?«, fragte sie hoffnungsvoll.

Er nickte und schob sie vorwärts. »Komm!«

Sie eilten weiter, folgten dem Wasserlauf und waren trotzdem nicht schnell genug. Inzwischen hatte sich das Nieseln in einen Schauer verwandelt, der ihre Mäntel und Stiefel durchnässte, was das Vorankommen noch schwieriger machte.

Marigolds Herz jubelte, als sie endlich die Umrisse der Hütte ausmachte. Kieran öffnete die Tür des Verschlages und ließ sie hineinschlüpfen. Sobald sie über die Schwelle gestolpert war, fiel sie auf die Holzdielen und zog die Knie an die Brust. Am Rande bekam sie mit, dass Rabenauge die Stabilität des Daches prüfte. Anschließend stocherte er mit einem Ast in dem winzigen Kaminofen, dem einzigen Möbelstück in der Baracke. Sie wünschte, sie hätte die Kraft gehabt, aufzustehen und sich ebenfalls nützlich zu machen. Doch ihre klappernden Zähne erlaubten ihr nicht einmal, zu sprechen. Die Kälte und die Erschöpfung hatten ihren Körper in ein zitterndes Bündel verwandelt.

Kieran beugte sich zu ihr herab, schälte sie aus dem nassen Mantel und wickelte sie in eines seiner Felle. Anschließend griff er nach den Holzscheiten, die neben der Feuerstelle aufgestapelt waren, und holte Schlageisen und Zunder hervor. Es dauerte nicht lange, bis ein kleines Feuer die Hütte erhellte. Dann rutschte er auf dem Hosenboden zurück, bis er mit dem Rücken gegen die Wand stieß, und starrte in die Flammen.

»Wir haben Glück, dass es hier noch einen Holzvorrat gab. Draußen ist im Augenblick nichts Brennbares aufzutreiben.«

»Ja«, brachte Marigold gepresst hervor. Mehr traute sie ihrer Stimme nicht zu. Ob die Starrheit jemals aus ihren Gliedern verschwinden würde? Jedenfalls spürte sie nicht viel von der Wärme des Kaminofens, welcher tapfer, aber wenig erfolgreich gegen die niedrigen Temperaturen ankämpfte. Da der Unterschlupf nur aus einem einzigen, kleinen Raum bestand, wagte sie zu hoffen, dass sich dies bald ändern würde.

»Du solltest die nassen Sachen loswerden«, sagte Kieran, ohne den Blick von den Flammen zu lösen.

Obwohl Marigold die Vernunft in seinen Worten erkannte,

löste sein Vorschlag ein eigenartiges Ziehen in ihrer Magengegend aus. Sie sah zu dem Leinenbeutel, in dem sich ihre Wechselkleidung befand. Mit etwas Glück hatte ihr Ersatzkleid nicht allzu viel von dem Regenguss abbekommen. Aber was war mit Kieran? Konnte sie es wagen, sich hier, direkt vor seinen Augen, zu entblößen? Die Vorstellung brachte ihre eiskalten Wangen zum Glühen.

»Ich werde solange vor die Tür gehen, wenn du möchtest«, sprach er, als hätte er ihre Gedanken erraten.

»Nein«, entgegnete sie hastig. »Das wäre Wahnsinn bei dem Wetter. Aber sieh nicht hin, ja?«

»In Ordnung.« Er wandte ihr seine breite Rückseite zu.

Während Marigold ihre Stiefel von den Füßen zog, vergewisserte sie sich, dass Kieran sein Versprechen hielt – und tatsächlich spähte er kein einziges Mal über seine Schulter.

*Sieh an, Rabenauge, du bist doch ein Gentleman!* Sie schmunzelte. *Ganz gleich, was du mich glauben lassen möchtest.* Sie rechnete ihm seine Manieren hoch an, auch wenn sie sich eingestehen musste, dass er im schwachen Schein des Kaminfeuers ohnehin nicht viel erblickt hätte. Die Hütte besaß nur ein winziges Fenster, dessen Läden sie aufgrund des Regens nicht geöffnet hatten, und so bildeten die Flammen die einzige Lichtquelle. Trotzdem bemerkte Marigold die dicke Staubschicht auf dem Ofen sowie ein paar Spinnweben an der Decke. Sie störte sich aber nicht an dem verwahrlosten Zustand ihrer Unterkunft. Im Gegenteil, ein bisschen Dreck nahm sie gern in Kauf, wenn sie dafür vor ungebetenen Besuchern sicher waren.

Nachdem sie Stiefel, Strümpfe und Schultertuch ausgezogen hatte, nestelte sie an der Schnürung ihres Hüftpolsters. Selbst ihre einfachste Garderobe entpuppte sich als untauglich für das Leben fernab der Stadt. Sie beschloss, ihre Kleidung sofort gegen ein zweckmäßigeres Ensemble einzutauschen, sobald sie den Handelsstützpunkt am Lake Superior erreicht hatten. Ein Fluchen entfuhr ihr, weil die Kordel ihrer Rocktaschen immer wieder durch ihre klammen Finger rutschte. Wie sollte sie in diesem Zustand erst ihr Korsett loswerden?

Kieran räusperte sich hinter ihr. »Brauchst du Hilfe?«

Marigold ließ die Hände sinken. »Ich ... ja, bitte. Meine Finger ...«

Er nickte, kam neben ihr auf die Knie und löste die Kordeln voller Behutsamkeit. Immer, wenn er dabei ihre Hüfte berührte, ging ein Ziehen durch ihren Bauch. Marigold hielt den Atem an. Warum brauchte Kieran für diese Aufgabe nur so lange?

Nachdem er die Rocktaschen abgelegt hatte, richtete er seine Augen fest auf ihr Gesicht, so als wollte er es vermeiden, ihren Körper im halb entblößten Zustand zu mustern. Sie fragte sich, ob ihr Letzteres nicht lieber gewesen wäre, denn als sich ihre Blicke kreuzten, schoss ihr das Blut in die Wangen.

Für eine Weile sagte niemand etwas. Allein das Prasseln des Regens und das gelegentliche Donnern durchbrachen die Stille zwischen ihnen dann und wann.

Kieran sah zuerst weg und deutete auf ihren Beutel. »Was davon benötigst du?«

»Meine Strümpfe. Und einen neuen Überrock – den grünen. Ein frisches Schultertuch sollte hier auch irgendwo sein ...« Marigold robbte zu ihrer Reisetasche und versuchte, den Knoten am Verschluss zu lösen. Doch ihre Hände versagten ihr den Dienst.

»Verflucht nochmal!«, zischte sie und nur einen Wimpernschlag später brannten Tränen in ihren Augen.

»Warte.« Kieran legte seine Hand auf ihren Unterarm. »Ich mache das.«

Mühelos öffnete er den Beutel, fischte darin herum und zog die gewünschten Dinge heraus. Dann wanderte sein Blick zu ihrem Mieder.

»Was ist?«, fragte sie.

»Bist du sicher, dass du all das brauchst? Der Abend bricht bald an, und du solltest dich ausruhen.«

Mit *all das* meinte er wohl ihr Korsett. Marigold seufzte. Die

Vorstellung, sich ohne das einengende Kleidungsstück in ihre Decke einzukuscheln, war äußerst verlockend.

»Du hast recht.« Sie wandte ihm den Rücken zu.

Kieran sog die Luft ein. Vor Schreck? Überraschung? Er schien nicht bedacht zu haben, welche Konsequenzen sein Vorschlag mit sich brachte. Tatsache war, dass Marigold sich wegen der rückseitigen Schnürung nur schwer selbst aus dem Korsett befreien konnte. In ihrem Zustand wäre es erst recht ein hoffnungsloses Unterfangen.

Als Kieran die Schleife unterhalb des Mieders löste und dann Schlaufe für Schlaufe lockerte, ging ein wohliger Schauer durch ihren Leib.

»Danke«, sagte sie, sobald er ihr das Kleidungsstück von den Schultern geschoben hatte, und fuhr lächelnd herum.

Kieran erwiderte ihr Lächeln nicht. Er war erstarrt. Sein Adamsapfel verriet ein schweres Schlucken.

Erst jetzt wurde Marigold bewusst, welchen Anblick sie bot. Nun, da er sie von dem Korsett befreit hatte, trug sie lediglich ihre leinene Chemise auf der Haut. Und diese verhüllte wohl nicht allzu viel, wenn sie Kierans Blick richtig interpretierte. Sie musste nicht an sich hinabsehen, um zu wissen, dass sich ihre Brustwarzen wegen der Kälte deutlich unter dem Stoff abzeichneten.

Marigold griff nach ihrem wollenen Schultertuch. Ohne Hast – und was sie weitaus mehr verwunderte – ohne Scham. Für gewöhnlich verabscheute sie lüsterne Männer, doch Kierans Musterung war ihr keineswegs unangenehm. Bevor sie darüber nachsinnen konnte, was all das zu bedeuten hatte, rückte er von ihr ab.

»Ich sollte hinausgehen«, murmelte er und sprang auf die Füße. »Ich hole uns frisches Wasser.«

Ehe sie es sich versah, hatte er die Trinkflaschen hervorgeholt und die Hütte verlassen.

Marigold runzelte die Stirn. Warum meinte Kieran, ausgerechnet jetzt Wasser holen zu müssen? Den Geräuschen zufolge hatte der Regen kaum nachgelassen. Würde seine Kleidung nicht erneut völlig durchnässt werden?

Die Müdigkeit verdrängte ihre Sorge und ließ sie herzhaft gähnen. Sie breitete das Hirschfell vor dem Feuer aus, wickelte sich in eine Wolldecke und kämpfte nicht weiter gegen ihre Erschöpfung an.

Marigold erwachte, weil ihr der Geruch von Gebratenem in die Nase stieg. Ihr Magen knurrte. Als sie die Augen aufschlug, fiel ihr Blick auf Kieran, der vor dem provisorischen Ofen kauerte – unbekleidet, bis auf seine baumwollene Hose. Sein Hemd hatte er in sicherer Entfernung zum Feuer auf einem der Fellballen ausgebreitet. Offenbar hatte er sich eine ganze Weile im Freien aufgehalten. Sein schwarzes Haar fiel ihm in feuchten Strähnen auf die Schultern. Wassertropfen sammelten sich an den Spitzen und perlten an seiner Haut hinab. Diese glänzte golden im Schein des Feuers, das tanzende Schatten auf seinen muskulösen Oberkörper warf.

Marigolds Augen wanderten über seine nackte Brust, bis sie bei der dunklen Haarlinie angelangten, die unterhalb seines Nabels begann und in seinem Hosenbund verschwand. Ihre Kehle wurde trocken.

»Bist du durstig?« Kieran reichte ihr eine der Feldflaschen.

Der Klang seiner Stimme ließ sie zusammenzucken. Ertappt senkte sie die Lider und griff, ein Danke murmelnd, nach dem Gefäß. Während sie trank, fragte sie sich, wie viel er von ihrem Starren mitbekommen hatte.

»Wann hast du all das besorgt?« Sie deutete auf den Spieß über dem Feuer, an dem ein Stück Fleisch briet.

Kieran lächelte, entblößte dieses Mal sogar seine Zähne. »Du hast lange geschlafen, Goldie.«

Marigold stützte sich auf und strich sich das Haar aus dem Gesicht. »Du warst also jagen?«

»Man kann es kaum jagen nennen. Dort draußen wimmelt es vor Kaninchen.«

»Du bist ganz nass geworden.«

»Ich habe mich am Bach gewaschen.«

»Hoffentlich, *nachdem* du die hier aufgefüllt hast«, scherzte sie und deutete auf die Feldflasche in ihrer Hand.

Zuerst reagierte Kieran nicht und Marigold fürchtete schon, dass sie ihn gekränkt hatte, als er plötzlich den Kopf in den Nacken legte und lauthals lachte. Erleichtert stimmte sie mit ein und stellte dabei wieder einmal fest, wie attraktiv Rabenauge aussah, wenn er seine grimmige Miene abgelegt hatte.

»Nicht frech werden, Goldie, sonst gibt es kein Abendessen!«, warnte er sie, immer noch mit einem Grinsen im Gesicht.

»Kann ich denn irgendwie helfen?«

Er wies auf seine lederne Tasche. »Dort müsste etwas Käse und Brot sein. Mal sehen, ob das noch zu etwas taugt.«

Marigold zog ihr Messer hervor und machte sich an dem Kanten zu schaffen. Das Brot war hart, aber genießbar.

»Bitte sehr, Rabenauge«, sprach sie und reichte ihm drei Scheiben.

»Rabenauge?«

Ihre Wangen wurden heiß. »Du bist nicht der Einzige, der gern Spitznamen verteilt.«

»Wirklich – Rabenauge?« Er lachte.

»Deine Augen sind so schwarz und weise wie die eines Raben«, erklärte sie und kam sich dabei schrecklich dumm vor.

»Ersteres habe ich schon oft gehört. Aber *weise*? Hmm ... du schmeichelst mir, Goldie.«

Marigold senkte verlegen den Blick und biss in die Hasenkeule, die Kieran ihr überreicht hatte. Eine Weile aßen sie schweigend, was ihr Gelegenheit verschaffte, die Geschehnisse des Tages im Geiste zu rekapitulieren. Als sie an das zerstörte Dorf der Ojibwe zurückdachte, verging ihr mit einem Mal der Appetit.

»Was ist los?«, fragte Kieran. »Schmeckt es dir nicht?«

»Doch. Aber die Bilder in meinem Kopf ... ich werde sie einfach nicht los.«

»Das verstehe ich. Versuch trotzdem, etwas zu essen. Du musst bei Kräften bleiben.« Mit diesen Worten schob er ihr Brot und Käse zu. Dann holte er die Feldflasche mit dem Whiskey hervor. »Der hier könnte ebenfalls helfen.«

Marigold seufzte und nahm ein paar Schlucke. Der Whiskey schmeckte genauso scheußlich wie letztes Mal. Allerdings war heute wohl der richtige Tag für ein Getränk, das ihr etwas Leichtigkeit und Wärme vorgaukelte.

»Auf die Ojibwe!«, sprach sie feierlich und gab ihm die Flasche zurück.

»Auf die Ojibwe!«, wiederholte Kieran, ehe er ebenfalls ansetzte. »Mögen die Redcoats, die ihnen das angetan haben, in der Hölle schmoren.«

Marigold nickte und sah in die Flammen. »Kanntest du viele von ihnen – den Dörflern?«

»Ja. Mit einigen habe ich früher gehandelt. Und Geezis hat mich und meine Gruppe vor zwei Jahren nach Grand Portage geführt.«

»Hast du ihn heute gesehen? Geezis, meine ich.«

Kieran schüttelte den Kopf und schwenkte die Flasche in seiner Hand. »Ich glaube nicht, auch wenn ich mir nicht sicher sein kann. Das Feuer hat viele von ihnen bis zur Unkenntlichkeit verbrannt. Vermutlich haben ihre Mörder nachts die Wigwams in Brand gesetzt.« Er presste die Lippen aufeinander. Auch Marigold wurde flau zumute. Die Behausungen waren mit einem Schlag zu Todesfallen geworden!

»Meine Hoffnung ist, dass ein paar von ihnen entkommen konnten oder sich zu dem Zeitpunkt auf Wanderschaft befanden«, fügte er hinzu.

»Meinst du, sie werden bei Verbündeten unterkommen? Und werden sie ihre Toten rächen?«

Kieran runzelte die Stirn. »Ich weiß es nicht. Selbst wenn ein paar Stammesmitglieder überlebt haben, wird es Jahre dauern, bis sie wieder zu ihrer alten Stärke zurückfinden.«

Marigold begriff, was er damit sagen wollte. Seine Pläne, diese Ojibwe-Gruppe in den Aufbau der North West Company einzubeziehen, hatten sich in Luft aufgelöst. Betrübt nahm sie einen weiteren Schluck Whiskey. Sie hatte längst den Überblick darüber verloren, wie oft die Flasche schon zwischen ihnen hin- und hergewandert war.

»Das heißt, wir werden morgen umkehren?«

Kieran war so in Gedanken versunken, dass er ihre Frage überhörte. Erst als sie ihn mit dem Zeigefinger anstupste, zeigte er eine Reaktion.

»Was?«

»Ob wir morgen zu den anderen aufschließen?«

»Ja.« Er räusperte sich. »Wir müssen allerdings noch eine Strecke laufen, bis wir die Anlegestelle erreichen. Wenn wir Glück haben, finden wir dort ein funktionstüchtiges Kanu.«

»Also ein weiterer Fußmarsch«, murmelte Marigold und gähnte.

»Du solltest dich ausruhen.«

»Das sagt der Richtige! Ich habe vorhin zumindest eine Weile geschlafen.«

»Ich brauche nicht viel Schlaf«, behauptete Kieran, aber die dunklen Schatten unter seinen Augen straften ihn Lügen. Er musste todmüde sein.

»Hier!« Sie warf ihm eine der Wolldecken zu.

Kieran, der sich mit dem Rücken gegen die Wand gelehnt hatte, legte sie sich dankend um. Als sein muskulöser Oberkörper unter dem groben Tuch verschwand, verspürte Marigold einen Anflug von Bedauern, für den sie sich im nächsten Atemzug bereits schämte. Doch es war wie verhext. Wenn sie die Augen öffnete, wanderte ihr Blick direkt zu *ihm*. Und sobald sie die Lider schloss, stellte sie sich unwillkürlich vor, wie die Wolldecke über Kierans bronzefarbene Haut strich – keine besonders hilfreiche Fantasie, wenn man versuchte, einzuschlafen. Ihr Herz schlug höher und ihre Handflächen wurden feucht. Wie sollte sie friedlich schlummern, während sie sich seiner Präsenz mit jeder Faser ihres Körpers bewusst war, und wenn sie sich andauernd fragte, ob er sie gerade beobachtete?

Marigold wälzte sich ein paar Mal hin und her, seufzte und sah zu ihm hinüber. Ihr Bauchgefühl hatte sie nicht getäuscht. Kieran musterte sie aufmerksam.

»Ich kann nicht schlafen.«

»Soll ich dir ein Ammenlied vorsingen?«, spottete er.

»Du könntest mir etwas erzählen, wenn du ohnehin nicht vorhast zu schlafen.«

Kieran schloss die Augen, ließ den Kopf gegen die Wand sinken und gewährte ihr einen Blick auf sein kantiges Kinn, auf dem ein paar dunkle Bartstoppeln sprossen.

»Was soll ich dir erzählen?«

»Warum verrätst du mir nicht, was du damals auf der *Ariadne* in Absaloms Kontor getrieben hast?«

Kieran hob die Brauen. Dann nahm er einen großen Schluck Whiskey. Sie hatte längst nicht mehr mit einer Antwort gerechnet, als er plötzlich zu reden begann.

»Ich war in seinem Kontor, weil ich etwas überprüfen wollte – Zahlen, um genau zu sein. Schon kurz nachdem ich meine Arbeit bei Mr Clayton aufgenommen hatte, fielen mir Unstimmigkeiten bei den Liefermengen auf. Die Anzahl der Pelze, die er dem General Office übermittelte, war stets etwas niedriger als die Menge der Pelze, die wirklich im Lagerhaus deponiert war.«

Marigold drehte sich auf die Seite und stützte sich auf den Ellenbogen. »Er hat einen Teil der Ware nicht gemeldet?«

»Kann man so sagen. Er betreibt mit den HBC-Pelzen ein kleines Nebengewerbe. Ich vermute, er verkauft an die Holländer.«

Sie verzog das Gesicht. Mit jedem Detail, das sie über Absalom erfuhr, verachtete sie ihn mehr.

»Warum hast du nicht Alarm geschlagen?«

»Weil ich absehen konnte, was dann passieren würde: Zuerst hätte ich meine Arbeit verloren und dann hätte Absalom mich auf seine Weise mundtot gemacht.« Marigold erschauerte. »Aber selbst wenn die Sache bei den Behörden Beachtung gefunden hätte, hätte ich nicht viel davon gehabt. Entweder hätte Absalom sich mithilfe seiner Kumpane aus der Affäre gezogen, oder die Anklage wäre durchgegangen, was die HBC fortan noch reicher gemacht hätte. Und wie du weißt, liegt nichts davon in meinem Interesse.«

Sie nickte. »Du hasst die HBC wirklich, nicht wahr?«

»Ich kann nicht anders. Die Company steht für all das, was dieses Land zu einem schlechteren Ort macht: Gewalt, Gier und Ungerechtigkeit. Wahrscheinlich genießt die HBC in England einen guten Ruf«, fuhr er fort, da ihm Marigolds skeptischer Blick nicht entgangen war. »Aber mir hat die HBC schon viel zu viel genommen. Meine Vorfahren ...« Bei diesen Worten versagte ihm die Stimme.

Sie krabbelte zu ihm hinüber und legte eine Hand auf seinen Arm. »Möchtest du darüber sprechen?«

»Vielleicht ein anderes Mal.« Seine finstere Miene verwandelte sich in ein Lächeln.

Ihre Augen huschten zu seinen Lippen, die plötzlich nur eine Handbreit von ihren entfernt waren.

»Viel lieber ...«, raunte er, während er ihr das Haar hinters Ohr strich, »... würde ich *das* hier tun.«

Marigolds Puls beschleunigte sich innerhalb eines Atemzugs – die Zeitspanne, die Kieran benötigte, um die Lücke zwischen ihnen zu schließen. Dieser Kuss war anders als jener, den sie damals auf der Flucht ausgetauscht hatten. Er war zärtlich statt ungestüm, aber nicht weniger leidenschaftlich. Seine Lippen streiften ihre nur ganz leicht, bevor er sie dichter an sich heranzog.

Sehnsucht stieg in Marigold auf und ließ keinen Raum mehr für Gedanken oder Zweifel. Alles, was sie wollte, war Kieran noch näher zu sein. In einem Anfall von Kühnheit kletterte sie auf seinen Schoß. Sie schob die Wolldecke beiseite und fuhr mit den Fingerspitzen über sein Schlüsselbein.

Als seine Zunge ihre Lippen trennte, kapitulierte sie endgültig und seufzte leise auf. Sie genoss das Gefühl, mit Kieran verbunden zu sein – eins zu sein. Ihr schwindelte. Ihre Zungenspitze spielte mit seiner, bis sich ihre Mundwinkel hoben.

»Du schmeckst nach Whiskey.«

»Ach ja?«, krächzte er. Seine Augen schweiften zu der leeren Whiskeyflasche, blinzelten, bis sein Blick klar wurde.

»Wir sollten das hier nicht tun.« Er sagte es, ohne die Hände von ihrem Rücken zu nehmen.

»Warum nicht?«, flüsterte Marigold. Es klang wie ein Jammern.

»Du weißt, warum. Es ist falsch.«

»Es fühlt sich nicht falsch an«, widersprach sie. »Es ist ... schön.« Das war eine gewaltige Untertreibung. Es war wunderschön ... berauschend ... tröstlich.

Kieran schloss die Augen und rieb sich die Schläfen. Als er sie wieder öffnete, wirkten seine Iriden noch schwärzer als sonst. Gierig und beinahe gefährlich.

Trotzdem vertraute Marigold ihrer Intuition, die ihr sagte, dass Kieran ihr niemals wehtun würde. Auch nicht, als er die Schleife am Ausschnitt ihrer Chemise löste und Küsse auf ihrem Dekolleté verteilte. Auch nicht, als er sich gemeinsam mit ihr aufrichtete und sie auf ihre Füße stellte.

»Es tut mir leid, dass ich dir kein richtiges Bett anbieten kann.« Quälend langsam schob er ihr das Unterkleid von den Schultern. Der dünne Stoff floss in einer einzigen Bewegung an ihr hinab und bauschte sich auf dem Boden.

Die Härchen auf ihren Armen stellten sich auf, zuerst wegen der Kälte, dann, weil Kierans Augen jeden Zentimeter ihres Körpers liebkosten. Er war der erste Mann, der sie so zu Gesicht bekam, und Marigold hoffte inständig, dass ihm gefiel, was er sah. Genauso sehr, wie er ihr gefiel.

Kieran sog hörbar die Luft ein und machte einen Schritt auf sie zu. Seine Stirn sank gegen ihre. Dann glitten seine rauen Hände über ihren Rücken, erkundeten die Rundung ihrer Brüste und wanderten zu ihrem Hintern.

Marigold schloss die Augen, einerseits, um sich auf seine sinnlichen Berührungen zu konzentrieren, anderseits, um den Mut aufzubringen, es ihm gleichzutun. Ihre Fingerspitzen fuhren über Kierans Brust, ertasteten glatte Haut und harte Muskeln. Seine Männlichkeit drückte gegen ihr Becken und befeuerte ihre Ungeduld.

»Kieran«, hauchte sie an seinem Ohr. »Bitte ...« Sie nestelte an seinem Hosenbund, ungeschickt und voller Erwartung.

»Bald.« Er schob ihre Hand zur Seite, küsste sie und drängte sie dabei gegen die Holzbretter.

»Wie damals in Montreal«, sagte sie und grinste.

Er schmunzelte. »Dieses Mal wird es anders enden.«

Er küsste ihre Brustwarzen und umkreiste sie mit der Zunge. Marigold schluckte. Das hier war so unerhört ... so hinreißend. Seine Liebkosungen lösten köstliche Gefühle in ihr aus, obwohl ihr Körper ihr verriet, dass Kieran noch nicht dort angekommen war, wo sie ihn haben wollte.

Er sank auf die Knie und sie bekam eine Ahnung von dem, was er vorhatte. Bevor sich auch nur irgendein Gedanke an Schicklichkeit oder Scham in ihren Geist schleichen konnte, hatte Kieran seinen Mund bereits an ihre intimste Stelle gebracht, und Marigold erkannte, dass all ihre Zweifel grundlos gewesen waren. Rein gar nichts zählte mehr, als er sie mit seiner Zunge neckte. Lust schoss in jede Faser ihres Körpers, ließ ihre Wangen glühen und ihre Beine zittern. Ihre Hände suchten erst an der Wand Halt und krallten sich dann in seine Schultern.

»Kieran«, wimmerte sie. »Ich weiß nicht ... was soll ich ...«, kam es stockend über ihre Lippen.

Er ließ sich davon nicht beirren, sondern leckte, saugte und streichelte sie immer weiter. Marigold wusste nicht, was mit ihr geschah, aber sie hoffte, er würde niemals damit aufhören.

Und dann kam alles doch zu einem Ende. Eine gewaltige Welle aus Lust und Glück überrollte sie und ließ ihren gesamten Leib erbeben. Sie hörte sich selbst aufschreien, registrierte, wie ihr Körper an der Wand zusammensackte und von Kieran aufgefangen wurde.

In seinen Armen verebbte die Ekstase allmählich und ihr hämmerndes Herz beruhigte sich. Für eine Weile lauschte sie Kierans Atem, dann drückte sie einen Kuss auf seinen Mund, der sie mit seinem Geschmack – *ihrem* Geschmack – daran erinnerte, welches Geschenk er ihr soeben gemacht hatte.

Nun wollte sie auch ihn beschenken, wollte die gleiche Sehnsucht in seinen Augen sehen, wollte ihn vor Lust aufkeuchen hören. Sie griff nach seiner Hand und zog ihn zu dem Fell, wo sie sich auf den Rücken legte und die Beine für ihn spreizte.

»Oh, Goldie. Alles an dir ist eine einzige Versuchung«, murmelte Kieran und schälte sich aus seiner Hose.

Marigolds Blick fiel auf seine Männlichkeit, die sich prall zwischen seinen Beinen aufgerichtet hatte, und für einen kurzen Moment wurde ihr bang zumute. Kieran fegte ihre Zweifel davon, indem er sie zärtlich küsste, sie streichelte und dabei neue Lust in ihr entfachte. Als er endlich in sie eindrang, seufzte sie auf. Sein Glied dehnte sie von innen, doch zu ihrem Erstaunen tat er ihr nicht weh. Der Schmerz kam erst etwas später – stechend und ohne Vorwarnung, sodass sie leise aufschrie.

»Mein Gott, Marigold!«, rief Kieran bestürzt und legte eine Hand an ihre Wange. »Ich hatte keine Ahnung. Du ... du hättest es mir sagen sollen.«

Sie schüttelte den Kopf. »Nein, es spielt keine Rolle. Bitte hör nicht auf!« So schnell wie der Schmerz gekommen war, war er wieder in den Hintergrund gerückt, und sie genoss das Gefühl, von ihm ausgefüllt zu werden.

Er fluchte und begann, sich in ihr zu bewegen, kreiste in ihr und streichelte sie unablässig. Die Kombination war betörend und Marigold steuerte bald auf einen neuen Höhepunkt zu. So sehr sie diesem entgegenfieberte, so hoffte sie doch, dass diese unglaubliche Intimität zwischen ihnen niemals aufhören mochte.

Ihr Bauch spannte sich an, dann verkrampfte sie sich bis in die Zehenspitzen. Sterne tanzten vor ihren Augen. Kieran stieß noch ein paar Mal in sie hinein, ehe er aufstöhnte und sich hastig aus ihr hinauszog.

Das Fell bot ihren verschwitzten Körpern eine weiche Unterlage. Marigold war zu erschöpft, um nach einer Decke Ausschau zu halten. Aber das war nicht weiter schlimm. Kierans Arme vermochten ihr mehr Wärme und Behaglichkeit zu schenken als jedes Federbett dieser Welt. Das Letzte, was sie sah, bevor sie an seiner Schulter einnickte, waren seine langen Wimpern und der nachdenkliche Blick, der darunter hervorblitzte.

# 23

»Komm schon, Goldie, wach auf!«

Marigold stöhnte und wehrte Kierans Hände ab, die sie an den Schultern gepackt hatten und immer wieder schüttelten.

Jede Faser ihres Körpers wurde von heftigem Muskelkater gequält. Sie verzog das Gesicht, denn das Pochen hinter ihrer Stirn verriet ihr, dass dies nicht der einzige Kater war, mit dem sie sich heute herumschlagen würde. Und dann war da noch das leichte Brennen zwischen ihren Beinen ...

»Wir müssen sofort aufbrechen, hörst du?« Kieran klang so anders als letzte Nacht – nicht mehr sanft, sondern gehetzt.

»Was ist los?«, murmelte sie und schirmte ihre Augen gegen die Helligkeit ab, die durch das geöffnete Fenster drang. Das Tageslicht tauchte das Innere der Hütte in ein nüchternes Grau. Augenblicklich wünschte Marigold sich die Wärme und Heimeligkeit zurück, die das Feuer gestern Abend verbreitet hatte. Inzwischen waren die Flammen erloschen, der Ofen abgekühlt. Sie fröstelte.

»Wo sind meine Kleider?«, fragte sie und ließ ihren Blick über den Boden gleiten. Aus irgendeinem Grund war es ihr nicht möglich, Kieran in die Augen zu sehen. Der Morgen hatte ihr nicht nur Kopfschmerzen beschert, sondern auch eine neue Sicht auf die Dinge, die sie in der Nacht getan hatten. Unbeschreibliche, wunderbare und vor allem unerhörte Dinge ...

»Hier.« Kieran ging vor ihr in die Hocke und reichte ihr das Korsett. Dann schob er seinen Daumen unter ihr Kinn und zwang sie, ihn anzublicken. Erstaunlicherweise empfand sie in diesem Moment keine Verlegenheit. Vielleicht lag es an der Sorge, die sich unleugbar in seinen Augen widerspiegelte.

»Wir werden bald über letzte Nacht sprechen«, sagte er. »Aber jetzt müssen wir von hier verschwinden, verstehst du?«

»Nein, ich verstehe nicht! Wozu die Eile?« Was spielte es für eine Rolle, wann sie die Anlegestelle erreichten?

»Vertrau mir, Goldie! Ich werde es später erklären.«

Vertraute sie ihm? Marigold war sich nicht sicher. »Du machst mir Angst«, gestand sie leise und schlüpfte in das Korsett.

Ein Schatten huschte über Kierans Gesicht, ehe er mit ein paar hastigen Handgriffen die Schnürung an ihrer Rückseite zuzog.

»Werden wir eines der Ojibwe-Kanus nehmen?«, fragte sie.

»Ja.« Mehr schien er ihr nicht verraten zu wollen.

Die Unwissenheit nährte Marigolds Furcht. Eilig sammelte sie ihre Habseligkeiten ein. Hatte Kieran im Morgengrauen einen Streifzug unternommen und dabei etwas Schlimmes entdeckt? Etwas, das noch entsetzlicher war als die Verwüstung, die sie im Dorf der Ojibwe vorgefunden hatten?

»Lass mich das tragen.« Er nahm ihr den Beutel ab. Bevor sie protestieren konnte, war er schon aus der Jagdhütte gestürmt.

Marigold heftete sich an seine Fersen, rannte, bis ihre Lungen brannten und sie das Gefühl hatte, ihr Schädel würde platzen. Obwohl sie kein Gepäck bei sich trug, konnte sie mit Kierans Tempo nicht mithalten, sodass die Entfernung zwischen ihnen immer größer wurde.

Endlich, als seine Gestalt längst zu einem kleinen Fleck in der Landschaft geschrumpft war, hielt er inne und wandte sich zu ihr um.

»Ich ... kann ... kann nicht mehr«, brachte sie nach Luft ringend hervor.

Statt zu antworten, fasste Kieran ihre Hand und zog sie weiter – durch das Dickicht, an einer Felsengruppe vorbei, über moosbewachsenes Unterholz und einen steilen Hang hinab.

Auf der Flucht vor der unbekannten Gefahr fühlte sich Marigold wie in einem wahnhaften Albtraum, in dem nichts weiter zählte, als einen Fuß vor den anderen zu setzen – zu dem Rhythmus ihres rasenden Herzens, der in ihren Ohren widerhallte.

Ihr Trancezustand fand ein jähes Ende, als Kieran neben ihr stehenblieb und über seine Schulter blickte.

Marigold stützte die Hände auf die Oberschenkel und runzelte die Stirn. »Was ist los?«

Er schüttelte den Kopf und legte einen Zeigefinger an die Lippen.

Dann hörte auch sie die Stimmen, die der Wind zu ihnen herübertrug. Es musste etwa eine Handvoll Männer sein. Briten, wenn sie sich nicht täuschte.

Kierans Blick verriet ihr, dass sie sich keineswegs getäuscht hatte.

Sie schluckte. Waren es jene HBC-Männer, die das Blutbad unter den Ojibwe angerichtet hatten? Oder waren es Redcoats, die von Kierans Plänen Wind bekommen hatten und seine Spur jenseits der Frontier verfolgten? Hatte er Lunte gerochen und sie deswegen zur Eile angetrieben?

Marigold wusste es nicht. Sie wusste nur, dass sie auf keinen Fall entdeckt werden durften, weil sie weder von Seiten der HBC noch von Seiten der Soldaten auf Gnade hoffen konnten.

Obwohl sie versuchten, sich so schnell und leise wie möglich fortzubewegen, schien die Gruppe immer näher zu kommen. Befehle und Wortfetzen drangen an ihre Ohren, man sprach von *Rache* und von *Wildlingen*. Ein eisiger Schauder lief Marigold den Rücken hinab, noch bevor die Erkenntnis ihren Verstand erreichte.

Absalom. Eine der Stimmen gehörte zu Absalom!

Das Blut wich aus ihrem Gesicht und sie schnappte nach Kierans Ärmel.

»Absalom!«, zischte sie. »Er ist hier.« Ein winziger Teil von ihr hatte gehofft, dass Kieran ihr widersprechen würde, dass er behaupten würde, sie werde von Hirngespinsten verfolgt. Doch er hatte die Stimme ihres Onkels ebenfalls gehört. Das erkannte sie in seinen Augen, die panisch hin- und herzuckten und schließlich an einem Baum hängen blieben, dessen Wurzeln so groß waren, dass sie einen Vorsprung gebildet hatten.

»Dort!« Er schleifte sie zu dem provisorischen Versteck und warf das Gepäck zu Boden. Rasch zog er Messer und Beil aus seiner Tasche, bevor er seine Ausrüstung unter einer Schicht Laub verbarg.

»Was hat Absalom hier draußen verloren?«, fragte sie mit bebenden Lippen.

Als Kieran sich ihr zuwandte, wich sie vor Schreck zurück. In seiner Miene glühte Hass – und bittere Entschlossenheit.

»Bleib hier, wenn du nicht wieder in seine Hände fallen willst«, sagte er. »Und falls ich nicht mehr zurückkomme – halte dich nach Westen. MacLeod und die anderen kampieren am Lake Nipissing. Es ist nur ein Tagesmarsch, das solltest du schaffen.«

»Wovon redest du? Was hast du vor, Kieran? Ich flehe dich an, bitte mach keine Dummheiten!«

»Das hier ist keine Dummheit«, antwortete er kühl. »Es ist Gerechtigkeit.«

»Black!«, hallte es durch den Wald. Wieder und wieder.

*Black.*

*Black.*

*Black.*

Jedes Mal, wenn Absalom die Stimme erhob, zuckte Marigold in ihrem Versteck zusammen. Und jedes Mal fragte sie sich, was ihr Onkel mit Kieran zu schaffen hatte. Hatte er herausgefunden, dass sein Arbeiter, der plötzlich verschwunden war, von seinen illegalen Machenschaften wusste? War das der Grund, warum er ihn bis in die Wildnis verfolgte? Aber weshalb hatte er sich dafür eigens auf den Weg gemacht, statt einfach eine Bande Häscher loszuschicken? Es sah ihm nicht ähnlich, die Behaglichkeit seines

Montrealer Herrenhauses für derlei *Unannehmlichkeiten* aufzugeben.

»Komm raus, Black, und lass uns die Sache wie Männer klären!«

Marigold wurde übel. Sie hatte gehofft, Absalom nie wieder begegnen zu müssen. Nun tauchte er mitten im Nirgendwo auf und brachte allein mit dem Klang seiner Stimme all die schrecklichen Erinnerungen zurück.

»Ich bin hier, Clayton!«, hörte sie Kieran sprechen – in einiger Entfernung, aber nahe genug, dass sie jedes einzelne seiner Worte verstehen konnte.

Sie presste sich die Hand auf den Mund, um ihren Aufschrei zu dämpfen. War Kieran von Sinnen? Warum stellte er sich ihrem Onkel, der mit seinen Begleitern eindeutig in der Überzahl war? Mit klopfendem Herzen robbte sie zu der Öffnung des Unterschlupfes und spähte hinter den dicken Wurzeln der Eiche hervor.

Kieran stand mitten auf der Waldlichtung, die sie vorhin überquert hatten. Sie wusste nicht, ob seine selbstsichere Haltung echt oder nur vorgetäuscht war, doch sie bildete den kompletten Gegensatz zu ihren eigenen Gefühlen. In ihr tobte die Angst, wie sie es nie zuvor erlebt hatte, und sie wurde noch größer, als der Gewehrlauf ihres Onkels in ihr Blickfeld trat – unmissverständlich auf Kieran gerichtet. Die beiden Männer trennten nur ein paar Armlängen und selbst Marigold, die nicht viel von Waffen verstand, erkannte, dass Absalom sein Ziel aus dieser Entfernung nicht verfehlen konnte.

Kieran verzog abschätzig das Gesicht. »Wenn du mich jetzt tötest, wirst du nie erfahren, wo sie ist.«

Marigold meinte, sich verhört zu haben. *Wo sie ist.* Hatte Rabenauge von ihr gesprochen? Aber ... woher sollte Absalom wissen, dass sie ihn begleitete? Ein fürchterlicher Gedanke drängte sich ihr auf. Eine Erklärung, die Kieran zu einem Menschen machte, der keinen Deut besser war als ihr Onkel. Der

Kloß in ihrem Hals wurde so dick, dass nicht einmal der Schluchzer hindurchpasste, der ihre Kehle hinaufgekrochen war.

*Kieran hat mich benutzt.* Taubheit befiel ihre Glieder. *Für ihn war ich niemals ein Mitglied der NWC, sondern ein Mittel zum Zweck, das Absalom aus Montreal hinauslocken sollte.*

Sie hatte es ihm so einfach gemacht, hatte sich ihm angeschlossen, hatte sich ihm hingegeben ... Bei der Erinnerung an die letzte Nacht durchbohrte ein stechender Schmerz ihr Herz. Wie hatte sie so töricht sein können?

In diesem Moment seufzte Absalom. »Wie viel Geld willst du für sie, Junge? Deine Nachricht war nicht eindeutig.« Er wirkte gelangweilt, so als konnte er es kaum erwarten, die Angelegenheit hinter sich zu bringen.

Für Marigold war dies die letzte Bestätigung, die sie brauchte. Zwischen den Männern sollte ein Handel stattfinden. Und sie war die Ware.

Hatte Kieran von Anfang an den Plan verfolgt, sie ins Grenzland zu führen, um dann ein Lösegeld einzufordern? Hatte sie Black, indem sie sich ihm angeschlossen hatte, erst die Idee dazu geliefert? Und wie hatte er Absalom benachrichtigt?

Längst verschleierten Tränen ihre Sicht, sodass sie ganz auf ihren Hörsinn angewiesen war.

»Geld?« Kieran spuckte das Wort aus, als erschien ihm der Gedanke völlig absurd. Es entstand eine lange Pause, bis er endlich weitersprach. »Du weißt es wirklich nicht, was? Nach all der Zeit hast du es noch immer nicht begriffen. Nun, alter Mann, ich werde deinem Gedächtnis ein wenig auf die Sprünge helfen.«

Seine Antwort irritierte Marigold und sie spitzte die Ohren.

»Es waren einmal zwei junge Menschen, die sich liebten, aber nicht lieben durften. Also flohen sie in die Wildnis, wo sie angeblich der Kälte zum Opfer fielen. Ein Cree, eine Schottin und ihr ungeborenes Kind. Nur wissen wir beide, dass es nicht der Winter war, der ihnen den Tod gebracht hat, richtig?«

Stille legte sich über die Lichtung, doch in Marigold tobte ein

Sturm. Ein Sturm, der ihren Körper zittern und ihre Zähne klappern ließ. Das, was Kieran andeutete, durfte nicht wahr sein! Diese grausame Geschichte und die Rolle, die Absalom darin spielte, durfte einfach nicht wahr sein!

»Du elender Bastard! Ich hätte dich damals töten sollen, genau wie deine Mutter, diese Hure!«, keifte Absalom und machte damit den letzten Rest ihrer Hoffnung zunichte. Ihr Onkel war ein Mörder, der ein Kind seiner Eltern beraubt hatte. Ein Mann, der seine eigene Ehefrau getötet hatte.

Tausende Fragen schwirrten in ihrem Geist umher. Hatte Kieran all die Jahre davon gewusst? Hatte er in Absaloms Betrieb angeheuert, um seine Rache zu planen?

Marigold wischte sich mit dem Ärmel übers Gesicht und blinzelte. Sie erspähte ihren Onkel, der sich breitbeinig vor Kieran aufgebaut hatte – den Musketenlauf direkt auf die Brust seines Feindes gesetzt.

Dieser zeigte sich von der stummen Drohung unbeeindruckt. »Tu nicht so, als würde auch nur ein Funken Menschlichkeit in dir stecken! Hättest du die Gelegenheit gehabt, hättest du mich direkt neben meiner Mutter verscharrt. Aber ich verspreche dir: Heute ist der Tag, an dem du bereuen wirst, dass du nicht länger nach mir gesucht hast.«

»Du willst Rache? Ich soll mich dir ausliefern? Wofür? Für diese kleine Hexe, die noch schlimmer ist als Joanna? Meinetwegen soll sie hier im Wald verrotten.«

Kieran gab ein Knurren von sich. Blitzschnell griff er nach Absaloms Muskete, holte aus und zog sie dem Mörder seiner Eltern über den Schädel.

»Nein!«, kreischte Marigold und stürmte auf die Lichtung. Hatte Kieran ihren Onkel getötet? Falls ja, dann hatte er soeben sein eigenes Todesurteil besiegelt.

Die fünf Männer, die Absalom begleitet hatten, zögerten nicht lange und brachten ihre Gewehre in Position.

»Nein!«, schrie Marigold wieder und lenkte die Aufmerksamkeit der Schützen auf sich.

»Ms Clayton, wir –«

Weiter kam der Mann nicht. Ein Pfeil hatte sich zwischen seine Augen gebohrt. Für einen Moment stand die Zeit still – genau wie der Getroffene. Seine Miene verzog sich zu einem Ausdruck der Verwunderung, dann sackte er in sich zusammen.

Ehe seine Kumpane ihren Schreck überwunden hatten, sauste ein weiterer Pfeil über die Lichtung und traf einen Zweiten in die Brust.

Panik brach unter den verbliebenen Männern aus. Schreiend stoben sie vor dem unsichtbaren Schützen davon, ohne ihre Verletzten eines Blickes zu würdigen.

Marigold dagegen rührte sich nicht vom Fleck. Ihre Glieder waren wie gelähmt. Ihre Augen huschten zwischen den regungslosen Leibern hin und her und blieben an Absalom hängen. Oberhalb seiner linken Braue klaffte eine Wunde und eine Blutspur zog sich von der Schläfe bis zum Haaransatz.

Bittere Galle stieg in ihr auf. Sie würgte.

Als sie sich halbwegs gefangen hatte, bemerkte sie, dass ein unbekannter Mann neben Kieran getreten war. Dem Aussehen nach gehörte er zu den Ojibwe. Er trug sein ergrautes Haar lang, war in Leder gekleidet und hatte einen Bogen über der Schulter hängen. Hatte er die Pfeile abgeschossen?

»Geezis«, sagte Kieran leise, dann fielen sich die Männer in die Arme. Sie tauschten ein paar Worte aus, die Marigold nicht verstand. Wahrscheinlich handelte es sich um die Sprache der Eingeborenen.

Irgendwann sah Kieran in ihre Richtung und ging auf sie zu. In jenem Moment, als er seine Hand nach ihr ausstreckte, kam Marigold wieder zur Besinnung.

Hastig wich sie vor ihm zurück. »Fass mich nicht an!«

Kieran ließ die Hand sinken. »Es tut mir leid.«

»Du hast ihn getötet! Und du hast mich benutzt!«

»Ja.« Er machte sich nicht die Mühe, es abzustreiten. »Ja, ich wollte dich benutzen. Und in dem Augenblick, in dem mir klar wurde, dass mein Wunsch, dich zu beschützen, größer ist als mein Wunsch nach Rache, war es bereits zu spät. Heute Morgen ... letzte Nacht –«

»Wag es nicht, auch nur davon zu sprechen! Du bist keinen Deut besser als er, ist dir das klar?« Mit dem Kinn wies sie auf Absaloms Leiche, doch Kieran wusste ohnehin, wen sie meinte. Niemals hatte sie ihn so blass gesehen. So erschüttert. »Ich hoffe, du bist zufrieden, nun, da du deine Rache gehabt hast.« *Und mich*, fügte sie in Gedanken hinzu.

Kierans Mund öffnete sich, aber es kam kein Laut heraus.

»Ihr solltet verschwinden«, sagte der Ojibwe, der bisher schweigend zugehört hatte, auf Englisch. »Sie könnten bald zurückkommen.«

Kieran blickte zu den Toten und raufte sich die Haare. Dann wandte er sich ruckartig um.

»Ich werde Richtung Westen gehen. Aber was ist mit Marigold? Ich kann sie nicht weiter beschützen. Und in Montreal hat sie niemanden mehr.«

Marigold schnaubte. Hatte Kieran sie jemals beschützt? Letzte Nacht, da hatte sie sich durch ihn sicher gefühlt. Inzwischen wusste sie, dass jene Geborgenheit, jene Vertrautheit zwischen ihnen in Wahrheit niemals existiert hatte.

»Ich werde nach London reisen«, sprach sie mit fester Stimme, »und diesem gottverlassenen Land den Rücken kehren.« Sie musste nicht lange über ihre Entscheidung nachdenken. Die Kolonien hatten ihr von Anfang an kein Glück gebracht. In ihrer grenzenlosen Dummheit hatte sie geglaubt, ihr Schicksal selbst in die Hand nehmen zu können, und Kieran hatte ihre Träume mit seinen Lügen befeuert. Doch all ihre Hoffnungen waren heute zerplatzt. Nichts und niemand hielt sie noch hier.

Ihre Hand wanderte zu ihrer Rocktasche, befühlte den Schmuck, den sie am Vorabend ihrer Flucht dort eingenäht hatte. Es war genug, um damit ihre Überfahrt nach England zu bezahlen.

Kieran nickte und schaffte es dabei nicht einmal, ihr in die Augen zu sehen. Dann schweifte sein Blick zu Absaloms reglosem Körper.

»Wirst du irgendjemandem davon erzählen?«

Marigold schüttelte den Kopf. »Nein, auch wenn ich es vermutlich tun sollte. Aber die Sache hat schon genug Menschenleben gefordert.«

»Trotzdem darfst du dich hier für eine Weile nicht mehr blicken lassen«, warnte Geezis Kieran. »Wer weiß, ob seine Männer zurückkehren. Vielleicht setzen sie ein Kopfgeld auf dich aus.«

Kieran stieß einen Fluch aus. »Allein wird Marigold es nicht bis nach Montreal schaffen.«

»Ich werde sie begleiten«, meinte der Ojibwe.

»Bist du sicher, dass das eine gute Idee ist? Nach allem, was die HBC deinen Leuten angetan hat?«, fragte Kieran.

»Es könnte gefährlich werden, Geezis«, pflichtete Marigold ihm bei. »Was, wenn einer von Absaloms Handlangern dich wiedererkennt?«

»Kein einziger von ihnen hat mein Gesicht gesehen. Nachdem ich die ersten Pfeile abgeschossen hatte, sind sie davongerannt.«

Sie zog die Stirn kraus. »Dennoch ... Warum willst du dich für mich in Gefahr begeben? Du kennst mich nicht.«

»Ich sehe, dass du ihm wichtig bist«, gab Geezis mit einem Seitenblick auf Kieran zurück. »Und ich bin ihm noch einen Gefallen schuldig.«

»Danke, mein Freund.« Kieran klopfte ihm auf die Schulter und tauschte ein paar Sätze in der Sprache der Ureinwohner mit ihm aus.

Dann machten sich die drei schweigend auf den Weg zu der Bucht, an der sich die Kanus des hiesigen Ojibwe-Stamms befanden – ein Dutzend an der Zahl. Beim Anblick der Boote zog sich Marigolds Magen zusammen. Würden sie jemals wieder genutzt werden? Oder war Geezis tatsächlich der Einzige, der den Angriff auf sein Dorf überlebt hatte? Irgendwann würde sie ihn danach fragen. Irgendwann, wenn seine Miene wieder etwas anderes als Trauer zeigte und ein wenig Licht in seine dunklen Augen zurückgekehrt war.

Marigold war sich bewusst, dass ihr eigenes Schicksal nicht annähernd so grauenvoll war wie jenes, das Geezis und seine Familie ereilt hatte. Trotzdem war ihr Herz schwer wie Blei, als sie in das Kanu stieg. Gen Montreal. Zurück in die Vergangenheit. Fort von Kieran.

Als dieser sein Boot vom Ufer abstieß, trafen sich ihre Blicke über das Wasser hinweg. Schmerz wallte in ihr auf und ein Teil von ihr bemühte sich, all die Verachtung, die sie für sein Handeln aufbringen konnte, in ihre Miene zu legen. Es gelang ihr nicht. Denn die andere, verräterische Hälfte ihres Herzens sehnte sich noch immer nach dem Mann, der Kieran letzte Nacht gewesen war.

»Es tut mir leid«, rief er ihr zu und ein gequälter Ausdruck trat auf sein Gesicht. »Lebwohl, Goldie. Und viel Glück.«

Marigold brachte keinen Laut über die Lippen. Die Erkenntnis, dass dies ein Abschied für immer war, schnürte ihr die Kehle zu. Während Geezis ihr Kanu aus der Bucht herausmanövrierte, hefteten sich ihre Augen an Kierans Boot, das in der Ferne davontrieb. Mit jedem Ruderschlag schrumpfte seine Gestalt. Und mit jedem Ruderschlag wuchs der Schmerz in ihrer Brust.

# 24

Geezis und Marigold kamen nur langsam vorwärts. Einerseits, da sie lediglich zu zweit waren und Marigold beim Rudern schnell an ihre Grenzen kam, andererseits, da sie dieses Mal gegen die Strömung ankämpften.

Am Abend errichteten sie ein Lager, wo sie schweigend ein paar Pilze verspeisten, die Geezis zuvor gesammelt hatte – beide erschöpft und in düstere Gedanken versunken.

Erst am nächsten Morgen brach Marigolds Neugier durch.

»Ich kann immer noch nicht glauben, dass du dich meinetwegen nach Montreal wagst.« Sie reichte ihm ihre Dose voll Zwieback, die sie sich bisher als eisernen Proviant aufbewahrt hatte. »Du musst tief in Kierans Schuld stehen, um dich einer solchen Gefahr auszusetzen.«

Geezis nickte und nahm sich einen der Kekse. »Ich kenne ihn schon seit vielen Jahren. Er hat früh mit dem Pelzhandel angefangen. Ein paar schottische Trapper haben ihn unter ihre Fittiche genommen, da war er noch mehr Junge als Mann.«

»War unter ihnen einer namens MacLeod?«

»MacLeod, richtig.« Fragend sah er zu ihr auf. »Du kennst ihn?«

»Ja. Er gehört zu den Rebellen, mit denen Kieran einen neuen Handelsstützpunkt aufbauen will.«

Ihr Begleiter schmunzelte. »Kieran hat es also wirklich geschafft, die Männer zu überreden. Er träumt schon lange davon, der HBC eins auszuwischen.« Bei den letzten Worten bröckelte sein Lächeln.

Marigold räusperte sich. »Es tut mir so leid, was die Company deinen Leuten angetan hat. Gibt es noch andere Überlebende?«

»Nein. Ich bin der Einzige, der zum Zeitpunkt des Angriffs nicht im Dorf war. Ich streifte damals auf der Suche nach Kräutern durch das Tal. Von dort aus sah ich den Rauch aufsteigen, hörte die Schreie ...« In Geezis Augen schimmerten Tränen, doch der Blick darin war seltsam entseelt. »Als ich ankam, war es bereits zu spät. Sie haben sie alle getötet. Jeden Einzelnen. Meine Söhne. Meine Töchter. Meine Enkel.«

Marigold schwieg – aus Angst, die falschen Worte zu wählen.

»Mein Sohn Animkii ... Ihn wollten die Redcoats vor drei Jahren mitnehmen. Sie haben behauptet, er hätte ihnen ein Pferd gestohlen, dabei war es einer der Franzosen. Es ist Kieran zu verdanken, dass Animkii damals verschont wurde. Er ist gut darin ...« Er fuchtelte mit den Armen, als suche er nach dem passenden Begriff.

»... zu reden?«, beendete Marigold seinen Satz. »Ja, er ist gut darin, zu reden und Versprechungen zu machen.«

Geezis runzelte die Stirn. Die Bitterkeit in ihrer Stimme schien ihm nicht entgangen zu sein.

»Ich habe nicht ganz verstanden, was zwischen euch beiden passiert ist. Es hat mit diesem Clayton zu tun, nicht wahr?«

»Mit meinem Onkel, ja. Ich wusste, dass Kieran ihn verabscheut, aber nicht, dass sein Hass mit der Vergangenheit zusammenhängt ... weil Absalom seine Eltern ermordete.« Gequält blickte sie auf. »Wusste er schon immer davon? Wie lange hat er seine Rache geplant?«

Geezis seufzte. »Er hat es erst vor knapp zwei Jahren herausgefunden. Mary, seine Ziehmutter, hat ihr Leben lang versucht, die Wahrheit vor ihm zu verbergen. Sie fürchtete wohl, dass er Rache nehmen und sich damit in Gefahr bringen würde.«

»Wie kam er zu dieser Frau – zu Mary?«

»Sie war die Magd seiner Mutter und blieb bis zum Ende bei ihr. Nach Joannas Tod kam Mary bei einem Pfarrer in Trois-Rivières unter, dem sie den Haushalt führte. Reverand Finch. Dort zog sie auch Kieran auf.«

Marigold legte die Stirn in Falten. Ein elternloses Kind, das im Haus eines Pfarrers aufwuchs? In England hätte es so etwas nicht gegeben.

»Als Kieran vierzehn Jahre alt war, wollte Reverand Finch ihn auf das Pastoralkolleg schicken, aber der Junge wollte lieber Trapper werden und lief davon. An der Seite von MacLeod ist er immer wieder nach Montreal gereist und hat dort Gerüchte aufgeschnappt. Gerüchte um Absalom Clayton.«

»Hat er deswegen angefangen, für meinen Onkel zu arbeiten? Um einen Beweis zu finden, dass Absalom seine Eltern auf dem Gewissen hat?«

Der betagte Mann nickte. »Letztes Jahr im Frühling, da besuchte er Mary in Trois-Rivières. Sie war schwer krank. Kieran hat sie zu Absalom ausgefragt, doch selbst auf dem Sterbebett hat sie ihr Schweigen nicht gebrochen. Allerdings meinte er, dass ihr die Gesichtszüge entglitten sind, als er Claytons Namen nannte. Das war ihm Bestätigung genug.«

»Was hatte er mit ihm vor?«

»Ich vermute, er wollte ihn töten, wenn auch nicht auf die Weise, wie es sich gestern zugetragen hat. Ich glaube, er war nicht ganz bei Sinnen. Er hat sich provozieren lassen ...«

Marigold hob eine Braue.

»Hast du nicht gehört, wie Clayton über dich gesprochen hat? Dass er dich als Hexe bezeichnet hat? Kieran hat es wohl nicht ertragen. Ich glaube, ihm liegt etwas an dir.« Geezis schenkte ihr einen bedeutungsvollen Blick.

Hastig wandte Marigold sich ab und zog die Beine an die Brust. »Das glaube ich kaum. Er hat mich benutzt – für einen Plan, der nebenbei bemerkt niemals aufgegangen wäre, wärst du nicht plötzlich aufgetaucht. Wie hast du uns überhaupt gefunden?«

»Ich schlich schon seit Tagen durch den Wald, hielt Augen und Ohren offen. Ich wollte meine Leute begraben, aber in der Gegend wimmelte es vor Redcoats, also musste ich vorsichtig bleiben. Irgendwann bemerkte ich Claytons Gruppe. Ich hörte, wie sie über Kieran sprachen, und folgte ihnen.«

Marigold legte den Kopf auf die Knie und musterte ihren Begleiter nachdenklich. Trotz seiner Trauer hatte Geezis viel Besonnenheit und Geschick bewiesen. Wäre sie an seiner Stelle gewesen, hätte sie sich vermutlich in eine Höhle verkrochen und wäre niemals wieder herausgekommen.

»Hattest du keine Angst?«, fragte sie. »Und fürchtest du dich gar nicht davor, dass man dich in Montreal verurteilen könnte? In dieser Stadt gibt es keine Gerechtigkeit, erst recht nicht für ... Menschen wie dich.«

Geezis schüttelte den Kopf und fixierte das Lichtspiel auf dem Fluss. »Angst zu haben, ist ein Privileg. Es zeigt, dass du etwas besitzt, was dir viel bedeutet. Angefangen bei deinem eigenen Leben.«

Marigold schluckte. »Du fürchtest nicht einmal den Tod?«

Der Ojibwe lächelte, aber es war nichts Fröhliches daran und seine Augen offenbarten eine innere Leere, die sie frösteln ließ.

»Ich bin schon tot«, sagte er, dann kam er ächzend auf die Füße.

Am dritten Tag ihrer Reise lichteten sich die Wolken und der Himmel erstrahlte in sattem Blau. Die milde Herbstsonne hatte etwas Tröstliches, dennoch drang sie nicht bis in Marigolds Herz.

Immerzu dachte sie an Absalom, erblickte sein blutiges Antlitz, seinen schlaffen Körper, der auf den Waldboden gesunken war und nichts mehr mit dem eitlen Mann zu tun hatte, den sie von früher kannte. Es gelang ihr nicht, Mitleid zu empfinden. Da war nur Abscheu. Abscheu vor seinem Charakter und vor den Gräueltaten, die er Kierans Eltern angetan hatte.

*Kieran.* Er schlich sich noch öfter in ihre Gedanken als ihr Onkel und jedes Mal ging dabei ein Ziehen durch ihre Brust.

Gefühle der Enttäuschung, Sehnsucht, Wut und Verzweiflung kamen abwechselnd in ihr hoch und hatten stets eines gemeinsam: Sie schmerzten. So sehr, dass ihr manchmal die Luft zum Atmen wegblieb. So sehr, dass sie sich wünschte, sie hätte England niemals verlassen und wäre Kieran Black niemals begegnet. Jeden Morgen, wenn sie zum Flussufer ging, hoffte sie, die Erinnerungen abwaschen zu können wie den Dreck auf ihrer Haut. Doch sie hatten sich zu tief in ihre Seele gebrannt.

Die letzten Monate hatten sie vieles gelehrt. Sie war erwachsener geworden. Aber zu welchem Preis? In ihrer kleinen, heilen Welt in London hatte sie nichts geahnt von der Grausamkeit der britischen Armee oder von den skrupellosen Taktiken der Geschäftswelt. Genauso wenig hatte sie gewusst, wie es sich anfühlte, in den Armen eines Mannes zu liegen, den sie begehrte und mit dem sie Dinge erlebte, die sie sich niemals hätte erträumen können.

Wenn sie sich nachts auf dem harten Waldboden wälzte, umfing die Ernüchterung sie wie die Wolldecke, die sie sich um den Leib gewickelt hatte. Sie hegte keine großen Hoffnungen für ihre Zukunft in England. Sie wusste nur, dass es eher ein Überleben denn ein Leben werden würde.

Je näher sie Montreal kamen, desto häufiger dachte Marigold an ihr Elternhaus in der Seymour Street. Wie es Frances mit ihrer Schwangerschaft wohl erging? Und ihren Eltern? Wie lange würde es dauern, bis die Nachricht von Absaloms Tod London erreichte? Vielleicht konnte sie ihrer Familie irgendeine Geschichte auftischen, dass Absalom sie zurückgeschickt hatte, weil er seine impertinente Nichte inzwischen ebenfalls aufgegeben hatte. Niemand würde an dieser Erklärung zweifeln, oder doch?

Je länger Marigold über ihren Plan grübelte, desto mehr Komplikationen erkannte sie darin. Da sie nicht in das Haus ihres Onkels zurückkehren konnte, würde ihr Gepäck nur aus ihrem Leinenbeutel bestehen, den sie bei sich trug – eine Vorstellung, die sie bis vor kurzem als Wahnsinn abgetan hätte. Die Reise ins

Grenzland hatte ihr jedoch gezeigt, dass sie längst nicht so viele Kleider benötigte, wie sie besaß. Schließlich war sie keine Frau mehr, die auf dem gesellschaftlichen Parkett der Society glänzen musste. Alles, was sie zum Überleben brauchte, würde sie sich am Hafen oder an Bord des Schiffes besorgen.

Vermutlich war ihre schmucklose und verdreckte Kleidung bei dem Versuch, Montreal unerkannt zu verlassen, sogar von Vorteil. Zwar besaß sie durch Absaloms Tod keinen Vormund mehr, der sie festhalten konnte, allerdings wollte sie vermeiden, dass Samuel Linfield von ihrer Rückkehr in die Stadt erfuhr. Marigold glaubte zwar nicht, dass er sie nach ihrem Verschwinden noch ehelichen würde, aber sie wollte es lieber nicht darauf ankommen lassen. Mit Bedauern dachte sie an Emily. Sie war der einzige Mensch, den sie in den letzten Wochen vermisst hatte, und sie hätte ihrer Freundin gerne Lebewohl gesagt.

Als Marigold nach zwei weiteren Reisetagen in der Ferne die Kirchtürme von Montreal ausmachte, wäre sie am liebsten direkt wieder umgekehrt. Erinnerungen an die Nacht ihrer Flucht kamen in ihr hoch, an die aufregende Zeit, in der sie Hoffnung auf ein neues Leben verspürt hatte. Jetzt erneut hier zu sein, fühlte sich an, als wäre sie gescheitert – auch wenn sie inzwischen wusste, dass sie niemals eine echte Chance gehabt hatte. All ihre Träume hatten auf Lügen und leeren Versprechungen basiert. Menschen, denen sie vertraut hatte, hatten sie ausgenutzt und vermutlich sogar hinter ihrem Rücken über ihre Dummheit gelacht. Kieran und seine Kumpane hatten sie entführt und sich dabei nicht einmal die Hände schmutzig gemacht.

*Sie* war es gewesen, die sich Rabenauge angeschlossen hatte. Und *sie* war es gewesen, die ihr Verlangen in dieser verfluchten Jagdhütte nicht hatte zähmen können.

Bei der Erinnerung an Kierans nackte Haut, an seine Küsse,

durchfuhr Marigold ein sehnsuchtsvoller Stich, den sie jedoch augenblicklich niederkämpfte. War Kieran in jener Nacht gedanklich überhaupt bei ihr gewesen, oder hatte er immerzu an Absalom gedacht? Hatte er sich die Miene ihres Onkels vorgestellt, wenn er ihm erzählte, dass er seiner Nichte die Unschuld geraubt hatte? Hatte sich seine Rachelust in diesem Moment in fleischliche Lust verwandelt?

Marigold gab ein Seufzen von sich, das ihr unfreiwillig Geezis' Aufmerksamkeit einbrachte.

Ohne das Rudern zu unterbrechen, musterte er sie über seine Schulter hinweg. »Geht es dir gut? Wir werden bald die Stadt erreichen.«

»Es geht mir gut«, log sie. Ihr war elend zumute, außerdem quälte sie fürchterlicher Muskelkater. Aber sie war dankbar, dass der Ojibwe sie begleitete, und wollte ihm nicht die Ohren volljammern. Er hatte schließlich weit mehr verloren als sie.

Je näher sie Montreal kamen, desto häufiger passierten sie fremde Boote. Die misstrauischen Blicke, die die anderen Ruderer ihnen zuwarfen, mahnten Marigold zur Vorsicht, daher zog sie die Haube, die ihr Haar bedeckte, tiefer ins Gesicht. Vermutlich gaben sie beide – eine Frau und ein Indianer – eine ungewöhnliche Kombination ab. Sie hoffte, dass es an der Anlegestelle im Westen der Stadt genauso belebt zugehen würde, wie sie es in Erinnerung hatte, und die Leute zu sehr mit ihren eigenen Problemen beschäftigt waren, als ihnen Beachtung zu schenken.

Gegen Mittag erreichten sie die Bucht, wo sie sich voneinander verabschiedeten. Geezis wollte sich in der Gegend um Montreal nach Mitgliedern anderer Ojibwe-Clans umhören. Marigold ahnte, dass er nicht allein deswegen das Risiko einging, einen Fuß in diese Stadt zu setzen, wo die Eingeborenen kaum Rechte genossen. Es hätte sie nicht gewundert, wenn er einen Vergeltungsakt auf die Redcoats plante. So genau wollte sie es gar nicht wissen, denn die Ereignisse jenseits der Frontier waren verstörend genug gewesen.

Zum Abschied drückte sie seine Hand, bedankte sich für seine Hilfe und wünschte ihm viel Glück. Geezis schenkte ihr ein mysteriöses Lächeln und mischte sich unter die Menge, die sich am provisorischen Hafen des Armenviertels drängte.

»Warte! Was ist mit dem Kanu?«, rief Marigold ihm hinterher, doch ihr Begleiter war bereits wie vom Erdboden verschluckt.

Ratlos blickte sie zu dem Boot, das im trüben Wasser der Bucht schaukelte. Mit einem Schulterzucken rückte sie ihre Haube zurecht und machte sich auf den Weg zum eigentlichen Hafen, von dem aus die Übersee-Schiffe ausliefen. Der Fußmarsch durch die Stadt zehrte an ihren Kräften und als sie die geschäftige Anlegestelle am Saint Lawrence Fluss erreicht hatte, war sie schweißgebadet. Ihr Wollmantel war etwas zu warm für die ungewohnt milden Temperaturen, die dieser späte Septembertag der Stadt brachte. Marigold wankte auf die schattige Rückseite einer Häuserwand zu, wo sie sich mit einem Ächzen auf die Erde sinken ließ. Ihre Arme zitterten vor Erschöpfung, als sie ihren Beutel von den Schultern streifte, um ihr Gepäck als Kissen zu benutzen. Später würde sie ihren Schmuck verkaufen, sich erkundigen, wann das nächste Schiff gen England aufbrach, und eine der billigen Hafenunterkünfte aufsuchen. Aber zuerst würde sie sich für einen winzigen Moment ausruhen ...

Marigold erwachte, weil ihr ein übler Gestank in die Nase drang. Neben dem Potpourri aus Fisch, Teer und Schweiß, das sich über die Jahrzehnte in die hölzernen Hafengebäude gefressen hatte, war noch ein anderer Geruch getreten. Sie blinzelte und blickte in ein sonnengegerbtes Gesicht. Der Unbekannte, der sich über sie gebeugt hatte, grinste und entblößte dabei ein fast zahnloses Gebiss. Eine Rum-Fahne, gemischt mit fauligem Atem, wehte ihr entgegen und ließ sie so schnell zurückweichen, dass ihr Kopf gegen die Häuserwand hinter ihr prallte.

»Keine Angst, Süße!«, brummte der Fremde, wobei sein Grinsen breiter und vor allem anzüglicher wurde. »Wollte nur mal nachsehen, ob noch Leben in dir steckt. Hast wohl ein paar Becher zu viel abbekommen, was?«

Marigold sprang auf die Beine und stemmte die Hände in die Seiten.

»Ich denke eher, *Sie* sind derjenige, der zu viel getrunken hat! Wenn ich bitten darf!?«

Mit einer Geste forderte sie den Mann auf, zur Seite zu treten. Dieser machte jedoch keine Anstalten, sie durch zu lassen. Stattdessen kam er näher und grapschte nach ihrer Brust.

»Ein kräftiger Herzschlag, das gefällt mir! Die Temperamentvollen sind mir ohnehin die Liebsten. Gehörst du zu Colettes Damen? Hab dich hier noch nie gesehen – und ihr, Jungs?«

Erst jetzt bemerkte Marigold, dass der Seefahrer von einigen Männern begleitet wurde, die sie mit ihrem gierigen Starren an ein Rudel Wölfe erinnerten.

Als der Alte den Kopf wandte, um sich von seinen johlenden Kumpanen anfeuern zu lassen, schlug Marigold seine Hand weg, duckte sich und schnappte sich ihr Gepäck. Ehe der Unhold reagieren konnte, war sie schon unter seinen Armen hindurchgeschlüpft und um die nächste Hausecke verschwunden. Sie rannte, als wäre der Teufel hinter ihr her, sprang über Transportkisten, rempelte ein paar Hafenarbeiter an und verlor sich in dem Labyrinth aus zwielichtigen Etablissements.

Irgendwann erlaubte sie sich, einen Blick über ihre Schulter zu werfen. Scheinbar war ihr keiner der Kerle gefolgt. Allein ihr derbes Gelächter hallte noch in ihren Ohren und ließ sie schaudern. Sie hatte vergessen, wie rau es an Orten wie diesen zuging. Der Hafen war eine Welt der Männer und die einzigen Frauen, die sie hier gesehen hatte, waren eindeutig Huren gewesen. Kein Wunder, dass dieser Widerling sie für ein leichtes Mädchen gehalten hatte.

Beklommen blickte Marigold an sich herab. Verleitete ihre Garderobe etwa zu den falschen Schlüssen? Sie prüfte den Sitz ihres hochgeschnürten Mieders und strich ihren Rock glatt. *Nein.* Aber sie sah ärmlich aus in ihrem einfachen Reisekleid, an dem die Strapazen der letzten Tage ihre Spuren hinterlassen hatten. Marigold benötigte keinen Spiegel, um zu wissen, dass sie nicht mehr viel mit der feinen jungen Dame gemeinsam hatte, die vor einigen Monaten Fuß in die Kolonie gesetzt hatte. Die Haut in ihrem Gesicht spannte, weil Schmutz, Wind und Kälte ihr zugesetzt hatten, und ihr Haar fühlte sich unter ihren Fingern strohig an.

Zudem quälten sie Hunger und Durst. Sie steuerte eine Taverne an, die mit ihrer gepflegten Fassade einen halbwegs vertrauenerweckenden Eindruck machte. Erleichtert stellte sie fest, dass zu dieser Uhrzeit kein allzu großes Gedränge im Schankraum herrschte. Bei der Wirtin bestellte sie Ale und Kartoffeleintopf, dann ließ sie sich auf eine der grob gezimmerten Bänke fallen. Die Versuchung, zu einem stärkeren Getränk zu greifen, war groß. Ein Glas Wein oder Whiskey ... Irgendetwas, mit dem sie ihren Kummer betäuben konnte. Allerdings wusste sie, dass sie nach der Begegnung mit dem stinkenden Trunkenbold keinen Tropfen hinunterbringen würde. Schon die Erinnerung an sein fauliges Gebiss beschwor eine neue Welle der Übelkeit in ihr hinauf. Sie würde vorsichtiger sein müssen, nicht nur wegen des kleinen Vermögens, das in ihre Rocktaschen eingenäht war, sondern auch wegen der Männer, die in dieser Gegend herumstreunten.

Sie sah mittellos aus, was in dieser Welt gleichbedeutend war mit schutzlos.

# 25

Marigold schätzte sich überaus glücklich, als sie einen Dreimaster fand, der am siebten Oktober gen England auslief. Wäre sie nur ein paar Wochen später in Montreal angekommen, wäre sie gezwungen gewesen, fünf Monate in der Kolonie auszuharren, weil der Saint Lawrence River durch die dicke Eisschicht im Winter unpassierbar war.

Sobald die Schiffsplanken der *Seahorse* unter ihren Stiefelsohlen knarzten, fiel die Anspannung der letzten Tage von ihr ab. Immer wieder hatte sie gebangt, dass Captain Irving sie übers Ohr gehauen hatte und mit ihrer Anzahlung verschwunden war. Aber der Schiffsführer hatte Wort gehalten und heute Morgen einen seiner Männer zu ihr geschickt, um sie an Bord seines Schiffes zu geleiten.

Während die Mannschaft die *Seahorse* aus dem Hafen herausmanövrierte, nutzte Marigold die letzte Gelegenheit, um die Kolonialstadt in Augenschein zu nehmen. In der vergangenen Woche hatte sie sich kaum vor die Tür ihrer Hafenunterkunft gewagt und die meiste Zeit auf ihrer Gästekammer verbracht. Zu groß war die Angst gewesen, in Montreal einer Bekanntschaft über den Weg zu laufen. Wie so oft in den letzten Tagen fragte sie sich, ob die Nachricht von Absaloms Tod inzwischen die Stadt erreicht hatte. Oder besser gesagt, die Nachricht von seiner *Ermordung*.

Marigold rieb sich die Schläfen. Sie hatte es schon wieder getan! Jedes Mal, wenn ihre Gedanken um das Ableben ihres Onkels kreisten, sah sie nur seine Leiche auf der Erde, aber niemals den Moment, der ihm das Leben ausgelöscht hatte. Dabei war sie Zeugin geworden, wie Kieran mit dem Gewehrlauf auf ihn eingedroschen hatte. Ein Teil von ihr konnte noch immer nicht akzeptieren, dass der Mann, für den sie einmal etwas empfunden hatte, ein Mörder war.

*Er hatte seine Gründe*, meldete sich eine Stimme in ihrem Kopf. *Was, wenn er ihn gar nicht töten wollte? Was, wenn es ein Unfall war?*

Nein. Kieran hatte seine Rache von langer Hand geplant und sie konnte nur mutmaßen, ab wann sie ein Teil davon geworden war.

Grimmig blickte sie zu der Stadt hinüber, die ihr nichts als Unglück gebracht hatte. Gäbe es doch nur eine Möglichkeit, all die Erinnerungen aus ihrem Gedächtnis zu löschen! Es war höchste Zeit, dass sie wieder in die Heimat zurückkehrte. Ganz gleich, was sie dort erwartete – schlimmer als die Dinge, die sie hier erlebt hatte, konnte es nicht sein.

»Miss! Der Captain hat mir aufgetragen, Ihnen Ihre Kammer zu zeigen.« Die Stimme hinter ihrem Rücken ließ Marigold zusammenschrecken. Sie wischte sich mit dem Handrücken über die Augen und fuhr herum.

»Nathaniel!?«

»Ms Clayton?«, kam es ebenso überrascht zurück. »Ich wusste nicht, dass *Sie* die junge Dame sind, von der Irving gesprochen hat!« Ein breites Lächeln erschien auf seinem Gesicht.

»Ja, ich bin es«, sprach sie leise und fasste ihn bei den Schultern. »Aber ich heiße nun Sarah Smith, hörst du? Niemand darf von meinem alten Namen erfahren.«

Der Junge starrte sie aus großen Augen an. »Sind Sie weggelaufen? Sind Sie in Gefahr?«

»Das war ich. Jetzt bin ich in Sicherheit.« Sie zwang sich eine sorglose Miene auf und wuschelte Nathaniel durch das dunkle Haar. »Außerdem habe ich nun ja einen Freund an der Seite. Ist es nicht wunderbar, dass wir ausgerechnet auf dem gleichen Schiff gelandet sind?«

Er nickte ernst. »Ich werde während der Reise auf Sie aufpassen, Ms ... äh ... Smith. Sie brauchen keine Angst zu haben.«

Offenbar konnte sie dem Burschen nichts vormachen. Er musste die Verzweiflung hinter ihrem Lächeln längst entdeckt haben. Marigold drückte seine Hand und murmelte ein »Danke«, bei dem ihre Stimme brach.

»Nicht weinen!« Der Schiffsjunge ging auf die Zehenspitzen, um ihr unbeholfen die Schulter zu tätscheln. »Alles wird gut, Sie werden schon sehen!«

---

Der Alltag auf der *Seahorse* hatte nur wenig mit Marigolds erster Atlantiküberquerung gemeinsam. Dieses Mal war sie, abgesehen von Nathaniel, komplett auf sich allein gestellt, was sowohl Vorteile als auch Nachteile mit sich brachte. Sie konnte zu jeder Tageszeit auf dem Schiffsdeck spazieren, ohne sich dafür vor irgendjemandem rechtfertigen zu müssen, konnte stundenlang auf das Meer starren oder über ihrem Zeichenblock sitzen. Allerdings fiel es ihr anfangs nicht leicht, sich als einzige Frau auf dem Handelsschiff zu behaupten. Sarah Smith – ihre neue Identität – war eine junge Witwe, die sich nach dem Tod ihres Gatten entschieden hatte, wieder in ihre Heimat in Sussex zurückzukehren. So lautete die Geschichte, die sie der Besatzung aufgetischt hatte. Mit der Ausnahme von Nathaniel und Captain Irving, der ihr für die Überfahrt und sein Stillschweigen eine stattliche Summe abgeknöpft hatte, kannte niemand die Wahrheit.

Die Monate auf der *Seahorse* waren lehrreich, denn sie vermittelten Marigold einen Eindruck davon, was die Welt für eine unvermögende, unvermählte Frau bereithielt. Immer wieder warf man ihr frivole Blicke zu oder bedachte sie mit einem frechen Spruch. Manch einer ging sogar so weit, zu behaupten, eine hübsche Witwe wie sie habe etwas Aufmunterung verdient.

Obwohl Marigold ziemlich sicher war, dass sie unter Irvings harschem Regiment keinen Überfall zu befürchten hatte, setzte ihr die Aufdringlichkeit der Seemänner zu, und sie musste erfinderisch werden, um einen Zusammenstoß wie damals am Hafen zu vermeiden.

Nachts verließ sie nur dann ihre Kammer, wenn Irving im Einsatz war, und jedes Mal, wenn sie ihre Notdurft verrichten musste, spannte sie Nathaniel als Wache ein, um ihr an Deck die nötige Privatsphäre zu sichern. Trotzdem waren ihr die Toilettengänge zuwider, standen ihr dabei doch lediglich ein hölzerner Sichtschutz sowie ein Eimer zur Verfügung, dessen Inhalt man nach dem Erleichtern über die Reling entleerte.

Abgesehen davon vermisste Marigold den Luxus, der ihr altes Leben bestimmt hatte, kaum. Überhaupt – was hatte sie schon von Wohlstand, wenn der Preis, den sie dafür zahlen musste, ihre Freiheit war? Als Frau durfte sie offiziell kein eigenes Vermögen verwalten, sondern steckte in einem goldenen Käfig, der von einem männlichen Vormund an den nächsten überreicht wurde. Die Zeit jenseits der Frontier hatte sie verändert, hatte ihre Perspektive verschoben. Konnte sie sich womöglich mit einem bescheideneren Leben abfinden? Und sollte sie sich die Tatsache, dass niemand von ihrem Verbleib wusste, zunutze machen? Absalom war tot und ihre Familie hatte keinen Schimmer, dass sie sich auf der *Seahorse* eingeschifft hatte.

Während der Dreimaster auf dem offenen Ozean mit dem rauen Seegang kämpfte, grübelte Marigold in ihrer Kammer über ihre Zukunft. Sie spann einige Pläne und verwarf die meisten davon gleich wieder. Dennoch hoffte sie, bis zur Ankunft in London auf eine brauchbare Idee zu kommen. Zeit hatte sie in den nächsten Wochen schließlich genug.

# 26

Limehouse, London, Dezember 1769

»Sarah, die Männer am Spieltisch sitzen auf dem Trockenen!«

Bertha, die Wirtin der Taverne namens *The Three Swans*, flitzte hinter den Schanktisch und zupfte Marigold an der Schürze – so wie jedes Mal, wenn sie ihre neue Magd zur Eile antrieb.

Marigold konnte Berthas seltsamer Angewohnheit nicht viel abgewinnen, ließ sich davon aber nichts anmerken. Sie konnte froh sein, dass Bertha und deren Gatte John ihr vor drei Wochen überhaupt eine Chance gegeben hatten. Und das, obwohl sie zuvor noch nie in einem Wirtshaus gearbeitet, geschweige denn den Unterschied zwischen Rum und Gin gekannt hatte. Nachdem sie sich in fünf anderen Inns erfolglos nach Arbeit erkundigt hatte, waren die beiden die ersten Inhaber gewesen, die sie nicht sofort weggeschickt hatten.

Sie nahm zwei leere Krüge zur Hand, befüllte sie am Ale-Fass und schlängelte sich durch die Menschenmenge in der Schenke hindurch, in der es trotz der fortgeschrittenen Stunde brechend voll war. In Limehouse wimmelte es vor Seefahrern, die ihre Tage an Land mit wilden Ausschweifungen verbrachten, bevor sie ihren nächsten Dienst antraten. Viele von ihnen fanden ihren Weg ins *Three Swans*.

Die Gruppe, die am hinteren Spieltisch mit einer Partie Faro beschäftigt war, jubelte, als Marigold ihnen frisches Ale servierte. Sie lächelte, so wie Bertha es von ihr verlangte, und parierte ein paar dreiste Sprüche, mit denen die angetrunkenen Männer sie bedachten.

Zurück am Tresen stellte sie die Becher ab und kreiste mit ihren Handgelenken, die von Tag zu Tag mehr schmerzten. Genau genommen tat ihr jeder Knochen im Leib weh. Der Rücken, die Füße, der Nacken ... Marigold lehnte sich gegen die Tür der Vorratskammer, schloss für einen Moment die Augen und lauschte dem Mandolinen-Spiel, das der mäßig talentierte Brian allabendlich zum Besten gab.

Die Arbeit war hart, aber erträglich. So hatte sie sich entschieden, vorerst hierzubleiben. Sie konnte sich einfach nicht überwinden, ihr Elternhaus in Mayfair aufzusuchen. Nicht, nachdem ihr Vater sie verfrachtet hatte wie ein ungeliebtes Möbelstück. Nicht, nachdem ihre Familie in Kauf genommen hatte, sie ans andere Ende der Welt zu schicken, nur um weitere Skandale zu verhindern.

Inzwischen lebte sie schon seit drei Wochen in der Taverne, schuftete tagsüber und schlief nachts, wenn John die letzten Gäste hinausgeworfen hatte, vor dem Ofen in der Küche. Meistens war sie so müde, dass sie vor dem Einschlafen keinen klaren Gedanken fassen konnte. In gewisser Weise war sie dankbar für die ständige Erschöpfung. Sie verhinderte, dass sie zu viel über die Vergangenheit grübelte oder von ebenholzfarbenen Augen träumte, von der Jagdhütte am Mattawa, von Verrat und Enttäuschung ...

»Wir sind durstig, Miss!«

Marigold rieb sich die Lider und stieß sich von der Tür ab, um ihre nächsten Gäste, eine Gruppe junger Studenten, zu bedienen. Während sie vier Becher auf dem Tresen bereitstellte, wanderte ihr Blick durch das dunstverhangene Inn und blieb am Profil eines Mannes hängen, der ihr vage vertraut vorkam. Er trug einen schwarzen Mantel mit Pelerine, die traditionelle Kleidung der Kutscher, unter dessen Kragen ein kurzer, grauer Zopf hervorschaute.

*Beckett*, durchfuhr es sie. *Der Kutscher meines Vaters.*

»Alles in Ordnung, Miss?«, fragte einer der Studenten. Marigold hörte seine Stimme nur gedämpft. »Sie sind ganz blass um die Nase!«

»Es war ein langer Tag.« Sie zuckte die Achseln und schenkte mit zittrigen Händen ein. *Ruhig bleiben. Bloß keine Aufmerksamkeit erregen.*

Ihr Gegenüber musterte sie misstrauisch, wandte sich dann aber ab, um mit seinen Trinkkumpanen anzustoßen.

Marigold taumelte zurück und nestelte an ihrer Haube, die ihr kastanienbraunes Haar weitestgehend verbarg. An diesem Ort und in dieser Aufmachung würde Beckett sie niemals erkennen, richtig? Selbst wenn sein Blick sie zufällig streifen sollte – sie war längst zu Sarah Smith geworden.

»Was ist nur los mit dir, Mädchen?« Bertha stützte sich auf dem Besenstiel ab und sah Marigold aus schmalen Augen an. »Seit gestern Abend bist du mit den Gedanken ständig woanders!«

»Vielleicht hat ihr einer der jungen Gecken den Kopf verdreht«, rief John aus der Küche und lachte über seine eigene Bemerkung.

»Unsinn!«, brummte Marigold halbherzig und wrang ihren Putzlappen über dem Eimer aus. Sollten die beiden ruhig glauben, dass ihre Gedanken um einen Mann kreisten. Im Grunde taten sie das ja auch. Becketts Auftauchen hatte sie aufgewühlt und in der letzten Nacht hatte sie trotz ihrer Müdigkeit kein Auge zugemacht. Erinnerungen an unzählige Kutschfahrten mit ihrer Familie und an die prächtigen Alleen, in denen sie damals vorgefahren waren, hatten sie wach gehalten. Ob sich seit ihrer Abreise viel verändert hatte? Wenn Frances wirklich schwanger gewesen war, so musste ihr Umstand einen Skandal erster Güte ausgelöst und ihre Familie in eine brenzlige Lage gebracht haben. Oder hatte Richard Talbot, Frances' *strahlender Ritter*, sie am Ende doch noch geheiratet?

*Wohl kaum*, gab sie sich selbst zur Antwort. *Nicht, nachdem er die Clayton-Töchter höchstpersönlich als unsittlich bezeichnet hatte.*

Marigolds Hand schloss sich fester um den Lappen und bearbeitete die Tischplatte so rigoros, als wollte sie all den Schmutz der vergangenen Jahrzehnte davon entfernen. Dieses Ungeheuer Talbot! Sie wünschte ihm die Pest an den Hals, Geschwüre und Pocken in sein Gesicht, das nichts weiter war als eine liebreizende Fassade –

Ein Klopfen an der Tür des Wirtshauses ließ ihre stillen Flüche verstummen.

»Wir öffnen in einer Stunde!«, rief Bertha, ohne das Besenkehren zu unterbrechen.

Daraufhin klopfte es erneut – energischer, so als würden mehrere Fäuste gegen das Türblatt schlagen.

Marigolds Knie wurden weich, als Bertha ein Seufzen ausstieß und die Tür einen Spalt öffnete.

»Ich sagte doch, wir –«

Im nächsten Moment wurde die Wirtin grob zur Seite gedrängt. Zwei Männer schoben sich durch den Eingang des *Three Swans*.

Marigold fuhr zusammen. Einer von ihnen war Beckett! Den anderen kannte sie nicht, aber sein Anblick jagte eine Gänsehaut über ihren Rücken. Er war ein Hüne mit einem Nacken wie ein Stier, auf dem ein klobiger Kopf saß. Seine Augen wanderten durch den Schankraum, bis er sie entdeckte und ein boshaftes Grinsen auf sein Gesicht trat.

Beckett stapfte auf sie zu. »Ms Clayton, Ihr Vater wünscht, dass Sie unverzüglich nach Hause kommen. Steigen Sie bitte in die Kutsche!«

Marigolds Blick schoss durch die Taverne. Konnte sie an Beckett vorbei stürmen? Aber wohin? Ihre Beine waren wie festgefroren, als hätten sie längst akzeptiert, dass sie keinen Ausweg finden würde.

»Kommen Sie, Ms Clayton!« Der Kutscher hob die Hände zu einer beschwichtigende Geste, die ihren Zweck jedoch verfehlte.

Marigold wich zurück. »Sie können mich nicht einfach entführen, Beckett!« Warum klang ihre Stimme nur so schrecklich leise?

»Ich entführe Sie nicht, ich bringe Sie nach Hause. Wir können die Sache entweder zivilisiert hinter uns bringen oder aber ...« Er wies mit dem Kinn auf seinen raubeinigen Begleiter.

Ein letztes Mal ließ Marigold ihren Blick durch das Inn gleiten. John war mit grimmiger Miene hinter die Theke geschlichen – sie vermutete, dass er eine Hand um den Schürhaken gelegt hatte, den er manchmal benutzte, um unwillkommene Gäste zu vertreiben. Bertha dagegen war vor Schreck erstarrt und so steif geworden wie der Besenstiel, der unter ihrem Arm klemmte. Kein Laut kam über ihre Lippen, dabei war sie sonst nie auf den Mund gefallen.

Marigold ließ die Schultern sinken und warf den Putzlappen in den Eimer. Beckett hatte recht. Es war vorbei.

Die Fahrt in die Seymour Street glich einer Tortur. Nicht nur, weil die unebenen Straßen von Limehouse die Kutsche permanent zum Rumpeln brachten, sondern auch, weil das dümmliche Grinsen ihres Wächters Marigold daran hinderte, sich gedanklich auf das Wiedersehen mit ihrer Familie vorzubereiten. Er lümmelte auf der gegenüberliegenden Sitzbank und beobachtete sie unentwegt. Dabei bearbeitete er schmatzend seinen Kautabak. Wo hatte Beckett diesen Grobian nur aufgetrieben? Zum Gesinde der Claytons gehörte er ihres Wissens nicht. Sicher würde der Kutscher den Mann davonjagen, sobald sie das Grundstück ihrer Familie erreicht hatten und er ihm eine Münze in die Hand gedrückt hatte.

*Sobald sie die Fracht unbeschadet bei ihren Besitzern abgeliefert haben,* ergänzte Marigold frustriert und rümpfte die Nase.

Wie großzügig ihre Eltern Becketts Zufallsfund wohl belohnt

hatten? Drei Pfund? Fünf Pfund? Wie viel war eine verlorene Tochter wert? Spätestens jetzt galt ihr Ruf als ruiniert. Es konnte also nicht allzu viel sein.

Natürlich gab es noch eine andere mögliche Erklärung. Ihre Familie vermisste sie doch nicht etwa? Konnte es sein, dass ihre Eltern sich sorgten, nun, da sie von ihrem Auftauchen in einer der zwielichtigen Gegenden Londons gehört hatten? Ein Teil von ihr klammerte sich an diese Hoffnung, während ein anderer dagegen ankämpfte. Sie würde ohnehin nichts als Enttäuschung mit sich bringen.

Marigolds Nerven waren zum Zerreißen gespannt, als sie in die Einfahrt des Anwesens einbogen.

»Schönes Haus!«, brummte ihr Gegenüber, die breite Nase ans Fenster gedrückt.

George, der Laufbursche, der den Kutschenschlag öffnete, staunte nicht schlecht, als der Riese aus dem Gefährt stolperte und ihn dabei um ein Haar überrollte. Seine Augen wurden noch größer, als Marigold Fuß auf den Hof setzte.

»Ms Clayton?!«, stotterte der Junge und musterte ihre Garderobe mit einer Miene, die irgendwo zwischen Überraschung und Bestürzung pendelte. »Ich wusste nicht, dass Sie wieder in London sind!«

»Guten Tag, George«, erwiderte Marigold nur, unfähig, sich jetzt und hier zu erklären. Stattdessen folgte sie Beckett, dem das Hochgefühl über seinen Triumph deutlich im Gesicht stand, in die Eingangshalle der Villa.

Die gesamte Dienerschaft hatte sich dort versammelt, aufgestellt in einer ordentlichen Reihe, die von Johnson, dem Butler, angeführt wurde.

»Willkommen zuhause, Ms Clayton«, tönte seine dunkle Stimme, die wie immer keinerlei Gefühlsregung erkennen ließ. Ganz anders als Hannah, die beim Anblick ihres früheren Schützlings feuchte Augen bekam und ein Taschentuch aus ihrer Rocktasche fischte.

Das restliche Gesinde blieb zurückhaltend, knickste brav und linste unter gesenkten Lidern zu ihr herüber.

Marigold sah sich unbehaglich um. Dies war ihr Zuhause, aber es fühlte sich kein bisschen danach an. Nachdem sie drei Wochen lang im *Three Swans* gearbeitet hatte, erschien ihr der Luxus ihres Elternhauses verschwenderisch ... geradezu fremd. Ihre Augen glitten zu den Gemälden im Foyer und blinzelten dann zu dem Kristalllüster, der über ihrem Haupt schwebte.

»Grundgütiger! Ich wollte es nicht glauben!«

Marigold zuckte zusammen, als sie ihren Vater auf dem Treppenabsatz entdeckte – die linke Hand an die Brust gelegt, die Rechte nach dem Geländer tastend. Er sah aus, als würde er gleich einen Herzanfall erleiden.

Delia Clayton, die neben ihrem Gatten auftauchte, wirkte nicht minder schockiert. Mit aschfahler Miene kam sie die Stufen herunter und blieb ein paar Schritte vor Marigold stehen.

*Sie sieht älter aus*, schoss es ihr durch den Kopf. Gerade einmal neun Monate war sie fortgewesen, doch diese Zeit hatte gereicht, um tiefe Furchen in die Stirn ihrer Mutter zu graben.

»Mein Kind!«, sprach sie und schloss sie in die Arme. Es war keine stürmische Umarmung, aber dennoch mehr Ausdruck an Gefühlen, als Marigold von ihr erwartet hatte. »Es ist also wahr. Du hast dich in einer Taverne versteckt?«

»Nein. Ich habe dort gearbeitet.«

»Noch schlimmer!«, rief Theodor, der sich endlich dazu hatte überwinden können, näherzutreten. »Du hältst dich in London auf, ohne uns darüber zu informieren? Du verkehrst mit diesem Gesindel in Limehouse? Du –«

»Theodor!«, warnte Delia ihn leise, aber bestimmt und blickte vielsagend zu den Dienstboten. Diese waren ganz offensichtlich peinlich berührt und hüstelten unentwegt.

»Wir werden später reden«, entschied die Hausherrin. »Alle zurück an die Arbeit! Und Hannah, du bereitest ein Bad vor!« Naserümpfend musterte sie Marigolds Kleidung.

Die Aussicht auf ein heißes Bad ließ Marigolds Herz unwillkürlich höherschlagen. Es war lange her, dass sie sich um derlei Dinge gekümmert hatte.

Wie in Trance erklomm sie die Treppenstufen. Das Gefühl des spiegelglatten Mahagonigeländers unter ihren Fingern war so vertraut, dass ein stechender Schmerz durch ihre Brust fuhr. In der Beletage angekommen, ging sie mit zaghaften Schritten den Flur hinunter. Beinahe ängstigte sie sich davor, ihr Mädchenzimmer zu betreten. Vielleicht, weil es die Rückkehr in ein Leben bedeutete, von dem sie sich längst verabschiedet hatte? Weil es der letzte Beweis dafür war, dass sie kapituliert hatte?

Langsam öffnete sie die Tür ihres Schlafgemachs. Die Angeln quietschten. Ein einsamer Sonnenstrahl fiel durch das Fenster hinein und offenbarte ein paar Staubkörner, die in der Luft tanzten. Die Möbel waren mit leinenen Tüchern bedeckt.

*Wie Leichentücher, unter denen man mein altes Leben begraben hat.* Sie fröstelte.

Abgesehen davon hatte sich hier nichts verändert. Alles befand sich am richtigen Platz, war ordentlich und sauber. Obwohl sie in ihrem eigenen Zimmer stand, kam Marigold sich vor wie ein Eindringling in dieser Welt voller Kristalllüster und Spitzenbordüren – schmutzig, gezeichnet … befleckt.

*Weil du gelebt hast!*, meldete sich ihre innere Stimme, der sie aller Vernunft zum Trotz recht geben musste. Ja, nachdem sie aus Absaloms Haushalt geflohen war, hatte sie sich für eine kurze Zeit so lebendig gefühlt wie nie zuvor. In manchen Momenten war sie sogar glücklich gewesen. Aber es war ein falsches, gestohlenes Glück gewesen und sie hätte wissen müssen, dass die Realität sie irgendwann einholen würde. Auf einmal wurde Marigold von einer unendlichen Erschöpfung befallen, so als wäre ihrem Körper der letzte Rest Lebenslust und Tatendrang abhandengekommen.

»Ms Clayton, haben Sie sich zu eng eingeschnürt?«, drang Hannahs besorgte Stimme zu ihr. In ihrer Beklemmung hatte sie nicht einmal wahrgenommen, dass die Magd eingetreten war. »Herrje!« Mit flinken Fingern löste sie die Schnüre an Marigolds Korsett. »Für die Badewanne müssen wir Sie ohnehin entkleiden, nicht wahr?«

Sie nickte nur, da sie ihrer Stimme nicht traute. Hannahs Warmherzigkeit war zu viel für ihre aktuelle Verfassung.

»Na, na«, murmelte die Zofe und zog sie an ihre Brust.

Marigold brach endgültig in Tränen aus. Eine gefühlte Ewigkeit tätschelte Hannah ihr den Rücken und redete beruhigend auf sie ein.

»Nun ist es aber wirklich Zeit für das Bad, bevor das Wasser noch kalt wird!«, meinte sie, nachdem sich Marigold halbwegs gefangen hatte. »Komm, Mädchen, wir machen dich sauber, und wenn du magst, erzählst du mir dabei alles, was dir auf dem Herzen liegt.«

»Wünschen Sie Tee, Ms Clayton?«

»Ja, bitte.« Marigold nickte und entließ Gwenda, das Küchenmädchen, aus dem Salon.

Vielleicht würde eine Tasse Tee ihre Nerven beruhigen, die mit jeder Minute mehr litten, während sie auf der Chaiselounge wartete. Das heiße Bad und das Gespräch mit Hannah hatten ihr zwar etwas Kraft geschenkt, doch sobald sie den Salon betreten hatte, war all ihre Zuversicht im Nu verpufft. Wann ihre Eltern wohl auftauchen würden? Hielten sie sie absichtlich hin?

Marigold schloss die Augen und versuchte, sich zu sammeln, was ihr jedoch schrecklich misslang. War es in diesem Haus schon immer so gespenstisch still gewesen? Oder lag ihr Eindruck daran, dass sie die letzten Wochen in einer lärmerfüllten Taverne gearbeitet hatte? Und wo war ihre Schwester? Sie hatte seit ihrer Ankunft weder von Frances noch von einem Kind etwas gehört. Musste Frances nicht längst niedergekommen sein?

Zweifel klopften an ihre Stirn, untermalt von dem leisen Ticken der Standuhr neben der Tür.

Was, wenn ihre Schwester gar nicht mit Richard Talbot zusammengewesen war?

*Tick-tack, tick-tack.*

Was, wenn sie sich Frances' Schwangerschaft nur eingebildet hatte?

*Tick-tack, tick-tack.*

Warum hatten ihre Eltern sie genötigt, nach Hause zu kommen, nachdem man sie gar nicht schnell genug in die Verbannung hatte schicken können?

*Tick-tack, tick-tack.*

Marigold ließ den Kopf sinken, massierte ihre Schläfen und sah erst wieder auf, als sie Schritte vernahm.

Theodor und Delia traten in den Salon und nahmen auf der gegenüberliegenden Polsterbank Platz.

»Wie geht es dir?« Ihre Mutter beugte sich nach vorn. Offenbar hatten sich ihre Eltern für die sanfte Tour entschieden.

»Gut«, krächzte Marigold und räusperte sich. »Besser.«

Die buschigen Augenbrauen ihres Vaters schnellten nach oben. »Du siehst aber nicht gut aus. Ich will mir gar nicht ausmalen, wie schlimm es in dieser Spelunke gewesen sein muss!«

»Es war nicht schlimm«, sagte Marigold kaum hörbar.

»Wie bitte?«

»Es war nicht schlimm in der Taverne«, wiederholte sie und dieses Mal blickte sie ihm dabei fest in die Augen. »Aber es war schlimm, von Beckett bedroht zu werden und gegen meinen Willen in eine Kutsche gedrängt zu werden ... Hals über Kopf entführt zu werden!«

Ihre Eltern blickten erst verdattert drein, dann sahen sie sich an und brachen gleichzeitig in Gelächter aus.

Marigold starrte hilflos zurück. Sie zog ernsthaft in Erwägung, einfach aufzustehen und auf ihr Zimmer zu gehen.

»Aber was redest du denn von *entführen*?«, japste ihr Vater.

»Dies ist dein Zuhause, Marigold!«

»Nein! Nicht mehr! Nicht seitdem Sie mich in die Kolonien versetzt haben. Denn im Gegensatz zum *Three Swans* war es dort schrecklich!« Ihre Stimme war mit jedem Wort schriller geworden und sie hasste sich dafür.

»Mäßige dich!«, zeterte Delia. »Und berichte uns, wie du wieder nach England gekommen bist. Hat Absalom dich geschickt? Wie bist du deine Anstandsdame losgeworden? Sprich, Kind!«

»Ich soll sprechen? Wieso machen Sie nicht den Anfang, Mutter? Erklären Sie mir doch, warum man mich unbedingt hier haben will – mich, mit meinem furchtbaren Ruf! Er war damals schon lädiert, aber spätestens jetzt müsste jeder Mensch in London, der etwas auf sich hält, mich schneiden.«

Delia führte den Zeigefinger an den Mund, weil in diesem Moment Gwenda mit dem Teeservice auftauchte, doch Marigold hatte sich längst in Rage geredet.

»Und was ist mit Frances? Haben Sie sie ebenfalls weggesperrt?«

Ihre Mutter räusperte sich. »Frances ist auf dem Land. Die Stadtluft hat ihr nicht gutgetan ... Ihr Asthma –«

»Ihr Asthma?« Marigold schnaubte. Gwenda zuckte zusammen und ihr Tablett landete scheppernd auf dem Beistelltisch. »Sie müssen mich nicht zum Narren halten. Ich wusste, dass Frances guter Hoffnung ist!«

Delia erblasste, während sich auf Theodors Gesicht eine gefährliche Röte ausbreitete. Sobald die Dienerin außer Hörweite war, sprang er auf die Füße.

»Du wusstest davon? Warum hast du damals nichts gesagt?«

»Ich habe Frances' Umstände erst am Tag meiner Abreise erraten. Dass Richard Talbot ein Wüstling ist, war mir jedoch spätestens nach dem Abend in der Oper klar.« Sie erhob sich, damit sie nicht zu ihrem Vater aufsehen musste. »Wie oft habe ich beteuert, dass der Kuss allein seine Schuld war?« Ihre Mutter sog bei dem Wort *Kuss* erschrocken die Luft ein, doch Marigold ließ sich davon nicht beirren. »Niemand hat mir zugehört! Sie, Vater, haben lieber diesem selbstverliebten Adelssprössling geglaubt als Ihrer eigenen Tochter!«

Theodor presste die Lippen aufeinander und senkte das Kinn. »Ich habe, was dich betrifft, einen Fehler gemacht. Das wird mir nicht noch einmal passieren. Jetzt wo Frances verloren ist –«

»... muss wenigstens ich herhalten?« Aus Marigolds Augen schossen Blitze.

»Du solltest dich freuen!«, warf ihre Mutter ein. »Du kannst hier in London bleiben. Das wolltest du doch, oder nicht? Vielleicht finden wir sogar einen passablen Ehemann für dich. Die nächste Saison steht bald an und der Skandal um dich und Talbot ist vermutlich längst vergessen.«

Was für einen Unfug sie da redete! Sicher erinnerte sich jeder an die Worte, mit denen Richard sie damals gebrandmarkt hatte. *Ein Mädchen von zweifelhafter Tugend.* Ihre Mutter wusste genauso gut wie sie, dass die Londoner Society niemals vergaß. Trotzdem sprach sie von einer möglichen Brautschau und das konnte nur eines bedeuten: Es stand schlecht um die Finanzen der Familie.

Marigold seufzte und blickte in das Kaminfeuer. Ging es letztlich nicht immer um Geld?

Delia schien ihre Reaktion als Einverständnis oder zumindest als Ausdruck der Resignation aufzufassen, denn sie stand auf und drückte ihre Hand.

»Sieh es als einen Neuanfang! Und nun erzähl: Wie kam es, dass du plötzlich in London aufgetaucht bist? Warum hat Absalom dich zurückgeschickt?«

Marigold zuckte mit den Schultern. »Er hatte keine Geduld mehr mit mir. Und meine Anstandsdame habe ich noch an Bord des Schiffes vergrault.« Die Lüge ging ihr leicht über die Lippen. Was geschehen würde, wenn die Nachricht von Absaloms Tod den Atlantik überquert hatte – darüber konnte sie sich später Gedanken machen.

»Nun gut«, gab Delia zurück. »Das spielt nun keine Rolle mehr.«

Marigold lächelte gequält. Auf eine perfide Weise hatte ihre Mutter recht. Nichts spielte mehr eine Rolle, sobald das Herz einmal mit dem Glück abgeschlossen hatte. Das spürte sie nun am eigenen Leib.

# 27

Die Adventszeit hielt im Hause Clayton Einzug und überflutete die Villa mit Kaskaden aus festlichem Schmuck. Harmonie und Besinnlichkeit suchte man allerdings vergeblich.

Marigold verkroch sich in ihr Zimmer, wann immer es ging. Mit ihren Eltern sprach sie nur das Nötigste und am Esstisch herrschte meist eisiges Schweigen. Anfangs hatten die beiden andauernd versucht, ihre Tochter über die Geschehnisse auszufragen, aber Marigold weigerte sich, über die genauen Gründe ihrer Rückkehr zu sprechen. Zum einen, weil sie Angst hatte, sich dabei zu verplappern, zum anderen, weil sich alles in ihr dagegen sträubte, von ihrer Zeit im kanadischen Hinterland zu erzählen.

Die Last der Erinnerung trug sie ganz allein. Sie hatte sich gleich einer düsteren Wolke über ihr Leben gelegt und verfolgte sie nachts in ihren Träumen. Mal war es Absaloms Antlitz, mal das zerstörte Ojibwe-Dorf, das sich seinen Weg in ihren Geist bahnte. Gelegentlich wachte sie morgens auf und glaubte, sich in ihrem kargen Zimmer in der Rue Saint-Jean-Baptiste zu befinden. Andere Nächte schickten sie zurück an den Ottawa oder auf das Deck eines riesigen Dreimasters.

Am meisten fürchtete Marigold jene Träume, in denen sie Kieran begegnete. Denn jedes Mal, wenn sie daraus erwachte und der Schleier aus Glück und Leidenschaft von ihr wich, brach die Realität besonders hart über sie herein. Das waren Trugbilder, keine Erinnerungen! Kieran Black war nicht jener Mann, der ihr damals körperliche Wonnen und das Gefühl von Geborgenheit geschenkt hatte. Und das Schlimmste daran war, dass sie niemals erfahren würde, ob an seiner Zuneigung überhaupt etwas echt gewesen war.

*Natürlich nicht!*, höhnte eine Stimme in ihrem Kopf. *Wie könnte er für dich, die Nichte seines Erzfeindes – eine Clayton! – je etwas anderes empfinden als Hass?* Er hatte sie belogen und benutzt und sie konnte es ihm nicht einmal verübeln. Nicht seitdem sie wusste, was Absalom Kierans Eltern – und seiner eigenen Ehefrau – angetan hatte.

Marigold seufzte, schlug die Decke zurück und kroch aus ihrem Bett. Das Kaminfeuer war längst erloschen und weil sie in ihrem Nachthemd fröstelte, schlüpfte sie eilig in ihren Morgenmantel. Barfuß tapste sie über die Dielen und ließ ihre Stirn gegen das Fensterglas sinken. Der Mond schien hell in dieser Nacht und offenbarte den dichten Nebel, der seit ein paar Tagen wieder über der Stadt hing.

Marigold graute bei dem Gedanken an die dunklen Monate. Ihr stand weder der Sinn nach langen Stickabenden mit ihrer Mutter, noch nach rauschenden Bällen. Sie hatte sich auf derlei Festlichkeiten schon früher außen vor gefühlt. Niemals waren ihre Bemühungen, reizender, unterhaltsamer und tugendhafter zu wirken, genug gewesen. Mittlerweile wusste sie nicht einmal mehr, weshalb sie sich so angestrengt hatte, den anderen zu gefallen. Ihre Zeit in den Kolonien, aber auch ihre Arbeit im *Three Swans* hatten ihre Sicht auf die Welt grundlegend verändert. In den Londoner Ballsälen drängten sich zu viele Menschen, die sich selbst für das großartigste Wesen unter Gottes Schöpfung hielten und es tunlichst vermieden, einen Blick hinter den Vorhang ihres luxuriösen Lebensstils zu werfen.

Marigold blickte in die Dunkelheit hinaus und suchte das Firmament erfolglos nach den Sternbildern ab, die sie an Deck der *Ariadne* oft bewundert hatte. Die Welt war so viel größer als all das. Einen winzigen Augenblick lang hatte sie ihre Flügel ausstrecken dürfen, um sie zu erkunden, bevor ihr Vater sie erneut in einen goldenen Käfig gesperrt hatte. Würde sie je wieder Gelegenheit bekommen, daraus auszubrechen?

Fernes Hufgeklapper lenkte ihre Aufmerksamkeit auf die einsame Kutsche, die über die Seymour Street rollte. Marigolds Herzschlag beschleunigte sich, als das Gespann direkt vor der Pforte der Villa zum Stehen kam. Wer hatte Grund, ihre Eltern mitten in der Nacht aufzusuchen? Es musste sich um eine dringende Angelegenheit handeln.

*Oder um eine wichtige Nachricht.*

Bei dem Gedanken, dass der nächtliche Besuch mit Absaloms Ableben zu tun haben könnte, drehte sich ihr der Magen um. Sie war nicht bereit dafür, sich der Vergangenheit und den misstrauischen Blicken ihrer Eltern zu stellen. Was, wenn sie eins und eins zusammenzählten und errieten, dass ihre Flucht aus der Kolonie etwas mit dem Tod ihres Onkels zu tun hatte?

Mit fahrigen Händen knöpfte Marigold ihren Morgenmantel zu. Wie lange würde es dauern, bis das Gesinde die Kutsche entdeckte und das eiserne Tor für den Gast öffnete? Wie viel Zeit blieb ihr, bis man sie in den Salon bestellte, um die Fragen eines pflichteifrigen Constables zu beantworten?

Sie kniff die Augen zusammen und atmete auf. Die Kutsche trug kein behördliches Abzeichen. Ihre Verwunderung wuchs, als eine Frau daraus ausstieg. Die Besucherin war in einen Umhang mit pelzverbrämter Kapuze gehüllt – ein eindeutiges Zeichen für Wohlstand. Umso seltsamer fand Marigold es, dass die Dame nicht den Kutscher vorausschickte, um ihre Ankunft zu verkünden, sondern selbst auf das Haus zuhielt. Statt vor dem Tor zu warten, streifte sie am Gartenzaun entlang und ließ ihre Hand über die Metallstäbe gleiten. Marigolds Herz pochte wild, als sie Zeugin wurde, wie die Gestalt an einem der Stäbe rüttelte, bis sich dieser aus der Halterung löste, und sie wie eine Einbrecherin durch die entstandene Lücke hindurch stieg. *Ihre* geheime Lücke! Sie kannte nur eine einzige Person, die außer ihr von der lockeren Stelle im Gartenzaun wusste.

Marigold zauderte nicht länger und zog sich ihre Stiefel an, bevor sie aus ihrem Gemach trat. Der fensterlose Korridor war stockdunkel, trotzdem gelangte sie in Windeseile zur Treppe. Sie kannte jeden Winkel dieses Hauses, jedes Möbelstück, und wusste genau, welche Treppenstufen knarzten. Auf Zehenspitzen schlich sie hinab und entriegelte die Haustür. Dann trat sie ins Freie.

»Frances?«, flüsterte sie in der Dunkelheit. »Frances, bist du das?« Ihre Augen huschten zu der Pforte. Die Kutsche war inzwischen verschwunden und die Seymour Street lag so ruhig da, als hätte es den sonderbaren Vorfall vor dem Anwesen der Claytons niemals gegeben.

Ihr Atem beschleunigte sich und ihre Kehle wurde eng. Wurde sie verrückt?

Auf weichen Knien durchschritt Marigold den Garten. Es war eiskalt – unter ihren Sohlen knirschte sogar eine feine Schneeschicht – doch in ihrer Aufregung nahm sie davon kaum Notiz. Ihre Aufmerksamkeit galt dem Zaun und der Lücke darin, die bewies, dass sich tatsächlich jemand daran zu schaffen gemacht hatte.

»Frances!?«, rief sie mit bebenden Lippen. »Bist du hier?«

Ihr Keuchen verwandelte sich in einen spitzen Schrei, als eine Gestalt hinter der alten Eiche zu ihrer Rechten hervortrat. Das Bündel auf dem Arm ihres Gegenübers bewegte sich. Dann erfüllte ein jämmerliches Wimmern den Garten.

»Sei still«, wisperte eine Stimme, die eindeutig zu Frances gehörte. »Sei still, meine Kleine!« Erst nachdem sich das Kind etwas beruhigt hatte, hob sie den Blick.

»M ... Marigold! Du bist es wirklich! Was tust du hier? Warum bist du nicht in Montreal?«

»Was machst du hier mitten in der Nacht?«, fragte Marigold fast gleichzeitig. »Warum schleichst du um das Haus wie eine Einbrecherin?«

Frances reckte das Kinn nach vorn. »Um nicht gesehen zu werden, natürlich.«

»Lass uns hineingehen«, schlug Marigold vor, nicht ohne noch einmal zu dem Säugling zu sehen. Tausende Fragen schwirrten in ihrem Kopf herum, doch sie wollte Frances nicht gleich damit überfallen. Es erschien ihr wie ein Traum, Seite an Seite mit ihrer Schwester in die Villa zurückzukehren.

Sie schloss die Haustür hinter ihnen. »Soll ich der Dienerschaft Bescheid geben?«

Frances schüttelte den Kopf und presste das Kind fester an ihre Brust. »Lass uns einfach schnell hinaufgehen, ja?«

*Sie fühlt sich hier genauso fremd wie ich.*

Frances war nicht mehr die Gleiche wie früher und das Leid sprach unverkennbar aus ihrem Gesicht. Diese Erkenntnis milderte ihre Wut ein wenig. Natürlich hatte sie nicht vergessen, dass ihre Schwester tatenlos dabei zugesehen hatte, wie man sie über das Deck der *Ariadne* geschleift hatte. Irgendwann würde Frances vor ihr Rechenschaft ablegen müssen. Irgendwann, aber nicht heute. Marigold gelang es nicht, jenen Teil ihres Herzens zu ignorieren, der sich über das unerwartete Wiedersehen freute. Jener Teil, der sich daran erinnerte, dass sie einmal Freundinnen gewesen waren. Selbst wenn diese Zeit lange zurückliegen mochte – Frances war immer noch ihre Schwester.

»Dein Zimmer wird eiskalt sein«, flüsterte Marigold, als sie die Beletage erreicht hatten. »Wenn du willst, kannst du bei mir schlafen.«

Frances nickte. »Danke.« Im Schlafgemach angekommen, ließ sie sich ächzend auf das Bett sinken. »Meinst du, irgendjemand hat uns gehört?«

»Ich glaube nicht.« Marigold nahm die Wasserkaraffe auf dem Nachttisch zur Hand, schenkte Frances ein Glas ein und setzte sich zu ihr.

Ihre Schwester trank ein paar Schlucke und ließ ihren Blick durch den Raum gleiten.

»Hier sieht alles aus wie früher.«

»Ja.«

Marigold war die Botschaft, die hinter Frances' Bemerkung steckte, nicht entgangen. In diesem Haus hatte sich nichts verändert, aber sie beide waren nicht mehr jene vorbildlichen jungen Damen, die zu solch einem Haushalt gehörten.

Schweigen tat sich zwischen ihnen auf, das nur von gelegentlichen Glucksern des Säuglings unterbrochen wurde. Marigold wusste nicht, mit welcher Frage sie anfangen sollte. Ihr Blick wanderte immer wieder zu dem Kind, zu den winzigen Händchen und dem Stupsnäschen. Unter der weißen Haube guckte ein heller Flaum hervor. *Weizenblond wie Richard Talbot.*

Frances räusperte sich neben ihr. »Danke für deine Hilfe. Es ist wohl an der Zeit, dir meine Tochter vorzustellen: Elizabeth.«

Marigold strich ihrer Nichte vorsichtig über die rosige Wange. »Sie ist wunderschön.«

Ein Lächeln erschien auf Frances' Gesicht, ehe sie die Stirn in Falten legte. »Du bist nicht schockiert?«

»Wie könnte mich ein solch entzückendes Wesen schockieren?« Marigold schmunzelte, doch auch ihr Lächeln hielt nicht lange an. »Inzwischen wundert es mich, dass ich deine Umstände erst am Tag meiner Abreise erraten habe. Ich hätte es erkennen müssen. Deine Verzweiflung, deine Anfälle von Übelkeit ...«

Bei diesen Worten entglitten Frances die Gesichtszüge. Kurz darauf erfüllten ihre Schluchzer den Raum. »Du musst mich für schrecklich dumm halten!«, presste sie unter Tränen hervor. »Aber weißt du ... die Verlobung war beinahe beschlossene Sache ... und Richard –«

»Er hat dir übel mitgespielt.« Marigold griff nach ihrer Hand. »Genau wie mir.«

Frances blickte sie aus geröteten Augen an. »Es tut mir so leid! Ich hätte dir glauben sollen. Aber ich konnte einfach nicht akzeptieren, dass der Mann meiner Träume nicht der war, für den ich ihn gehalten habe.«

Marigold schluckte. Wie konnte sich Frances' Schicksal nur so sehr mit ihrem eigenen decken? Auch sie hatte den Fehler gemacht, sich in einen Mann zu verlieben, dessen Zuneigung nichts als Heuchelei gewesen war. Allerdings war aus ihrer Nacht mit Kieran kein Kind hervorgegangen. Bei der Vorstellung, dass ihr das Gleiche hätte passieren können, wurde ihr vor Angst flau zumute.

»Willst du mir erzählen, wie es dir in Montreal ergangen ist?«, riss Frances sie aus ihren Gedanken.

»Ein anderes Mal. Ihr beide müsst furchtbar müde sein. Gott, Frances! Ich kann immer noch nicht fassen, dass du mitten in der Nacht hierhergekommen bist.«

»Wir sind heute Morgen in Towcester losgefahren. Ich habe dort bei Ms Webb gewohnt, Mutters früherer Gouvernante – eine furchtbar strenge Person! Jedenfalls hat sie sich vor zwei Tagen ein Fieber eingefangen und ist ans Bett gefesselt. Sie konnte mich nicht mehr aufhalten«, fügte sie grimmig hinzu.

»Und der Kutscher?«

»Er gehört zu Ms Webbs Hausstand und wurde für seine Dienste großzügig entlohnt.« Sie deutete auf ihren Hals.

»Deine Kette!«, rief Marigold erschüttert. Sie hatte ihre Schwester in den letzten Jahren kaum einen Tag ohne ihre geliebte Perlenkette gesehen. Diese Reise musste ihr wirklich viel wert sein. »Was erhoffst du dir von unseren Eltern?«

»Von unseren Eltern?«, wiederholte Frances spöttisch. »Von ihnen erwarte ich rein gar nichts mehr, nachdem sie mich fortgeschickt haben, sobald die Schwangerschaft sichtbar wurde. Aber ich war schrecklich einsam in Towcester. Und was Richard betrifft: Ich dachte … na ja … wenn er Lizzy nur sehen könnte … dann würde er vielleicht …« Sie stockte und wischte sich über die Augen.

»Warte – weiß Richard etwa nicht von seiner Tochter!?«

Frances ließ die Schultern sinken. »Ich habe ihm Briefe geschrieben. Sehr viele Briefe. Aber wer weiß, ob sie ihn jemals erreicht haben. Ich fürchte, Ms Webb hat sie alle abgefangen. Ich kann mir nicht vorstellen, dass er sie einfach ignoriert hätte.«

Marigold schwieg. Im Gegensatz zu ihrer Schwester konnte sie sich sehr wohl vorstellen, dass Lord Combshire die Briefe dem

Kaminfeuer anvertraut hatte, ohne sie auch nur überflogen zu haben.

*Frances hat Richard immer noch nicht aufgegeben. Trotz allem.*

Marigold biss sich auf die Lippe und blickte zu ihrer Nichte, die während des Gesprächs unruhig geworden war.

»Wie alt ist die Kleine eigentlich?«

»Bald sind es vier Monate. Sie kam am neunundzwanzigsten August auf die Welt.«

»Unglaublich, dass du all das allein geschafft hast!« Marigold zog die Stirn kraus. »Die Geburt, das Wochenbett ...«

»Es war schwierig«, gab Frances zu. »Allein war ich zwar nicht, denn ich hatte sowohl Ms Webb als auch eine Hebamme an der Seite, aber innerlich hat mich die Angst zerrissen. Ich hatte niemanden, dem ich mich anvertrauen konnte. Außerdem wusste ich nicht, ob man mir Lizzy doch noch wegnehmen würde.«

»Wer würde etwas derart Grausames tun?«

»Kannst du dir das nicht denken? Mutter und Vater haben mir nahegelegt, das Kind nach der Geburt wegzugeben und alleine nach London zurückzukehren. Aber ich konnte mich einfach nicht von ihr trennen.«

»Deswegen bist du mitten in der Nacht hier angekommen. Der ... Die Neuigkeiten haben sich also noch nicht herumgesprochen.« Fast hätte sie *Skandal* gesagt.

»Es grenzt an ein Wunder, dass es uns gelungen ist, die Sache geheimzuhalten. Offenbar ist unser Gesinde seinen Lohn wert.«

»Wenigstens können wir den Dienstboten vertrauen.« Marigold sah zu ihrer Nichte, die quengelnd vor sich hin strampelte. »Du und Elizabeth solltet euch ausruhen. Alles andere kann bis morgen warten.«

Sie bot Frances ihr Bett an und rollte sich selbst auf dem Ohrensessel zusammen. Es war keine bequeme Position, doch Marigold bezweifelte ohnehin, dass sie in dieser Nacht ein Auge zutun würde.

Die Ruhe im Hause Clayton hielt nur wenige Stunden an. Noch vor Morgengrauen entschloss sich die kleine Elizabeth, so laut zu weinen, dass ihr Geschrei bis in jeden Winkel der Villa drang. Was Frances auch versuchte, ihre Tochter wollte sich einfach nicht beruhigen.

Marigold gesellte sich an die Seite ihrer Schwester. »Weint sie jede Nacht so schlimm?«

Frances nickte. »Ja. Und ich fühle mich jedes Mal hilfloser als die Nacht zuvor.« Als sie aufblickte, erfasste Marigold das ganze Ausmaß ihrer Verzweiflung. »Man hat uns nur dazu erzogen, Kinder auszutragen, aber uns nicht beigebracht, wie man sie aufzieht.«

Marigold strich ihr über den Kopf. »Ich bin sicher, du machst deine Sache gut. Elizabeth wirkt gesund, soweit ich das beurteilen kann.«

Ihr Gespräch wurde unterbrochen, als die Tür aufsprang und gegen die Wand stieß. Die Frauen fuhren auf dem Bett zusammen.

Es war Hannah, die hereinstürmte. »Ich hörte Schreie –« In diesem Moment entdeckte sie Frances und das Kind. »Ms Clayton! Ich wusste nicht, dass Sie hier sind!«

»Was soll der Aufruhr?«, tönte es aus dem Korridor. Theodor rauschte in seinem Morgenrock herbei und blieb wie vom Donner gerührt stehen. »Frances?! Was machst du hier?«

»Frances!?«, rief nun auch Delia, die ihrem Gatten gefolgt war. Ihre Augen schossen sofort zu dem Baby. »Ist das etwa …?«

»Elizabeth. Ihre Enkelin.«

»Du wagst es, deinen Bastard in dieses Haus zu bringen!?«, keifte Theodor. »Hast du nicht einen Moment daran gedacht, dass du deiner Familie damit schaden könntest?«

Frances verzog das Gesicht. »Elizabeth ist nun genauso Teil

dieser Familie!«

»Darüber lässt sich streiten!«

»Genug jetzt!« Delia warf ihrem Mann einen wütenden Blick zu und näherte sich der Bettstatt. »Es ist an der Zeit, dass wir wie zivilisierte Menschen über die Angelegenheit sprechen. Hannah, geh die Köchin wecken! Wir werden unser Frühstück heute etwas früher einnehmen.«

»Jawohl, Mrs Clayton.« Die Zofe knickste und machte sich auf den Weg in den Dienstbotentrakt.

Theodor verließ das Gemach mit einer ganzen Reihe an Flüchen.

Delia beugte sich über ihre Enkelin. Marigold hätte zu gern ihr Gesicht gesehen. War ihre Mutter verärgert, oder konnte Elizabeths Anblick sie beschwichtigen? Das Seufzen, das aus ihrem Mund kam, konnte alles Mögliche bedeuten.

»Zieht euch an und kommt in den Salon!«, befahl sie schließlich. »Während des Frühstücks soll sich eines der Dienstmädchen um das Kind kümmern.«

»Nein!« Frances strich ihrem Baby über den Rücken. »Elizabeth ist zu klein, um sie in fremde Hände zu geben.«

Delia runzelte die Stirn, sagte aber nichts mehr und ging mit einem letzten neugierigen Blick zu dem Säugling hinaus.

Sobald die Schwestern unter sich waren, ließ Frances sich erschöpft zurückfallen.

»Es wird sich schon alles einrenken.« Marigold sprach ihr Mut zu, obwohl sie selbst nicht allzu optimistisch war.

»Oh Marigold! Ich weiß zwar nicht, warum du mir beistehst, aber ich bin dankbar dafür. Es tut gut zu wissen, dass wenigstens eine Clayton auf meiner Seite ist. Zum Glück bist du hier!«

»Noch vor ein paar Monaten hast du mich ans andere Ende der Welt gewünscht.«

»Ich weiß, ich habe dir großes Unrecht angetan.« Frances senkte die Lider. »Und ich hoffe, du kannst mir meine Torheit eines Tages verzeihen.«

»Aber das habe ich doch längst.« Sie drückte ihre Hand.

Egal, was Frances in der Vergangenheit angestellt hatte – nun hatte sie Elizabeth. Ihre Schwester würde für ihre Tochter kämpfen müssen und Marigold durfte sie dabei nicht im Stich lassen.

# 28

»Ich sagte doch, niemand hat mich letzte Nacht hereinkommen sehen!«

Frances' Augen sprühten Funken, als sie ihren Vater fixierte, der am anderen Ende der Tafel saß.

Marigold konnte den Frust ihrer Schwester nachvollziehen, doch sie bezweifelte, dass Frances sich mit ihrem provokanten Ton einen Gefallen tat. Die beiden lieferten sich schon seit Beginn des Frühmahls ein erbittertes Wortgefecht. Sie selbst verfolgte das Gespräch mit wachsendem Unwohlsein und brachte daher kaum einen Bissen ihres Toasts hinunter.

Es fühlte sich befremdlich an, einmal nicht der Grund für einen Streit in diesem Haus zu sein. Früher hatten ihre Eltern Frances kaum getadelt. Warum auch? Sie hatte nie etwas Dummes angestellt, nie etwas Falsches gesagt, sich nie gegen ihre Eltern aufgelehnt. Jetzt zeigte ihre Schwester eine völlig unbekannte Seite. Mit zornesroten Wangen und zerzaustem Haar verteidigte sie ihre Entscheidung, Elizabeth nach London gebracht zu haben.

»Wenn Marigold dich gesehen hat, könntest du auch jemand anderem aufgefallen sein.« Delia legte den Kopf schief.

»Es reicht schon, dass die Dienerschaft dieses Kind zu Gesicht bekommt!«, empörte sich Theodor.

Frances ließ die Faust undamenhaft auf die Tischplatte sausen. »Das Gesinde hat nichts zu meinen Umständen durchsickern lassen, also wird es auch dieses Mal den Mund halten.«

»Was hast du nun vor, Frances?« Marigold wechselte das Thema, in der Hoffnung, die erhitzten Gemüter zu besänftigen. »Wirst du Richard aufsuchen?«

»Richard Talbot aufsuchen?!«, wiederholte Theodor ungläubig. »Setz deiner Schwester bloß keine Flausen in den Kopf! Denkst du nicht, dass der Schaden schon groß genug ist?« Der Blick, mit dem er Elizabeth streifte, war so herablassend, dass Marigold übel wurde. Wie musste es erst für Frances sein?

»Aber *er* ist derjenige, der den Schaden angerichtet hat!«, widersprach sie bitter. »*Er* sollte dafür zur Rechenschaft gezogen werden.«

Delia schüttelte den Kopf. »Ich stimme deinem Vater zu. Wenn Frances sich ruhig verhält, ist der Name Clayton noch nicht verloren. Richard Talbot herauszufordern wird nichts bewirken, außer noch mehr unerwünschte Aufmerksamkeit auf unsere Familie zu lenken.«

*Wie kann sie von Familie sprechen, wenn ihr die Anerkennung der Gesellschaft wichtiger ist als das Wohl von Frances und Elizabeth?* Marigold presste die Lippen aufeinander, damit die Worte ihr nicht entschlüpften.

Frances schien ähnlich zu denken. Sie seufzte und senkte die Stimme. »Gut. Ich werde vorerst nichts unternehmen und das Haus nicht verlassen. Sofern ich hier noch willkommen bin?« Sie richtete sich an Delia.

»Natürlich. Wir werden dich nicht vor die Tür setzen, zumindest, bis wir eine Lösung gefunden haben.« Die Drohung, die hinter den sanften Worten ihrer Mutter anklang, war nicht zu überhören. »Was Elizabeth betrifft: Ich werde Johnson bitten, eine Amme für das Kind zu engagieren – so wie es sich für eine Dame unserer Kreise geziemt.«

»Bitte nicht, Mutter!«, stammelte Frances. Ihr Gesicht hatte jegliche Farbe verloren. »Elizabeth benötigt keine Amme. Ich kann mich selbst um sie kümmern. Ich habe doch sonst nichts mehr!«

»Eine Amme in diesem Haus würde erst recht Aufmerksamkeit erregen«, sagte Marigold rasch. »Das kann doch nicht in Ihrem Interesse sein, Mutter? Ich bin sicher, Hannah wird Frances liebend gern unterstützen.«

Ihre Schwester schenkte ihr einen dankbaren Blick und nickte hastig.

»In Ordnung«, lenkte Theodor ein. »Vorerst werden wir keine Amme in Dienst nehmen. Aber Frances und ihre Tochter dürfen das Anwesen unter keinen Umständen verlassen.« Dann wandte er sich an Marigold. »Du dagegen wirst in der nächsten Saison an so vielen Gesellschaften wie möglich teilnehmen. Es ist an der Zeit, dass wir wenigstens eine unserer Töchter unter die Haube bringen.« Seine Kaffeetasse landete klirrend auf dem Untersetzer.

Marigold begriff, wie ernst es ihm mit seinen Plänen war. »Was werden wir den Leuten erzählen? Jeder weiß von meiner Reise nach Montreal.«

»Wir werden sagen, dass du das Klima dort nicht vertragen hast.« Delia knetete ihr Kinn.

Marigold verdrehte die Augen. »Und der Skandal? Wer wird mich zur Frau nehmen, nachdem Talbot mich ein *Weib von zweifelhafter Moral* genannt hat?«

Ihre Mutter zog die Stirn kraus. »Möglicherweise finden wir jemanden, der darüber hinwegsieht.«

Marigold verschluckte sich beinahe an ihrer heißen Schokolade. Es gab nur zwei Arten von heiratswilligen Männern, die über einen derartigen Makel hinwegsehen würden. Entweder waren die Kandidaten verarmt und auf der Suche nach einer stattlichen Mitgift, oder aber sie waren furchtbar alt und hässlich. Es stand außer Frage, welche Option ihre Eltern vorziehen würden.

»Entschuldigen Sie mich«, sprach sie und erhob sich. »Ich fürchte, ich muss mich wieder auf meine Kammer zurückziehen. Die letzte Nacht war turbulent.«

»Sicher.« Theodors gönnerhaftes Lächeln trieb Marigold erst recht zur Flucht an.

Ohne ihren Toast angerührt zu haben, verließ sie den Salon. Sie wollte nichts lieber, als sich in ihrem Bett auszustrecken und in einen traumlosen Schlaf zu fallen.

Als sie das Foyer durchquerte, hielt Frances' Stimme sie zurück.

»Warte!«

»Was ist?«

»Ich ... Ich wollte dir nur sagen, wie leid es mir tut.«

Marigold seufzte. »*Wir alle müssen für unsere Sünden büßen.* Waren das nicht deine Worte, damals?«

Frances nickte und starrte auf den Teppich zu ihren Füßen. »Aber nun sind es *meine* Sünden, für die du büßen musst. Hätte ich Richard nicht blindlings vertraut, hättest du London niemals verlassen müssen. Du hättest –«

»Frances!«, unterbrach Marigold sie. »Was geschehen ist, ist geschehen und nicht mehr zu ändern. Lass mich jetzt ein wenig ausruhen, ja?«

»Natürlich«, erwiderte ihre Schwester kleinlaut und kehrte mit hängenden Schultern in den Salon zurück.

Marigold schleppte sich Stufe um Stufe die Treppe hinauf. Sie konnte sich nicht erinnern, wann sie das letzte Mal so müde gewesen war. Vermutlich waren all die Neuigkeiten zu viel für sie. Oder war es die Aussicht auf ihre triste Zukunft, die sie so niederschmetterte? Was sie Frances gesagt hatte, war die blanke Wahrheit. Sie konnte nichts mehr an ihrem Schicksal ändern. Trotzdem haderte sie mit den Entscheidungen, die sie in der Vergangenheit getroffen hatte. Vielleicht wäre das Leben an Samuel Linfields Seite doch nicht so schlimm gewesen? Es war unwahrscheinlich, dass sie hier in London mit ihrem ruinierten Ruf einen besseren Bräutigam finden würde.

Hätte sie in den Kolonien bleiben sollen? Womöglich wäre es ihr dort eher gelungen, unter einem falschen Namen ein neues Leben aufzubauen. Oder hätte man sie auch in Kanada aufgespürt? Schließlich hatte man sie sogar in London gefunden – und das, obwohl sie sich in den Armenvierteln dieser riesigen Stadt sicher gefühlt hatte. Wie naiv sie gewesen war!

Die Gesellschaft von Frances und Elizabeth erwies sich für Marigold als Segen. Das Kind hielt den gesamten Haushalt auf Trab und brachte endlich etwas Leben in die Villa zurück. Außerdem vermochte Lizzy es, sie von ihren Zukunftsängsten abzulenken.

Je näher die Ballsaison rückte und je mehr Kleideranproben sie hinter sich brachte, desto nervöser wurde Marigold. Ständig fragte sie sich, ob das nahende Weihnachtsfest das Letzte sein würde, das sie in diesem Haus verbringen würde. Gut möglich, dass sie kommendes Jahr bereits bei ihrem Ehegatten wohnte. Vielleicht trug sie im nächsten Winter sogar schon sein Kind aus.

Sie blickte zu ihrem Frisiertisch, an dem Frances saß. Mit der einen Hand zog sie einen Kamm durch ihr Haar, mit der anderen hielt sie Elizabeth fest, die mit einer Haarbürste spielte.

Falls sie selbst Mutter werden sollte – würde sie ihr Kind lieben können, so wie ihre Schwester Elizabeth liebte? Auch wenn es dem Samen eines Mannes entsprungen war, den sie verabscheute?

Ein Poltern riss Marigold aus ihren Gedanken. Fast gleichzeitig begann Lizzy zu weinen.

»Herrje!« Frances besah sich das Chaos, das ihre Tochter verursacht hatte. Offenbar hatte das Kind Marigolds Zeichenmappe zu fassen bekommen, die sie zuletzt auf dem Frisiertisch abgelegt hatte. Zahlreiche lose Blätter waren zu Boden gesegelt und lagen auf dem Teppich verstreut.

»Entschuldige!« Frances machte sich daran, die Zeichnungen einzusammeln.

»Lass nur!« Marigold winkte ab, doch ihre Schwester wollte nichts davon wissen.

Stattdessen klaubte sie die Blätter zusammen und musterte dabei neugierig jede Skizze. Bei einem der Papiere geriet ihre Hand ins Stocken. Fragend hob sie den Blick.

»Ich wusste nicht, dass du auch Menschen zeichnest.«

»Tue ich auch nicht«, erwiderte Marigold schroff und riss Frances die Zeichnung so schnell aus der Hand, als handle es sich dabei um ein verbotenes Pamphlet. Sie steckte das Porträt zurück in die Mappe, peinlich darauf bedacht, es nicht anzusehen. »Sag, hast du dich noch einmal mit der Patenschaft der Kleinen beschäftigt?«

Frances' langes Schweigen verriet, dass sie nicht daran dachte, auf den Themenwechsel einzugehen.

»Wer ist dieser Mann, Marigold?«

*Verdammt.* Hitze schoss ihr in die Wangen und sie wandte sich dem Fenster zu, damit ihre Schwester es nicht bemerkte.

»Er gehörte zu Absaloms Arbeitern. Ich war damals der Meinung, sein Gesicht würde eine interessante Porträtstudie abgeben.«

»Eine interessante Porträtstudie«, wiederholte Frances langsam.

»Ja. Aber wie man zweifelsohne erkennen kann, liegt mir das Porträtieren kein bisschen.«

»Da muss ich dir widersprechen. Deine Zeichnung sah für mich äußerst lebensecht und detailgetreu aus. Sicher musste der Mann für die Skizze eine ganze Weile stillsitzen ...?«

»Wo denkst du hin?« Marigold zwang sich zu einem Lachen, um die unausgesprochenen Fragen ihrer Schwester schon im Keim zu ersticken. »Du weißt genau, dass unser geschäftstüchtiger Onkel keinen seiner Arbeiter für mein Freizeitvergnügen entbehren würde.« Allein die Vorstellung war absurd. Nein, sie hatte die Zeichnung während der langen Abende auf der *Seahorse* angefertigt. In der Zeit an der Frontier hatten sich Kierans Gesichtszüge so tief in ihren Geist gebrannt, dass sie jede feine Linie, jeden Schatten auf seiner Haut aus ihrem Gedächtnis abrufen konnte. Aber ihr war damals schon klar gewesen, dass dies nicht ewig so bleiben würde. Sein Antlitz würde von Woche zu Woche mehr verschwimmen und bald zu einer undeutlichen Erinnerung verblassen. Aus irgendeinem Grund hatte der Gedanke ihr eine Heidenangst eingejagt und so hatte sie panisch nach ihrem Kohlestift gegriffen.

Frances seufzte geräuschvoll. »Wie war die Zeit unter Absaloms Dach? Du hast bisher kaum davon erzählt.« Sie schien akzeptiert zu haben, dass ihre Schwester nicht über den mysteriösen Mann mit den dunklen Augen sprechen wollte.

»Schlimmer, als du dir vorstellen kannst.«

Frances verzog die Miene. »Ich hatte gehofft, du würdest bei ihm mehr Freiheiten genießen.«

»Im Gegenteil. Sobald wir die *Ariadne* betreten hatten, hat Absalom sein wahres Gesicht gezeigt.« Sie schilderte all die Erniedrigungen, die sie im Haus ihres Onkels erlitten hatte, und Frances schüttelte immer wieder den Kopf.

»Nun verstehe ich, warum du zurückgekommen bist. Ist es wahr, dass du dich nach deiner Ankunft in einer Taverne in Limehouse versteckt hast?«

»Ich habe mich dort als Schankmagd verdingt.«

Frances gab ein seltenes Lachen von sich. »Das klingt ganz nach dir.«

»Ich hatte nicht vor, hierher zurückzukehren«, erklärte Marigold. »Die Zeit in den Kolonien hat mich verändert, weißt du. Ich habe so viel gelernt – über das Leben, aber auch über den Handel und die Politik. Dort drüben gibt es keinen Penny, der nicht bereits durch die Hände der HBC gelaufen ist. Wenn überhaupt Geld zum Einsatz kommt ... Manchmal wird einfach in Biberpelzen gezahlt, kannst du dir das vorstellen?«

Frances hob eine Augenbraue. »Du hast am Pelzhandel wirklich Gefallen gefunden?«

»So würde ich es nicht nennen. Aber ich habe gelernt, wie befriedigend es sein kann, wenn man sich mit Dingen beschäftigt, die über Kleider und das neueste Stadtgespräch hinausgehen.«

»Es ist das Schicksal von Frauen wie uns«, meinte Frances. »Hätte Vater einen Sohn bekommen, hätte er ihn sicher nach

Eton geschickt und ihn von Kindesbeinen an mit seinen Geschäften vertraut gemacht. Aber er hat nun mal zwei Töchter, mit denen er nichts weiter anzufangen weiß, als sie bestmöglich zu verheiraten.« Mit zerknirschter Miene sah sie auf. »Es tut mir leid, dass sie dich zwingen, bald wieder unter die Gesellschaft zu gehen. Ich fürchte, all ihre Hoffnungen auf eine gute Partie liegen nun auf dir.«

»Sie wirken geradezu verzweifelt«, pflichtete Marigold ihr bei. Kurz darauf riss sie den Kopf hoch.

»Was ist?«

»Du hast mich soeben auf eine Idee gebracht.« Sie lächelte geheimnisvoll.

»Tante Marigold und ihre Tausenden Ideen ... Was sagst du dazu, Lizzy, ha?«

Frances' Plappern verfolgte Marigold, als sie die Kammer verließ und sich auf den Weg zu ihrem Vater begab.

Theodor Clayton hatte sich über sein Teeservice gebeugt, das man ihm jeden Nachmittag pünktlich um vier Uhr brachte, als Marigold in sein Kontor eintrat.

»Vater, dürfte ich um eine Unterredung bitten?«

Er seufzte und lehnte sich hinter seinem Schreibpult zurück. »Was gibt es?« Mit einer ungeduldigen Handbewegung bedeutete er ihr, gegenüber Platz zu nehmen.

»Ich würde gern mehr über Ihre Handelsgeschäfte lernen.«

Ihr Vater faltete die Hände auf dem Tisch und blickte sie irritiert an. »Ich verstehe nicht ganz. Wozu möchtest du dich einmischen?«

»Ich möchte mich nicht einmischen, sondern ein Verständnis dafür entwickeln, wie man erfolgreich Geschäfte abwickelt und investiert und dergleichen. Diese Kenntnisse könnten nützlich sein, wenn ich meinen zukünftigen Gatten in seinen Angelegenheiten unterstützen soll.«

»Ich bin sicher, dein *zukünftiger Gatte* wird – genau wie ich – imstande sein, sich selbst um seine Geschäfte zu kümmern. Kein Mann schätzt ein vorwitziges Frauenzimmer in seiner Schreibstube!«

Obwohl Marigold diese Reaktion erwartet hatte, trafen seine Worte sie hart.

»Bitte, Vater! Denken Sie wenigstens darüber nach. In Montreal habe ich einiges über die Hudson's Bay Company gelernt. Ich bin belesen und kenne die Grundlagen im Rechnen. Ich könnte Ihre Korrespondenz –«

»Meine Antwort lautet nein!«

Marigold sprang auf und stemmte die Hände in die Seiten. »Ich *muss* irgendetwas tun, begreifen Sie das nicht? Ich kann nicht nur stillsitzen und darauf warten, bis die Saison beginnt! Ich muss meinen Geist beschäftigen, sonst werde ich noch wahnsinnig!«

Theodors graue Augen weiteten sich, so als fragte er sich, ob seine Tochter nicht längst den Verstand verloren hatte.

»Geben Sie mir eine Aufgabe im Kontor, oder ich werde keine einzige der Veranstaltungen besuchen, für die Mutter mir so wundervolle Kleider anfertigen lässt«, platzte Marigold heraus.

Ihr Vater schnaubte, doch die Blässe, die sich von seiner Nasenspitze aus über das gesamte Gesicht ausbreitete, verriet, wie es wirklich um ihn stand. Die Vorstellung, sie könnte seine ehrgeizigen Pläne boykottieren, ängstigte ihn zutiefst.

»Ich meine es ernst!«, schob sie mit klopfendem Herzen hinterher.

Theodors Kiefer mahlte so kräftig, dass sie meinte, das Knirschen seiner Zähne zu hören. »Ich weiß nicht, wer dir diese Impertinenz vermittelt hat! Deine Mutter und ich waren es jedenfalls nicht!«

»Ich sagte doch, die Monate unter Absaloms Dach haben mich vieles gelehrt.« Sie steuerte auf die Tür zu und freute sich darüber, dass ihre Stimme deutlich gelassener klang als die ihres Vaters.

Ihre Hand lag schon auf dem Türknauf, da blickte sie noch einmal über ihre Schulter. »Alles hat seinen Preis. Das war meine erste Lektion.«

# 29

Bereits am nächsten Morgen stimmte Theodor Marigolds Bitte zähneknirschend zu. Zwar benutzte er dabei den Ausdruck *Erpressung*, aber was tat das schon zur Sache. Sie hatte bekommen, was sie wollte: eine Beschäftigung und eine Möglichkeit, Nachforschungen anzustellen. Denn obwohl sie Kieran jeden einzelnen Tag verfluchte, dachte sie häufig mit Wehmut an die Zeit in der kanadischen Wildnis zurück. Die Gruppe um Rabenauge hätte nicht unterschiedlicher sein können: von den Frobisher-Brüdern, über Dobie und den Franzosen Orillat bis hin zum ständig betrunkenen MacLeod. Sie selbst hatte am wenigsten zu der zusammengewürfelten Bande gepasst, trotzdem hatte sie in der Gesellschaft der Männer zum ersten Mal das Gefühl von Gemeinschaft erfahren. Sie alle hatten das gleiche Ziel geteilt: im Westen einen Handelsstützpunkt aufzubauen, der nicht nur diejenigen begünstigte, die in der Welt des Geldes ganz oben rangierten.

Nach all den Monaten fragte sich Marigold immer noch, ob das Vorhaben eine realistische Chance hatte. Waren die anderen jemals in Grand Portage angekommen? Und wie schlug sich die Gruppe ohne Kieran? Sollten die Redcoats ein Kopfgeld auf ihn angesetzt haben, hielt er sich vermutlich von seinen Kumpanen fern, um diese zu schützen.

*Nur dein Leben hat er riskiert, ohne mit der Wimper zu zucken!*, spottete eine Stimme, die sie nicht hören wollte.

Um sich abzulenken, musterte sie die Büchersammlung im Kontor ihres Vaters. Er hatte sie für zwei Uhr nachmittags in seine Schreibstube bestellt, doch bis jetzt hatte er sich nicht blicken lassen. Wahrscheinlich war er noch nicht von seinem Spaziergang im Hyde Park zurück.

*Oder er lässt mich hier absichtlich warten.*

Marigold rümpfte die Nase und nahm ein Buch mit dem Titel *Anwendungen der numerischen Approximation* aus dem Regal, als jemand hinter ihr in den Raum trat. Zu ihrer Überraschung war es nicht Theodor, sondern dessen Assistent Mr Price. Der hochgewachsene Kontorist verbeugte sich, wobei die Perücke auf seinem Schädel gefährlich ins Wanken geriet, und machte einen Schritt auf sie zu.

»Ms Clayton, Ihr Vater hat mich informiert, dass Sie sich in Zukunft seiner Korrespondenz annehmen möchten?«

»Das ist richtig.« Marigold straffte die Schultern, um ihre Nervosität zu überspielen. Sie war nicht sicher, ob sie jemals zuvor ein Wort mit Vaters Gehilfen gewechselt hatte, dabei arbeitete Price schon seit vielen Jahren in diesem Haus. Er war um die vierzig und ihres Wissens nicht verheiratet.

»Wie ich sehe, möchten Sie sich im Bereich der Numerik weiterbilden?« Er deutete auf das Buch, das Marigold sich unbewusst vor die Brust gepresst hatte.

»Irgendwann vielleicht«, murmelte sie mit erhitzten Wangen und stellte das Werk zurück ins Regal. Wenn sie ehrlich war, wusste sie nicht einmal, welche Wissenschaft sich hinter dem sperrigen Begriff der *numerischen Approximation* verbarg. Augenblicklich kamen Zweifel in ihr hoch. Traute sie sich mit der Arbeit im Kontor zu viel zu? Was, wenn ihr Vater recht damit hatte, dass sie ihre Fähigkeiten überschätzte? Seine verächtliche Miene kam ihr in den Sinn – und letztlich war es genau dieses Bild, das ihren Kampfgeist weckte.

»Womit soll ich anfangen?«, fragte sie und suchte die Stube nach Dokumentenstapeln ab, die sie sortieren konnte.

»Mr Clayton schlug vor, dass ich Sie unter meine Fittiche nehme, wenn Sie mir den Ausdruck verzeihen.« Er hüstelte – vielleicht war es auch ein Kichern. »Folgen Sie mir doch bitte ins Nebenzimmer. Dort werden wir Ihnen einen Arbeitsplatz einrichten.« Price öffnete die Flügeltür schräg hinter Theodors

Schreibtisch und ließ Marigold eintreten.

»Nicht zu fassen, dass ich noch nie hier war!« Die Bezeichnung *Nebenzimmer* wurde dem weitläufigen Raum keineswegs gerecht. Er bot Platz für zwei Schreibpulte und besaß nicht nur drei Fenster, sondern auch einen eigenen Kamin. Regale voller Bücher und Kladden zogen sich über die Breite zweier Wände.

»Hier findet also alles statt, was die Verwaltung betrifft?«

Mr Price nickte. »Es gibt noch ein kleines Kontor am Hafen, neben der Lagerhalle, die Mr Clayton und sein Bruder angemietet haben. Aber in diesen Räumen landet alle Korrespondenz, die Mr Clayton persönlich betrifft.«

Er führte Marigold herum und erklärte ihr, welche Dokumente sie archivieren sollte und welche versiegelt und verschickt werden mussten. Darüber hinaus betraute er sie mit der Aufgabe, die Handelsblätter nach interessanten Artikeln zu durchforsten und eine Sammlung zusammenzustellen, die ihr Vater jeden Tag auf seinem Schreibtisch erwartete.

»Vielen Dank für die Unterweisung, Mr Price.« Sie schenkte dem Kontoristen ein Lächeln, das dieser unsicher erwiderte, und beförderte einen Stapel Papiere auf ihr Pult. Ein Kribbeln durchfuhr sie, als sie den Kerzenständer auf dem Tisch entzündete und die ersten Schriftstücke studierte. Sie würde endlich mehr über die Geschäfte ihrer Familie lernen. Und Mr Price war zwar etwas kauzig, aber sie würden schon miteinander zurechtkommen.

Der einzige Nachteil ihrer Tätigkeit im Kontor bestand darin, dass Marigold ihrerseits die Bedingungen ihrer Abmachung mit Theodor erfüllen musste. Das neue Jahr war erst wenige Tage alt, als ein Hauskonzert bei der gutsituierten Familie Hayward anstand, auf das sie ihre Eltern begleiten sollte.

»Scheinbar war der Skandal nicht groß genug, um mich für immer zur *persona non grata* zu machen«, sagte Marigold mit unverhohlenem Bedauern und zupfte an der Satinschleife, die ihr Dekolleté zierte. Obwohl sie nicht die geringste Lust auf den Konzertabend verspürte, musste sie beim Blick in den Standspiegel zugeben, dass sich Madame Leclercq, die Schneiderin in der Audley Street, mit ihrem neuen Kleid aus apricotfarbenem Taft selbst übertroffen hatte. Die Nachmittagssonne, die durch das Fenster in ihrem Gemach fiel, ließ ihre Robe à l'anglaise schimmern und ihren Teint strahlen.

»Oh, du undankbares Ding!« Frances schüttelte den Kopf und sank auf den Sessel neben dem Kamin. Sie wirkte noch müder als sonst, dabei hatte sie Lizzy heute ausnahmsweise in die Hände von Hannah gegeben. »Ich beneide dich darum, einen Abend voller Musik und Glanz genießen zu dürfen. Was würde ich nur dafür tun, um dieses Haus verlassen zu können!«

Marigold seufzte und wandte ihrem Spiegelbild den Rücken zu. Im Gegensatz zu Frances vermisste sie die gesellschaftlichen Anlässe kein bisschen. Schlimmer als die Aussicht auf das inhaltslose Geschwätz und die nicht enden wollenden Festmahle war allein die Tatsache, dass ihre Eltern sie ab heute einer ganzen Armada von alten Witwern und unansehnlichen Junggesellen präsentieren würden.

»Wirst du für mich nach ihm Ausschau halten?«, bat Frances leise.

»Ich glaube nicht, dass die Haywards so dreist waren, sowohl uns als auch Richard Talbot einzuladen.« Marigold hatte sofort erraten, wen ihre Schwester mit *ihm* meinte. »Außerdem handelt es sich um einen überschaubaren Empfang.«

*Eine ideale Gelegenheit für deine Rückkehr in die Society*, hatte Delia den Anlass genannt. Angeblich wollte sie ihre Tochter nicht mit einer zu großen Menschenmenge überfordern. Marigold hegte vielmehr den Verdacht, dass ihre Eltern heute prüfen wollten, wie viel von ihren Manieren nach den abenteuerlichen Monaten übrig geblieben war. Falls sie sich blamierte, war es besser, sie tat es in kleinem Kreis statt in einem überfüllten Ballsaal mit Hunderten von Zeugen.

»Halte bitte trotzdem die Augen offen, ja?«, sprach Frances. »Und wenn du ihn sehen solltest ...«

»... weiß ich, was ich ihm zu sagen habe«, beendete Marigold ihren Satz. Sie hatte schließlich unzählige Stunden damit verbracht, gemeinsam mit ihrer Schwester darüber zu diskutieren, wie sie Richard kontaktieren und zur Einsicht bringen konnten. Es gab nur eine Sache, die dem zukünftigen Duke of Combshire übrigblieb, um zu beweisen, dass er doch ein Mann von Ehre war: Er musste Frances heiraten und Elizabeth als seine Tochter anerkennen. So wie sie Talbot kennengelernt hatte, standen die Chancen dafür nicht besonders gut. Und insgeheim hoffte Marigold auch nicht darauf. Frances hatte einen besseren Mann verdient. Einen, der seine Attraktivität und seine Macht nicht dafür nutzte, um sich mit jungen Frauen zu vergnügen und diese damit in eine unmögliche Situation zu bringen. Sie bezweifelte, dass Frances jemals mit ihm glücklich werden würde, aber davon wollte ihre Schwester nichts hören. Sie war wie besessen von der Vorstellung, mit Lizzys Vater doch noch eine richtige Familie zu werden.

Die Glocke, die unten im Foyer geläutet wurde, gab das Zeichen zum Aufbruch.

Marigold blickte entschuldigend zur Tür. »Nun kann ich mich nicht länger verstecken.«

»Geh nur. Und versprich mir, dich wenigstens ein bisschen zu amüsieren, ja?«

»Mit Vivaldi oder Händel?«, spottete Marigold, ehe sie ihre Röcke raffte und hinunter ging.

Ihre Eltern warteten schon im Foyer und ließen sich in die Mäntel helfen.

»Die neue Robe war jeden Penny wert!«, jubelte Delia, als sie ihre Tochter erblickte. »Nur an deinem Lächeln musst du noch arbeiten, Kind.«

»Im Gegensatz zu den Kreationen von Madame Leclercq

würde dein Lächeln uns keine Löcher in die Kasse reißen«, murrte Theodor. Sein anerkennender Blick entging Marigold jedoch nicht.

Ihre Eltern hatten sich ebenfalls neue, zusammenpassende Gewänder schneidern lassen. Delia trug ein Ensemble in einem Fliederton, der sich in dem gestreiften Herrenrock ihres Gatten wiederfand.

Johnson half Marigold in ihren besten Umhang, dann stieg die Familie in die Kutsche.

Während sich ihre Eltern über den Tag austauschten, versuchte Marigold, auf der wackeligen Sitzbank eine bequeme Position zu finden. Im Stehen war ihr nicht aufgefallen, dass ihr Korsett heute enger geschnürt war als sonst. Nun, im Sitzen, hatte sie plötzlich das Gefühl, das Gebäck, das sie zum Tee gehabt hatte, passte nicht mehr in ihren Magen. Die kurvenreiche Strecke zur Villa der Haywards machte ihre Übelkeit nicht besser. Abgesehen davon fühlte sie sich in den ausladenden Röcken verkleidet. Sie konnte sich nicht erinnern, wann sie das letzte Mal so herausgeputzt gewesen war.

»Du bist so still.« Ihre Mutter tätschelte ihre Hand.

»Mir ist nur –«

»Mach dir keine Sorgen! Alles wird gutgehen. Du weißt doch noch, was du zu sagen hast, wenn dich jemand über deine Zeit in den Kolonien ausfragt?« Delia beugte sich nach vorn und setzte die Spitze ihres Fächers auf Marigolds Brust.

»Mein Onkel hatte in Montreal einen wunderbaren Bräutigam für mich gefunden. Leider wurde dieser binnen dreier Wochen nach meiner Ankunft von einem schrecklichen Fieber dahingerafft«, rezitierte sie lahm.

»Das hier ist kein Spiel!«, fauchte Theodor.

»Ich weiß«, gab sie ebenso schroff zurück. »Schließlich geht es hier um nichts Geringeres als *meine* Zukunft!«

»Ruhig Blut, ihr beiden!« Delia hob ihren Fächer wie einen Taktstock. »Ich möchte bei den Haywards weder giftige Blicke noch erhitzte Gesichter sehen! Ich erwarte höchste Diskretion!«

Nach diesen Worten brachte Marigold erst recht keine heitere Miene zustande. Das Lächeln, das sie beim Verlassen der Kutsche auf ihre Lippen zwang, fühlte sich wie eine Grimasse an.

Ein livrierter Lakai tauchte auf und geleitete die Ankömmlinge in ein reich geschmücktes Vestibül, wo man ihnen die Mäntel abnahm. Die mit schwarzem und weißem Marmor ausgelegte Eingangshalle verfügte über eine kuppelförmige, bemalte Decke, und als Marigold den Kopf in den Nacken legte, entdeckte sie Motive aus dem Altertum.

»Komm schon!« Delia hatte sie am spitzengesäumten Ellenbogen gefasst und zog sie weiter.

Der Salon, in dem das Konzert stattfand, war nicht minder beeindruckend. Der Raum war, bis auf die mit Stuck verzierte Decke, in einem hellen Rosaton gestrichen, der im Zusammenspiel mit den beiden Kristalllüstern ein warmes Licht erzeugte. Zahlreiche Spiegel an den Wänden unterstrichen die Großzügigkeit des Saals. An einem Ende standen die Konzertinstrumente sowie gepolsterte Stühle für die Gäste bereit.

Nachdem Marigold den Raum ihrer Musterung unterzogen hatte, bemerkte sie, dass alle Gespräche im Salon verstummt waren. Angesichts der vielen urteilenden Blicke erwartete sie, zu erröten oder in Schweiß auszubrechen. Überraschenderweise geschah weder das eine noch das andere. Es war ihr einerlei, was man von ihr dachte. Nicht einmal Charlotte Lyly konnte sie mit ihrem Starren aus der Ruhe bringen.

»Familie Clayton! Wie schön, dass Sie meiner Einladung gefolgt sind!« Eine ältere Frau bahnte sich ihren Weg durch den Saal, wobei sie ihr linkes Bein ein wenig nachzog. Sie musste die Siebzig längst überschritten haben, wie ihre pergamentartige Haut aus der Nähe verriet.

»Wir danken Euch für die Einladung, Lady Hayward«, sagte Theodor mit einer Verbeugung und die Damen knicksten.

»Ah, das ist also unser Mädchen aus Montreal!« Die Gastgeberin hob ein Monokel vors Auge und begutachtete Marigold aufmerksam. »Kein Wunder, dass Sie zurückgekehrt sind. Ein zartes Geschöpf wie Sie ist in Mayfair besser aufgehoben, was?«

Marigold zuckte mit den Schultern. Je weniger sie sprach, desto weniger lief sie Gefahr, etwas Falsches zu sagen.

»Ich bin Louise Hayward«, fuhr die Dame lächelnd fort. »Wir haben uns vor einigen Jahren bei den Woodburys gesehen. Erinnern Sie sich?«

»Tut mir leid, nein, Mylady«, gestand sie zerknirscht.

Neben ihr japste Delia Clayton nach Luft. Vermutlich war sie der Meinung, ihre Tochter hätte lieber eine höfliche Lüge vorbringen sollen. Doch Marigold fand, dass sie in den letzten Tagen genug geschwindelt hatte.

Louise seufzte. »Tja, wer kann es Ihnen verdenken, Miss? In der Jugend gleicht jedes Jahr einem Jahrzehnt, nicht wahr? Eine Zeit voller Abenteuer ...« Ihre Augen nahmen einen verträumten Ausdruck an, dann wackelte sie mit den dünnen Brauen. »Wenn Sie erst einmal so alt sind wie ich, werden Sie verstehen, was ich meine.« Sie lachte und Marigold stimmte mit ein.

Theodor räusperte sich und griff nach einer der Champagnerflöten, die ein Diener den Gästen anbot. Dann wandte er sich an die Dame des Hauses.

»Lady Hayward, werdet Ihr uns heute mit einer musikalischen Darbietung erfreuen?«

»Ich?!«, rief Louise so laut, dass sich alle im Salon nach ihr umdrehten. »Um Gottes willen, nein. Das überlasse ich lieber meinem talentierten Sohn und meinen bezaubernden Enkelinnen.«

»Ich wusste nicht, dass Euer Sohn wieder in London weilt!« Delia tauschte einen Blick mit ihrem Gatten. Marigold musste an sich halten, um nicht mit den Augen zu rollen. Das verstand ihre Mutter also unter *höchster Diskretion*? Wenn sie heute Abend so weitermachte, konnte sie ihrer Tochter genauso gut ein Schild mit der Aufschrift *Bräutigam gesucht* um den Hals hängen.

»Ja, seit ein paar Tagen. Mein Sohn Patrick leitet die musikalische Erziehung an einem Bubeninternat in Kent«, erklärte die Gastgeberin Marigold.

»Eine ehrenhafte Tätigkeit, Mylady!«

Louise zeigte ein stolzes Lächeln. »Haben Sie eine weiterführende Schule besucht, Ms Clayton?«

»Ich bedaure. Allerdings lese ich gern und viel. Seit Kurzem verbringe ich meine Nachmittage zudem in Vaters Kontor. Ich darf seinem Assistenten zur Hand gehen.«

In der nächsten Sekunde trat Delia ihr so fest auf den Fuß, dass Marigold einen Aufschrei unterdrücken musste.

»Was für eine außergewöhnliche junge Dame Sie doch sind!«, staunte Lady Hayward. »Ich werde Sie später mit Patrick bekannt machen. Nun müssen Sie mich entschuldigen.« Sie deutete mit ihrem Champagnerglas auf die fünfköpfige Gruppe, die in den Salon gekommen war, und hinkte davon, um ihre Gäste zu begrüßen.

»War es unbedingt nötig, deinen nachmittäglichen Zeitvertreib im Kontor zu erwähnen?«, grollte Theodor, sobald die drei sich einen Platz in den Zuschauerreihen gesucht hatten.

»Ich –«

»Zum Glück machte Louise nicht den Eindruck, als würde sie sich daran stören«, warf Delia ein. »Und sie will ihr Patrick vorstellen, ist das nicht grandios? Ah, dort vorn ist er schon!«

Marigold folgte ihrem Blick und entdeckte einen untersetzten Gentleman in bordeauxrotem Habit, der soeben den Hammerflügel ansteuerte. Binnen eines Atemzugs verwandelte sich ihre Neugier in Ernüchterung. Sie hätte es wissen müssen. Natürlich zählte der Sohn der hochbetagten Lady Hayward keine dreißig Jahre – Patrick hatte die fünfzig sicher schon überschritten. Allerdings erweckte er mit seinem Wohlstandsbauch, der unter seiner Weste spannte, und den schwerfälligen Bewegungen eher den Eindruck eines sechzigjährigen Großvaters.

»Ist er Witwer?«, fragte sie ihre Mutter unverwandt.

»Nein, soweit ich weiß, war Patrick nie verheiratet«, gab Delia im Flüsterton zurück.

Marigold runzelte die Stirn. Es gab nur wenige Männer, die das Junggesellendasein der Ehe vorzogen. An heiratswilligen Damen hatte es, allein schon wegen seines Status, sicher nie gemangelt.

Inzwischen hatten sich Lady Haywards Enkelinnen, allesamt die Töchter von Patricks jüngerer Schwester, an dessen Seite begeben. Marigolds Spannung wuchs, als die drei ihre Streichinstrumente zur Hand nahmen, um sie vor dem Konzert zu stimmen. Es war in den letzten Jahren zur Mode geworden, dass Familien, die etwas auf sich hielten, ihre Kinder in der Musik unterweisen und vor kleinem Publikum auftreten ließen. Marigold hatte die Erfahrung gemacht, dass das Talent, das die Eltern in ihren Sprösslingen sahen, oftmals mehr mit Wunschträumen als mit der Realität zu tun hatte. Patrick und seine Nichten schienen jedoch wirklich etwas vom Musizieren zu verstehen, wie sie schon nach den ersten Takten des Menuetts erkannte.

Entgegen ihren Erwartungen genoss sie das Konzert und wäre ihr Mieder nicht so eng gewesen, hätte sie sich dabei sogar entspannen können.

Nachdem die letzten Töne verhallt waren und sich das Quartett unter begeistertem Applaus verbeugt hatte, stoben die meisten Gäste in das Nebenzimmer, in dem das Gesinde ein üppiges Buffet errichtet hatte.

Auch Marigold knurrte bei dem Duft der zahlreichen Küchlein und Pasteten der Magen. Vielleicht sollte sie doch probieren, etwas zu essen? Nur ein paar Bissen, um der Wirkung des Champagners entgegenzusteuern, der ihr allmählich zu Kopfe stieg?

Unschlüssig schritt sie durch die geöffnete Flügeltür, um einen besseren Blick auf die dargebotenen Speisen zu erhaschen. Sie hatte sich gerade eine karamellisierte Apfelspalte in den Mund geschoben, als eine Unterhaltung zwischen Louises Enkelinnen ihre Aufmerksamkeit erregte. Genau genommen war es nur ein einziger Name, bei dessen Klang sich ihr Körper augenblicklich versteifte und ein eiskalter Schauer über ihre Kopfhaut lief.

»Wie Mrs Dockray mir erzählte, soll die Hochzeit im Juni stattfinden«, raunte Rebecca, die Älteste, ihren Schwestern zu. »Stellt euch nur vor, die kleine Beatrice – die spätere Duchess von Combshire!«

Marigold gesellte sich zu den Mädchen, deren Kichern prompt verstummte.

»Verzeihen Sie meine Nachfrage. Ich wollte keinesfalls lauschen, hörte aber, dass Sie über den zukünftigen Duke of Combshire sprachen. Er hat sich also tatsächlich verlobt?«

Drei schokoladenbraune Augenpaare starrten sie perplex an.

»Ms Clayton!«, wisperte die jüngste von ihnen erschrocken.

Sie wussten also, wer sie war. Dann war ihnen sicher auch bekannt, welch hässlicher Skandal die Namen Talbot und Clayton verband. Die forsche Nachfrage musste die Schwestern schockiert haben, aber Marigold scherte sich nicht darum.

»Ja«, brachte Rebecca hervor, die sich am schnellsten wieder gefangen hatte. »Am Neujahrstag hat Richard Talbot seine Verlobung mit Lady Beatrice Gambrell bekanntgegeben.«

»Ich verstehe.« Marigolds Stimme klang in ihren Ohren seltsam gepresst, und die betretenen Blicke der Mädchen bestätigten, dass ihre Miene ihre Bestürzung nur allzu deutlich preisgab. Hastig zog sie ihren Fächer aus der Rocktasche, um ihr glühendes Gesicht vor den übrigen Gästen zu verbergen.

»Ich fürchte, ich brauche etwas frische Luft«, murmelte sie und floh aus dem Saal. Sie hatte das Gefühl, von den mitleidigen Blicken der jungen Damen verfolgt zu werden.

Auf dem menschenleeren Balkon angekommen, nahm sie den Fächer hinunter und füllte ihre Lungen mit eiskalter Luft. Sie war nicht diejenige, die Mitleid verdiente, sondern Frances! Marigold mochte sich kaum vorstellen, wie sehr die Nachricht von Talbots Verlobung ihre Schwester treffen würde.

Ihre Hände ballten sich zu Fäusten, so fest, dass der Fächer in ihrer Rechten zerbrach. *Nun hast du dich also genug ausgetobt,*

*Richard? Welche Vorzüge besitzt Beatrice, die Frances nicht hat? Sie möchtest du heiraten, während du meine Schwester nur benutzt hast?*

Marigold ertrug an diesem Abend keine Gesellschaft mehr. Stattdessen streifte sie durch die öffentlichen Räume des Anwesens und überlegte dabei, wie sie Frances die Nachricht schonend beibringen konnte. Und was war mit Richard? Sollte er nicht erfahren, dass er eine Tochter hatte, bevor er den Bund der Ehe einging?

Während sie einen breiten Korridor hinunterlief, der gleichzeitig als Gemäldegalerie diente, schmiedete sie einen Plan. Wenn ihre Schwester das Haus nicht verlassen durfte und Richard ihre Briefe nicht las, musste *sie* ihn eben konfrontieren. Ihr graute zwar davor, sich diesem selbstverliebten Aristokratensohn zu stellen, doch ihre Sorge um Frances und Elizabeth war größer.

Marigold kam zum Stehen und betrachtete die Porträts, die beide Seiten des Korridors schmückten. Sie vermutete, dass es sich bei den Abgebildeten um die Ahnen der Haywards handelte. Dieser Raum demonstrierte auf unmissverständliche Weise, was in der Welt, in der sie lebte, zählte: Wohlstand, Macht und vor allem eine noble Herkunft. Würde ihre Nichte für immer im Schatten der Gesellschaft leben müssen – ohne Status, ohne Wurzeln?

Marigold riss sich von der Betrachtung los, als energische Schritte auf dem Parkett erklangen. Es war ihre Mutter, die sich ihr mit verärgerter Miene näherte.

»Marigold! Wir sind nicht hier, um herumzustreunen! Das gehört sich nicht!«

»Aber das macht doch nichts, Mrs Clayton!«, rief Lady Hayward und schloss zu Delia auf. Diese blickte genauso überrascht drein wie ihre Tochter. Es war schon das zweite Mal an diesem Abend, dass die Gastgeberin für Marigold Partei ergriff.

»Es ist schön, zu sehen, dass sich noch irgendjemand für die alten Gemälde begeistern kann«, fügte Louise mit einem Seufzen hinzu. Sie kniff die Augen zusammen und musterte die Bilder durch ihr Monokel. Dann machte sie sich die Mühe, ihre Gäste über alle abgebildeten Personen aufzuklären, was eine ganze Weile in Anspruch nahm.

»Nun haben wir Sie aber wirklich lange aufgehalten.« Delia trat unauffällig von einem Fuß auf den anderen. Wahrscheinlich schmerzten ihre Zehen in den neuen Schuhen. »Es ist an der Zeit, dass wir aufbrechen.«

»Es war mir ein Vergnügen«, entgegnete Lady Hayward mit einem breiten Lächeln. »Kommen Sie, ich begleite Sie ins Foyer!«

Louise und Delia schlenderten so gemächlich durch das Haus, dass Marigold genug Zeit blieb, um ihren Vater im Salon einzusammeln. Als sie erkannte, mit wem dieser in ein Gespräch vertieft war, hätte sie am liebsten auf dem Absatz kehrtgemacht. Leider hatten sowohl Theodor als auch Lord Hayward sie bereits bemerkt. Ihr Vater machte die beiden miteinander bekannt, woraufhin Patrick nach Marigolds Hand griff und einen Kuss darauf hauchte.

»Ms Clayton, ich hatte noch keine Gelegenheit, Ihnen zu sagen, wie wunderbar Ihnen die Farbe Ihres Kleides zu Gesicht steht.«

»Und ich hatte noch keine Gelegenheit, Euch meine Bewunderung für Euer außergewöhnliches musikalisches Talent auszusprechen, Mylord.«

Sie tauschten ein paar Sätze aus, während derer Marigold sich von Patricks ausgezeichneten Manieren überzeugen konnte. Er schien ein freundlicher, wenngleich etwas schüchterner Mann zu sein, der seine unruhigen Hände hinter dem Rücken faltete und seine Veranlagung zum Schwitzen mit einer enormen Menge Puder zu kaschieren versuchte. Mittlerweile stand ihm der Schweiß in solch großen Perlen auf der Stirn, dass er sich mit dem weißen Pulver vermischte, eine helle Spur auf den Schläfen hinterließ und auf den gestärkten Hemdkragen hinab tropfte. Als wäre das nicht genug, setzte sich die klebrige Puderschicht in Patricks

Gesichtsfalten ab, was ihn älter aussehen ließ als Marigolds Vater.

»Ich fürchte, wir müssen nun aufbrechen, Mylord«, erlöste sie den Junggesellen endlich und knickste. »Mutter hat bereits die Kutsche vorfahren lassen.«

»Gewiss.« Patrick verbeugte sich knapp.

Fast zeitgleich mit den Damen kamen Marigold und ihr Vater im Foyer an, wo Louise sie verabschiedete.

»Vielen Dank für die Einladung, Lady Hayward.« Marigold versank in einen Knicks. »Ich habe das Konzert sehr genossen, ebenso wie die Anekdoten zu Eurer Familiengeschichte.«

»Sie sind hier jederzeit willkommen, Ms Clayton.« Louise beugte sich nach vorn und senkte die Stimme. »Übrigens haben wir uns nie zuvor gesehen. Schöne Mädchen findet man überall. Solche mit Charakter nur selten.« Mit einem Zwinkern wandte sie sich ab.

Verblüfft blickte Marigold der Hausherrin hinterher, die sich in Richtung Salon entfernte. Hatte Louise sie mit ihrer Frage zu Beginn des Abends auf die Probe gestellt? Nun war sie doppelt froh, dass sie vorhin nicht gelogen hatte, selbst wenn es ihr einen schmerzhaften Fußtritt eingebracht hatte. Denn obwohl sie Patrick nicht heiraten wollte, empfand sie großen Respekt vor seiner Mutter.

Auf dem Heimweg dachte sie über die Worte der Dame nach und kam zu einem ernüchternden Fazit: Sie war nicht das aufrichtige Mädchen, für das Lady Hayward sie hielt. Das Gegenteil war der Fall. Sie hatte das Gefühl, dass sich ihr Leben seit dem skandalträchtigen Abend in der Oper um nichts anderes als Lügen und Geheimnisse drehte. Ob in Montreal oder in London, immerzu musste sie aufpassen, wem sie welche Geschichte auftischte, um den Ruf ihrer Familie ja nicht zu gefährden. Unterdessen hatte sie ihr eigenes Netz aus Lügen gesponnen – und sie war alles andere als stolz darauf.

Als die Kutsche die prächtige New Bond Street passierte, kam Marigold wieder die Unterhaltung der Hayward-Mädchen in den

Sinn.

»Ich habe heute Abend unschöne Neuigkeiten erfahren«, sprach sie zu ihren Eltern, die daraufhin träge die Lider hoben. »Lady Haywards Enkelinnen erzählten mir, dass sich Richard Talbot kürzlich mit Lady Beatrice Gambrell verlobt hat.«

Delia und Theodor verzogen die Gesichter, blieben jedoch still. *Verdächtig* still.

»Sie ... Sie wirken nicht überrascht«, stotterte Marigold.

»Nun, wir –«, setzte ihre Mutter an.

»Sie wussten davon!« Marigold verschränkte die Arme vor der Brust und funkelte ihre Eltern an.

»Es ist uns zu Ohren gekommen, ja«, gab Delia zu. »Aber ich sehe nicht, inwiefern uns die Sache anbelangt!«

»Richard ist der Vater Ihrer Enkeltochter!«

»Der Vater unserer *unehelichen* Enkeltochter«, verbesserte Theodor sie. »Niemandem ist damit geholfen, diese missliche Angelegenheit weiter zu outrieren. Am allerwenigsten deiner Schwester. Deshalb haben wir uns entschieden, sie nicht über die neuesten Ereignisse zu informieren.«

Theodor konnte noch so gestelzt daherreden – über die Unbarmherzigkeit seines Wesens vermochten seine Worte nicht hinwegzutäuschen. Am meisten störte Marigold, dass er es so darstellte, als ginge es ihm um das Wohl seiner Tochter. Dabei fürchtete er nur, dass Frances in ihrer Verzweiflung irgendeine Dummheit anstellte und damit den Skandal um ihr Kind öffentlich machte.

Delia spähte aus dem Kutschenfenster. »Wir würden es begrüßen, wenn du deine Schwester nicht damit behelligst.«

»Wie stellen Sie sich das vor, Mutter?«

»Bring es einfach nicht zur Sprache.«

»Das ist leichter gesagt als getan! Frances fragt mich fast jeden Tag, ob ich etwas Neues von Richard gehört habe!«

»Dir wird sicher etwas einfallen.« Ihre Mutter lehnte sich zurück und schloss die Augen. Offensichtlich war dieses Gespräch für sie beendet.

*Noch mehr Lügen.* Marigold schauderte, was nicht nur an der Kälte lag, die allmählich in den Landauer kroch. *Konnte man an einem Übermaß an Lügen ersticken?*

# 30

»Ich werde mich nun zurückziehen, wenn Sie erlauben, Ms Clayton?« Mr Price schraubte das Tintenfass auf seinem Schreibpult zu und erhob sich von seinem Platz. »Kommen Sie zurecht?«

Marigold blickte von den Akten in ihren Händen auf und nickte dem Kontoristen zu. »Sicher. Und keine Sorge, ich werde die Kerzen nicht aus den Augen lassen.«

Der Assistent schmunzelte, hatte er ihr doch erst kürzlich verraten, dass seine größte Angst darin bestand, ein Feuer könnte in diesen Räumen ausbrechen und die Arbeit von Jahren zunichtemachen.

»Nun denn, Ms Clayton. Ich übergebe das Kontor in Ihre vertrauensvollen Hände.« Seine Mundwinkel zuckten.

Sobald er zur Tür hinaus war, erschien ein Grinsen auf Marigolds Gesicht. Mr Price war stets so förmlich und ernst. Umso mehr freute sie sich, wenn es ihr gelang, ihm ein Lächeln zu entlocken.

Der Anblick des hohen Papierstapels vor ihrer Nase erinnerte sie daran, dass sie noch einiges zu tun hatte, bevor sie sich ebenfalls für das Abendessen zurückzog. Zum Glück bestand diesbezüglich heute keine große Eile. Ihre Eltern waren vorhin zu einer Dinnerparty aufgebrochen und Frances aß ohnehin dann, wann es ihr passte. Das Stillen und die unruhigen Nächte mit Elizabeth zehrten an ihren Kräften.

Als sie etwa eine Stunde später das letzte Dokument in den Aktenhalter einsortierte, fiel ihr Blick auf eine Kladde, die sie nie zuvor bemerkt hatte. Stirnrunzelnd zog sie das lederne Geschäftsbuch aus dem Regalfach. Beim Durchblättern registrierte sie eine feinsäuberliche Buchführung und die gestochene Handschrift ihres Vaters. Allerdings verfügte die Übersicht weder über Datumsangaben noch über Hinweise darauf, um welche Lieferungen es sich handelte. Die Auflistungen waren lediglich mit seltsamen Codes versehen, die stets aus einem Buchstaben und einer Zahl bestanden. Marigolds Neugier war geweckt. Sie breitete die Kladde auf ihrem Pult aus und studierte sie unter dem Schein der Kerzen.

*D15 – D21 – Y6*

Ihre Lippen formten die rätselhaften Beschriftungen nach, aber schlau wurde sie daraus nicht. Es sah ganz danach aus, als handle es sich dabei um eine komplizierte Verschlüsselung.

Marigolds Herzschlag beschleunigte sich, weil sie ahnte, dass sie soeben auf einen delikaten Gegenstand gestoßen war. Auf ein Geschäftsbuch, dessen Inhalt nur wenige Menschen kannten und der vermutlich mithilfe einer Legende zugeordnet werden konnte. Ihr Blick flog zu der Doppeltür, die das Nebenzimmer von der Schreibkammer ihres Vaters trennte. Vorsichtig öffnete sie die Tür einen Spalt und spähte hindurch. Wie erwartet rührte sich nichts in dem stockdusteren Raum.

Sie fühlte sich wie eine Einbrecherin, als sie kurz darauf eintrat, die Kladde in der einen, den Kerzenständer in der anderen Hand. Dabei hatte sie noch nichts Verbotenes angestellt. Das tat sie erst in jenem Moment, in dem sie die Porzellanvase auf dem Kaminsims anhob und nach dem Messingschlüssel tastete, der sich darunter verbarg. Sie hatte ihren Vater eines Abends dabei beobachtet, wie er die oberste Schublade der Bordelaise-Kommode rechts hinter seinem Schreibtisch damit verschlossen hatte. Wenn er etwas zu verbergen hatte, würde er es dort aufbewahren.

In der Schublade befand sich nicht allzu viel: eine Dose Schnupftabak, ein versilberter Brieföffner, ein Schuldenbuch sowie ein in schwarzes Leder gebundenes Heft. Sie versuchte, sich die Anordnung der Gegenstände einzuprägen, und hievte die beiden Bücher auf den Mahagonitisch ihres Vaters.

Wenig später hatte Marigold über drei Dinge Gewissheit erlangt.

Erstens: In den letzten Jahren hatte Theodor einen gewaltigen Schuldenberg aufgebaut.

Zweitens: Er versuchte, das Defizit durch inoffizielle Geschäfte auszugleichen.

Drittens: Er tat dies nicht allein.

Marigold ließ sich lange Zeit, um ihre Entdeckung sacken zu lassen, bevor sie das Kontor verließ. Dennoch war sie nicht ganz bei sich, als sie sich auf den Weg zu den Privatgemächern des Hauses machte. Sie hatte ihren Vater zwar stets für einen eiskalten Geschäftsmann gehalten, allerdings hätte sie ihm keine kriminellen Machenschaften zugetraut. Im Gegensatz zu Absalom … Die Papiere, die sie gefunden hatte, dokumentierten Schwarzmarktgeschäfte von über neun Jahren. So wie es aussah, war ihr Onkel der Begründer eines illegalen Handelsnetzwerks, in das Theodor später eingestiegen war.

*Kieran hatte recht*, schoss es ihr durch den Kopf, während sie die Treppe erklomm. Einen Teil der Pelze, die für die HBC bestimmt waren, verkauften die Clayton-Brüder an portugiesische und holländische Unterhändler weiter.

Plötzlich war sie wieder in der Jagdhütte am Mattawa. An jenem Abend hatte Kieran zugegeben, dass er Absalom ausspioniert hatte, und sie hatte seine Motive nicht infrage gestellt. Die Tatsache, dass er so viel wie möglich über die HBC, die er so hasste, herausfinden wollte, hatte ihr als Begründung genügt. Statt weiter nachzuhaken, war sie damit beschäftigt gewesen, den Erzfeind ihres Onkels anzuschmachten und ihn so leidenschaftlich zu lieben, als wäre nichts anderes mehr von Bedeutung. Auf einmal hatte sie den Geruch jener Nacht wieder in der Nase, den Duft von Regen, Wald, Harz und *ihm* …

»Ms Clayton, wünschen Sie noch etwas zu speisen?«

Marigold blinzelte, als sie Hannah auf dem Flur herbeieilen sah. Die Realität brach so unsanft über sie herein wie ein Hagelsturm an einem heißen Sommertag. Sie befand sich nicht in einer Waldhütte im Nirgendwo, sondern in der Beletage ihres Elternhauses, und ihre Zofe erwartete eine Antwort.

»Äh ... ja, bitte. Eine Kleinigkeit auf meiner Kammer genügt.«

Hannahs Ausdruck verriet, dass sie Marigold am liebsten nach deren Geistesabwesenheit gefragt hätte. Doch sie besann sich auf die Diskretion, die von allen Dienstboten erwartet wurde, und knickste rasch.

»Jawohl. Übrigens wünscht Ihre Schwester sie zu sehen.«

Mit einem müden Seufzer lenkte Marigold ihre Schritte zu Frances' Gemach. Sie wusste nicht, ob sie heute noch die Kraft hatte, sich in eine weitere Diskussion über Richard Talbot zu vertiefen, allerdings konnte sie ihre Schwester schlecht warten lassen.

»Da bist du ja endlich!«, rief Frances von ihrer Chaiselongue aus, sobald Marigold eingetreten war. »Wo hast du den ganzen Abend gesteckt?« Sie legte ihre Lektüre beiseite und musterte ihre Schwester.

»Ich war unten im Kontor.«

»Ist es denn wirklich so interessant, stundenlang irgendwelche Akten zu sortieren?«

Marigold ließ sich Zeit mit ihrer Antwort und schritt auf die Wiege zu, die neben Frances' Bett aufgestellt war. Delia hatte das Möbelstück aus feinstem Nussbaumholz letzte Woche angeschafft – ein kleines Zugeständnis an die jüngste Bewohnerin des Hauses. Sie betrachtete ihre Nichte, die friedlich schlummernd in ihrem Kinderbettchen lag, die winzigen Fäuste neben den Ohren.

Von einer Sekunde auf die nächste füllten sich Marigolds Augen mit Tränen. Hastig presste sie eine Hand auf den Mund und zückte mit der anderen ihr Taschentuch.

»Was ist los?!« Frances sprang auf und eilte herbei. Sie legte einen Arm um Marigolds bebende Schultern und zog sie auf die Chaiselongue. »Sag, was ist mit dir?«

»Tut mir leid«, wisperte sie. »Ich sollte nicht weinen. Nicht vor Lizzy und dir.« Sie sank auf das weiche Polster, während Frances sich auf der Armlehne niederließ.

»Unsinn! Ich bin nicht die Einzige, die viel durchgemacht hat. Du sprichst zwar nie über die Zeit in Montreal, aber es ist offensichtlich, dass sie Narben in deinem Herzen hinterlassen hat.«

Marigold sah aus geröteten Augen auf, überrascht von Frances' Einfühlsamkeit. »Du hast recht. Die letzten Monate waren furchtbar. Aber es sind nicht nur die Erinnerungen, die mich quälen. Vorhin im Kontor habe ich etwas herausgefunden ...«

Ihre Schwester griff nach ihrer Hand, woraufhin in Marigold alle Dämme brachen. Auf einmal flossen die Worte genauso schnell aus ihr hinaus wie ihre Tränen. Sie erzählte Frances *alles*. Von ihrer ersten Begegnung mit Kieran, über die Demütigungen unter Absaloms Dach, bis hin zu den Geschehnissen jenseits der Frontier. Auch die jüngsten Entdeckungen in der Schreibstube ihres Vaters ließ sie nicht aus.

Frances lauschte ihr stumm und bleich wie ein Laken.

»Mein Gott, Marigold!«, rief sie, nachdem diese ihren Monolog beendet hatte. »Ich hatte ja keine Ahnung! Deine Erlebnisse sind abenteuerlicher als die Romane von Daniel Defoe!«

»Allerdings endeten sie nicht annähernd so heroisch«, schniefte Marigold. »Begreifst du jetzt, warum ich nie darüber gesprochen habe? Es ist so unglaublich viel passiert. Ich bin nicht mehr dieselbe. Und nun entdecke ich, dass nicht einmal Vater derjenige ist, für den ich ihn all die Jahre gehalten habe. Er ist kein Mann von Ehre, Frances, sondern ein Betrüger!«

Ihre Schwester schluckte schwer und richtete ihre Augen auf das knisternde Kaminfeuer. »Seine Schulden erklären auch, warum er es so eilig hat, dich vorteilhaft zu verheiraten.«

Marigold nickte und ballte ihre Hände zu Fäusten. »Das wird

nicht passieren! Eher werde ich erneut ausreißen, als an der Seite von Lord Hayward zu versauern.«

Frances schlug die Lider nieder. »Dein Fortgang würde mir das Herz brechen. Ich wünschte, wir könnten selbst über unser Leben bestimmen und frei sein, ohne bei Nacht und Nebel davonlaufen zu müssen.«

»Das wäre schön. Aber wir wissen beide, dass eine Frau in dieser Welt nicht lange allein bleiben kann. Irgendwann werden neue Männer in unser Leben treten.«

»Irgendwann vielleicht, ja.« Frances lachte freudlos. »Die Sache ist nur, dass ich Richard trotz allem nicht vergessen kann. Immerhin sehe ich sein Antlitz jeden Tag in meiner Tochter.« Sie seufzte. »Ich bin sicher, du verstehst, was ich meine. Dein Herz schlägt immer noch für Kieran, ist es nicht so?«

Marigold fühlte sich, als hätte man ihr einen Kübel eiskalten Wassers über den Kopf gegossen. »Wie kommst du darauf?«

»Nun ja ... Die Art und Weise, wie du von ihm sprichst. Und das Porträt in deiner Zeichenmappe – das war er, richtig?«

Auf einen Schlag kehrte das Blut in Marigolds Wangen zurück.

»Er ist ein hübscher Mann«, fuhr Frances unbeirrt fort. »Seine Gesichtszüge haben etwas wirklich Interessantes an sich.«

»Wenn du das sagst ...« Sie zuckte mit den Schultern und erhob sich. »Ich sollte auf meine Kammer gehen. Hannah hat sicher schon das Abendessen vorbeigebracht.«

»Oh, du hast noch nicht gegessen? Du musst am Verhungern sein! Wenn du möchtest, kannst du dein Tablett hierher –«

»Schon gut, Frances. Danke für deinen Beistand.«

»Danke für deine Offenheit.«

Mit einem Lächeln drückte Marigold die Türklinke hinunter und floh aus Frances' Gemach, damit ihre Schwester sie nicht weiter über ihre Gefühle für Kieran ausfragen konnte.

In ihrem Zimmer angekommen, entzündete sie die Wandkerzen und eilte zu dem Tablett, das ihre Zofe auf dem Tisch am Fenster abgestellt hatte. Sie stürzte ein Glas Wasser hinunter, denn das viele Sprechen hatte ein Kratzen in ihrer Kehle hinterlassen. Ein Blick unter die silberne Servierglocke verriet, dass Hannah in der Küche ein Wort für sie eingelegt hatte. Marigolds Magen knurrte, als ihr der Duft von Ms Notts berühmtem Pilz-Fricassée in die Nase stieg. Trotzdem war ihr nicht nach Essen zumute.

Stattdessen bewegten sich ihre Füße wie von selbst in Richtung des Sekretärs. Kurz darauf saß sie mit der aufgeschlagenen Zeichenmappe auf dem Bett. Während sie die Skizzen durchsuchte, überkam sie für einen winzigen, schrecklichen Augenblick Panik, weil sie Kierans Porträt nicht fand und fürchtete, sie hätte es verloren.

Doch da war es – ein wenig zerknittert, da sie es nach Frances' Entdeckung hastig zwischen die anderen Blätter gestopft hatte. Das Lichtspiel der Kerze auf ihrem Nachttisch verlieh seinem Antlitz den Anschein von Lebendigkeit. Ihre Fingerspitzen schwebten dicht über den Konturen seines Gesichts, als sie die Linien in der Luft nachzeichnete. Ein Prickeln fuhr durch ihre Hand und sie bildete sich ein, sie könnte die Wärme seiner Haut auf ihrer spüren. Auch wenn sie es nicht wahrhaben wollte: Kierans Porträt löste noch immer die gleichen Gefühle in ihr aus wie zu dem Zeitpunkt, als sie ihren Kohlestift über das Papier gezogen hatte.

Marigold starrte durch das Fenster in die Dunkelheit hinaus. Unwillkürlich stellte sie sich vor, wie Kieran denselben Himmel beobachtete. Sie fragte sich, ob er gelegentlich an sie dachte. An sie und an jene Nacht, in der sich ihr Schicksal für immer gewendet hatte.

Es war seltsam, dass Frances jetzt über alles Bescheid wusste. Sie hatte nie geplant, irgendjemandem von ihren schockierenden Erlebnissen in den Kolonien zu erzählen. Schon gar nicht ihrer Schwester, die in den letzten Jahren keine Gelegenheit verpasst hatte, gegen sie zu sticheln. Doch Frances hatte sich verändert, genau wie sie selbst.

Gewiss war Marigold der Schreck ihrer Schwester nicht entgangen, als sie ihre leidenschaftliche Nacht mit Kieran geschildert hatte. Trotzdem hatte Frances sie nicht für ihre Taten verurteilt. Wie auch? Sie teilten nun beide den Makel der Unkeuschheit.

Einen Unterschied gab es jedoch: Kieran Black weilte auf der anderen Seite des Atlantiks. Richard Talbot dagegen war hier, in London, gerade einmal drei lächerliche Straßen entfernt, und für Frances dennoch unerreichbar. Marigold hatte ihrer Schwester noch nicht von den Heiratsplänen des zukünftigen Dukes erzählt. Nicht nur, weil ihre Eltern es verboten hatten, sondern weil sie Frances erst mit dieser Nachricht belasten wollte, wenn sie sicher war, dass eine Zukunft mit Talbot ausgeschlossen war.

Marigold verstaute die Zeichnung in der Mappe und rieb sich die müden Augen. Sie musste mit Richard sprechen, und zwar so schnell wie möglich.

# 31

Als Marigold die Tür des Dienstboteneingangs hinter sich schloss, fiel ihr ein Stein vom Herzen. Es war riskant gewesen, zu dieser Uhrzeit durch den Personaltrakt zu schleichen, aber immer noch besser, als im Foyer von Johnson abgefangen zu werden. Der Butler hätte sie niemals ohne Anstandsdame außer Haus gehen lassen.

Ihr war schnell klar geworden, dass sie die Gunst der Stunde nutzen musste. Frances hatte sich bereits für die Nacht zurückgezogen und ihre Eltern waren noch nicht von der Dinnerparty zurück. Sie konnte nur beten, dass Richard Talbot an diesem Abend zuhause geblieben war und sich nicht in einem der Herrenclubs oder anderen Etablissements vergnügte.

Statt den kieseligen und gut einsehbaren Pfad zum Haupttor zu nehmen, hastete sie durch den Garten und zwängte sich durch die lockere Stelle im Zaun. Sobald ihre Stiefel die Seymour Street berührten, schob sie sich ihre Mantelkapuze über den Kopf. Die Straße war menschenleer, was ihrem Vorhaben zwar dienlich, aber gleichzeitig etwas beängstigend war. Marigold konnte sich nicht erinnern, wann sie das Familienanwesen zuletzt zu Fuß verlassen hatte. Jeder, der in Mayfair wohnte, verfügte über eine private Kutsche. Spazieren tat man im Hyde Park oder in einem der vornehmen Einkaufsviertel.

Bis auf das Rumpeln zweier Droschken, die sie überholten, blieb es totenstill auf der mondbeschienenen Straße. Marigold musste an die beengten Gassen in Limehouse denken, wo sie kaum einen Schritt hatte tun können, ohne angerempelt zu werden. In dem Gewirr aus derben Flüchen, strengen Gerüchen, Hektik und Rüpelei hatte sie sich erstaunlich wohlgefühlt. Es war leicht gewesen, inmitten des Chaos mit der Masse zu verschmelzen.

War es nicht sonderbar, dass sie in einer der ärmsten Gegenden Londons weniger Angst empfunden hatte als in dem Stadtteil, den sie von Kindheit an kannte? Dabei drohte dort, wo Armut und Elend regierten, gewöhnlich auch mehr Gefahr. Sie musste nur an die Männer am Montrealer Hafen denken, die sie damals bedrängt hatten.

Ein Schauder ging ihr durch Mark und Bein und ihre Hand glitt reflexartig in ihre Rocktasche und suchte nach dem Messer, das sie nach dem Vorfall erworben und stets bei sich getragen hatte. Während der Wochen auf der *Seahorse* hatte es ihr gute Dienste geleistet. Seitdem sie wieder in Mayfair wohnte, hatte sie keine Notwendigkeit für diese Vorsichtsmaßnahme gesehen, aber heute vermisste sie das Gefühl des hölzernen Griffs in ihrer Hand. Was, wenn hier doch ein paar zwielichtige Gestalten im Schutze der Nacht ihr Unwesen trieben? Nein, sie durfte nicht an so etwas denken, sonst würde sie noch mit zitternden Knien bei Richard aufkreuzen.

Marigold beschleunigte ihre Schritte und erreichte wenig später die Pforte der herrschaftlichen Stadtvilla der Familie Talbot. Bevor der Mut sie verließ, zog sie dreimal kräftig an der Kordel, die eine Glocke im Eingangsbereich klingeln ließ.

Kurz darauf öffnete der Butler die Tür und spähte in die Dunkelheit hinaus.

»Wer da?«

»Guten Abend!«, rief Marigold. »Ich wünsche, Lord Combshire zu sprechen.«

Der Butler kam zum Tor hinunter und musterte sie gründlich. »Wer sind Sie, Miss?«

»Ich bringe eine Nachricht von höchster Dringlichkeit! Dürfte ich bitte eintreten? Ich fürchte, ich verkühle mich sonst. Lord Combshire wäre sicher erbost, wenn er erfährt, dass Sie seine Besucherin hier draußen haben frieren lassen ...« Sie schniefte, senkte das Kinn und schenkte ihrem Gegenüber einen eindringlichen Blick.

Diesem war sein innerer Zwiespalt deutlich anzumerken. Es verstieß gegen jedes Gebot der Höflichkeit, einer jungen Dame den Einlass zu verwehren. Ihre Kleidung wies sie als Mitglied der Upperclass aus – was allerdings nicht zu der Tatsache passte, dass sie zu dieser Uhrzeit und ohne Begleitung aufgetaucht war.

»Die Angelegenheit duldet wirklich keinen Aufschub«, setzte Marigold hinterher, woraufhin der Mann kapitulierte und das Tor öffnete.

Er führte sie ins Foyer und wies sie an, im Salon zu warten, ohne ihr den Mantel abzunehmen. Offenbar rechnete er damit, dass ihr Besuch nur von kurzer Dauer sein würde.

Marigold war ebenfalls daran gelegen, die Unterredung schnell hinter sich zu bringen. Schon ohne Richards Gegenwart fühlte sie sich in der Villa der Talbots mehr als unbehaglich. Die Familie war überaus stolz auf ihre blaublütige Herkunft und zeigte das auch. Der Salon war erfüllt vom Prunk vergangener Jahrhunderte: Zwei gekreuzte Schwerter hingen über dem Kamin und neben der Tür befand sich eine Glasvitrine mit historischen Trinkgefäßen.

»*Sie?*«, tönte eine tiefe Männerstimme hinter ihrem Rücken.

Marigold fuhr herum. Obwohl sie sich das Wiedersehen mit Richard hunderte Male vorgestellt hatte, war sie dennoch nicht auf die Abscheu vorbereitet, die bei seinem Anblick in ihr aufstieg wie bittere Galle. Talbot sah aus, als hätte sein Butler ihn gerade aus dem Bett gescheucht. Der Saum seines Hemdes bauschte sich über seinen Kniehosen und unter seiner Perücke lugten ein paar blonde Strähnen hervor. Ganz offensichtlich kam ihm der Besuch ungelegen.

Marigold genoss den Schock auf seinem Gesicht, der sich rasch in Argwohn verwandelte, als sie auf ihn zuschritt.

»Seid Ihr sehr überrascht?«

»Seid Ihr sehr überrascht, *Mylord*«, verbesserte er sie.

»Natürlich – *Mylord*.« Sie knickste so übertrieben, dass selbst Richard ihren Hohn erkennen musste.

»Ich hätte Sie nicht für eine Dame gehalten, die sich unter falschem Vorwand Zugang in fremder Leute Häuser verschafft.« Misstrauen funkelte in seinen blauen Augen, aber Marigold erkannte noch etwas anderes darin: Unsicherheit.

»Und ich hätte Euch nicht für einen Mann gehalten, der eine Frau unter falschen Versprechungen verführt und anschließend den Ruf ihrer Familie ruiniert, nur um sich selbst aus der Affäre zu ziehen!«

Richard lief rot an – vor Zorn und vielleicht auch aus Schamgefühl, falls er zu dieser Emotion überhaupt fähig war. Marigold fragte sich, wie sie diesen Mann jemals hatte anziehend finden können. Der Mensch, der vor ihr stand, war nichts weiter als ein verwöhnter, verantwortungsloser Bengel, der zufällig in der Hülle eines wohlhabenden Gentlemans steckte.

»Oh, hätte ich Euer niederträchtiges Wesen doch nur schon früher entlarvt!«, platzte sie heraus und biss sich im nächsten Moment auf die Lippe. Sie musste sich zusammenreißen – um Frances' Willen.

»Was erlauben Sie sich!«, donnerte Richard. »Ich werde meinem Butler mitteilen, dass er Sie hinauswerfen soll. Er hätte Sie ohnehin nie hereinlassen dürfen!«

Er stapfte bereits davon, doch Marigold erwischte ihn am Ärmel. »Nein, bitte wartet, Mylord!«

Richard blickte über seine Schulter und rümpfte die Nase, sichtlich irritiert von ihrer Verwegenheit. »Haben Sie sich nun doch an Ihre Manieren erinnert?«

»Entschuldigt meinen Ausbruch, Mylord.« Sie räusperte sich, bevor sie weitersprach. »Ich denke, Ihr wisst bereits, warum ich hier bin. Es geht um meine Schwester.«

»Ich kann sie nicht heiraten«, entgegnete er, ohne zu zögern.

Marigold schluckte. »Warum habt Ihr sie jemals glauben lassen, sie würde Eure Braut werden?«

»Ich hatte nicht ...«

»Nein, Mylord!« Sie schüttelte den Kopf. »Streitet es bitte nicht ab. Meine gesamte Familie war nach dem Dinner in Eurem Hause überzeugt, dass die Verlobung so gut wie beschlossene Sache ist.«

Talbot schloss die Augen und stieß den Atem aus. »Das Dinner war ein Fehler, das gebe ich zu. Meine Eltern hegten von Anfang an den Wunsch, dass ich eine junge Dame mit Titel ehelliche.«

»So wie Lady Beatrice Gambrell«, wisperte sie.

»Ja. Aber ich hatte schon in der letzten Saison Gefallen an Frances gefunden und eines führte zum anderen.«

Marigolds Augenbrauen schossen in die Höhe. »Allzu sehr kann Euch Frances nicht am Herzen liegen, wenn Ihr sie auf solch grausame Weise im Stich gelassen habt. Aber mit dem Herzen hatte Eure Zuneigung ohnehin nichts zu tun, richtig?«

»Hüte deine Zunge, Mädchen!«, knurrte Richard und baute sich vor ihr auf. »Frances hat sich mir bereitwillig hingegeben. Ich habe sie zu nichts gezwungen.«

»Oh, bitte, Mylord!«, höhnte sie. »Das hat meine Schwester nicht verdient – weder Eure Verurteilung noch Eure Ignoranz. Ihr hättet wenigstens auf einen ihrer Briefe antworten können.«

Richard kniff die Augen zusammen. »Welche Briefe?«

»Wollt Ihr etwa sagen – «

»Welche Briefe?!«, wiederholte er. Einen Atemzug später breitete sich Bestürzung auf seinem Gesicht aus und er taumelte zu einem der Sessel vor dem Kamin.

»Ihr habt sie also nicht erhalten.« Marigold knetete ihre Hände. Wenn man Frances' Nachrichten abgefangen hatte, konnte Richard unmöglich von den Folgen seiner Affäre wissen.

»Nein. Ich habe keinen ihrer Briefe erhalten!«

»Ich verstehe. Dann ist es wohl an mir, Euch darüber zu informieren, dass Frances Ende August ein Kind zur Welt gebracht hat.«

Spätestens jetzt hatte Richards Hautton die Farbe seiner gepuderten Perücke angenommen. Er sah aus, als würde er jeden Moment vom Sessel kippen.

»Ein Kind?«

»Ja, Mylord. Ein gesundes Mädchen. Ihr Name ist Elizabeth.«

»Aber ... wie ist das möglich? Ich habe ... am Schluss ...«

Sie verzog das Gesicht. »Ich wünsche, keine ausführliche Erläuterung dessen zu hören, was damals vor sich ging.«

»Was, wenn es nicht von mir ist?«

Nun war es Marigold, die sich über ihn beugte. »Wenn Ihr auch nur einen Funken Anstand besitzt, werdet Ihr Eure Worte zurücknehmen. Ihr wisst genauso gut wie ich, dass Frances immer nur Euch wollte. Euch immer noch will ...«

Richard wischte sich über die schweißnasse Stirn. »Ich muss Beatrice heiraten, das hatte ich doch bereits gesagt!«

Marigold stieß ein kräftiges Schnaufen aus. »Dann tut wenigstens das, was ein wahrer Gentleman tun würde!«

Talbot sprang auf, vermutlich, um vor dem Zorn seiner Besucherin zu fliehen. Er lief hektisch auf und ab und verschwand schließlich hinter dem Sekretär in der anderen Ecke des Raums. Papier raschelte, als er in einer der Schubladen wühlte.

»Wie viel Geld verlangt Frances? Ich kann die Zahlung nächste Woche in Auftrag geben.«

»Geld?!« Die Fassungslosigkeit schnürte ihr die Kehle zu.

»Das ist es doch, was sie will, oder nicht? Ich werde ihr eine stattliche Summe übertragen, die sowohl sie als auch das Kind absichert. Ihre Schwester wird keinen Grund zur Klage haben, das versichere ich Ihnen, Ms Clayton.«

»Mein Gott, Lord Combshire!«, fauchte sie, sodass er zusammenzuckte. »Mit Geld lässt sich nicht alles lösen! Habt Ihr denn gar kein Bedürfnis, Euch Frances gegenüber zu erklären? Habt Ihr denn gar kein Bedürfnis, Eure eigene Tochter kennenzulernen!?«

»Es ist nicht so einfach, wie Sie sich das vorstellen!«

Marigolds Geduld hing nur noch an einem seidenen Faden,

dennoch mäßigte sie ihren Ton. »Wo ein Wille, da ein Weg – heißt es nicht so? Selbst wenn Ihr Eure Verbindung mit Beatrice weiterverfolgen müsst, so könntet Ihr Frances doch einen Besuch abstatten. Es würde ihr so viel bedeuten, Mylord!«

Richard ließ die flache Hand auf die Tischplatte sausen. »Genug, Ms Clayton! Ich bin ein Marquess und habe Pflichten zu erfüllen.«

*Es ist vorbei*, erkannte sie in diesem Moment. *Er wird sich nicht mehr umstimmen lassen. Und vielleicht trage ich die Schuld daran. Ich und meine lose Zunge.*

»Wohl wahr, Mylord. Ihr seid ein Marquess mit vielen Pflichten, aber offenbar ohne Gewissen.« Marigold wandte sich ab und verließ mit bleischweren Füßen den Salon.

Richard rief sie nicht zurück. Der Butler, der sicherlich einen Teil des Gesprächs mitbekommen hatte, blinzelte zu Boden, als er die Haustür öffnete und ihr eine gute Nacht wünschte.

Auf dem Rückweg war Marigold derart außer Fassung, dass sie einmal falsch abbog und viel länger für die Strecke brauchte als zuvor. Wenigstens fürchtete sie sich dieses Mal nicht mehr. Ihr Herz hatte lediglich Platz für den Zorn, den Richard in ihr heraufbeschworen hatte. Zorn war ein gutes Mittel gegen Angst.

»Hast du schlecht geschlafen, Kind?«

Marigold hob träge den Kopf und begegnete dem Blick ihrer Mutter, die sie über den Rand ihrer Teetasse hinweg fixierte.

»Dein Teint ist schrecklich fahl! Von nun an solltest du täglich einen langen Spaziergang unternehmen. Zumindest bis zu dem Maskenball bei den Stapletons.«

Marigold musste an sich halten, um nicht mit den Augen zu rollen. Delia sprach von nichts anderem mehr als von besagtem Ball. Sie schien ernsthafte Hoffnungen zu hegen, dass Lord Hayward sein Interesse an ihrer Tochter vertiefen würde. Marigold dagegen fühlte sich in ihrem derzeitigen Zustand kaum imstande, eine Stubenfliege zu verzaubern, von einem Junggesellen ganz zu schweigen. Wenn ihre Mutter wüsste, dass ausgerechnet ein Spaziergang an ihrer Müdigkeit schuld war ...

»Vielleicht lag es ja am Vollmond«, nuschelte sie in den Dampf ihrer heißen Schokolade.

»Pah!« Ihr Vater blätterte schwungvoll in der Zeitung. »Von derlei abergläubischem Geschwätz will ich in diesem Hause nichts hören!«

Nun war es Delia, die die Augen verdrehte – das Gesicht zu ihren Töchtern gewandt, sodass ihr Gemahl es nicht sehen konnte.

Frances gab ein Kichern von sich und sogar Marigold musste schmunzeln. Ihre Mutter ließ sich selten zu einer derartigen Posse hinreißen. Heute hatte offenbar selbst sie genug von den Launen ihres Gatten.

Marigold linste zu ihrem Vater hinüber, der wieder in seine Lektüre vertieft war. Es war nicht schwer zu erraten, wo seine zunehmende Gereiztheit ihren Ursprung hatte. Seit sie gestern Abend den Schuldenberg entdeckt hatte, begriff sie, welcher Druck auf seinen Schultern lasten musste. Dennoch gelang es ihr nicht, Mitleid für ihn zu empfinden. Theodor hatte schon immer nach mehr gestrebt: mehr Reichtum, mehr Macht, mehr Ansehen. Statt die Ausgaben einzuschränken und sich mit einem bescheideneren Lebensstil abzufinden, ging er lieber große Risiken ein und brachte seine gesamte Familie in Gefahr. Marigold wollte sich nicht ausmalen, was geschehen würde, sollte ihr Vater vor Gericht oder sogar ins Schuldgefängnis kommen. Sie selbst würde sich schon irgendwie durchschlagen, aber was war mit ihrer Mutter, die nichts anderes als diese behütete Welt kannte? Was würde aus Frances und Elizabeth werden?

Zum wiederholten Male fragte sich Marigold, ob sie Richards Angebot nicht so rüde hätte abweisen sollen. Womöglich würde ihre Schwester eines Tages auf sein Geld angewiesen sein.

*Nein*, dachte sie bei sich. *Ich hätte es nicht über mich gebracht, seine Almosen anzunehmen.* Denn hätte sie das getan, so wäre die Sache für Talbot erledigt gewesen. Er hätte sich in seinem Sessel zurückgelehnt, in der wohligen Gewissheit, dass er seinen Fehler ausgemerzt hatte und keine Verantwortung mehr trug. Frances wäre im selben Augenblick zu einer Bittstellerin geworden, gleich einer Mätresse, die mit ihrem Bastard zu ihrem Liebhaber gerannt kam und mit ein paar Pfund abgespeist wurde.

Wut kochte in Marigold hoch und in diesem Moment wünschte sie sich, sie wäre völlig unwissend, sowohl was die Umtriebe ihres Vaters anging, als auch bezüglich Richard Talbots Kaltherzigkeit. Ihr graute jetzt schon vor der Unterredung mit Frances. Wie sollte sie ihrer Schwester beibringen, dass er keinerlei Interesse an ihr und seinem Kind hatte?

Das Auftauchen des Butlers durchkreuzte ihre trübsinnigen Gedanken. Johnson kam mit dem Silbertablett, auf dem sich die private Korrespondenz befand, zum Tisch, sodass Theodor nach der Post greifen konnte. Beim Anblick eines cremefarbenen Umschlages mit weißem Wachsstempel leuchtete seine Miene auf.

»Welch Überraschung!«

»Sagen Sie, Vater, von wem ist der Brief?« Die Hoffnung in Frances' Stimme war unerträglich.

»Er ist von meinem Bruder. Ich hatte mich schon gefragt, wann ich wieder eine Nachricht erhalte, immerhin ...«

Der Rest seiner Antwort wurde von dem Klingeln in Marigolds Ohren übertönt.

Ein Brief von Absalom! Wie konnte das sein? Das letzte Mal, als sie ihn gesehen hatte, hatten seine Augen reglos in den Himmel gestarrt. Blut war aus seiner Kopfwunde geflossen und hatte eine scharlachrote Spur auf seiner Schläfe hinterlassen ... Marigold schnappte nach Luft. In diesem Moment kam ihr ein Gedanke in den Sinn, an den sie sich sofort klammerte. Ein Fehler! Es musste sich um einen Irrtum handeln! Viele Briefe, die den Ozean überquerten, trafen mit monatelanger Verspätung ein –

wenn sie denn überhaupt ankamen.

»Wann hat Onkel Absalom den Brief abgeschickt?«, hörte sie ihre Schwester nachhaken. »Sobald er entdeckt hat, dass Marigold ausgebüxt ist?« Hinter ihrer scheinbar spöttischen Frage erkannte Marigold Sorge und Verwirrung. Wie sollte es auch anders sein, nachdem sie Frances erst gestern von Absaloms Tod erzählt hatte? Im Gegensatz zu ihr bewies ihre Schwester jedoch genug Geistesgegenwärtigkeit, um nach dem genauen Versanddatum zu fragen.

Theodor entfaltete den Brief in aller Ruhe. Marigolds Puls schoss in ungesunde Höhen. Am liebsten wäre sie aufgesprungen und hätte ihm das Papier aus der Hand gerissen.

»Es sieht ganz danach aus, ja.« Seine Augen flogen über die Zeilen, dann taxierte er seine jüngste Tochter. »Er schreibt auch von deinem Verschwinden. Zum Teufel, wegen dir ist dein Onkel krank vor Sorge!«

Marigolds Mund öffnete sich stumm. *Absalom lebt*, war alles, woran sie denken konnte. Sein blutiges Antlitz flackerte vor ihr auf und löste ein Grauen in ihr aus, das sie seit jenem Tag am Mattawa nicht mehr gespürt hatte.

Ihr Vater schien nicht minder aufgewühlt zu sein. Seine Rechte hob sich zitternd, um seine Halsbinde zu lockern.

Marigold wurde elend zumute. Welche Dinge standen noch in dem Brief? Absalom hatte doch nicht etwa erzählt, was sich im Grenzgebiet ereignet hatte?

Zum ersten Mal fragte sie sich, wie viel Theodor von Absaloms Vergangenheit wusste. Wusste er von Joanna? Von Kieran? Unter dem Tisch ballte sie ihre Hände zu Fäusten, bis sich ihre Fingernägel in die Haut gruben. Sie durfte jetzt nicht die Nerven verlieren! Vermutlich kannte ihr Vater nur jene Geschichte, die man sich auch in Montreal erzählte. Die Geschichte zweier unglücklicher Verliebter, die auf ihrem sündhaften Pfad jämmerlich erfroren waren. Absalom hatte sich damals bestimmt nicht mit seinem Racheakt auf seine Frau und deren Geliebten gebrüstet.

Und Theodor würde niemals auf die Idee kommen, die Flucht seiner Tochter mit Ereignissen in Verbindung zu bringen, die über zwei Jahrzehnte zurücklagen. Nein, ihr Vater konnte weder von der Grausamkeit seines Bruders noch von Kieran etwas ahnen. Marigold rang nach Luft und legte eine Hand auf ihre eingeschnürte Taille.

*Kieran, der Rache geschworen hatte.*

*Kieran, dessen Existenz ihren Onkel immer an seine Verbrechen erinnern würde.*

*Kieran, der in Gefahr schwebte, solange Absalom am Leben war.*

Plötzlich flimmerten schwarze Punkte vor ihren Augen und verdunkelten ihre Sicht – so wie sich ihre gesamte Welt binnen eines Atemzuges verdüstert hatte.

Ihre Mutter sprang mit einem spitzen Schrei auf und umrundete den Frühstückstisch, um sie bei den Schultern zu packen. Sie zog Marigold auf die Füße und tätschelte die Wangen ihrer Tochter, bis diese wieder etwas Farbe bekamen.

»Mein armes Kind! Die grimmige Miene deines Vaters hat dir wohl einen Schrecken eingejagt, was?«, sprach sie, während sie Marigold aus dem Salon schob. »Lass uns frische Luft schnappen!«

Marigold nickte benebelt und klammerte sich an ihre Mutter, die sie in den Garten führte. Dort angekommen ließen sich die Frauen auf der steinernen Rundbank unter dem Pavillon nieder, wo sie vor dem eisigen Nieselregen geschützt waren.

»Ich fürchte, Absaloms Brief hat Theodors Ärger über deine Rückkehr von neuem befeuert.« Delia seufzte. »Und wie du weißt, neigt dein Vater ohnehin zu … gewissen Gemütsschwankungen.«

»Männer wie er lassen sich nicht gerne auf der Nase herumtanzen, schon gar nicht von Frauen«, gab sie mit dünner Stimme zurück.

Delia blickte sie nachdenklich an. »Ich gebe es ungern zu, aber die Zeit in den Kolonien hat dich verändert. Du bist reifer geworden. Und ganz offensichtlich hast du das Naturell der Männer durchschaut.« Sie legte ihre schmale Hand auf Marigolds Schulter. »Du hast keine Strafen seitens deines Vaters zu befürchten, meine Liebe. Ein Hausarrest passt nicht in Theodors Pläne.«

»Weil er mich so schnell wie möglich an Lord Haywards Seite sehen will.«

»Wäre das denn so schlimm? Patrick ist eine gute Partie. Er besitzt ein beachtliches Vermögen, vollendete Umgangsformen –«

»Und eine Neigung zum Schwitzen!«, fiel Marigold ihr ins Wort. »Außerdem ist er alt und unansehnlich.«

Delia schnalzte mit der Zunge. »Du vergisst dich! Es ist womöglich dein zukünftiger Gemahl, über den du so abfällig sprichst!« Jegliche Sanftheit war aus ihrer Stimme gewichen. »Scheinbar habe ich mich getäuscht. Du bist kein Stück vernünftiger geworden! Denn wenn dem so wäre, würdest du endlich einsehen, dass es das Schicksal der Frauen ist, zu heiraten und ihrem Gemahl mit Respekt zu dienen. So wie ich deinem Vater, so wie tausende Frauen vor uns! Warum sollte es bei dir anders sein?« Sie erhob sich und stemmte die Hände in die Seiten. »Ich hoffe, Lord Hayward wird imstande sein, dir deinen Hochmut auszutreiben. Deinem Vater und mir ist es offensichtlich nicht gelungen!« Wutschnaubend raffte sie ihre Röcke und marschierte davon.

Marigold sah ihr nicht nach. Stattdessen fixierte sie die steinerne Flora-Figur, die die Mitte des Pavillons zierte. Vielleicht, weil sie sich innerlich ganz ähnlich fühlte wie die Skulptur. Erstarrt und taub.

Sie wusste nicht, wie lange sie regungslos auf der Bank gesessen hatte, bis ihr Name gerufen wurde. Marigold wandte den Kopf und sah Frances über den Gartenpfad schreiten. Die Miene ihrer Schwester verhieß nichts Gutes.

»Geht es dir besser?«, fragte sie, sobald sie sich zu Marigold gesellt hatte.

»Du bist nicht gekommen, um mich das zu fragen, richtig?«

Sie zuckte mit den Schultern.

Frances seufzte und faltete die Hände in ihrem Schoß. »Nein.« Marigold blickte sie stirnrunzelnd an. »Nun sag schon! Schlimmer kann es nicht mehr werden.«

»Es stand noch etwas anderes in dem Brief«, brachte ihre Schwester gequält hervor. »Absalom – er wird nach London kommen.«

## 32

Absalom hatte geschrieben, dass er dieses Jahr nach London kommen würde.

*Dieses Jahr*, das konnte alles Mögliche heißen, und es war jene Ungewissheit, die Marigold mit jeder Woche mehr zermürbte. All ihre anderen Sorgen waren in den Hintergrund gerückt, seitdem sie sich ständig den Kopf darüber zerbrach, wie ihr Onkel überlebt hatte und was er in seiner Heimat zu tun gedachte.

Bedeutete seine Reise, dass sich seine dringenden Geschäfte auf die andere Seite des Atlantiks verschoben hatten? Dass er seine Angelegenheiten in Montreal geklärt hatte? Dass er Kieran gefasst hatte?

Marigold wischte sich über ihre brennenden Augen und suchte ihr Zimmer nach ihrem Wollschal ab. Der Mai zeigte sich dieser Tage von seiner launischen Seite und bei der Arbeit in Vaters Kontor geriet sie gelegentlich ins Frösteln.

Sie entdeckte den Schal neben ihrem Nähkorb und warf ihn sich um die Schultern. Ihre Mutter hätte sie bei diesem Anblick getadelt. Delia war der Ansicht, grobe Wolle gezieme sich nicht für eine Dame ihrer Kreise. Marigold hatte den Schal auf einem Markt in Chelsea gekauft, weil er sie an Montreal erinnert hatte. Fast alle Frauen, egal ob wohlhabend oder nicht, hatten dort ein derartiges Tuch getragen. Und jedes Mal, wenn Marigold den weichen Stoff zwischen den Händen hielt, musste sie sich eingestehen, dass sie manches aus ihrer Zeit in den Kolonien vermisste. Wie zum Beispiel Emily Linfield.

Mit einem Seufzen machte sie sich auf den Weg in die Geschäftsräume ihres Vaters. Die Erinnerung an Emily ging stets mit Gewissensbissen einher. Sie wusste, dass sie ihrer Freundin

Unrecht getan hatte, indem sie ohne ein Wort verschwunden war. Außerdem hatte sie Samuel Linfield zum Gespött der Montrealer Society gemacht.

*Ich sollte Emily schreiben und mich erklären*, sagte sie sich, wie schon so viele Male zuvor. Irgendwann, wenn mehr Zeit vergangen ist und sich die Wogen geglättet haben ...

Marigold stand vor der Flügeltür des Kontors, als der Klang forscher Stimmen sie aus ihren Gedanken an die Linfields riss. Stirnrunzelnd trat sie näher und legte ihr Ohr an die Holzvertäfelung. Sie hatte bisher nie einen Streit zwischen ihrem Vater und Mr Price mitbekommen. Gewiss neigte Theodor dazu, seine Anweisungen auf herrische Art vorzubringen, doch sein Assistent wies glücklicherweise ein gegenteiliges Temperament auf. Er hatte sich, soweit sie wusste, noch kein einziges Mal zu einer ungebührlichen Äußerung hinreißen lassen. Umso mehr wunderte sich Marigold über das Gezeter, das aus dem Zimmer drang. Die wuchtige Flügeltür ließ ein paar Wortfetzen und ein ärgerliches Knurren hindurch, aber nicht genug, um ganze Sätze aufzuschnappen. Eindeutig war allerdings, dass es um Geschäftliches ging. Um Exporte, Risiken und Schulden.

Marigold machte einen Schritt zurück und blickte den Korridor hinunter. Die Standuhr im Foyer hatte soeben vierzehn Uhr geschlagen. Mr Price erwartete sie also in seiner Schreibkammer. Aber konnte sie es wagen, dort jetzt hineinzugehen? Unschlüssig trat sie von einem Bein aufs andere. Sie verspürte keine große Lust, wieder in die Beletage hinaufzugehen, wo Frances und ihr Gerede über Richard auf sie wartete – was sie wiederum daran erinnerte, dass sie es noch immer nicht hinter sich gebracht hatte, ihrer Schwester von dem nächtlichen Besuch in Talbots Villa zu erzählen. Stattdessen hoffte sie, endlich etwas über die Entwicklung der North West Company zu erfahren. In der letzten Ausgabe der *Morning Chronicle* hatte man einen Artikel zu den Spannungen im kanadischen Pelzhandel angekündigt. Seitdem fieberte sie darauf hin, die neueste Publikation in den Händen zu halten. Für ein paar Atemzüge starrte sie auf die Türklinke, bis sie endlich den Mut fand, sie hinunterzudrücken und schwungvoll einzutreten.

»Marigold!«, grollte ihr Vater.

»Marigold?«, echote eine weitere Stimme. Jene, die aus der anderen Ecke des Raumes kam.

Marigolds Kopf fuhr herum. Ihre Augen blieben an einer mit Blüten bestickten Seidenweste hängen. Dann wanderte ihr Blick höher, zu der markanten Nase und den listigen, eng stehenden Augen, so als bräuchte ihr Geist jene Bestätigung, um zu begreifen, dass Absalom Clayton wirklich hier war – quicklebendig wie eh und je. Eine Hand ruhte auf seiner Hüfte, die andere umfasste den Knauf eines eleganten Gehstocks.

»Onkel Absalom«, wisperte sie atemlos.

»Ganz recht«, sprach ihr Vater. »Er ist soeben angekommen. Die Begrüßung haben wir verschoben, da wir wichtige Themen zu besprechen haben, die heute unbedingt geklärt ...«

Marigold hörte Theodors Worte wie durch Watte. Ihre gesamte Aufmerksamkeit lag bei Absalom und seiner undurchdringlichen Miene, die sich in diesem Moment in ein triumphierendes Lächeln verwandelte.

»Sie ... Sie sind wohlauf«, brachte sie hervor. »Wie erfreulich.«

»Du klingst überrascht.« Ihr Onkel lachte leise. »Natürlich bin ich wohlauf. Es ist nicht das erste Mal, dass ich den Atlantik überquere. Sobald der Saint Lawrence Kanal wieder passierbar war, habe ich mich auf den Weg gemacht.«

Sein unbeschwerter Tonfall stieß sie ab. Trotzdem war sie froh, dass er sofort auf ihre Maskerade einging. Offenbar hatte er nicht vor, ihrem Vater zu erzählen, was jenseits der Frontier geschehen war.

Während sich Onkel und Nichte musterten, entstand eine Pause, die Theodor mit einem gekünstelten Husten zu übertönen versuchte.

»Nun, da ihr beide euch wiederseht ... meinst du nicht, dass du

Absalom etwas zu sagen hast, Marigold?«

»Ich ... etwas zu sagen?«

Ihr Vater wies mit dem Kinn auf seinen Bruder und sah sie vielsagend an.

Da begriff Marigold. Man erwartete eine Entschuldigung von ihr, weil sie vor ihrem *Behüter* davongelaufen war und ihm *große Sorgen* bereitet hatte. Sie blickte zu Absalom und wusste sofort, dass sie der Aufforderung ihres Vaters nicht nachkommen konnte. Nicht nach allem, was sie in seinem Haus durchlebt hatte, nicht nachdem sie seinen wahren Charakter kennengelernt hatte. Sie schluckte, rang mit sich und öffnete den Mund. Es kam kein einziger Ton heraus.

»Na na«, murmelte Absalom mit einem süffisanten Lächeln und machte einige Schritte auf sie zu, bis er so dicht vor ihr stand, dass sein Parfüm ihre Nase kitzelte. Marigold widerstand dem Drang zurückzuweichen und parierte seinen durchdringenden Blick mit einer Musterung. Dabei entdeckte sie eine Narbe, die sich über seine linke Gesichtshälfte zog. Sie war stark abgepudert worden und aus größerer Entfernung kaum sichtbar. Die Unebenheit der rötlichen Linie war vermutlich schludrigen Nadelstichen geschuldet.

»Dräng sie nicht, Theodor!« Absalom beugte sich über Marigold und brachte seinen Mund an ihr Ohr. »Eine Entschuldigung sollte von Herzen kommen, nicht wahr?« Sein Atem streifte ihre Haut. Ihre Schultern schossen nach oben.

»Ich muss mich jetzt an die Arbeit machen«, platzte sie heraus und bewegte sich in Richtung Nebenzimmer. »Mr Price hat mir aufgetragen, die Zeitungsartikel zu sortieren. Ich wünsche Ihnen gute Erholung nach der langen Reise, Onkel.«

Ehe einer der Männer antworten konnte, war sie schon in die Kammer des Assistenten verschwunden und hatte die Tür hinter sich zugeschlagen. Mr Price war nicht zugegen, was ihr äußerst gelegen kam. So konnte sie sich für einen Moment sammeln.

Den Rücken gegen die Tür und die Arme vor die Brust gepresst, lauschte sie für ein paar Atemzüge ihrem hämmernden Herzschlag. Unzählige Male hatte sie sich die Begegnung mit ihrem Onkel ausgemalt, hatte versucht, sich auf seine Ankunft vorzubereiten ... Ohne Erfolg. Sein Auftauchen hatte sie derart überrumpelt, dass sie noch immer den Schreck in ihren Gliedern spürte.

*Es muss etwas wirklich Dringendes sein, das Vater mit ihm besprechen will, wenn er sogar auf einen gebührenden Empfang für Absalom verzichtet.* Und dem hitzigen Wortwechsel zufolge, den sie vorhin belauscht hatte, schienen die Brüder nicht einer Meinung zu sein.

Als ihr Atem ruhiger geworden und das Dröhnen in ihren Ohren verhallt war, richtete sie ihre Aufmerksamkeit wieder auf die Geräusche im Nachbarzimmer. Ein Ziehen ging durch ihren Magen, als sie dabei ihren Namen fallen hörte.

»Du lässt sie für Price arbeiten?!«, fragte Absalom nebenan. »Eine Frau hat in diesen Räumen nichts zu suchen. Schon gar nicht deine freche Tochter, die überall ihre Nase hineinstecken muss. Wer hat dir nur solche Flausen in den Kopf gesetzt?«

An der Stille, die sich nach seiner Frage auftat, erkannte Marigold, dass er Theodor in die Ecke gedrängt hatte.

»Sie selbst war es, die sich dafür eingesetzt hat«, gab dieser zu. »Sie meinte, sie bräuchte Beschäftigung, sonst würde sie uns auf keine gesellschaftlichen Anlässe begleiten.«

Kurz darauf hallte Absaloms Gelächter durch das Kontor. »Du hast dich von deiner eigenen Tochter erpressen lassen? Wenn in diesem Haus derartige Sitten herrschen, muss ich mich nicht länger über Marigolds Aufsässigkeit wundern!«

»Dir ist sie auch davongelaufen!«, verteidigte sich Theodor.

»Wohl wahr. Vermutlich ist es zu spät, sie in diesem Alter noch in die Schranken zu weisen. Hoffen wir darauf, dass sie bald einen Angetrauten hat, der sich mit ihr herumschlägt.«

Theodor stimmte ihm zu und selbst Marigold ertappte sich hinter der Tür bei dem Gedanken, ob ein Leben an der Seite von

Lord Hayward doch nicht so furchtbar wäre. Es wäre jedenfalls besser, als mit Absalom unter einem Dach zu wohnen. Wie lange er wohl in London bleiben wollte?

In den nächsten Wochen verbrachte Marigold so viel Zeit außerhalb der Villa wie nur möglich. Sie unternahm endlose Spaziergänge durch die Londoner Parks, besuchte mit ihrer Mutter Geschäfte und begleitete sie gelegentlich sogar zu Stickkreisen und Spieleabenden. Delia Clayton war über die Veränderung, die ihre Tochter scheinbar durchmachte, höchst entzückt. Sie glaubte, dass Marigold endlich auf den Geschmack gekommen war, was das gesellschaftliche Amüsement anging.

Natürlich steckte etwas völlig anderes dahinter. Ihre Ausflüge bedeuteten eine Flucht vor ihrem Onkel und seinen heimtückischen Augen, die sie aus jedem Winkel des Hauses zu beobachten schienen. Noch war es nicht zur Auseinandersetzung gekommen, aber Marigold machte sich keine Illusionen. Früher oder später würde Absalom mit ihr abrechnen.

Es geschah an einem milden Maiabend. Marigold war, wie so oft, in die neuesten Handelsblätter versunken und hatte dabei die Zeit vergessen. Mr Price hatte sich längst verabschiedet und ihr Vater war hinaufgegangen, um sich für das Dinner umzukleiden.

Sie schob den Kerzenständer näher an die eng gedruckten Zeilen der *Lloyd's List* heran. Das zitternde Halbdunkel war nicht ideal für eine intensive Lektüre, doch der Artikel auf ihrem Pult hatte sie in seinen Bann gezogen.

*Neue Handelsgesellschaft für widerrechtlich erklärt*, lautete die Überschrift. Darunter wurde die Festnahme einiger Männer geschildert, die, der Zeitung zufolge, an dem Aufbau einer illegalen Kompanie beteiligt gewesen waren. Marigold sog die Luft ein, als sie Orillats Namen unter den Festgenommenen las. Sie mochte sich nicht vorstellen, wie man den gutmütigen Franzosen in eine modrige Gefängniszelle geworfen hatte. Schon allein aufgrund seiner Nationalität würde er dort keine milde Behandlung erfahren. Die Montrealer Justiz verpasste keine Gelegenheit, die französischstämmigen Bewohner daran zu erinnern, dass nun die Briten das Sagen in der Hafenstadt hatten. Immerhin lag der Krieg erst sieben Jahre zurück.

Wenigstens waren weder MacLeod und Dobie noch die Frobisher-Brüder unter den Gefangenen gelistet. Oder gar Kieran ... Marigold strich wehmütig über die Lettern. Obwohl er sie so schmerzlich enttäuscht hatte, hoffte sie doch, dass sein Vorhaben irgendwann gelingen würde. Es ging schließlich nicht nur um ihn und seine Kumpane, sondern um Anrechte für die Eingeborenen und die von der HBC gebeutelten Trapper.

»Der Pelzhandel scheint dich nicht mehr loszulassen.«

Marigold zuckte zusammen und warf dabei um ein Haar den Kerzenständer um. Sie hatte ihren Onkel nicht hereinkommen hören.

»Verzeih, habe ich dich erschreckt?« Absalom beugte sich über sie, um einen Blick auf die Zeitung zu werfen.

Marigold erstarrte in ihrer Haltung, gelähmt von der Angst und der Abscheu, die seine Nähe in ihr auslöste.

»Was willst du, Absalom?«, zischte sie.

Er ließ von ihr ab und wanderte um das Pult herum. Sie kam sich vor wie eine Maus in der Falle.

»Was ich will, sind Antworten.« Noch klang seine Stimme sanft, doch das konnte sich jeden Moment ändern. »Wie bist du in das Grenzland gekommen? Welche Pläne hat die Gruppe um Kieran Black verfolgt?«

Bei der Erwähnung von Kieran zog sich ihr Magen zusammen. »Ich kann dir nicht helfen. Ohnehin sollte ich längst oben sein. Das Dinner wird in Kürze aufgetragen.« Mit einem Ruck stand sie auf.

Absaloms Hände schossen nach vorn, packten ihre Schultern und drückten sie wieder in den Stuhl.

»So leicht werde ich mich nicht abspeisen lassen!«, grollte er und verstärkte den Druck seiner Finger. »Sag schon, was hat dein geliebter Bastard für Versprechungen gemacht?«

»Er ist nicht mein *geliebter Bastard*!«

»Ach nein? Dann stimmt es also nicht, dass du ihm leichtfertig gefolgt bist und den Rock für ihn gehoben hast? Dass du vor Liebe blind warst und nicht erkannt hast, welches Spiel er mit dir treibt?«

»Genug!«, schrie Marigold und riss sich von ihm los. Der Stuhl fiel mit einem Poltern um. »Du weißt gar nichts! Kieran Black interessiert mich kein bisschen!«

Absalom lachte leise. Ihr Zorn schien ihn zu unterhalten. »Wirklich? Dann interessiert es dich wohl auch nicht, wenn ich dir erzähle, dass man ihn kurz vor meiner Abreise auf dem Richtplatz neben dem Arsenal aufgeknüpft hat?«

Ein unsichtbarer Dolch bohrte sich in Marigolds Herz. Schmerz erfüllte ihre Brust. Sie rang nach Atem und krümmte sich zusammen.

»Nein!«

»Sieht aus, als wäre der Bastard dir doch nicht völlig egal, was?«, höhnte ihr Onkel.

»Du lügst!«, presste sie hervor. »Du lügst, um mich zu quälen!«

Absalom schnitt eine Grimasse. Ehe sie reagieren konnte, hatte er sie schon gegen die nächste Wand geschleudert und eine Hand um ihren Hals gelegt.

»*Du* redest von Qualen?«, knurrte er. »Du, die du ihren eigenen Onkel im Wald verrecken lassen wolltest? Die du dabei zugesehen hast, wie diese Mischlingsbrut auf mich einschlug? Stundenlang lag ich besinnungslos in der Kälte, bis meine Männer mich fanden und zusammenflickten!«

»Kieran ... hat sich nur gewehrt«, röchelte sie. »Er ist ... kein Mörder ... wie du.«

»Er ist ein Mörder, genau wie du eine Hure bist! Du solltest mir danken, dass der Schurke bestraft wurde, der dir die Unschuld geraubt hat. Soll ich dir erzählen, wie ich Black eigenhändig zur Strecke gebracht habe?«

Marigold warf den Kopf zur Seite und japste nach Luft. Dunkle Punkte mischten sich unter die Tränen in ihren Augen und ließen ihre Sicht verschwimmen. Sie hieß die Schwärze willkommen, denn sie bewahrte sie davor, weiter in das Gesicht ihres Onkels blicken zu müssen – und in seine hell leuchtenden Iriden, aus denen der Wahnsinn sprach.

Absalom fasste ihr unters Kinn und bohrte seine Finger in ihre Wangen. »Du bist störrisch, genau wie Joanna! Aber ich werde deine Zunge schon noch lockern. Ich will alles über deine Zeit bei diesem Lumpenpack wissen, verstanden? Sonst werde ich deinem Vater erzählen, dass seine Tochter noch weitaus verdorbener ist, als er glauben möchte!«

»Das wirst du nicht!«, krächzte sie. »Sonst werde ich aller Welt verraten, was du deiner Frau angetan hast.«

Absalom riss seine Hand zurück. »Ich habe nichts Unrechtes getan. Ich musste Joanna vor sich selbst retten. Und vor dieser dreckigen Rothaut ...« Es schien, als spräche er mehr zu sich als zu ihr. »Tod durch Erhängen. So lautet die Strafe auf Ehebruch. Ich habe das Gesetz nur in meine eigenen Hände genommen.«

Als sich der Schleier der Besessenheit in seinen Augen für einen Atemzug lüftete, erkannte sie einen fremden Ausdruck darin. Einen Blick, bei dem sich ihr die Nackenhaare aufstellten.

»Du hast sie geliebt.« *Auf deine eigene, krankhafte Weise*, fügte sie in Gedanken hinzu.

Absalom schluckte. »Joanna war das wunderbarste, reinste Geschöpf, das man sich nur vorstellen kann. Aber dann ...« Seine Stimme brach. Es gab ohnehin nichts mehr zu sagen.

Nur eine Frage schwirrte noch in Marigolds Kopf herum. Hatte die Flucht seiner Frau ihren Onkel zu dem gemacht, was er war? Oder hatten jene Dämonen schon immer in ihm geschlummert? Sie würde wohl nie eine Antwort darauf finden.

In diesem Moment ertönte der Gong im Foyer und kündigte

das Abendessen an. Das Geräusch katapultierte sie wieder ins Hier und Jetzt zurück.

»Das Dinner beginnt. Ich muss hinaufgehen«, sagte sie langsam.

Absaloms entrückte Miene verriet ihr nicht, ob ihre Worte zu ihm durchgedrungen waren. Marigold nahm ihren Mut zusammen und bewegte sich rückwärts und mit zitternden Knien in Richtung Tür.

Sobald sie erkannte, dass er sie nicht aufhalten würde, flüchtete sie in das Kontor ihres Vaters, dann weiter in den Korridor und in das Foyer. Doch erst als sie die Sicherheit ihres Zimmers erreicht hatte, erlaubte sie sich aufzuschluchzen und die Tränen hinauszulassen, die schon so lange hinter ihren Augen brannten.

Kieran konnte nicht tot sein! Wenn dem so wäre, hätte sie es bestimmt gespürt, oder nicht? Sagte man das nicht über Liebende? Absalom musste gelogen haben. Sie klammerte sich an diesen Gedanken und ignorierte die Zweifel, die hinter ihrer Stirn wisperten.

# 33

»Meinst du, Patrick wird bald um deine Hand anhalten?«

Frances wiegte die kleine Elizabeth in den Armen und sah dabei zu Marigold, die sich mit Hannahs Hilfe für den Ball bei den Stapletons zurechtmachte.

»Ich denke, er wird sich noch etwas Zeit lassen. Zumindest scheint er es in den letzten dreißig Jahren mit dem Heiraten nicht besonders eilig gehabt zu haben.«

»Das muss doch nichts heißen«, wandte ihre Schwester ein. »Vielleicht hat ihn plötzlich die Sehnsucht nach dem Eheleben gepackt und er kann es gar nicht erwarten, dich zur Frau zu nehmen.«

Marigold schüttelte sich, was Hannah, die gerade mit ihrer Frisur beschäftigt war, ein ärgerliches Schnauben entlockte.

»Pardon«, murmelte sie und klaubte die Haarnadeln zusammen, die auf den Frisiertisch gefallen waren. Durch den Spiegel warf sie Frances einen mürrischen Blick zu. »Deine Worte sind nicht besonders hilfreich. Außerdem glaube ich kaum, dass diese Ehe irgendetwas mit Patricks Sehnsüchten zu tun hat. Vielmehr vermute ich, dass seine Mutter ihn dazu drängt, endlich einen Erben zu zeugen.«

»So wie Richards Eltern.« Frances ließ die Schultern hängen.

Marigold musterte sie unter halb gesenkten Lidern. Ihre Schwester quälte sich nach wie vor jeden Tag mit ihren Gedanken an Richard und der Hoffnung, dass alles gut werden würde, wenn sie sich nur aussprechen könnten. Vielleicht war es an der Zeit, ihr reinen Wein einzuschenken – so bitter er auch schmecken mochte.

»Hannah, würdest du uns für einen Moment allein lassen?«

»Sind Sie sicher? Ihre Mutter wird heute keine Verspätung dulden ...«

»Es wird nicht lange dauern.«

Hannah brummelte etwas Unverständliches vor sich hin, verließ dann aber das Gemach. Sobald sie mit Frances und Lizzy allein war, ging Marigold zu ihrer Bettstatt hinüber, auf der sich die beiden ausruhten.

Ihre Schwester starrte sie aus geweiteten Augen an. »Warum hast du sie fortgeschickt?«

Marigold ließ sich auf das Federbett sinken und faltete die Hände in ihrem Schoß. »Ich muss dir etwas beichten.«

Frances schluckte. »Hat es mit Richard zu tun?«

»Ja. Vor einigen Wochen habe ich ihn aufgesucht, in der Hoffnung, ihn –«

»Vor einigen Wochen?!«, echote Frances schrill. Ihre Tochter zuckte zusammen und begann zu schreien. »Warum hast du mir das verschwiegen?«

»Ich habe es nicht über mich gebracht ... Talbot hat nicht so reagiert, wie erhofft.«

»Er will Lizzy und mich nicht sehen?«

»Stell dir vor, er wusste nicht einmal von Lizzy!« Marigold griff nach Frances' Hand. Nun folgte der schwierigste Part. »Er hatte keine Kenntnis von deinen Umständen ... und er hat sich mit Beatrice Gambrell verlobt.«

»Aber ... meine Briefe!«

»Keiner deiner Briefe hat ihn je erreicht.«

Eine Weile sagte Frances nichts. Marigold hatte erwartet, dass sie sofort in Tränen ausbrechen würde. Stattdessen wirkte sie erschreckend gefasst, wenn man von dem leichten Zittern ihres Kinns absah.

»Denkst du, er hat die Wahrheit gesprochen? Ich meine, was die Briefe betrifft?«

»Ja. Richard Talbot mag zwar ein Schwindler sein, aber als ich ihm davon erzählte, war er dermaßen schockiert ... ich glaube, er wusste tatsächlich nichts davon. Was ihn trotzdem nicht zu einem Gentleman macht«, fügte Marigold entschieden hinzu. »Er wollte mich so schnell abwimmeln wie möglich.«

»Hat er dir Geld angeboten?«, kombinierte Frances.

Sie nickte unbehaglich.

»Hast du es angenommen?«

»Nein.«

Frances schnaubte und starrte in die Ferne. »Gut.«

Marigold musterte sie aufmerksam. Warum nahm ihre Schwester die Nachricht so beherrscht auf? Erfasste sie etwa nicht das ganze Ausmaß der Situation?

»Richard hat mir Geld angeboten, aber leider nichts darüber hinaus. Er meinte, er kann dich und Elizabeth nicht besuchen, sonst würde alles ans Licht kommen.«

»Seine Angst vor dem Skandal ist wohl größer als die Neugier auf seine Tochter.«

Marigold wusste nicht, was sie darauf entgegnen sollte. Denn ihre Schwester hatte recht. Talbot war ein gewissenloser Feigling.

Frances verzog das Gesicht und strich Lizzy über den Rücken. »Zumindest weiß ich nun, woran ich bin. Das Versteckspiel wird also weitergehen.«

Marigold legte eine Hand auf ihre Schulter. »Ich wünschte, ich hätte bessere Neuigkeiten für dich gehabt.«

»Danke für deine Bemühungen«, wisperte ihre Schwester und schniefte. Eine einsame Träne löste sich aus ihrem Augenwinkel und rann über ihre Wange. »Ich wünschte nur, ich dürfte hoffen, dass all dies irgendwann ein Ende hat. Dass Lizzy und ich uns nicht mehr verstecken müssen.«

»Der Moment wird kommen«, versprach Marigold und legte dabei allen Optimismus, den sie aufbringen konnte, in ihre Stimme. »Du musst nur Geduld haben. Mit der Zeit werden Mutter und Vater einsehen, dass es so nicht ewig weitergehen kann. Ihr beide habt ein gutes Leben verdient. Es wird vielleicht nicht so aussehen, wie du es dir immer erträumt hast, aber du wirst Zufriedenheit finden. Da bin ich mir sicher.«

Frances zuckte die Achseln. »Manchmal frage ich mich, ob ich wieder nach Towcester zurückkehren sollte, auch wenn ich Ms Webb nicht ausstehen kann. Aber dort hatte ich zumindest meine Ruhe und mehr Freiheiten. In dem Dorf kannte mich niemand.«

»Die Landluft würde Elizabeth guttun«, überlegte Marigold. »Und was Ms Webb angeht ...« Eine Idee nahm in ihrem Kopf Gestalt an, doch sie konnte sie nicht weiterverfolgen, da in diesem Moment die Tür aufging.

»Marigold!« Delia Clayton marschierte mit der Zofe im Schlepptau herein und musterte ihre Tochter missbilligend. »Soeben traf ich Hannah auf dem Korridor an und fragte sie, weshalb sie nicht mit deiner Garderobe zugange ist. Daraufhin erfuhr ich, dass du sie hinausgeschickt hast! Wir brechen bereits in einer halben Stunde auf! Grundgütiger, du bist ja noch nicht einmal angezogen!«

Bevor ihre Mutter einen Herzanfall erlitt, kam Marigold auf die Füße und verschwand flink hinter dem Paravent neben dem Kleiderschrank, wo Hannah ihre Robe zurechtgelegt hatte. *Kostüm wäre wohl die bessere Bezeichnung.* Sie schmunzelte, während sie den Rock aus goldfarbener Seide in Augenschein nahm, der am Saum mit Motiven der Astronomie verziert war.

»Mutter, sind Sie sicher, dass ich in diesem Aufzug nicht zum Gespött des Abends werde?«, rief sie über den Rand des Wandschirms hinweg.

»Zum *Gespött* des Abends?«, wiederholte Delia, die sich über ihre quengelnde Enkelin gebeugt hatte. »Wie kommst du darauf? Höchstens wirst du damit zum *Glanz* des Abends! Es ist ein Maskenball, Liebes! Das Motto verlangt nach Opulenz und ausgefallenen Kleidern. Sieh nur mich an!«

Das Ensemble ihrer Mutter war noch extravaganter als Marigolds und belustigte sie insgeheim. Delia trug ein Gewand in leuchtendem Türkis, auf dessen Vorderseite zwei detaillierte

Pfauendarstellungen prangten. Dazu passend steckten in ihrem Haar nicht weniger als sechs Pfauenfedern, was von Weitem den Eindruck erweckte, auf ihrem Kopf habe sich einer dieser exotischen Vögel zum Nisten niedergelassen.

Hannah tauchte hinter Marigold auf und half ihr dabei, Mieder und Hüftkissen über der Chemise zu befestigen. Sie legte ihr den Rock um und brachte den Stecker am Schnürmieder an. Zum Schluss schlüpfte Marigold in den bronzefarbenen Manteau. Die Zofe prüfte noch einmal den Sitz der Engageants, den weißen Zierrüschen auf Höhe der Ellenbogen, und nickte zufrieden.

»Es passt ganz wunderbar, Mrs Clayton!«, rief sie der Hausherrin zu und ließ Marigold vortreten.

Delias Augen strahlten. »Du siehst aus wie die Personifikation der Sonne!«

Marigold blickte unschlüssig an sich hinab. »Übertreiben Sie nicht ein wenig, Mutter?«

»Sie übertreibt nicht«, meldete sich Frances zu Wort. »Du siehst wunderschön aus!«

»Ich bin sicher, du wirst Lord Hayward verzaubern«, frohlockte Delia und Marigolds Lächeln schwand. Leider hatten ihre Eltern ihr das Versprechen abgerungen, heute mit Patrick zu tanzen. Ihr graute schon vor den gestelzten Gesprächen und seiner Nähe. Ob er wieder so stark schwitzen würde?

Nachdem sie ihre Schuhe angelegt hatte, jagte ihre Mutter sie munter plappernd die Treppe hinunter. Wie immer vor derartigen Veranstaltungen schwankte Delias Gemütszustand zwischen Nervosität und Euphorie.

»Nun komm schon, Kind! Die Männer warten in der Kutsche.«

Marigolds Herz sank. *Die Männer?* Das bedeutete, dass Absalom heute mitkommen würde. Warum hatte sie nicht daran gedacht? Natürlich ließ sich ihr Onkel, der den Luxus liebte, ein solches Fest nicht entgehen!

Auf dem Weg zur Kutsche glühte die Haut an ihrem Hals,

dabei waren die Würgemale, die Absalom dort hinterlassen hatte, inzwischen verblasst. Bis vor ein paar Tagen hatte sie im Haus stets ihren Schal getragen, um die blauen Flecken vor dem Rest der Familie zu verbergen.

»Ich dachte schon, ihr hättet euch umentschieden«, witzelte Theodor, als die Damen in den Landauer stiegen.

Marigold erzwang ein Lachen und ordnete ihre Röcke, was angesichts der begrenzten Platzverhältnisse kein leichtes Unterfangen war. Auch Delia kämpfte mit ihrer Garderobe. Die Pfauenfedern stießen immer wieder an das Kutschendach und drohten abzubrechen.

Während der gesamten Fahrt vermied Marigold den Blickkontakt mit ihrem Onkel. Der Zusammenstoß im Kontor lag schon drei Wochen zurück, was jedoch nicht bedeutete, dass sie den Schreck über seine Attacke überwunden hatte. Seine grausamen Worte und das Gefühl seiner Hände, die sich um ihre Kehle gelegt hatten, würde sie wohl niemals vergessen. Trotzdem war sie in gewisser Weise erleichtert, dass es zu dem Vorfall gekommen war. An jenem Abend hatte er ihre schlimmsten Befürchtungen ausgesprochen und die furchtbarsten Dinge vor ihrem inneren Auge heraufbeschworen, aber sie war nicht daran zerbrochen. Es war ihm nicht gelungen, sie in den Abgrund aus Schmerz und Wahnsinn zu reißen, der ihn selbst vor langer Zeit verschlungen hatte.

Marigold schreckte auf, weil Delia ihr mit dem Fächer auf die Finger schlug. »Du kaust schon wieder an den Nägeln! Du bist wohl etwas angespannt, was? Dabei musst du dir keine Sorgen machen. Mit diesem Kleid ...«

Marigold ließ die Hände fallen und lauschte mit halbem Ohr dem Geplauder ihrer Mutter. Es war ihr nur recht, wenn diese glaubte, ihre Unruhe hinge mit dem Ball zusammen. Sie wagte einen hastigen Blick zu ihrem Onkel, der sich mit ihrem Vater unterhielt, und sah dann wieder zum Fenster hinaus. Manchmal fragte sie sich, ob ihre Eltern wirklich nicht ahnten, dass mit Absalom und ihr etwas im Argen lag, oder ob sie alle Anzeichen ignorierten. Die Situation der Familie war schließlich schon kompliziert genug: eine gefallene Tochter mit unehelichem Kind und eine andere Tochter, die sich sträubte, unter die Haube zu kommen und damit den Schuldenberg zu eliminieren ...

Sobald die Claytons das Anwesen der Stapletons betreten hatten, kamen drei Hausangestellte auf sie zu. Man half ihnen aus den Mänteln und geleitete sie in einen Vorraum des Ballsaals, wo die frisch eingetroffenen Gäste ihre Masken aufsetzten. Die Damen hatten sich Augenmasken im venezianischen Stil anfertigen lassen, während die Herren schlichte, weiße Halbmasken mitgebracht hatten.

Marigolds Bauch kribbelte, als sie die Gästeschar im Festsaal erblickte, die sich im Schein der vier riesigen Lüster auf dem Parkett bewegte. Der Geräuschpegel sowie die vielen Lichter und Kostüme überwältigten sie, zudem war ihre Sicht durch die Augenmaske eingeschränkt. Auf dem Weg zum Buffet fühlte sie sich wie ein trunkener Seemann.

Dort angekommen überreichte einer der Diener ihr eine eisgekühlte Limonade, die sie dankend annahm. Ihr Mund war trocken vor Aufregung und so stürzte sie den Inhalt des zierlichen Kristallglases hinunter. Sie wollte gerade um ein zweites Glas bitten, als ihre Mutter neben ihr auftauchte und sie vom Buffet wegzog.

»Mein Gott, Marigold, hast du deine Manieren etwa zuhause gelassen!? Wir haben die Stapletons noch nicht einmal begrüßt und du stürzt dich auf die Limonade wie eine Halbwüchsige!«

»Ich hatte Durst«, gab sie unbeeindruckt zurück. »Und bis wir die Stapletons unter all den Maskierten entdeckt haben, wird es sicher eine Weile dauern.«

»Papperlapapp! Das sollte ein Leichtes sein. Wie ich hörte,

haben sich unsere Gastgeber für eine Kostümierung entschieden, die von Shakespeares Gedicht *Venus und Adonis* inspiriert ist. Mrs Stewart hat es mir gestern beim Tee verraten.«

»Das nenne ich einfallsreich! Aber sag, Mutter, wonach genau müssen wir Ausschau halten?«

»Nun ...« Delia drehte den Kopf in alle Richtungen. »Also, dieses Gedicht ... Ich bilde mir ein, es hatte irgendetwas mit einer Blume zu tun ...«

Marigold hob den Fächer an, um ihr Grinsen dahinter zu verstecken. *Irgendetwas mit einer Blume* war ein schlechter Anhaltspunkt für einen Ball, auf dem sich nahezu alle Frauen mit Blüten schmückten. Sie selbst war mit Shakespeares Gedichten vertraut und hatte daher längst erraten, um welches Paar es sich handelte: Der Herr im Jägerkostüm und die Dame an seiner Seite, deren rot-weißer Rock an einen Blütenkelch erinnerte.

Während ihre Mutter mit der Suche beschäftigt war, bestaunte sie die Vielfalt an Kostümen, die sich in dem opulenten Saal tummelten. Sie erspähte Gewänder, die Jahreszeiten darstellten, und manche, die den Eindruck erweckten, als stammten sie aus fernen Ländern. Andere Gäste ahmten historische Persönlichkeiten nach. Marigold entdeckte einen Gentleman, der dem Porträt des berüchtigten Tudorkönigs Henry VIII entsprungen schien. Außerdem spazierte das Ebenbild der jungfräulichen Königin Elisabeth und mindestens drei Helenas von Troja umher. Welch Fauxpas!

Als Delia ihr von der Einladung zum Maskenball erzählt hatte, war Marigold skeptisch gewesen. Deshalb überraschte es sie nun umso mehr, dass sie das Spektakel genoss – nicht nur wegen der Kostüme, sondern auch, weil sie bisher keinen Ball erlebt hatte, auf dem man sich inkognito amüsierte. Gewiss waren die Menschen nicht gänzlich verhüllt und sie hatte bereits ein paar Bekannte unter ihnen ausgemacht. Trotzdem fühlte sie sich hier freier und unbeobachteter als auf anderen Abendgesellschaften.

»Ich glaube, ich habe die Stapletons entdeckt!«, rief ihre Mutter freudig und zog sie in Richtung der Gastgeber.

*Von wegen frei!* Marigold trottete ihr mit einem Seufzen hinterher.

Mr und Mrs Stapleton reagierten etwas verhalten auf Delia Claytons Begrüßung, der eine nicht enden wollende Dankesrede für die Einladung folgte. Marigold hegte den Verdacht, dass die beiden aufgrund der Maskierung unsicher waren, mit wem sie es zu tun hatten.

Als die Dame des Hauses Marigolds Kleid lobte, erkannte diese eine Gelegenheit, die Gastgeber diskret aus der unangenehmen Lage zu befreien.

»Vielen Dank, Mrs Stapleton. Es war der Einfall meiner Mutter, mir ein Kleid passend zu meinem Namen schneidern zu lassen. Ein goldenes Kleid für *Marigold* Clayton.«

Delia kicherte über ihren vermeintlichen Geniestreich.

»Wie originell!«, bemerkte die Gastgeberin, dann wies sie mit ihrer Champagnerflöte auf einen Herrn, dessen massiger Leib in einem bunten Harlekinkostüm steckte. »Ich glaube, Lord Hayward würde Ihr Kleid ebenfalls gerne bewundern. Er fragte vorhin nach Ihnen.«

Marigolds Lächeln gefror. Sie hatte gehofft, sie könnte Patrick noch etwas länger aus dem Weg gehen. Außerdem beunruhigte sie die Tatsache, dass Mrs Stapleton so unverblümt über das Interesse des Junggesellen sprach. Offenbar waren sie in den Augen der Upperclass so gut wie verlobt. Was wiederum bedeutete, dass ihr die Zeit davonlief …

Notgedrungen begab sie sich an Haywards Seite. Jede andere Reaktion auf Stapletons Bemerkung hätte einen mittelschweren Skandal nach sich gezogen.

»Ms Clayton!«, rief Patrick, sobald er sie erblickte. Er wandte sich von seinem Gesprächspartner, einem jungen Herrn im Bauernkostüm, ab.

»Ihr habt mich sofort erkannt, Mylord!«, stellte sie erstaunt fest.

»Ich würde Sie selbst dann erkennen, wenn alle Damen hier die gleiche Maskerade gewählt hätten.« Er lächelte schelmisch und griff nach ihrer Hand, um einen Kuss darauf zu hauchen. »Dennoch bin ich froh, dass Sie sich für dieses prachtvolle goldene Exemplar entschieden haben und nicht etwa als vierte Helena von Troja hier aufgetaucht sind.«

Marigold lachte. »Ihr habt es also auch gesehen? Ich muss gestehen, die Damen tun mir ein wenig leid. Vielleicht wäre es besser gewesen, man hätte sich bezüglich der Kostümierung im Vorfeld abgesprochen.«

»Allerdings«, gab er schmunzelnd zurück. »Was sagen Sie zu meiner Maskerade, Ms Clayton?«

Marigold musterte das mit bunten Flicken übersäte Kostüm und die schwarze Augenmaske, die mit einem Horn versehen war. Auf seiner Perücke trug Hayward eine flache Kappe, von der ein Fuchsschwanz hinab hing, und an seinem Gürtel war das für jeden Harlekin unerlässliche *Batte*, ein kleines Holzbrett, befestigt.

»Ihr gebt einen eindrucksvollen Harlekin ab, Mylord!« Ihr Gegenüber hatte sein Kostüm bis ins Detail durchdacht. Was sie jedoch verschwieg, war ihr Gedanke, dass Patrick durch seine Leibesfülle nicht gerade jene akrobatische Vitalität verkörperte, die für einen Harlekin charakteristisch war. Stattdessen betonte das Gewand seinen Körperbau auf unvorteilhafte Weise.

»Sagt, Lord Hayward, habt Ihr Euch von der ursprünglichen *Commedia dell'arte* inspirieren lassen, oder war es David Garricks *Harlequin's Invasion*?«

Patricks Augen leuchteten hinter seiner Maske auf, dann plapperte er munter drauflos. »Ich sehe, Sie interessieren sich ebenfalls für das Theater, Ms Clayton. Wie erfreulich! Tatsächlich war es Garricks Interpretation des Stoffes …«

Haywards Monolog fand kein Ende, was Marigold mitnichten störte. So musste sie sich nicht den Kopf darüber zerbrechen, welche kluge Bemerkung sie als nächstes vorbringen sollte. Es wunderte sie kaum, dass Patricks Leidenschaft nicht nur der Musik, sondern auch dem Theater galt. Während sie seinen Schwärmereien über die Uraufführung der *Harlequin's Invasion* lauschte, fragte sie sich, wie eine Ehe mit ihm aussehen würde. Immerhin teilten sie ein paar gemeinsame Interessen und im Gegensatz zu ihrer Familie schien es ihn nicht zu irritieren, dass eine Frau sich für Dinge begeisterte, die über das Häusliche hinausgingen. Gewiss, sein Anblick ließ ihr Herz nicht höherschlagen – schon gar nicht, wenn er dieses alberne Harlekinkostüm trug! – aber ihre Menschenkenntnis verriet ihr, dass er weder grausam noch machtgierig war.

Als die Musiker im Saal ein Menuett anstimmten, forderte er sie zum Tanz auf, worauf Marigold ohne Zögern einging. Schon nach wenigen Takten brach Hayward in Schweiß aus. Trotzdem bestand er auf eine weitere Runde.

»Ich fürchte, ich benötige eine Erfrischung, Mylord«, sagte sie im Anschluss an den zweiten Tanz.

»Sehr wohl, lassen Sie uns eine Limonade genießen«, antwortete Patrick sichtlich erleichtert und führte sie zu dem Ausschank neben dem Buffet.

Eine Weile standen sie schweigend zusammen, tranken ihre Limonade und beobachteten die anderen Ballgäste. Die Röte war aus Haywards Gesicht verschwunden, stattdessen spielte ein ernster Zug um seine Lippen.

»Ms Clayton, darf ich Sie um ein offenes Gespräch bitten?«

»Natürlich. Ehrlich gesagt bevorzuge ich Offenheit gegenüber Geplänkel und freundlicher Flunkerei.«

»Das dachte ich mir.« Er wies auf eine gepolsterte Bank in einer ruhigen Ecke des Saals. »Dort drüben können wir ungestört sprechen.«

Nachdem die beiden Platz genommen hatten, räusperte Patrick sich. »Wie Sie vermutlich wissen, hoffen unsere Familien, dass sich aus unserer Bekanntschaft größere Schritte ergeben.«

Plötzlich hatte sie einen Kloß im Hals. Sie nickte.

»Ms Clayton, ich schätze Sie sehr und fühle mich daher verpflichtet, Sie darüber aufzuklären, was eine Ehe mit mir für Sie bedeuten würde.«

»Ich verstehe nicht ganz, Mylord ...«

»Ich denke, wir könnten gute Freunde werden. Aber Sie sollten wissen, dass ich nicht an jener Art Ehe interessiert bin, aus der Kinder hervorgehen.«

Marigold verschluckte sich beinahe an ihrer Limonade. Ihr wurde heiß und kalt zugleich.

»Es tut mir leid, falls ich Sie in Verlegenheit gebracht habe.«

»Nein, schon gut. Ich bin nur etwas überrascht. Ich hätte gedacht, dass Euch daran liegt, einen Erben zu zeugen.«

»Das ist wohl eher der Wunsch meiner Mutter«, sprach er bitter.

»Ich verstehe«, sagte Marigold nach einer Weile. »Ihr möchtet also eine Gemahlin *pro forma*, um Eure Mutter zufrieden zu stellen. Außerdem würde es Euer gesellschaftliches Ansehen steigern.«

»Richtig.« Er lächelte, dabei wirkte er alles andere als fröhlich. »Ich wäre stolz, eine scharfsinnige Frau wie Sie meine Gattin nennen zu dürfen. Aber was die übrigen Bereiche des Ehelebens betrifft ...« Er senkte die Stimme. »Ich werde Sie nicht anrühren. Ich habe diesbezüglich keine Interessen, verstehen Sie? Ich weiß nicht, ob diese Tatsache Sie erleichtert oder enttäuscht, aber ... ich kann Ihnen keine Kinder schenken. Ich dachte, das sollten Sie wissen.«

Marigold stellte ihr Glas auf dem Beistelltisch ab. Ihr war schwindelig, dabei hatte sie heute noch keinen Tropfen Alkohol getrunken.

»Danke, dass Ihr mir in dieser Sache Euer Vertrauen geschenkt habt«, sagte sie und blickte ihm fest in die Augen. »Dafür schulde ich Euch meine Verschwiegenheit, was Euer ... Naturell angeht.«

»Ich habe zu danken, Ms Clayton. Ich vermute, Sie möchten nun in Ruhe nachdenken.« Er stand auf, verbeugte sich und mischte sich unter die anderen Gäste. Schon nach kurzer Zeit war sein Harlekinkostüm aus ihrem Blickfeld verschwunden.

Wie in Trance floh Marigold aus dem stickigen Saal.

Die Terrasse, welche die Stadtvilla mit dem weitläufigen Garten verband, war im Stil der italienischen Renaissance erbaut worden. Auf dem steinernen Geländer tanzten halbnackte Statuetten und in der Mitte der Veranda thronte ein zweistöckiger Brunnen. In ihrer derzeitigen Verfassung hatte Marigold jedoch kein Auge für diesen Prunk.

Sie stützte ihre Ellenbogen auf das Geländer, nahm die Augenmaske ab und verbarg das Gesicht in ihren Händen. Hier draußen, wo ihr der Wind um die Nase blies und der Lärm des Ballsaals nur als dumpfes Gemurmel vernehmbar war, erschien ihr die Unterhaltung mit Patrick völlig unwirklich. Er hatte ihr ein intimes Geheimnis anvertraut und sie gleichzeitig vor eine große Entscheidung gestellt.

Marigold rieb sich die Stirn. Was sollte sie nur tun? Ein Teil von ihr frohlockte über die Möglichkeit einer platonischen Ehe mit Hayward. Denn war es nicht jener Aspekt gewesen, den sie am meisten gefürchtet hatte? Die Vorstellung, mit ihm das Bett teilen zu müssen? Patrick konnte ihr ein angenehmes Leben bieten, dessen war sie sich sicher.

Woher also kamen die Zweifel, die in ihrem Kopf herumschwirrten? Gewiss war eine Zukunft mit Hayward nicht das, was sie sich einst erträumt hatte. Weder liebten sie sich, noch würden sie Kinder bekommen, die ihr etwas Glück oder zumindest eine Aufgabe schenken könnten.

Es hatte eine Zeit gegeben, da hatte sie an törichte Dinge geglaubt: an den Traum von wahrer Liebe und davon, einmal eine eigene Familie zu gründen und dabei alles anders zu machen als ihre Eltern. Erinnerungen flackerten in ihr auf, an ebenholzfarbene Augen, starke Arme und das Gefühl von Geborgenheit. Marigold blinzelte die Bilder weg und blickte zu den Sternen hinauf. Sehnsüchte und Träume waren etwas für naive Mädchen. Sie war erwachsen, musste sich endlich von ihren Fantasien verabschieden und vernünftig handeln. Am besten fing sie damit an, in den Ballsaal zurückzukehren, bevor man sie dort vermisste.

Nachdem sie ihre Kostümierung in Ordnung gebracht hatte, ließ sie von dem Geländer ab, wandte sich der Villa zu – und zuckte zusammen. Da stand ein Mann in der Verandatür! Er trug eine dunkle Halbmaske und war in ein Seemannsgewand gekleidet.

»Ich habe Sie nicht kommen hören«, sagte sie und schob ein verlegenes Lachen hinterher, da der Gentleman nicht antwortete. Stattdessen blieb er in dem Durchgang stehen, als wäre er dort festgewachsen. Trotzdem spürte sie, dass er sie unter seiner Maske eingehend musterte.

Ein Zittern ging durch ihre Glieder. Warum bewegte sich der Ballgast nicht von der Stelle?

»Geht es Ihnen gut, Sir?«

Wieder erhielt sie keine Antwort. Allmählich verwandelte sich Marigolds Scheu in Ärger. Sie ging auf ihn zu und stemmte die Hände in die Seiten.

»Ich möchte in den Saal zurückkehren. Wären Sie bitte so freundlich und würden mich hineinlassen?« Sie machte einen Schritt auf ihn zu, bereit, sich an ihm vorbeizuwängen.

»Sir, ich ...« Auf einmal wusste sie nicht mehr, was sie hatte sagen wollen. Dieser Gentleman hatte etwas Sonderbares an sich, das nicht nur mit seinem Schweigen zusammenhing. Da war etwas Vertrautes an ihm, etwas, das ihr Unterbewusstsein nicht ganz zu fassen vermochte.

Und dann, endlich, hob der Mann seine Hand und schob sich die Maske aus dem Gesicht. Fast gleichzeitig gaben Marigolds Beine nach.

# 34

»Goldie«, wisperte Kieran an ihrem Ohr. Wieder und wieder. Seine Arme hatten sich um ihre Taille geschlungen und hielten sie aufrecht, damit sie nicht zu Boden ging.

Marigolds Hände krallten sich in den groben Stoff seines Gewands.

»Du ... du ...«

Ein Schluchzer drang aus ihrer Kehle. Ihre Stimme hatte ihr den Dienst versagt. Alles, wozu sie imstande war, war ihn anzustarren und dabei festzustellen, dass er das schönste Geschöpf war, das sie jemals gesehen hatte. Aber war er auch echt? Was, wenn es sich um eine Illusion handelte, die ihrem überreizten Geist entsprungen war? Allerdings nahm sie seinen vertrauten Geruch wahr und spürte die Hitze seines Körpers unter ihren Händen.

»Du bist nicht tot«, piepste sie und strich ihm über die glattrasierte Wange.

»Nein.« Er lächelte, dann senkte er seinen Mund auf ihren. Sein Kuss war zärtlich, beinahe vorsichtig. Trotzdem löste er damit eine Welle der Empfindungen in ihr aus, die ihren gesamten Körper erbeben ließ. In den letzten Monaten hatte sie vergessen, wie das Glück schmeckte. Jetzt wusste sie es wieder. Es schmeckte nach Kieran und seinen weichen Lippen, nach Wald, Honig und Vergangenheit.

Als er sich von ihr löste, wurden seine Augen schmal. »Du dachtest, ich sei tot? Wer hat dir das erzählt? War es Absalom?« Sie spürte, wie sich seine Muskeln anspannten, sah, wie sein Kiefer verkrampfte.

»Ja. Ich hatte geahnt, dass er es nur sagte, um mich zu quälen, aber ganz sicher war ich mir nicht. Bis jetzt ...« Sie hob die Hand, um seine Schulter zu berühren, hielt jedoch auf halbem Weg inne. »Du weißt also von seinem Überleben?« Es war mehr eine Feststellung als eine Frage.

Er nickte und legte die Stirn in Falten.

In diesem Moment verwandelte sich Marigolds Magen in einen Stein. *Natürlich wusste er davon.* Gewiss war Absalom der Grund, der ihn nach London geführt hatte. Nicht *sie*, wie sie in ihrer Einfältigkeit hatte glauben wollen. Hastig machte sie einen Schritt zurück. Sie war so dumm. So unendlich dumm ...

»Du bist wegen ihm hier«, flüsterte sie. »Um deine Rache zu vollenden.«

»Es ist so viel komplizierter.« Er hob die Hände. Dann flog sein Blick über den Garten. »Können wir dort in Ruhe reden, Goldie?«

Sie schüttelte den Kopf. »Ich habe dir nichts mehr zu sagen. Lass mich in Ruhe, Kieran! Lass mich und meine Familie in Frieden! Das ist alles, worum ich dich bitte!«

Sie drängte sich an ihm vorbei und floh in die Sicherheit der Villa. Tränen durchnässten den feinen Stoff ihrer Augenmaske, während sie zurück in den Ballsaal hastete. Ihr Herz schmerzte bei jedem Schlag. Kieran hatte es heute erneut gebrochen, hatte die Narben aufgerissen, die sich vor langer Zeit gebildet hatten.

Sie musste ihm entkommen, bevor er sie vollends zerstörte. Und was war mit Absalom? Solange sich Kieran in der Stadt herumtrieb, schwebte ihr Onkel in größter Gefahr! Egal wie sehr sie ihn hasste – sie konnte nicht verantworten, dass er das Opfer eines kaltblütigen Mordes wurde.

Sobald sie ihre Mutter entdeckt hatte, die mit ihren Freundinnen zusammenstand, eilte Marigold auf sie zu und legte eine Hand auf ihre Magengegend.

»Mutter, mir ist auf einmal schrecklich unwohl. Es tut mir leid, aber ich denke, wir sollten nach Hause fahren.«

Delia musterte sie argwöhnisch. »Nach Hause fahren? Jetzt?!

Wir sind noch nicht einmal zwei Stunden hier. Und vorhin warst du noch bei bester Gesundheit ...«

»Bitte, Mutter!«, drängte Marigold und senkte die Stimme. »Du willst doch nicht, dass mir vor allen Augen ein Malheur passiert? Außerdem habe ich bereits ausführlich mit Lord Hayward geplaudert. Der wichtigste Teil des Abends liegt also hinter mir.«

Delia seufzte. »Es ist ein Jammer, dass dir ausgerechnet heute etwas auf den Magen schlagen muss.« Unter zahlreichen Entschuldigungen verabschiedete sie sich von ihren Freundinnen und machte sich mit Marigold auf die Suche nach den Clayton-Brüdern.

Es dauerte eine ganze Weile, bis sie die beiden in einem Nebenzimmer des Festsaals aufgespürt hatten. Theodor und Absalom waren mit einer Gruppe Altersgenossen in eine Partie Faro vertieft und wenig begeistert über die Störung. Doch nachdem Marigold ihnen die Dringlichkeit ihrer Abfahrt erklärt hatte, ließen sie ihre Karten notgedrungen fallen und folgten den Damen nach draußen.

»Ich habe von Anfang an gesagt, dass wir lieber mit zwei Kutschen fahren sollten!«, polterte Absalom, sobald sie außer Hörweite der anderen Gäste waren. »Mit den Frauen ist jedes Mal irgendetwas: schmerzende Füße, Atemnot, Magengrimmen ...«

»Du weißt es wohl immer besser, was?«, lallte Theodor. »Du hast doch keine Ahnung von Frauen, du bist nicht einmal verheiratet!«

Offensichtlich hatten beide Brüder über den Durst getrunken. Vielleicht war es auch der Frust über das unterbrochene Faro-Spiel, der sie zanken ließ.

Marigold schenkte dem Gezeter der Männer keine Beachtung. Stattdessen konzentrierte sie sich auf dem Weg zur Kutsche auf ihre Umgebung. Lauerte in der Dunkelheit irgendwo eine vertraute Gestalt? Hatte Kieran bemerkt, dass sie das Anwesen verlassen hatten?

Ihre Anspannung blieb auch, als sie längst in Richtung Seymour Street fuhren. Während Theodor und Absalom weiter diskutierten, sah Delia besorgt zu ihrer Tochter.

Inzwischen musste Marigold die Übelkeit nicht mehr vortäuschen. Je länger sie über Kierans plötzliches Auftauchen nachdachte, desto verworrener wurden ihre Gedanken. Wie war er nach London gekommen? Und wie hatte er sie aufgespürt?

»Du kannst die Maske abnehmen, Liebes«, sprach ihre Mutter neben ihr. »Dann bekommst du besser Luft.«

*Natürlich!* Sie schob sich die venezianische Augenmaske vom Kopf. Welcher Anlass bot eine günstigere Gelegenheit für ein Verbrechen als ein Maskenball? Vermutlich hatte Kieran den Namen einer der geladenen Gäste für sich beansprucht und sich so Zugang zum Haus der Stapletons verschafft. Andernfalls hätte er keine Chance gehabt, ein derart exklusives Fest zu besuchen.

Marigold linste zu Absalom hinüber, der mittlerweile eingenickt war und leise vor sich hin schnarchte. Bei der Vorstellung, dass Kieran ihm so dicht auf den Fersen gewesen war, überkam sie ein Schauder. Oder hätte Black am Ende doch nicht den letzten Schritt getan? *Er hat den Atlantik überquert, um seine Rache zu vollbringen.* Sie musste davon ausgehen, dass Kieran zum Äußersten bereit war. Da es ihr nicht gelingen würde, ihn von seinem Plan abzubringen, konnte sie nichts anderes tun, als Absalom zu warnen. Doch dafür mussten sie unter vier Augen und ihr Onkel nüchtern sein ...

Marigold war zu Bett gegangen, ohne dass sie mit Absalom über Kieran gesprochen hatte. In seinem trunkenen Zustand hätte es wenig Sinn gemacht, ihm von der Begegnung zu erzählen.

Während sie sich in der Dunkelheit von Seite zu Seite wälzte, fragte sie sich, ob es überhaupt die richtige Entscheidung war, ihn einzuweihen. Vielleicht sollte sie dem Schicksal lieber seinen Lauf lassen? Es hatte schließlich Zeiten gegeben, da hatte sie ihrem Onkel selbst den Tod gewünscht.

»Verdammt!« Sie raufte sich das Haar. Jede ihrer Optionen fühlte sich falsch an. Mit ihrer Rückkehr nach England hatte sie gehofft, den Konflikt zwischen Kieran und Absalom für immer hinter sich zu lassen. Sie hatte die grausame Geschichte um Blacks Eltern ebenso vergessen wollen wie die schrecklichen Bilder in ihrem Kopf.

Nun hatte die Vergangenheit sie eingeholt. *Kieran* hatte sie eingeholt. Und das Schlimmste war, ein Teil von ihr freute sich darüber. Jener Teil, für den nur zählte, dass der Mann, den sie liebte, am Leben war.

Marigold seufzte. Vermutlich würde sich an ihren Gefühlen für Rabenauge nie etwas ändern. Sobald er in ihrer Nähe war, sobald seine Lippen ihre streiften, war sie Wachs in seinen Händen. Doch diese Gefühle waren gefährlich, denn eine einseitige Liebe brachte nichts als Schmerz und Enttäuschung. Sie musste endlich begreifen, dass sie für Kieran nur ein Mittel zum Zweck war. Schon damals in den Kolonien hatte er sie benutzt und offensichtlich schreckte er nicht davor zurück, sich ihr ein zweites Mal zu nähern, um an Absalom heranzukommen.

Wut kroch in ihr hoch, bis ein bitteres Lachen ihre Kehle verließ. Wie hatte sie für einen einzigen Moment glauben können, er wäre *ihretwegen* gekommen? Blacks Herz machte seinem Namen alle Ehre – es war kein Platz darin für Liebe, Zuneigung oder Güte.

Nachdem sie stundenlang gegrübelt hatte, fiel Marigold in einen unruhigen Schlaf und wurde bald von einem Albtraum heimgesucht. Sie streifte durch den dichten Wald am Mattawa. Der Wind pfiff durch die Bäume und heulte in ihren Ohren, begleitet von dem Schrei einer Krähe. Sie hob den Kopf und suchte den Himmel nach dem Vogel ab. Stattdessen fand ihr Blick einen Körper, den man am massiven Ast einer Eiche aufgeknüpft hatte. Das Holz knarzte unter seinem Gewicht, als der Wind die schlaffen Glieder zum Schaukeln brachte. Sie trat näher und bemerkte in diesem Moment, dass es kein Tuch war, das man dem Gehängten um das Gesicht gebunden hatte. Der Mann trug eine schwarze Maske.

Marigold erwachte von ihrem eigenen Schrei. Sie riss die Augen auf, robbte an das Kopfende des Bettes und presste die Hände auf ihr hämmerndes Herz. *Nur ein Traum*, sagte sie sich selbst. Trotzdem füllten sich ihre Augen mit Tränen. Es war nur ein Albtraum gewesen, ja, aber was, wenn er zur Realität wurde? Was, wenn Kieran ihren Onkel tötete und die Behörden ihn aufspürten? Sie würden ihn hängen oder noch Schlimmeres mit ihm anstellen!

Es dauerte eine ganze Weile, bis ihre Tränen versiegt waren und sie sich beruhigt hatte. Ächzend schwang sie ihre Beine über die Bettkante. Sie durfte jetzt nicht den Kopf verlieren – nicht, solange es an ihr lag, eine Tragödie zu verhindern. Im Mondschein tapste sie zu der Waschschüssel neben ihrem Frisiertisch und spritzte sich Wasser auf die geschwollenen Lider. Anschließend widmete sie sich ihrem Haar und flocht ihren Zopf neu. Die vertrauten Handgriffe hatten stets eine tröstliche Wirkung auf sie.

Sie ging zum Bett zurück und griff nach ihrer Decke. Ein Schatten huschte vor ihren Füßen über die Dielen. Sie blinzelte. War das –? Ihr Gedanke stockte wie der Schrei in ihrer Kehle. Da war jemand in ihrem Zimmer! Im nächsten Moment presste sich eine Hand auf ihren Mund.

»Versprichst du mir, nicht zu schreien, Goldie?«, raunte eine Stimme an ihrem Ohr.

*Kieran! Wie ...? Das konnte nicht ...? Wie war er in ihr Zimmer gekommen?! Geschweige denn in das Haus? Was tat er hier?* All das wollte sie ihn fragen, doch seine Hand verhinderte, dass auch nur ein Mucks aus ihrem Mund drang. Sie zappelte.

»Bitte beruhige dich!«, flüsterte Kieran. Sein Gesicht war ihrem so nah, dass sie das Flehen in seinen Augen sehen konnte.

»Ich will dir nicht wehtun.«

Marigold nickte. Sobald er sie freigab, schnappte sie nach Luft und wich zurück.

»Bist du wahnsinnig?!« Ihre Stimme überschlug sich. »Erst der Maskenball ... und jetzt tauchst du ausgerechnet *hier* auf? Weißt du, was geschieht, wenn man dich entdeckt?«

»Ich bin aus gutem Grund hier«, sprach er leise.

»Willst du damit etwa sagen, dass du Absalom heute –«

»Verdammt, Goldie!« Er raufte sich die Haare. »Begreifst du denn nicht, dass ich wegen dir hier bin? Wir müssen reden. Und da du vorhin Hals über Kopf davongerannt bist, blieb mir nichts anderes übrig, als dir hier aufzulauern.«

Marigold schluckte. »Wie ist es dir gelungen, unbemerkt hereinzukommen?«

Er seufzte. »Was spielt das für eine Rolle? Es ist nicht das erste Mal, dass ich mir auf diese Weise Zugang zu einem Haus verschaffen musste.«

»Ich verstehe. Dann werde ich die Liste deiner Vergehen um *unbefugtes Betreten von Privateigentum* ergänzen. Gleich unter Betrug, Erpressung und Totschlag.«

Kieran ließ sich in den Ohrensessel sinken und schloss die Augen. »Ich wollte deinen Onkel nicht verwunden, zumindest nicht auf diese Weise, das musst du mir glauben.«

Marigold blickte auf ihn hinab und verschränkte die Arme vor der Brust. »Ich *muss* dir glauben?! Nachdem du mich unter falschen Versprechungen in die Wildnis gelockt hast? Nachdem du mich als Lockvogel benutzt hast, um dich an meinem Onkel zu rächen? Nachdem du sogar meinen Körper benutzt hast?« Tränen schossen ihr in die Augen. »Gott, wie stolz musst du auf dich gewesen sein, als ich mich dir hingab! Sag, war die Nacht in der Jagdhütte für dich ein großer Triumph? Hast du dir dabei vorgestellt, wie du Absalom unter die Nase reiben wirst, dass du seiner Nichte die Unschuld geraubt hast?«

Trotz des schummrigen Lichts erkannte Marigold, wie sehr

ihre Worte ihn getroffen hatten. Er war auf einen Schlag erblasst.

»Mir diese Dinge vorzuwerfen, ist grausam, Goldie! Genauso gut könnte ich behaupten, dass dir unsere gemeinsame Nacht gelegen kam, weil sie dich für eine Ehe mit Linfield disqualifizierte.«

»Was?!«

»Aber ich tue es nicht«, fuhr er fort. »Denn dieser Vorwurf hätte nichts mit der Wahrheit zu tun. Wir haben uns in jener Nacht geliebt, weil wir nicht anders konnten. Vielleicht haben uns die Ereignisse des Tages damals so erschüttert, dass wir beide Trost gesucht haben. Und vielleicht hat der Whiskey uns hemmungslos gemacht. Doch jenes Verlangen hat schon viel länger in uns geschlummert. Das weißt du genauso gut wie ich.«

Marigold schwieg. Der Stachel der Kränkung saß noch zu tief in ihrem Fleisch, als dass sie es wagen konnte, Kieran wieder zu vertrauen. Auch wenn seine Worte ein warmes Gefühl in ihrer Brust auslösten.

Er streckte die Hand aus und zog sie auf seinen Schoß. Marigold ließ es geschehen. Ihr Körper sehnte sich nach seiner Nähe, war taub für sämtliche Warnzeichen ihres Verstandes.

»Kannst du mir verzeihen, was ich dir angetan habe?«, fragte er. »Kannst du mir wieder Vertrauen schenken?« Es war, als hätte er ihre Gedanken gelesen.

»Dafür muss ich die ganze Wahrheit kennen. Warum bist du hier, Kieran? Du willst mir doch nicht weismachen, dass der Zufall dich ausgerechnet jetzt nach London geführt hat? Du verfolgst Absalom noch immer, nicht wahr?« Sie versteifte sich auf seinem Schoß.

»Das will ich nicht leugnen.« Vorsichtig streichelte er über ihren Rücken. »Aber ich habe keinesfalls vor, ihn zu töten. Die Vorstellung, dass er jahrelang hinter Gittern sitzt und Gelegenheit bekommt, über seine Sünden nachzusinnen, verschafft mir eine weitaus größere Befriedigung.«

»Hinter Gittern?«, wiederholte Marigold. Kieran konnte unmöglich darauf hoffen, ihren Onkel wegen des Mordes an seinen Eltern zu fassen. Dann ging ihr ein Licht auf. »Seine Schwarzmarkt-Geschäfte mit den HBC-Gütern! Du willst ihn vor der Company auffliegen lassen!« Sie drehte sich halb zu ihm um.

Kieran nickte. »Mir liegen genug Beweise über seine illegalen Geschäfte vor. Wenn du ebenfalls bereit wärst, gegen ihn auszusagen, haben wir gute Chancen auf eine Verurteilung. Absalom wird all das verlieren, was ihm am wichtigsten ist: seinen Ruf, seinen Wohlstand und seine Macht.«

»Gott weiß, er verdient es«, flüsterte sie und lehnte sich an ihn.

»Aber ...?«, hakte er nach. »Was ist los, Goldie?«

Sie seufzte. »In den letzten Monaten habe ich Einblick in Vaters Akten bekommen. Leider ist Absalom nicht der Einzige, der neben seinem offiziellen Posten Geschäfte macht ...«

»Dein Vater ist auch beteiligt? Verdammt, das macht die Sache viel schwieriger! Es scheint, als sei mein Wunsch nach Gerechtigkeit stets mit deinem Leid verbunden.« Er ließ den Kopf hängen.

Sie verschränkte ihre Hand mit seiner. »Absalom ist jedoch nicht der Grund, aus dem ich dir heute Nacht gefolgt bin. Ich wollte mich dir erklären.«

Sie runzelte die Stirn. »Du hast dich in das Haus deines Erzfeindes geschlichen, nur um dich mir zu *erklären*?«

»Ich konnte den Gedanken nicht ertragen, dass mich die Frau, die ich liebe, für ein Monster hält.« Sein verzweifelter Ausdruck brannte sich in ihr Gedächtnis.

Marigold schlug das Herz bis zum Hals. Glück pumpte durch ihre Venen und bis in jede Faser ihres Körpers. »Ich wusste nichts von deinen Gefühlen.«

»Ich habe lange dagegen angekämpft. Dass ich mich in dich – eine Clayton! – verliebte, dass ich dich begehrte, erschien mir wie ein böser Streich des Schicksals. Aber ich konnte an meinen Gefühlen nichts ändern, also habe ich versucht, sie bestmöglich zu verbergen.«

»Bis zu jener Nacht ...«

Er nickte. »In der Jagdhütte begriff ich endlich, dass ich meinen Plan ändern muss. Dass ich dich in Sicherheit bringen muss. Zu spät ...«

Marigold schauderte. »Warum hast dir die Mühe gemacht, Absalom an die Frontier zu locken?«

»Ich wollte ihn an die Algonquin verkaufen. Eine ihrer Siedlungen liegt nahe dem Mattawa.«

Marigold bezweifelte, dass die Versklavung bei den Algonquin eine milde Strafe dargestellt hätte. Wie sie gehört hatte, gingen die Ureinwohner nicht gerade zimperlich mit ihren Geiseln um. Trotzdem war sie erleichtert, dass Kieran nicht vorgehabt hatte, Absalom zu töten.

»Als er auftauchte, ist alles aus dem Ruder gelaufen«, sagte er mit abwesender Miene. »Ich habe es nicht ertragen, wie er über meine Eltern gesprochen hat ... Und über dich.«

Marigold erinnerte sich nur zu gut an Absaloms Worte. Er hatte sie mit Joanna verglichen und sie eine Hexe genannt. »Ist es nicht seltsam? Es scheint, als hätte sich das Schicksal wiederholt. Damals floh deine Mutter mit deinem Vater. Und dann verließ ich mit dir Montreal. Dieses Wissen muss Absalom wahnsinnig machen.«

Kieran lachte bitter auf. »Vermutlich ärgert es ihn noch viel mehr, dass er so lange blind war, was die Identität seines Arbeiters angeht.«

»Vielleicht hat er nicht damit gerechnet, dass du nach dem Tod deiner Eltern überlebt hast.« Sie strich ihm eine schwarze Strähne aus der Stirn. »Ich danke Gott dafür, dass dem so ist.«

Kieran nahm ihr Gesicht zwischen seine Hände. »Das Unglück meiner Eltern muss sich nicht wiederholen.«

Marigolds Herzschlag beschleunigte sich. Was wollte er damit andeuten? Dass sie eine Chance auf eine gemeinsame Zukunft hatten?

»Ich verstehe nicht ...«

Bevor er antwortete, atmete er einige Male tief durch, so als müsste er seinen ganzen Mut sammeln. »Es gibt nicht viel zu verstehen. Außer, dass ich in den letzten Monaten jeden Tag an dich gedacht habe. Jeden einzelnen Tag habe ich bereut, dich verletzt zu haben. Nach unserem Abschied ist mir klar geworden, dass es etwas gibt, das mir noch wichtiger ist als meine Rache. Und das bist du!«

Marigold hatte das Gefühl, zu schweben. »Wenn du mich wirklich liebst, Kieran, warum bist du dann nicht früher nach London gekommen? Warum hast du mich damals nicht aufgehalten?«

»Wie hätte ich dich aufhalten sollen? Du hast mich gehasst und hattest jedes Recht dazu. Und selbst wenn du mir irgendwann verziehen hättest, selbst wenn du meine Liebe erwidert hättest ... so wusste ich doch, dass ich dir niemals jenes Leben bieten könnte, das du dir wünschst und das du verdienst. Ich bin nicht dumm, Goldie. Mir ist bewusst, dass du in einer völlig anderen Welt lebst als ich. Ich meine, sieh dich nur um!« Er machte eine ausschweifende Handbewegung.

Marigold kam ruckartig auf die Füße. »Du denkst, du weißt, was ich will? Du glaubst, ich sei nicht bereit dafür, dieses Leben aufzugeben? Nun, Kieran Black, dann bist du vielleicht doch ein Dummkopf! Kennst du mich denn kein bisschen? Ich bin damals nicht ausgerissen, um meinem Onkel eins auszuwischen. Ich bin dir gefolgt, weil ich die Vorstellung, meine Zukunft als Linfields Gattin zu verbringen, nicht ertragen habe. Eine Zukunft ohne Inhalt und voll von Langeweile. An der Seite eines Mannes, den ich nicht liebe. Ich bin dir gefolgt, weil ich genau wie du davon überzeugt war, dass die NWC jene Veränderung bringen könnte, die das Land so bitter benötigt. Und ich bin dir gefolgt, weil ich mich in dich verliebt habe!«

Heftig atmend beobachtete sie seine Reaktion. Ihr Redeschwall schien ihn überrascht zu haben, denn für eine Weile sagte er nichts und starrte sie aus großen Augen an.

Dann erhob er sich und fasste sie bei den Schultern. »In zwei

Tagen legt an den Docks ein Schiff namens *Barnabas* ab. Wir segeln nach Schottland.«

Marigold runzelte die Stirn. »Warum Schottland?«

»Weil ich den Kolonien für einige Zeit den Rücken kehren muss. Außerdem war meine Mutter Schottin und ich wollte das Land, in dem sie aufwuchs, schon immer einmal besuchen. Ein Freund hat mir angeboten, mit ihm dort in neue Handelsgeschäfte einzusteigen. Komm mit mir, Goldie, und du machst mich zum glücklichsten Mann der Welt!«

Seine Rede brachte ihr Herz zum Stolpern. Ein Teil von ihr wollte jubeln, ihm in die Arme fallen und sofort mit Kieran aufbrechen. Doch ein anderer Teil von ihr warnte sie zur Vorsicht. Marigold wandte sich ab und lief ein paar Schritte in Richtung Fenster.

»Ich wünschte, es wäre so einfach. Aber ich will nicht wieder bei Nacht und Nebel davonlaufen. Ich will nicht ständig über meine Schulter blicken müssen, ob mein Onkel oder mein Vater uns verfolgen. Und ich kann nicht auf jene unbedarfte Weise mit dir zusammensein wie damals. Nach allem, was meiner Schwester widerfahren ist ... Sie wurde allein gelassen mit ihrem unehelichen Kind ...«

Die Dielen knarzten, als er hinter sie trat. »Niemand hat etwas von *davonlaufen* gesagt.«

Sie drehte sich um. Ihr Atem stockte. Kieran stand dicht vor ihr und blickte sie erwartungsvoll an.

»Haben deine Worte das zu bedeuten, was ich denke?«

»Aye.« Nun grinste er über das ganze Gesicht. »Marigold Clayton, würden Sie mir die Ehre erweisen –«

In diesem Moment schwang die Tür auf und Frances stolperte hinein. »Geht es dir gut, Schwester? Hattest du wieder einen Albtraum? Ich dachte, ich hätte eine Stimme gehört!«

Während Marigold vor Schreck erstarrte, wirbelte Kieran herum. Als Frances ihn im Halbdunkel entdeckte, drang ein spitzer Schrei aus ihrer Kehle.

»Wer sind Sie!? Rühren Sie meine Schwester bloß nicht an!« Sie stürzte zum Kamin und griff nach dem Schürhaken.

*Großer Gott, sie hält ihn für einen Einbrecher!*, durchfuhr es Marigold. Sie rannte zu Frances und schüttelte sie. »Sei still! Das ist Kieran! Er tut mir nichts!«

»K ... Kieran?«, rief Frances und ließ den Schürhaken langsam sinken. »Was ... wie kommt er in dein Zimmer?«

»Ich werde dir alles in Ruhe erklären«, wisperte Marigold. »Aber das geht nur, wenn du mit deinem Geschrei nicht das gesamte Haus aufweckst!«

»Ich fürchte, das ist schon geschehen«, brummte Kieran.

Tatsächlich – auf dem Korridor hallten Schritte und aufgeregte Stimmen. Marigold sah panisch zu der geöffneten Tür und eilte an Kierans Seite.

»Was ist los?«, hörte sie ihre Mutter draußen rufen. »Geht es Marigold schlechter?«

»Ich weiß es nicht, Mrs Clayton«, antwortete Hannah.

Marigold erspähte den Schein der Kerzen, die den Flur erhellten. Sie warf Kieran einen ängstlichen Blick zu.

Er drückte ihre Hand. »Alles wird gut, Goldie. Vertrau mir.«

Frances, die endlich ihren Schock überwunden und die Tragweite der Situation erfasst hatte, stellte sich in die Tür und versperrte den restlichen Hausbewohnern die Sicht.

»Es ist nichts, Mutter. Marigold hatte einen Albtraum. Lasst uns alle wieder zu Bett gehen!«

Ihr Ablenkungsmanöver kam zu spät.

Delia schob sie unsanft zur Seite. »Marigold, ist da etwa ein Mann in deiner Kammer?!«, kreischte sie.

Theodor und Absalom preschten gleichzeitig nach vorn.

»Marigold!«, knurrte ihr Vater. »Wer ist diese Mannsperson?«

Absalom drängte sich an ihm vorbei und kniff die Augen zusammen. »Das hier, Bruder, ist der Bastard, der mich töten wollte.«

# 35

Die Totenstille in Marigolds Gemach hielt nicht lange an.

Nachdem ihr Onkel seine verheerenden Worte gesprochen hatte, fiel Delia auf der Stelle in Ohnmacht. Hannah schrie auf und beugte sich über ihre Herrin.

Absalom stürmte auf Kieran zu. Bevor er den Eindringling zu Boden reißen konnte, hatte dieser ein Messer aus seinem Stiefel gezogen und setzte es dem Älteren an die Kehle.

»Du verdammter Hurensohn!«, keifte Absalom. Sein Gesicht lief dunkelrot an. »Du wagst es, hierherzukommen und mich im Haus meines Bruders zu bedrohen?! Damit hast du deinen eigenen Tod besiegelt!« Seine Augen hefteten sich an Theodor. »Worauf wartest du? Ruf nach einem Constable, damit dieser Kerl endlich seine gerechte Strafe erfährt!«

»Das würde ich lieber nicht tun«, sprach Kieran leise. Marigold fragte sich, ob er innerlich so ruhig war, wie seine Stimme vermuten ließ.

Ihr Vater, der schon auf halbem Weg zu Tür war, lugte über seine Schulter.

»Ich weiß von dem Schwarzmarkthandel mit den HBC-Gütern«, erklärte Black, woraufhin Theodor erblasste. »Und ich habe genug Beweise, um euch beide für lange, lange Zeit hinter Gitter zu bringen.«

Theodor fasste sich an den Hals. Sein Bruder versuchte erfolglos, sich aus Kierans eisernem Griff zu befreien.

»Gib auf, alter Mann!«, knurrte Black. »Meine Beweise sind in sicheren Händen. Wenn du mich aufhältst oder angreifst, wird mein Komplize nicht zögern, die Beweise an die Justiz zu liefern.«

»Du Mistkerl!« Speichel sprühte aus Absaloms Mund. »Niemand wird dir glauben, du dreckige Mischlingsbrut!«

Theodor wischte sich über die schweißnasse Stirn. »Komm zur Vernunft, Absalom, und beruhige dich! Dieser Mann hat uns in der Hand. Lass ihn laufen, sonst verlieren wir alles!«

Kieran ließ die Klinge sinken und stieß seinen Erzfeind in Theodors Richtung. »Hör auf deinen Bruder, Absalom! Er scheint etwas mehr Verstand zu besitzen als du.« Dann trat er an Marigolds Seite und legte eine Hand auf ihre Schulter. »Meine Drohung gilt auch für den Fall, dass ihr Marigold etwas antut oder sie gegen ihren Willen festhaltet. Ich bin darauf vorbereitet, euch das Leben zur Hölle zu machen, glaubt mir!«

»Daran hege ich keinen Zweifel«, brummte Theodor, der seinen tobenden Bruder im Schwitzkasten hatte. »Verschwinde jetzt, Junge, bevor hier noch ein Unglück geschieht!«

Kieran nickte, ging zur Tür und bedeutete Marigold, ihm zu folgen. Mit einer Kerze in ihrer Linken schritt sie neben ihm den Korridor und die Treppe hinunter. Während sie sich durch das düstere Haus bewegten, hatte Marigold das Gefühl, ein Dutzend Augenpaare lägen auf ihnen. Jedoch wagte es niemand, sie aufzuhalten.

Im Foyer angekommen, stellte sie die Kerze ab und lehnte sich erschöpft gegen seine Brust.

»Es war ein kluger Schachzug von dir, das dunkle Geheimnis der Clayton-Brüder zu deiner Lebensversicherung zu machen. Aber was ist mit deiner Rache?«

Kieran drückte einen Kuss auf ihren Scheitel. »Ich sagte doch, meine Liebe zu dir ist größer als mein Wunsch nach Vergeltung. Und wenn mein Schweigen der Preis für eine Zukunft mit dir ist, so werde ich ihn mit Freude zahlen.« Er fuhr mit seinem Daumen unter ihr Kinn und küsste sie leidenschaftlich.

Marigolds Herz pochte wild, als sie sich voneinander lösten. »Sieh nur, wie meine Hände zittern!«, sprach sie mit einem wackeligen Lächeln.

»Es waren wohl zu viele Überraschungen für einen Tag.«

Sie nickte. »Die *Barnabas* legt schon übermorgen ab, hattest du gesagt?«

»Ja. Wir steuern zuerst den Hafen in Dundee an. Aber Goldie – ich will, dass du weißt, dass du dich nicht sofort entscheiden musst. Wenn du erst darüber nachdenken möchtest, verstehe ich das. Ich werde auf dich warten. Und ich werde wiederkommen. Zum Glück ist Schottland nicht so verflucht weit weg wie Montreal.«

»Ja, zum Glück«, flüsterte sie und erwiderte sein Schmunzeln.

Kierans Blick glitt zur Galerie, wo sich zwei Gestalten im Dunkel abzeichneten. »Ich fürchte, ich muss nun gehen.«

Schweren Herzens begleitete sie ihn zur Haustür und drückte ihm einen letzten Kuss auf die Lippen.

»Gib auf dich acht, Kieran.«

»Das werde ich. Gute Nacht, Goldie.«

Marigold lächelte schief. Sie hatte so ein Gefühl, dass sie heute nicht mehr viel Schlaf bekommen würde. Denn der eigentliche Kampf stand ihr noch bevor.

»Du bist stark, vergiss das nie«, sagte Kieran, der schon wieder ihre Gedanken gelesen hatte. Dann verschmolz er mit der Nacht.

»Ich mache mir schreckliche Vorwürfe!« Frances wanderte in Marigolds Gemach auf und ab und knetete ihre Hände. »Es tut mir so leid! Wäre ich nicht hereingeplatzt ... hätte ich nicht so panisch reagiert ...«

»Du wolltest mich beschützen. Und am wichtigsten ist doch, dass niemand verletzt wurde.«

»Aber genau das hätte passieren können! Hast du Absaloms Gesicht gesehen? Grundgütiger, ich habe ihn noch nie so zornig erlebt!«

Marigold nickte betrübt. »Dies ist eine Seite von ihm, die ich erst in Montreal entdeckte. Er ist geübt darin, sie zu verbergen, doch Kierans Auftauchen hat ihn all seine Beherrschung vergessen lassen.«

»Ich kann noch immer kaum glauben, dass Kieran nach London gekommen ist. Und dass er den Mut hatte, dich hier aufzusuchen ...« Ein verträumter Ausdruck trat in ihre Augen. »Das muss wahre Liebe sein.«

Marigold zog die Stirn kraus. »Er ist nicht nur wegen mir gekommen.« Nachdem Kieran gegangen war, hatte sie ihre Schwester über die Ereignisse des Abends ins Bild gesetzt. Der Rest der Familie war in seine Betten zurückgekehrt, da Theodor die Diskussion auf den nächsten Morgen verschoben hatte. Delia musste sich von ihrem Ohnmachtsanfall erholen.

»Es ist Absalom, der ihn nach London geführt hat«, fuhr sie fort. »Und er hat die Kolonien verlassen, weil unser Onkel ihm dort die Redcoats auf den Hals gehetzt hat.«

»Du darfst dennoch nicht an seiner Liebe zweifeln!«, beschwor Frances sie. »Die Art, wie er dich ansieht, verrät viel über seine Gefühle. Außerdem hat er dich gebeten, ihn nach Schottland zu begleiten!«

Marigolds Magen machte einen Hüpfer. »Das ist noch nicht alles«, gestand sie. »Kurz bevor du hereingekommen bist, hat er mich gefragt, ob ich seine Frau werden will.« Sie hatte es bis jetzt nicht über sich gebracht, davon zu erzählen. Schließlich wusste sie, wie sehr Frances noch immer unter Richards Zurückweisung litt. Und nun bewies Kieran jene Hingabe, von der ihre Schwester stets geträumt hatte.

»Er hat dir einen Antrag gemacht? Wie wundervoll!« Frances flog ihr in die Arme und drückte sie fest.

Nachdem sie sich voneinander gelöst hatten, ließ Marigold sich auf das Bett sinken und stützte den Kopf in die Hände.

»Was ist?«, fragte ihre Schwester und setzte sich zu ihr. »Du wirst den Antrag doch annehmen, nicht wahr? Ich weiß, dass dein Herz für ihn schlägt!«

Marigold seufzte. »Ja, ich liebe ihn. Aber es geht alles so schnell! Bis heute wusste ich nicht einmal sicher, dass er lebt, und nun soll ich in zwei Tagen schon gen Schottland segeln und alles hinter mir lassen?«

»Hast du etwa Angst vor dem Leben, das dich dort erwartet? Gewiss wirst du auf die eine oder andere Annehmlichkeit verzichten müssen, allerdings hatte ich nicht den Eindruck –«

»Nein, das ist es nicht«, fiel Marigold ihr ins Wort. »Es ist nur ... ich habe schreckliche Angst, wieder verletzt zu werden. Und ich habe Angst, wieder zu vertrauen.«

»Das ist verständlich, nach allem, was dir passiert ist. Jedoch wäre es ein Jammer, wenn du dir deswegen die Chance auf eine wunderbare Zukunft vereitelst.« Frances griff nach Marigolds Händen. »Das letzte Jahr war für uns beide schwer. Es würde mich freuen, wenn wenigstens eine von uns ihr Glück findet.«

»Danke für deine Worte.« Marigold blinzelte die Tränen fort. »Ich bin sicher, dass auch du dein Glück finden wirst.« Auf Frances' bekümmerten Blick hin fasste sie ihre Schwester bei den Schultern. »Hab Zuversicht! Ich rate dir, nach Towcester zurückzukehren. Du kannst nicht für immer in diesem Haus eingesperrt sein.«

»Aber Ms Webb ... Mir graut schon, wenn ich nur an sie denke!«

»Dafür lässt sich eine Lösung finden. Warum suchst du dir nicht eine andere Unterkunft und nimmst Hannah mit?«

»Hannah? Ich kann sie wohl kaum zwingen, ihre Anstellung hier aufzugeben und mit mir aufs Land zu ziehen!«

»Du wirst sie nicht zwingen müssen. Ich bin sicher, sie wird dich nur zu gern begleiten. Sie hat doch längst einen Narren an Lizzy gefressen.«

»Vielleicht hast du recht.« Frances gähnte. Dann kam sie ächzend auf die Füße. »Wir sollten zu Bett gehen. Auch wenn ich lieber weiter mit dir plaudern würde – jetzt, da ich weiß, dass unsere gemeinsame Zeit dahinschwindet.«

Marigold schmunzelte wehmütig und umarmte ihre Schwester.

Sobald sie allein war, streckte sie sich auf dem Federbett aus und schlief binnen weniger Atemzüge ein.

Es schien, als hätte sich Marigold über Nacht in ein furchterregendes Wesen verwandelt – zumindest, wenn sie nach der Reaktion der anderen Hausbewohner ging.

Die Dienerschaft sprach nur gedämpft und starrte sie aus großen Augen an, während ihre Familie, abgesehen von Frances, finster dreinblickte.

Zum Mittagessen hatten sich alle im Salon versammelt. Appetit verspürte allerdings niemand und so blieb der Rinderbraten weitestgehend unangerührt.

»In all den Jahren habe ich noch keinen derartigen Tumult in diesem Haus erlebt!«, klagte Delia, die sich wieder von ihrem Anfall am Vorabend erholt hatte. »Diese *Person* dachte wohl, sie kann einfach hereinspazieren und unser gesamtes Leben durcheinanderwirbeln?«

Marigold lehnte sich nach vorn. »Ja, genau das kann er. Vater und Absalom sind selbst dafür verantwortlich.«

»Was?!«, zischte ihre Mutter, die gestern nicht viel von dem Disput mitbekommen hatte.

»Es tut mir leid, dass ich Ihnen die Augen öffnen muss. Unter diesem Dach gehen weitaus schlimmere Dinge vor sich, und das schon seit Jahren.«

»Sei still, Marigold!« Theodor ließ seine Faust auf den Tisch sausen. »Hat Mr Black nicht schon genug Leid über diese Familie gebracht? Reicht es dir nicht, dass er dich aus der Familie reißen und nach Schottland verschleppen will?«

»*Sie* sind derjenige, der mich aus der Familie gerissen und über den Atlantik geschickt hat!«, gab sie zurück. »Kieran Black ist ein

Mann von Ehre, der niemals irgendwem grundlos Leid zufügen würde. Ganz im Gegensatz zu Ihnen, Vater! Sie besitzen nicht einmal genug Courage, um Ihrer Gattin zu erzählen, woher ein Großteil Ihrer Einnahmen stammt!«

»Ich verstehe nicht«, murmelte Delia und sah zu ihrem Ehemann. »Wovon redet sie?«

Theodor machte eine wegwerfende Handbewegung. »Sie wiederholt nur die Lügen, die ihr dieser Black eingeflüstert hat.«

Marigold sprang auf und schleuderte ihre Serviette auf den Tisch. »Wie können Sie mich eine Lügnerin nennen? Ich habe die Akten in Ihrem Kontor studiert! Ich habe die Zahlen selbst gesehen!«

Ihr Vater verengte die Augen zu Schlitzen. »Diese Anschuldigungen lasse ich mir nicht bieten! Erst recht nicht in meinem eigenen Haus!«

»Wie gut, dass ich dieses Haus bereits morgen verlasse!« Marigold verschwand hinter dem Sekretär, auf dem sie vor dem Mittagessen ihre Schreibutensilien zurechtgelegt hatte. Mit bebenden Händen zog sie zwei Schriftstücke hervor.

Frances reckte den Hals. »Was hast du da?«

»Ein Dokument, in dem Absalom erklärt, dass er sämtliche Anschuldigungen gegenüber Kieran Black zurückzieht. Und ein Dokument, in dem Vater deklariert, dass er unsere Eheschließung billigt.« Sie kehrte zum Tisch zurück und legte den Männern die Schriftstücke vor.

Absalom sah es nicht einmal an und lachte spöttisch. »Das werde ich niemals unterschreiben!«

»Ach nein?« Sie reichte ihm die Tintenfeder. »Dann sollte ich Sie wohl an Kierans Warnung erinnern. Er kann dafür sorgen, dass Sie beide binnen eines Tages im Schuldgefängnis landen.«

»Marigold, wovon redest du?« Delias Stimme klang von Mal zu Mal dünner, aber niemand wollte sie aufklären.

Es wurde still im Salon. So still, dass man das Ticken der Standuhr vernehmen konnte. Mit angehaltenem Atem beobachtete

Marigold ihren Onkel. Die Ader auf seiner Stirn war hervorgetreten, seine Hände hatte er in das Tischtuch gekrallt. Dann explodierte er wie eine Kanonenkugel.

Mit einem Schrei fegte er das Geschirr von der Tafel. Ein Glas zerschellte an Marigolds Brust. Rotwein durchtränkte den Stoff ihres Manteaus.

Ehe sie sich von dem Schock erholt hatte, war Absalom aufgesprungen. Seine Hand zog an ihrem Haar, zwang sie, zu ihm aufzublicken.

»Ihr wollt davonlaufen? Wovon wollt ihr leben? Du weißt nur zu gut, dass liebestolle Paare wie ihr keine Chance haben!«

Marigold keuchte. »Kierans Eltern hätten eine Chance gehabt ... ohne dich! Hättest du sie ... nicht ermordet ...«

Delia und Theodor schnappten am Tisch nach Luft.

Frances eilte herbei und rüttelte an Absaloms Schultern. »Sind Sie von allen guten Geistern verlassen?! Halten Sie ein! Sie tun ihr weh!«

Absalom stieß sie mit der Linken weg. »Misch dich nicht ein! Du bist genauso verdorben wie deine Schwester! Ich lasse mich von keinem Weib bedrohen, schon gar nicht von dieser schamlosen Hure!« Sein hasserfüllter Blick traf Marigold.

»Genug!«, brüllte Delia. »Absalom! Nimm die Finger von meiner Tochter!«

Plötzlich ließ der Schmerz an Marigolds Kopfhaut nach und sie taumelte zurück. Doch es waren nicht die Worte ihrer Mutter, die sie gerettet hatten, wie sie nun erkannte.

Absalom lag stöhnend am Boden. Über ihm stand Theodor, einen Kerzenständer in der Rechten. Er hatte ihn niedergeschlagen.

»Ist es wahr?« Seine Stimme war leise, aber bedrohlich.

»Wie kannst du es wagen?!«, knurrte der Ältere. »Wie kannst du die Hand gegen deinen Bruder –«

»Ist es wahr?«, wiederholte Theodor. Er ließ den Leuchter fallen und packte Absalom an dessen Halsbinde. »Stimmt es, was

Marigold sagt? Hast du Joanna getötet?«

Absalom hustete und fasste sich an den Hals. »Ich habe sie ihrer gerechten Strafe zukommen lassen. Sie war ... eine Ehebrecherin.«

Delia trat neben ihren Mann und bekreuzigte sich. Ihr Gesicht war aschfahl. »Du hast uns damals erzählt, sie sei krank gewesen.«

Marigold schüttelte den Kopf. »Joanna ist davongelaufen. Wer kann es ihr verdenken?« Sie ertrug es kaum, ihren Onkel anzusehen, so sehr widerte er sie an. »Absalom ermordete zuerst Joannas Geliebten, dann sie. Wahrscheinlich hätte er auch Kieran getötet, wäre Joannas Zofe nicht rechtzeitig mit ihm geflohen.«

Ihr Vater riss die Augen auf. »Kieran ist ...?«

Sie nickte. »Joannas Sohn.«

»Mein Gott!« Theodor ließ von Absalom ab und fasste sich ans Herz. »Mein Bruder ... ein Mörder!«

Absalom rappelte sich auf und strich seinen Herrenrock glatt. »Joanna hat ihr Schicksal eigenhändig gewählt. Wäre sie nicht mit diesem –«

»Halt den Mund!« Theodor ballte die Hand zur Faust. »Du kannst vielleicht dich selbst belügen, aber Gott wird dir deine Taten nicht verzeihen! Es ist eine Schande, dass sich mir dein wahres Gesicht erst jetzt enthüllt!« Sein Blick flog zu seiner Jüngsten. »Ich hätte dir Marigold niemals anvertrauen dürfen.« Bestürzung lag in seinen meergrauen Augen, gemeinsam mit der Erkenntnis, einen schrecklichen Fehler gemacht zu haben.

Marigolds Kinn zitterte, als sie die Stimme hob. »Sie haben recht, Vater. Nur Gott kann Absaloms Sünden vergeben. Doch es gibt einen Weg, Joannas Andenken zu ehren.« Sie hob eines der Dokumente auf, die bei Absaloms Wutausbruch zu Boden gesegelt waren. »Mit der Unterschrift schenken Sie Kieran die Freiheit.«

Delia sammelte die zweite Urkunde ein, dann legte sie eine Hand auf die Schulter ihres Gatten. »Joanna mag gesündigt haben, aber sie hatte ein gutes Herz. Du bist ihr diesen Gefallen schuldig, Theodor.«

»Ich weiß.« Er nickte, suchte auf der verwüsteten Tafel nach der Schreibfeder und unterzeichnete.

»Jetzt du, Absalom!« Er wandte sich an seinen Bruder, der sich den Hals rieb. »Nach den heutigen Enthüllungen bin ich nicht mehr sicher, ob du ein Gewissen besitzt. Aber ich denke, selbst dir liegt nicht viel daran, wegen illegaler Geschäfte verhaftet zu werden, nicht wahr?«

Mit einem geisterhaften Lächeln setzte Absalom sich an den Tisch und kam Theodors Aufforderung nach. Anschließend lachte er höhnisch auf.

»Nicht zu fassen, dass du deine eigene Tochter für das Davonlaufen belohnst!«

»Ich werde nicht davonlaufen«, widersprach Marigold. »Ich habe diese Vorkehrungen getroffen, weil ich mich nicht mehr verstecken will.« Über die Schulter blickte sie zu Frances. »Ich will meine Schwester und meine Nichte besuchen können, ohne dabei irgendjemanden in Gefahr zu bringen.«

Sie ging um den Tisch herum und nahm Absalom das Dokument ab. »*Sie* sind derjenige, der davonläuft, Onkel, und zwar vor Ihrer eigenen Vergangenheit. Doch irgendwann wird sie Sie einholen, seien Sie gewiss.«

Während der Kutschfahrt zu den Londoner Docks krallte sich Hannahs Hand so fest in Marigolds Arm, dass diese fürchtete, blaue Flecken davonzutragen.

»Warum müssen Sie uns schon so schnell verlassen, Ms Clayton?«, jammerte die Zofe.

»Ach, Hannah, ich muss ja nicht. Ich will! Es ist für alle das Beste, glaub mir.«

»Ich weiß nicht, ob Sie auch für mich sprechen können. Ich werde Sie jedenfalls schrecklich vermissen.«

»Und ich dich.« Marigold tätschelte ihr die Hand. »Aber im Gegensatz zu mir hast du noch Frances und Lizzy an deiner Seite.«

»Ja, das stimmt.« Hannah schniefte geräuschvoll in ihr Taschentuch. »Und ich muss zugeben, dass ich mich auf den Umzug nach Towcester freue. Ich habe mein halbes Leben in London verbracht. Nun ist es an der Zeit, nach vorn zu blicken und etwas Neues zu wagen.«

»Besser hätte ich es nicht ausdrücken können«, gab Marigold lächelnd zurück und wies mit der Hand auf die Schiffsmasten, die am Horizont in Sicht kamen. »Sieh nur, da vorn ist schon der Hafen!«

»Wie aufregend!« Der Ausflug zum *Pool of London* kam für Hannah einem großen Abenteuer gleich. Auch, dass sie mit der Tochter ihres Dienstherrn zusammen in der Kutsche sitzen durfte, war alles andere als alltäglich. Marigold hatte darauf bestanden, damit sie sich während der Fahrt verabschieden konnten. Außerdem mangelte es in dem Landauer nicht an Platz, denn ihre Familie war zuhause geblieben. Marigold grämte sich deswegen nicht. Allein Frances hätte sie bei diesem großen Schritt gern dabeigehabt, doch natürlich hatte Theodor ihr verboten, sie zu begleiten.

Seufzend dachte sie an ihre Schwester. Sie hoffte sehr, dass Frances bald mehr Freiheiten genießen würde. Ihre Anschrift in Towcester hatte sie sich wohlweislich notiert, damit sie in Zukunft regelmäßig korrespondieren konnten.

»Ich werde mich gut um Ihre Schwester und Ihre Nichte kümmern.« Hannah hatte längst erraten, was ihren Schützling bedrückte.

»Danke, Hannah«, entgegnete Marigold gerührt. »Deine Worte machen mir den Abschied leichter.«

Trotzdem hatte sie einen Kloß im Hals, als der Knecht, der auf dem Kutschbock mitgefahren war, ihr beim Aussteigen die Hand reichte.

»Ms Clayton, ich werde nach der *Barnabas* Ausschau halten und dann eine Handvoll Männer zusammenrufen, um mit Ihrem Gepäck zu helfen.«

Marigold nickte und verabschiedete sich unter Tränen von ihrer Zofe. Auch für den Kutscher fand sie ein paar freundliche Worte – zum Glück war heute nicht Beckett im Einsatz.

Dann raffte sie ihre Röcke und begab sich auf die Suche nach der *Barnabas*. Nach einigem Herumfragen fand sie den kleinen Zweimaster, der neben einem Linienschiff der Royal Navy im Hafen lag.

Sie schritt gerade an einer barbusigen Galionsfigur vorbei, als sich eine Hand auf ihre Schulter legte.

»Du bist wirklich gekommen.«

Ein Lächeln stahl sich auf Marigolds Gesicht, noch bevor sie zu Kieran herumwirbelte.

»Hattest du etwa Zweifel?« Sie reckte das Kinn in die Höhe.

»Keine Sekunde«, behauptete er, dann verschloss er ihre Lippen mit einem Kuss.

»He, ihr Turteltäubchen! Wir legen gleich ab! Mit oder ohne euch!«, rief eine Stimme, die Marigold äußerst vertraut vorkam.

»MacLeod?«, platzte sie heraus, als sie sein wettergegerbtes Gesicht entdeckte, auf dem sich ein breites Grinsen ausgebreitet hatte.

»Aye. Eine schöne Überraschung, was?«

Marigold lachte und fiel dem Schotten um den Hals. »Das kann man wohl sagen.« Dann glitt ihr Blick zu Kieran. »Als du von dem Freund erzählt hast, an dessen Seite du Handel betreiben möchtest ... da hast du von MacLeod gesprochen?«

Er nickte. »Wir haben uns in Montreal wiedergefunden. Wie sich herausstellte, hatten wir beide guten Grund, den Kolonien für eine Weile den Rücken zu kehren.«

Bei diesem Stichwort zog Marigold die hölzerne Dokumentenrolle aus ihrer Rocktasche. »Was deine Anklage angeht: Ich habe Absalom dazu gebracht, sämtliche Anschuldigungen zurückzunehmen.«

Kierans Augen weiteten sich und er griff nach dem Schriftstück, um es zu überfliegen. »Wie hast du das geschafft?«

»Seine Angst vor dem Schuldgefängnis war zu groß, als dass er mir diesen Gefallen hätte abschlagen können.«

Kieran gab ihr das Dokument mit bebenden Händen zurück. »Ich weiß nicht, wie ich dir danken soll.«

Sie schüttelte den Kopf. »Es war das Mindeste, was ich für dich tun konnte. Ich weiß, wie sehr dir deine Heimat am Herzen liegt. Und ich will, dass du die Möglichkeit hast, eines Tages dorthin zurückzukehren, wenn es dein Wunsch ist.«

Kieran zog sie in seine Arme. »Danke.« Marigold hob den Kopf und fand seine Lippen. Sie konnte förmlich spüren, wie die Last von seinen Schultern fiel.

»Verdammt, wird das in den nächsten Wochen etwa so weitergehen?« MacLeod verdrehte die Augen. »Ich hoffe, Black kommt bei all den Küssen noch zum Arbeiten.«

»Ich kann für nichts garantieren.« Kieran zwinkerte ihm zu. Dann wurde seine Aufmerksamkeit von dem Kapitän in Anspruch genommen. »Sieht aus, als würden wir bald aufbrechen.«

Nachdem sich Marigold versichert hatte, dass ihre Truhen die richtige Anlegestelle erreicht hatten, begaben sich die drei ins Zubringerboot und landeten wenig später auf dem Deck der *Barnabas*. Kurz darauf wurde das Tau gekappt und die gesamte Mannschaft machte sich daran, den Zweimaster sicher aus dem Hafen heraus zu lenken.

Mit weichen Knien verfolgte Marigold, wie die Silhouette Londons vor ihren Augen kleiner und kleiner wurde. Sie zweifelte nicht an ihrer Entscheidung, dennoch hatte sie Herzklopfen. *Nun ist es an der Zeit, nach vorn zu blicken und etwas Neues zu wagen.* Sie vermisste ihre Zofe jetzt schon.

Sobald das Segelschiff vom Wind getragen und Kierans Hilfe nicht mehr benötigt wurde, gesellte er sich zu ihr und legte seine Arme um sie.

»Ist alles in Ordnung? Bist du wirklich bereit, dein altes Leben aufzugeben?«

Sie nickte. »Ich habe mich schon damals in Montreal für ein neues Leben entschieden. Und für dich.«

Eine Weile schwiegen sie gemeinsam und hielten sich fest.

»An die Schifffahrt werde ich mich wohl nie gewöhnen«, sagte sie irgendwann. »Die See macht mir immer noch Angst.«

»Das müssen wir dringend ändern. Ich werde dir das Schwimmen beibringen.«

»Das wäre wohl vernünftig.«

»Vernunft ist nicht alles, was mir in den Sinn kommt, wenn ich mir vorstelle, mit dir ein Bad zu nehmen«, raunte er und der Druck seiner Hände auf ihrem Leib verstärkte sich.

Marigold drehte sich um und schlug ihm in gespielter Empörung auf die Finger. »Du Scheusal!«

Er lachte und sie stimmte mit ein. Ihre Hände legten sich auf seine Brust. Gierig sog sie seinen herben Duft ein.

»Ich kann es kaum erwarten, mein Leben mit dir zu teilen. Und wenn ich ehrlich bin, gilt das auch für mein Bett.«

Kieran schluckte schwer und blickte aus riesigen Pupillen auf sie hinab.

»Das Erste, was ich in Dundee erledigen werde, ist, mit dir eine Kirche zu suchen. Es sei denn«, sein Blick wanderte zum Kapitän, »du legst nicht allzu viel Wert darauf, in einer schönen Kirche zu heiraten. Ich bin mir sicher, Captain Reid würde uns mit Freuden vermählen.«

Marigold legte den Kopf schief und lächelte. »Es würde zu unserer Geschichte passen. Auf See haben wir uns verliebt. Und auf See wollen wir unsere Liebe besiegeln.«

Kieran grinste und wirbelte sie herum. »Das bedeutet, dass ich Marigold Black schon bald über die Schwelle meiner Schiffskabine tragen darf. Ich gebe zu, alles andere hätte mich auf eine harte Probe gestellt!« Dabei streifte sein verlangender Blick ihr Dekolleté.

Sie lachte. »Habe ich dir schon gesagt, dass du ein schreckliches Scheusal bist?«

Er lächelte. Nichts als Liebe lag in seinen Augen. »Du darfst mich bis zum Ende meiner Tage ein Scheusal nennen. Es ist mir egal, solange ich nur *dein* Scheusal bin.«

Marigold schmunzelte und lehnte ihren Kopf an seine Schulter. Ihr Blick wanderte zu den schäumenden Wellen, welche die *Barnabas* gemächlich gen Norden davontrugen.

Ganz gleich, wie viel sie in den letzten Monaten erlebt hatte – das größte Abenteuer ihres Lebens stand ihr noch bevor.

**Dir hat dieser Roman gefallen?**

Dann würde ich mich sehr über eine Rezension auf Amazon, Thalia.de oder LovelyBooks freuen.

**Hier findest du weitere Informationen zu meinen Buch-Projekten:**

Instagram: @camilla.warno
Facebook: Camilla Warno – Autorin
Website: www.camilla-warno.de

Du willst keine Neuigkeiten mehr verpassen? Auf meiner Website findest du die Anmeldung für den Newsletter.

# NACHWORT

Wie kommt man dazu, einen Roman über den nordamerikanischen Pelzhandel zu schreiben?

Die Thematik fasziniert mich schon seit 2017, als ich im Rahmen meines Geschichtsstudiums eine Vorlesung zur Konsumrevolution der Frühen Neuzeit besucht habe. Die Vorlesung beschäftigte sich mit ausgewählten Konsumgütern – insbesondere Kolonialwaren – welche die Welt nachhaltig verändert haben. Neben Kaffee, Chili, Schokolade und Indigo weckte die Dozentin mein Interesse für den Handel mit Biberpelzen. Dass 2016 sowohl der Film „The Revenant" als auch die Netflix-Serie „Frontier" erschienen sind, mag meiner Begeisterung ebenfalls zuträglich gewesen sein. ;-)

Die Vorlesung konfrontierte mich mit der Erkenntnis, dass der Mensch nicht erst ab der Moderne und dem Zeitalter der Industrialisierung starken Einfluss auf die Umwelt nahm, sondern bereits ab der Frühen Neuzeit, als erstmals größere Teile der Bevölkerung (insbesondere in Europa) materiellen Besitz erwerben konnten und Luxuswaren vermehrt zu „Notwendigkeiten" wurden. Eines dieser für die Wohlhabenden „lebensnotwendigen Güter" stellte im 17. und 18. Jahrhundert der Kastorhut aus Biberpelz dar – mit weitreichenden Folgen. Vor der europäischen Kolonialisierung belief sich der nordamerikanische Biberbestand auf etwa 60 bis 400 Millionen, während die Population um 1900 nur noch bei ca. 100.000 Tieren lag.

Die meisten Biber wurden rund um die Hudson Bay gefangen. Das Gebiet ist nach dem Seefahrer Henry Hudson benannt, der die Bucht 1610 für die Europäer „entdeckte", als er sich auf die Suche nach der Nordwestpassage begab.

In der ersten Hälfte des 17. Jahrhunderts etablierten Holländer und Franzosen Handelsstützpunkte nahe der heutigen Städte

New York und Montreal. Die ambitionierten französischen Händler Pierre-Esprit Radisson und Médard des Groseilliers erlangten 1660 Kenntnis über eine Route zu den Handelsgebieten nördlich und westlich des Lake Superior, die von Norden aus durch die Hudson Bay erreichbar waren. Dadurch konnte der Landweg umgangen werden. Da die Männer bei dem Versuch, eine Handelskompanie zu gründen, in Neufrankreich keine Unterstützung erfuhren, wandten sie sich mit ihrem Vorhaben an die britische Krone. Sie erhielten ihre Chance: Nachdem die Engländer 1669 eine erfolgreiche Expedition entsandt hatten, wurde 1670 die Hudson's Bay Company mit einer königlichen Urkunde von Charles II gegründet.

Diese Urkunde gewährte dem Unternehmen das Monopol auf den Handel mit den Ureinwohnern auf dem Gebiet rund um die Hudson Bay. Das Territorium wurde bekannt als „Rupertsland" (nach dem ersten *Governor* der Gesellschaft, Prinz Ruprecht von der Pfalz) und umfasste 3,9 Millionen km$^2$ – mehr als ein Drittel des heutigen Kanadas. Das Fallenstellen wurde vorwiegend von den einheimischen Stämmen, insbesondere den Assiniboine und Cree, übernommen, welche im Frühling und Sommer die britischen Faktoreien rund um die Hudson Bay aufsuchten und dort ihre Pelze verkauften. Im Gegenzug erhielten die Ureinwohner europäische Waren, darunter Waffen, Werkzeuge und Munition, sowie Tabak und Alkohol. Von den Faktoreien aus wurden die Felle direkt nach England verschifft.

Trotz der strategisch wichtigeren Lage der nördlichen Forts stellte Montreal für die HBC einen bedeutenden Stützpunkt dar – insbesondere nach der britischen Eroberung im Jahr 1760.

Montreal ist auch die Wiege der North West Company, deren genaues Entstehungsdatum bis heute ungeklärt ist. Jedoch gibt es Hinweise darauf, dass sie schon im Jahr 1770 existiert haben könnte. Daher habe ich mich dazu entschieden, meine Protagonistin im Jahr 1769 mit auf die Expedition gen Grand Portage zu schicken. Eine erste schriftliche Erwähnung findet die NWC

1779 als Zusammenschluss einiger Händler aus Montreal, deren Ziel es war, das Monopol der Hudson's Bay Company im nordamerikanischen Pelzhandel zu brechen. Die offizielle Gründung erfolgte 1784. Geleitet wurde das Unternehmen von Benjamin Frobisher und Joseph Frobisher (die Brüder finden in diesem Roman Erwähnung) sowie Simon McTavish.

Die Erfolgsstrategie der NWC beruhte u. a. auf der zunehmenden Trennung von Jagd und Handel einerseits und dem Einbringen der Ware in den Welthandel andererseits. Die Zwischenhändler blieben häufiger in den Pelzregionen, während sich der große Pelzmarkt auf Montreal konzentrierte. Haupthandelsposten wie Grand Portage wurden von Versorgungskanus aus Montreal angefahren und transportierten wiederum die Felle gen Osten.

Zu ihrer Blütezeit beschäftigte die NWC rund 2000 Angestellte (Führer, Dolmetscher, Voyageurs), darunter vor allem Franko-Kanadier, Briten, Métis und Angehörige der First Nations. Damit wies sie eine größere kulturelle sowie ethnische Diversität gegenüber der HBC auf.

Politische Spannungen und wirtschaftliche Verschiebung hin zur Holzproduktion mündeten zu Beginn des 19. Jahrhunderts in einer Krise des Pelzhandels. Zudem war der Biberbestand durch die intensive Jagd stark eingedämmt, was zu einem verschärften Konkurrenzkampf und Handelskonflikten führte. Im Jahr 1821 wurden die verbliebenen NWC-Aktionäre durch den britischen Kriegs- und Kolonialminister Henry Bathurst zur Fusion mit der Hudson's Bay Company gezwungen.

Die HBC existiert noch heute und konzentriert sich auf das Geschäft mit Immobilien und Warenhäusern. Zwischen 2015 und 2019 gehörten Anteile der später fusionierten Galeria Karstadt Kaufhof GmbH dem Unternehmen.

Die Geschichte des Pelzhandels ist so umfangreich und kompliziert, dass sie unmöglich auf wenigen Seiten geschildert werden kann. Trotzdem hoffe ich, dass ich mit meinem Roman und diesem Nachwort das Interesse an dieser spannenden Thematik wecken konnte.

Zu guter Letzt möchte ich die Bitte aussprechen, die leider bis heute vorhandene, äußerst grausame Pelzproduktion nicht durch den Kauf von pelzgesäumten Wintermänteln und Co. zu unterstützen. Zum Glück sind wir im 21. Jahrhundert nicht mehr auf Pelze als Wärmespender und Statussymbole angewiesen und können getrost auf Kunstfell ausweichen. :-)

Um selbst einen kleinen Beitrag zum Tierschutz zu leisten, habe ich mich entschlossen, pro verkauftem Exemplar von „Marigold: Gegen den Wind" zehn Prozent des Erlöses an das deutsche Tierschutzbüro e. V. zu spenden. Der Verein setzt sich gegen die Massentierhaltung und die Pelztierzucht ein.

## DANKSAGUNG

Mit der Veröffentlichung dieses Romans geht für mich erneut eine intensive Schreibreise zu Ende. Eine Reise, zu der ich vermutlich nie aufgebrochen wäre, hätten ein paar wunderbare Menschen nicht meine Begeisterung für Geschichte geweckt: angefangen bei meinen Eltern, mit denen ich schon früh zu geschichtsträchtigen Orten reisen durfte, über den engagierten Geschichtslehrer in der Schule, bis hin zu den Dozent:innen im Geschichtsstudium. Danke dafür!

Zu meiner Leidenschaft für vergangene Epochen gehört jedoch weit mehr als Faktenwissen und Recherche. Historische Romane, TV-Serien, Filme, Musik und Festivals sind ein großer Teil meines Alltags. Ich freue mich wahnsinnig, inzwischen so viele Gleichgesinnte zu kennen und mich privat und auf Social Media austauschen zu können.

Auch unter meinen Testleserinnen sind wahre Fans des historischen Romans und andere, die (nach eigenem Wortlaut) erst durch meine Bücher zu dem Genre gefunden haben. Ein größeres Lob kann ich mir als Autorin nicht wünschen! Liebe Caro, liebe Helena, liebe Lea, liebe Eileen: Danke für euer Feedback und euren Einsatz!

Wie immer danke ich an dieser Stelle auch meinen „Ladies" und meinem Mann, die mir bei jedem Schritt meines Autorinnenlebens zur Seite stehen. Ohne euch wäre ich aufgeschmissen!

Wer hat noch bei dieser Veröffentlichung mitgewirkt? Zunächst ist da meine Korrektorin Susanne, deren Argusaugen schon bei meinen letzten Projekten zum Einsatz kamen.

Auch das Buchcover habe ich in bewährte Hände gegeben: Katharina von Limesdesign hat dieser Geschichte das perfekte Gewand geschneidert. Vielen Dank euch beiden für eure Geduld und Unterstützung!

**Historischer Liebesroman von Camilla Warno**

## Kendra: Der Ruf des Nordens

England, 877:

Ausgerechnet einen Dänen soll sie ehelichen! Kendra, Tochter des Earls von Cleawood, kann nicht fassen, welchem Schicksal ihr Vater sie überlässt. Dabei hasst er die Nordmänner doch genauso wie sie!

Ebenso scheint ihr frischgebackener Ehemann zu empfinden. Nur widerwillig bringt Ivar Olsson seine englische Braut mit in die dänische Heimat. Einzig Ivars Bruder, Jarl Björn, steht der außergewöhnlichen Verbindung optimistisch gegenüber. Und tatsächlich – nachdem einige Hindernisse überwunden sind, entwickelt sich ein zartes Band zwischen den beiden.

Doch die angespannte Lage im angelsächsischen Wessex hält neue Gefahren für das ungleiche Paar bereit. Zudem wird Kendras Vertrauen auf eine harte Probe gestellt, als sich ihr ein Geheimnis aus Ivars Vergangenheit offenbart…

**Historischer Liebesroman von Camilla Warno**

## Die Rose von Westminster

England, Ende des 13. Jahrhunderts:

Als der Baron Edmund Mortimer eines Tages an die Tür ihrer bescheidenen Kate klopft, ahnt Anne, die Tochter eines Tagelöhners, noch nicht, dass ihr Schicksal eine folgenschwere Wendung nehmen wird. Unfreiwillig wird sie die Geliebte des Barons und muss sich mit ihrer Rolle am englischen Königshof arrangieren.

Jahre später hat es die „Rose von Westminster" zu Ansehen in der höfischen Gesellschaft gebracht. Aber hat sie dabei auch ihr eigenes Glück gefunden?

Als der Krieg mit Schottland ausbricht und sich die Ereignisse in Westminster überschlagen, sieht sich die junge Frau zur Flucht gezwungen. Zu Fuß schlägt sie sich bis nach Schottland durch, wo sie auf die Hilfe eines alten Freundes hofft. Doch die Schatten der Vergangenheit verfolgen sie bis in die Highlands …

**New Adult Liebesroman von Camilla Warno**

## Blissfully Kissed

Ein lästiges Partnerreferat.
Ein nicht ganz legaler Ghostwriting-Deal.
Jede Menge Gefühlschaos.

Ausgerechnet Tristan! Als die ambitionierte Kunstgeschichtsstudentin Reya von ihrem neuen Referatspartner erfährt, ist sie alles andere als begeistert. Mit seinem dürftigen Interesse am Studium und seinen frechen Sprüchen bringt ihr Kommilitone sie schnell an die Grenzen ihrer Geduld. Doch es kommt noch schlimmer!

Tristan unterbreitet ihr ein riskantes Angebot: Als Ghostwriterin soll sie für ihn die Seminararbeit schreiben. Um sich ihren Traum von der Italien-Exkursion zu finanzieren, sagt Reya schließlich notgedrungen zu.

Aber ist die Reise die ständige Angst vor dem Auffliegen des Deals wirklich wert? Und wie soll sie mit den Gefühlen umgehen, die ihr unverschämter Kommilitone neuerdings in ihr auslöst?

Inhaltswarnung zum Roman:
Körperliche, psychische, sexuelle Gewalt, Tod, historisches Gedankengut, Suizidgedanken.